메가스터디 **실전 N제**

내신 + 수능 대비

2025

수능 연계
국어 독서

112제

구성과 특징

✦ 주제 통합형 지문이 강조된 **최신 수능의 신경향을 완벽 반영**하였습니다.

✦ 수능에 직접 연계되는 교재의 모든 제재와 문제 유형을 치밀하게 분석하여 **출제 가능성이 높은 실전 문제를 개발**하였습니다.

✦ 지문·자료·문항 아이디어의 연계, 핵심 제재·핵심 논지의 연계, 개념·원리의 연계 등 수능 연계 교재의 수능 연계 출제 원리를 철저하게 적용하여 **수능 대비에 가장 적합한 실전 문제를 개발**하였습니다.

🔔 수능 연계

독서 제재 한눈에 보기

출제 확률⬆ 문항

🖊 수능 연계 교재에 수록된 모든 독서 제재를 한번에! 한눈에! 볼 수 있도록 주제와 핵심 내용을 정리했습니다.

🖊 수능에 출제될 가능성이 있는 주요 제재와 주요 키워드를 눈에 잘 띄게 표시하여 효율적인 연계 학습을 할 수 있도록 하였습니다.

🖊 수능 연계 교재를 철저하고 치밀하게 분석하여 출제 가능성이 높은 지문과 문제를 선별하여 출제하였습니다.

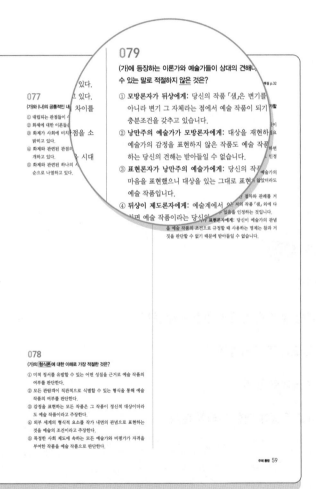

✏️ 2024, 2023 수능 및 평가원 모의고사의 출제 경향과 최근 수능 연계 교재의 연계 및 출제 원리를 적용하여 문제화하였습니다.

✏️ 문제의 핵심을 콕콕 짚어 정답 선지와 오답 선지를 자세하게 풀이하였습니다.

✏️ 수능 연계 교재에 대한 연계 포인트를 지문 분석과 함께 제시하여 지문별 연계 학습의 기술을 습득할 수 있도록 구성하였습니다.

차례

2025 대비
수능 연계 독서 제재 한눈에 보기

🪐 인문·예술

	분야	제재명	주제	핵심 내용
출제 확률	[인문] 서양 철학	노직의 최소 국가론	개인의 권리 보호 를 위한 노직의 최 소 국가론	노직은 자연 상태에서 개인의 권리 보호를 위해 최소한의 권력을 가진 국가가 필요하다고 보았다. 노직은 국 가란 강제력을 독점해야 하고 모든 사람을 보호할 수 있는 서비스를 공급할 수 있어야 한다고 보았으며, 기본 적 질서가 유지된다면 개인과 국가가 최대의 거리를 유지하는 것이 바람직하다고 주장하였다. 노직이 주장한 최소 국가는 사적 협회일 뿐이라는 비판을 받았으나, 그의 주장은 이상적 국가 형성의 가능성을 모색했다는 점에서 의의가 있다.
	[인문] 미학	토마스 아퀴나 스의 미학	미에 대한 토마스 아퀴나스의 철학 적 견해	토마스 아퀴나스는 예술 작품과 인간의 미(美)는 위계가 다르고, 어떤 사물의 미는 인식하기 전에 이미 존재한 다고 보았으며, 미에 대한 인식은 신을 인식하는 것이라고 생각하였다. 그는 완전성, 비례성, 명료성을 미학의 의미 내용으로 제시하였고, 미는 즐거움과 인식의 대상이라고 주장하며 경험 속 실제적 존재자인 미를 '선'과 '진'의 선험적 개념과 연결하였다.
	[인문] 서양 철학	서구 자연 철학 에서의 공간관 변화	공간에 대한 서양 자연 철학자들의 입장 변화	아리스토텔레스는 신화에 기반한 관점에서 벗어나 처음으로 현실적 관점에서 공간을 설명하였는데, 공간이 물체와 동시에 존재한다는 공간관을 주장하였다. 한편 데카르트는 공간이 물질에 속한 본질이며 무한하다고 보았다. 그 후 뉴턴은 물질과 공간을 구분하고 물체의 운동을 파악하기 위해 시간 개념을 활용하였다. 공간에 대한 뉴턴의 생각은 고전 역학의 체계를 세우는 데 큰 영향을 미쳤다.
출제 확률	[예술] 예술론	예술 제도론	예술 제도론의 개 념과 의의	예술 제도론은 사회적 맥락이 예술의 지위를 결정하는 데 중요하다는 입장이다. 예술 제도론자들은 예술 작품 이 규칙과 절차에 따라 움직이는 예술가와 감상자의 상호 작용에 의해 생겨난 것이라고 보고 예술 작품의 속 성을 사회적 맥락에서 파악하고자 하였다. 즉 예술 제도론에서는 규칙과 절차 안에서 예술 대상이 생성되었는 지가 예술적 지위를 결정한다고 보았다.
	[인문] 역사	김부식의 《삼 국사기》 편찬 의도	김부식의 《삼국사 기》 편찬 배경과 의도	김부식은 기존에 존재하던 역사서 《구삼국사》에 중국과 국내 자료를 보완하여 《삼국사기》를 새로 편찬하였 다. 그가 새 역사서를 쓴 이유는 대외적으로 중국 송나라에서 《신당서》가 편찬된 것 때문이고 대내적으로 유 교적 역사관에 바탕을 둔 역사서 편찬이 필요했기 때문이라고 볼 수 있다. 《삼국사기》 편찬에는 유교 경전을 실천하고자 하는 권계의 의미와 하늘과 인간이 불가분의 관계에 있다는 천인감응설을 반영하려는 김부식의 의도가 담겨 있다고 볼 수 있다.
	[예술] 예술론	바흐친의 크로 노토프	크로노토프의 개 념과 소설과 연극 에의 적용 사례	바흐친은 시공간이 불러일으키는 특별한 예술적 효과를 의미하는 크로노토프에 대해 서사적 사건을 구체화하 여 시각적으로 느끼게 하는 것이라고 설명하였다. 따라서 그는 크로노토프가 특별한 이미지나 형상을 불러일 으킬 수 있는 표시물이어야 한다고 말하며 소설과 연극을 분석하는 개념으로 활용하였다. 특히 무대에서 실연 을 통해 시공간을 시청각적으로 표현하는 연극에서, 시공간의 결합으로 형성되는 크로노토프는 관객으로 하 여금 기억에 저장되어 있는 지식을 동원하게 함으로써 관객의 감상 과정에 영향을 미친다.
	[인문] 서양 철학	코나투스	시대에 따른 코나 투스 개념의 변화 양상	사물이 자기 존재를 보존하려는 경향을 코나투스라고 한다. 고대에는 이를 생명체의 자기 보존 욕망이라고 보 았고 중세에는 모든 존재가 가진 자신의 실존을 지속하려는 욕망이라고 보았으며, 르네상스 시대에는 무기물 도 가진 자기 보존에 대한 욕망이라고 보았다. 코나투스의 의미는 근대에도 이어졌으며 자연을 이용하는 데 활용되었다. 그중 스피노자는 자기 보존의 욕망이라는 관점에서 코나투스를 이해하고, 더 나은 삶의 지속에 대한 욕망이 있는 인간은 타인과의 공존이 필요한 존재라고 보고, 공동체의 필요성을 주장하였다.
	[예술] 서양 미술	보들레르의 예 술관과 마네의 작품 세계	보들레르의 현대 성 개념과 마네 작 품에 미친 영향	시처럼 간결한 표현으로 본질과 핵심을 보여 주는 것이 뛰어난 예술이라고 생각한 보들레르는 기계적 묘사를 반복하던 미술 사조에 맞선 화가 들라크루아를 지지하였다. 보들레르는 지금 살고 있는 시대를 생생하게 그려 내는 현대성이 중요하다고 주장하며 고전 미술에 정면으로 맞섰다. 이런 그의 주장은 모네와 같은 새로운 미 술을 추구하던 화가들에게 영향을 주었으며, 모네는 상상이 아닌 현실을 그림으로써 보들레르의 이론을 실천 하고자 하였다.
출제 확률	[인문] 동양 철학	과학 기술에 대한 개화기 지식인들의 생각	서구 과학 기술에 대한 이항로와 박 은식의 견해	서구는 르네상스를 지나며 인간 해방을 추구하였고, 과학 혁명과 산업 혁명을 바탕으로 형성된 근대 문명은 조선으로까지 유입되었다. 그러나 19세기 조선은 서구로부터 조선을 지켜야 한다는 기조에서 이항로 등이 주 장한 위정척사 사상을 기반으로 한 쇄국 정책을 시행하였고, 서구 과학 기술의 수용을 반대하였다. 한편 박은 식은 과학 기술의 중요성을 인식하고 나라를 지키려면 과학 기술에 힘써야 한다고 주장하였다. 그러면서도 박 은식은 맹목적 서구화를 경계하고, 서구 문명에 대응하기 위한 이론적 체계이자 대동 사회를 실현할 방법으로 서 양명학을 주장하였다.
출제 확률	[인문] 서양 철학	과타리의 생태 철학	환경 문제 해결을 위한 과타리의 생 태 철학	환경 문제 해결에 대해 과학 기술이나 제도를 통해 자연환경을 관리하면 된다고 주장하는 환경 관리주의와 이 러한 방법으로 문제를 해결할 수 없다고 주장하는 사회 생태주의, 근본 생태주의가 있는데, 과타리는 이 세 가 지 입장을 결합한 생태 철학을 제시하였다. 자본주의 체제를 살았던 과타리는 환경 문제를 해결하려면 개인들 이 자본주의의 경제적 수단과 논리, 자본주의적 욕망에 따른 동질적 주체에서 벗어나야 한다고 주장하였다.

	[예술] 예술론	지멜의 예술론	예술의 가치에 대한 지멜의 예술론과 그 의의	지멜은 대상의 개체적 삶이 예술품을 통해 드러내야 한다고 보았다. 그는 삶을 예술의 준거로 삼고 인물의 전체 삶을 표현한 렘브란트의 초상화를 최고로 개인적인 그림이라고 평가하였으며, 예술은 개인 법칙에 입각하여 객관적 물질인 재료를 예술 형식으로 구성하는 것이라고 보았다. 그는 감상자들이 예술가가 작품에 담은 삶을 이해하려면 총체성을 중심으로 감상해야 한다고 주장하여 예술을 통해 삶을 성찰하는 계기를 마련했다고 평가받고 있다.
	[예술] 예술론	러시아 아방가르드의 절대주의와 구축주의	말레비치와 타틀린의 예술론과 러시아 아방가르드 미술	새로운 예술의 개념을 추구하는 움직임인 아방가르드는 러시아에서 절대주의와 구축주의라는 두 움직임을 중심으로 일어났다. 말레비치는 대상의 재현을 과감히 배제하고, 순수한 창작물 자체를 표현하려고 하였다. 반면에 타틀린은 가상의 요소를 실제 공간에 구현하고자 하였으며 원재료만으로 미술을 만들고자 하였다. 물질성을 배제하고자 한 말레비치의 예술관은 현대 추상 미술에, 물질성에 집중한 타틀린의 예술관은 미니멀 아트에 큰 영향을 미쳤다.
	[인문] 공연 예술	조선의 종합 예술 작품인 〈봉래의〉	조선 시대 종합 예술 작품인 〈봉래의〉의 특징	조선 시대의 노래, 무용, 음악이 어우러진 종합 예술 작품인 〈봉래의〉는 세종 대왕이 궁중 의식을 정비하는 과정에서 제작되었다. 〈봉래의〉는 다섯 부분으로 구성되었으며 처음과 마지막은 노래 없이 악기로만 연주되고, 가운데 세 부분은 춤과 노래가 공연되었다. 〈봉래의〉의 노랫말은 〈용비어천가〉의 내용으로 구성되었으며, 각 구성마다 춤의 대형이 달라졌다. 세종 대왕은 자신의 정치적 염원과 예술적 이상을 〈봉래의〉에 담고자 했으며, 〈봉래의〉는 세종 이후에도 궁중 의례에서 연행되었으나 현재는 문헌으로만 전해진다.
출제 확률	[인문] 서양 철학	에스포지토의 주권과 면역 개념	주권과 면역 개념의 재정립을 시도한 에스포지토의 이론	에스포지토는 홉스의 사회 계약론에서 주권과 면역의 관련성을 밝히고 근대 주권의 면역 패러다임의 문제점을 지적하였다. 그는 법적·정치적 차원의 개인의 생명 보존 방식과 생의학적 차원의 유기체의 생명 보존 방식이 유사하다며 근대의 주권을 면역 장치로 보았으며, 근대 주권의 면역 패러다임에서는 외부의 타자성과 이질성이 위협이 된다고 지적하였다. 따라서 외부의 것을 차단하는 역할에 한정되었던 근대의 주권 개념에서의 면역의 기능과 달리, 에스포지토는 면역 메커니즘을 이질적인 것과의 생산적 결합을 통해 생명을 생성하는 것으로 보았다.
	[인문] 서양 철학	화이트헤드의 유기체 철학	화이트헤드의 유기체 철학의 개념과 사회 생물학에 미친 영향	생명체가 지니는 특성은 유전자에 의해 결정된다는 윌슨의 사회 생물학은 인문학적 통찰이 부족하다는 비판을 받았고, 이 비판을 방어할 철학적 근거로 화이트헤드의 유기체 철학이 제시된다. 화이트헤드는 세계를 구성하는 궁극적 실재인 현실적 존재자라는 개념을 제시하고 이들 간의 협력적이고 유기적 관계를 강조하였으며, 생명체는 개체 유전을 통해 객체적 불멸성을 실현한다고 주장함으로써 사회 생물학의 유전자 결정론을 지지하는 근거로 평가되었다.
출제 확률	[인문] 동양 철학	이이와 기정진의 이기론	기정진이 주장한 이기론과 그 의의	19세기에 기정진은 이이의 이기론을 비판하며 리가 도덕 실천의 근거로 적극적인 역할을 한다는 주장을 하였다. 그는 기의 운동 변화가 리에 근거한 것임을 전제하고 리가 모든 운동 변화의 원인임을 강조하였다. 또한 기정진은 리 안에 다양성의 원리인 분이 포함되는 일원적 구조를 확립하고자 하였으며 현상 세계가 리의 체계를 따른다고 하였다. 현상 세계 이면의 근원적 체계를 직시하고자 했던 기정진의 사상은 19세기 후반 이후 실천적 유림들에게 큰 영향을 미쳤다.
	[인문] 미학	칸트 철학에서 '숭고'의 의미	미와의 비교를 통해 본 숭고의 철학적 의미에 대한 칸트의 견해	칸트는 미와 숭고의 판단이 모두 특수한 것으로부터 보편적인 것을 발견하는 판단이라고 보았으나 미와 숭고를 구분하였다. 그에 따르면 미는 형식을 가진 대상에서, 숭고는 무형식적 대상에서 경험되며, 미와 숭고가 불러일으키는 감정이 각각 다르고, 미의 대상은 합목적성을 갖지만 숭고의 대상은 형식적 반목적성을 갖는다는 차이가 있다. 한편 칸트는 대상에 대한 숭고함의 근거는 숭고를 느끼는 인간의 사고방식에 있다고 하며 숭고의 체험을 통해 형이상학적 이념의 세계를 경험할 수 있다고 생각하였다.
	[인문] 윤리학	윤리적 판단에 대한 직관주의와 정의주의의 입장	무어의 직관주의와 이를 비판한 에이어의 정의주의	무어는 윤리적 판단의 기준이 되는 규범적 속성을 경험적으로 인식 가능한 자연적인 것에서 이끌어 낼 수 있다는 자연주의 윤리학을 부정하며 규범적 속성을 자연적 속성으로 정의하는 것의 타당성을 검증하였다. 무어는 열린 질문 논증을 통해 이러한 정의는 자연주의적 오류를 범하는 것이라고 주장하였다. 한편 에이어는 누군가에게 참인 윤리적 판단이 다른 사람에게는 거짓일 수 있다고 주장하며 윤리적 판단에 상충하는 두 직관이 존재한다면 둘 중 하나를 선택할 수 있는 객관적 기준을 제시하는 것이 불가능하다고 하였다. 에이어는 윤리적 판단에 대해 참과 거짓 판별이 불가능하다고 주장하며 윤리에 대한 이해를 근본적으로 바꿔야 한다고 하였다.
	[인문] 서양 철학	마음 읽기에 주목한 데넷의 지향계 이론	데넷의 지향계 이론의 개념과 입장	마음 읽기에 대한 이해를 넓힌 데넷은 지향계 이론을 통해 대상에 지향적 태세를 취하는 것을 그 대상의 마음을 읽는 것이라고 설명하였다. 그에 따르면 물리적 태세, 설계적 태세, 지향적 태세의 세 가지 전략을 통해 어떤 유형의 행동을 설명하고 예측할 수 있다. 이 중 지향적 태세는 그 존재자가 믿음과 욕구를 고려하여 행동하는 합리적인 행위자인 것으로 보고 행동을 설명·예측하는 전략이다. 데넷은 지향적 태세를 통해 그 체계의 행동을 신빙성 있게 예측할 수 있다면 그 체계는 지향성이 있다고 간주하였다.

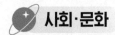 사회·문화

분야	제재명	주제	핵심 내용
[사회] 경제	최고 가격제와 최저 가격제	최고 가격제와 최저 가격제를 통한 가격의 규제와 조정	최고 가격제와 최저 가격제는 정부가 시장의 가격을 규제하거나 조절하는 방법으로, 이를 시행하면 소비자 잉여와 생산자 잉여에 변화가 생기게 되어 두 잉여값의 합인 사회적 잉여에 손실이 발생할 수 있다. 이처럼 시장의 균형이 최적의 상태가 아닐 때 발생하는 손실을 자중 손실이라고 한다. 자유주의 경제학자들은 금융 시장의 이자율 규제는 문제가 있다고 지적하면서 이자율을 규제하게 되면 사금융 시장이 활성화되는 등의 문제가 발생할 수 있다고 주장한다.
[사회] 사회학	연극적 차원에서 분석한 사회적 상호 작용	사회적 상호 작용에 대한 고프먼과 리프킨의 이론	고프먼을 일상에서 면 대 면으로 의사소통하는 과정을 연극에 비유하여 설명하였다. 그는 사람들이 자신을 표현하고 인상을 관리하기 위해 공연을 한다며, 타인에게 보여 주고 싶은 모습만 보여 주기 때문에 전면과 후면 영역에서의 모습이 다르다고 하였다. 이러한 관점을 계승한 리프킨은 연극적 자아가 인터넷 커뮤니케이션 환경에서 더 잘 드러난다며 기술 혁명이 인간의 연극적 의식을 심화한다고 주장하였다.
[사회] 사회학	콜먼의 합리적 선택 이론	인간 행동에 대한 콜먼의 경제학적 관점과 합리적 선택 이론	콜먼은 경제학과 연결하여 사회학을 연구하고자 했으며 합리적 선택 이론을 통해 인간의 행위를 이해하고 모형화하고자 하였다. 이 이론에서 콜먼은 자원을 통제할 수 있는 상황에서 행위에 대한 효용을 함수로 표현하였으며, 인간 행위와 현상을 사회 구조와 관련하여 설명하였다. 그는 인간의 행위만으로 불평등 정도를 줄일 수 없다고 주장하며 불평등 사회의 문제를 해결하기 위한 방법으로 사회적 자본을 강조하였다.
[사회] 경제	아웃소싱	아웃소싱의 개념과 제조 분야에서의 OEM과 ODM 분류	기업의 이윤을 최대화하기 위해 외부 전문가나 전문 기업에 업무를 위탁하는 아웃소싱은 산업 전반에서 광범위하게 활용되고 있다. 제조 분야에서 아웃소싱을 결정할 때에는 비용을 추가로 고려해야 하며, 주문자 상표 부착 생산(OEM)과 제조 업자 개발 생산(ODM)으로 아웃소싱의 형태를 구분할 수 있다. OEM은 비용과 노동력을 절감할 수 있지만 기술 유출이나 품질 관리 문제가 발생할 수 있다. ODM은 시간과 비용 절감이 가능하고 외주 업체의 전문성을 적극 활용할 수 있으나 분쟁 발생 시 업체 변경이 어렵다는 단점이 있다.
[사회] 경제	리처드 에머슨의 교환 이론	리처드 에머슨의 교환 이론의 주요 개념과 의의	욕구를 가진 행위자 간의 자원 교환이 사회의 근본적 속성이라고 본 에머슨은 네트워크 구조를 통해 네트워크 내의 중심성과 권력 관계의 변화를 설명하고자 하였다. 에머슨은 행위자들이 가치를 부여하는 자원을 적절히 제공하지 못하면 권력이 붕괴될 수 있다고 주장하며 이를 바탕으로 봉건제가 붕괴된 이유를 설명하였다. 즉 에머슨은 교환 과정을 네트워크 내에서 일어나는 것으로 개념화하였고 이러한 교환 이론을 통해 사회 구조를 설명한 것이다.
[사회] 법	물권 변동 및 담보 물권의 특성	물권의 개념과 물권 변동 및 담보 물권의 특징	민법상 물건을 대상으로 하는 권리를 물권, 타인의 행위를 요구할 수 있는 권리를 채권이라 한다. 물권 중 '담보 물권'은 물건의 사용이 아닌 금전 채권자의 채권액 회수를 목적으로 하는데, 채무자가 채무 전액을 갚으면 자동으로 소멸하며 채무자가 채무 전액을 갚기 전까지는 담보물 전부에 대해 유지된다. 또한 담보물이 사라져도 그 물건에 대한 대체 이익이 발생하면 그것이 담보 물권의 대상이 된다.
[사회] 경제	재판매 가격 유지 행위 법적 규제	공정 거래법상 재판매 가격 유지 행위 금지 및 허용 사례	공정 거래법에서는 자율적 판매 활동과 가격 경쟁 촉진을 위해 금지하는 행위를 규정하고 있다. 사업자 단체의 가격 제한 행위나 재판매 가격 유지 행위를 금지하는 것이 대표적이다. 재판매 가격 유지 행위는 가격 경쟁을 제한하는 문제가 있으며 가격 담합으로 인해 가격이 상승하는 문제가 발생할 수 있어 공정 거래법에서는 이를 원칙적으로 금지하나 소비자 후생 증대 효과 등 정당한 이유가 있거나 공정 거래 위원회가 고시하는 저작물 등 관련 법에 의한 예외적 인정 등에 한해 금지하지 않는다.
[사회] 사회학	지구 환경 정치에 대한 이론적 논의	지구 환경 정치에 대한 현실주의·자유주의·구성주의의 입장	환경 문제에 대한 전 지구적 차원의 상호 작용인 지구 환경 정치를 이해하려면 국제 정치에 대한 현실주의, 자유주의, 구성주의의 관점을 살펴보아야 한다. 현실주의는 개별 국가의 배타적 이익 추구와 환경 보호를 위한 집단적 노력의 부재로 비관적 상황에 빠질 것을 전망하고, 자유주의는 개별 국가 외의 다양한 행위 주체들 간 협력 가능성을 긍정한다. 구성주의는 고정된 이해관계가 아니라 다른 행위 주체와의 상호 작용 속에서 새로운 이해관계가 발달할 수 있다고 보며 이기적, 배타적 국가 중심적 사고로부터의 탈피를 주장한다.
[사회] 법	특허권 침해와 손해액 산정	특허권 침해에 따른 손해액 산정 방법과 관련 규정의 중요성	발명을 한 자나 그 승계인에게 주어지는 독점적, 배타적 권리인 특허권은 특허 등록이 완료되었을 때 주어진다. 특허권 침해 행위는 불법이므로 특허권자는 침해자에게 손해 배상을 청구할 수 있으며, 특허법에서는 특허권자의 손해액을 산정하기 위한 규정을 별도로 두고 있다. 일실 이익 추정에 관한 규정이나 침해자가 침해 행위를 통해 얻은 이익액을 손해액으로 추정하는 규정 등이 그것인데, 무형의 지적 창작인 발명은 손해액을 산정하거나 입증하는 것이 어렵다.
[사회] 경제	맬서스와 솔로의 경제 성장 모형	맬서스와 솔로의 경제 성장 모형의 기본 원리와 특징	맬서스가 인구 증가의 관점에서 제시한 경제 성장 모형은 한계 생산물 체감의 법칙을 따른다. 이 법칙에서는 생산 요소의 투입량과 한계 생산량이 반비례 관계이므로, 맬서스 모형에 의하면 경제가 계속해서 성장하는 것은 불가능하고 생산량이 정체 상태에 이르면 미래에 대한 희망을 기대할 수 없게 된다. 한편 솔로 모형에서는 자본량을 늘리면 생산 증가가 가능하며 자본이 1인당 국민 소득에 영향을 미친다고 본다. 또한 솔로 모형은 기술 진보가 경제 성장에 미치는 영향을 포함하므로 경제 성장으로 인한 생활 수준의 지속적 향상을 설명할 수 있다.

	[사회] 법	채무의 변제	채무의 변제에 대한 법률 규정	금전 소비 대차 계약에 따라 채무자가 채권자에게 빌린 돈을 갚는 것을 변제라고 하며, 두 사람의 합의와 의사 표시가 모두 없다면 법률 규정에 따라 변제를 충당할 채무가 결정된다. 변제는 채무자가 하는 것이 원칙이나 제삼자가 할 수도 있으며, 채권자가 아닌 준점유자가 채권을 행사할 수도 있다. 준점유자에 대한 변제는 나쁜 의도가 없고 과실이 없는 경우에만 인정되며, 변제 과정에서 채권자와 채무자의 권리와 이익 보장을 위해 여러 법률적 장치가 마련되어 있다.
	[사회] 경제	기업의 투자 모형	기업의 설비 투자와 재고 투자를 설명하는 이론에 따른 모형의 종류	투자에 불확실성이 미치는 영향은 설비 투자와 재고 투자로 나누어 탐구할 수 있다. 설비 투자 이론에는 딕싯의 투자 옵션 모형이 있는데, 이 모형에서는 불확실성에 의해 기업이 투자를 줄인다고 설명한다. 한편 재고 투자에 대해서는 프로덕션 스무딩 이론과 재고 소진 기피 모형이 있다. 전자는 기업이 생산량을 일정하게 유지하며, 경기 위축기에 생산되었던 재고를 경기 호황기에 판매한다고 설명하지만 실제 기업의 재고 투자와 부합하지 않는다. 후자는 기업의 수요량 예측과 손실 회피 욕구에 따라 경기 호황기에는 수요량보다 많은 생산이, 경기 위축기에는 수요량보다 적은 생산이 이루어진다고 설명한다.
	[사회] 경제	무제한적 노동 공급 단계와 노동조합	무제한적 노동 공급 단계에서 노동조합의 기능에 대한 애덤 스미스의 견해	애덤 스미스는 노동력의 재생산을 목표로 하는 노동 시장론을 제시하였다. 적극적 자유방임론자인 그는 공정한 사회의 질서를 유지하기 위한 조건으로 독점의 철폐와 경쟁의 확립을 제시하였다. 그는 노동 시장이 경쟁적 시장이 되기 어렵다며, 초기 산업화 단계에서는 노동조합이 경쟁을 촉진하는 역할을 한다고 보았다. 한편 산업화가 진전됨에 따라 사용자들 간에 구인 경쟁이 나타나 무제한적 노동 공급 단계에서 제한적 노동 공급의 단계로 전환이 이루어지고 노동 시장에서 경쟁이 기능하기 시작하였다.
출제 확률	[사회] 법	예금 계좌 대여와 범죄	예금 계좌 대여와 관련된 법률 규정과 법률 용어의 의미	다른 사람의 예금 통장 대여나 예금 인출 심부름은 보이스 피싱 범죄에 연루될 수 있기 때문에 주의해야 한다. 자신의 예금 계좌에서 예금을 인출하여 전달하는 행위로 보이스 피싱범의 사기죄에 대한 방조범이 될 수 있다. 공범의 일종인 방조범은 방조 행위와 방조의 고의 충족으로 성립하는데, 방조 행위는 정범이 범죄 행위를 하기 쉽게 해 주는 모든 행위이며, 방조의 고의는 미필적 고의만으로도 인정될 수 있기 때문이다.
출제 확률	[사회] 경제	독점적 경쟁 시장 모형	독점적 경쟁 시장 모형의 특징과 그 의의	다수의 기업이 차별화된 상품을 공급하는 독점적 경쟁 시장은 개별 기업이 자신의 상품에 대한 독점자로 가격 설정자가 된다. 독점적 경쟁 기업은 단기적으로 초과 이윤을 얻을 수 있으나, 장기적으로는 신규 기업의 시장 진입 때문에 초과 이윤을 얻을 수 없다. 독점적 경쟁 시장의 장기 균형에서 기업은 평균 비용을 최소화하는 생산량보다 적게 생산하는데, 이는 상품 차별화를 위해 생산의 비효율을 감수한 것으로 볼 수 있다.
	[사회] 법	기본권과 제도 보장	기본권의 개념과 기본권 대한 전통적 견해와 최근 견해의 비교	기본권은 헌법으로 보장된 국민의 권리이고, 객관적 제도를 헌법으로 규정하여 보장하는 것을 '제도 보장'이라 한다. 기본권 보장과 제도 보장의 관계에 대한 견해로는 기본권과 제도의 성질상 차이점을 강조하는 준별론, 기본권의 양면성을 전제하는 융합론, 제도 보장을 구시대의 유물로 보는 무용론 등이 있다. 최근 등장한 구별론은 기본권 보장과 제도 보장을 별개로 파악해야 한다는 입장이다. 한편 제도 보장 중에 기본권 보장과 직접적 관련성이 있는 것도 있고 그렇지 않은 것도 있다는 점을 파악할 필요가 있다.
	[사회] 정치	과두제에 대한 미헬스의 견해	과두제의 필연성을 주장한 미헬스의 이론과 그 한계	소수의 사람이나 엘리트 집단이 국가 최고 기관을 조직하여 정치를 행하는 체제를 과두제라고 하는데, 이는 소수가 정보와 권력을 차지하고 다수가 소외될 때 형성된다고 미헬스는 주장하였다. 미헬스는 민주정이 과두제로 변하는 과정에 관심을 갖고, 변화의 원인을 개인, 대중, 조직의 측면에서 분석하여 과두제로의 이행 과정을 설명하고자 하였다. 그는 매우 민주적인 조직도 과두제가 필연적으로 나타난다는 과두제의 철칙을 주장하였는데, 이런 주장은 순환론적 역사관을 전제하고 있어 비판을 받았다.

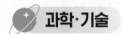 **과학·기술**

분야	제재명	주제	핵심 내용
[과학] 지질학	연륜 연대법	나무의 연대를 측정하는 방법인 연륜 연대법	연륜 연대법은 나무의 연대를 1년 단위로 측정할 수 있는 방법이다. 나무는 시기별로 독특한 연륜 패턴이 나타나는데, 나무의 연륜은 기후에 따라 면적이 달라지며 이를 분석하면 나무가 자란 지역의 특성과 연대뿐만 아니라 벌채된 연도까지도 추정할 수 있다. 나무의 연륜은 나무 중심의 나무심인 코어를 채취하여 측정하는 코어링법과 디지털카메라로 연속적으로 연륜을 촬영하여 측정하는 카메라 촬영법을 이용해 측정할 수 있다.
[과학] 물리	헬리콥터 회전 날개에 작용하는 양력	헬리콥터의 회전 날개에 양력이 발생하는 원리	헬리콥터의 회전 날개는 중심과 끝단의 회전 반경이 다르고, 회전 날개의 각 부분에서 기류 속도가 달라진다는 특징이 있다. 헬리콥터의 회전 날개 윗면과 아랫면의 기류 속도 차이로 헬리콥터가 위로 뜨는 힘이 발생하며 이를 양력이라고 한다. 이 양력은 받음각에 따라 크기가 달라지는데, 회전하는 날개의 전진익과 후퇴익의 받음각이 같다면 헬리콥터가 쓰러지는 문제가 발생할 수 있으므로, 이를 방지하기 위해 회전 날개의 플래핑이 필요하다.
[과학] 천문학	펄서의 발견과 펄스 방출 원리	중성자별인 펄서가 펄스를 방출하는 원리	행성 간 공간 섬광을 연구하던 연구 팀은 특정 행성에서 펄스가 규칙적으로 방출되는 것을 발견하였고, 이러한 행성은 펄서라고 명명되었다. 이후 천문학자 골든은 펄서가 중성자별이라고 설명하였으며 추가로 발견된 펄서에 의해 골든의 설명은 과학적으로 인정받았다. 연구에 따르면 중성자별의 회전 시 주위의 강한 자기장이 거대한 전기장을 일으키고 이로 인해 별 표면에서 분리된 전자들이 가속되어 빠르게 회전하면서 강한 전자기파를 자기장 축에 따라 방출하게 된다.
[기술] 데이터	인공 지능의 기계 학습	기계 학습의 개념과 기계 학습 알고리즘의 종류	기계 학습은 컴퓨터에 데이터를 제공하고 학습하게 하여 컴퓨터 스스로 규칙을 찾는 방법을 말한다. 기계 학습의 학습 방법에는 지도 학습, 비지도 학습, 강화 학습 등이 있다. 지도 학습은 입력과 출력 간 관계의 학습에 사용되며 K-NN 분류 알고리즘을 들 수 있다. 비지도 학습은 정답이 없는 상황에서 데이터의 특성을 학습하는 방법으로 K-평균 군집화 알고리즘을 들 수 있다. 한편 강화 학습은 바람직한 행동 패턴을 학습하는 알고리즘이다.
[과학] 수학	무한 개념의 변화	무한에 대한 인식 변화와 칸토어의 연구	아리스토텔레스는 무한을 현실적 무한과 잠재적 무한으로 구분하고 잠재적 무한만을 인정하였으며, 시간의 흐름은 무한하다고 보았다. 한편 19세기 말 칸토어는 현실적 무한에 대해 연구하였다. 그는 무한의 크기를 비교하기 위해 집합의 원소 수로서 기수라는 개념을 제시하였고 대각화 증명을 통해 자연수 집합과 유리수 집합의 기수가 같다는 것을 증명하였다. 또한 대각선 논법을 통해 실수 집합이 자연수나 유리수 집합보다 더 큰 무한임을 증명하였다. 칸토어의 연구는 무한을 현대 수학과 과학의 영역으로 끌어들였다는 측면에서 의의가 있다.
[기술] 바이오	미세 조류와 바이오디젤	미세 조류를 이용한 바이오디젤 생산 과정	바이오매스에서 생산된 바이오 연료는 화석 연료에 비해 대기 오염 물질 배출이 적고, 특히 이산화 탄소 순 배출량을 줄일 수 있다는 장점이 있다. 최근 대량 배양이 가능하여 수확량이 많고 매일 수확할 수 있다는 장점이 있는 미세 조류를 바이오디젤로 만드는 연구가 진행 중인데, 이는 균주 선택, 배양, 수확, 지질 추출, 바이오디젤 전환의 5단계를 거친다.
[과학] 생물	군집의 이해 및 분석을 위한 척도들과 천이	군집의 이해와 분석을 위한 풍부도, 다양도 지수 등의 개념 및 천이	풍부도는 일정한 면적 내에 존재하는 군집을 분석하는 가장 단순한 척도이지만 그 한계를 보완하기 위해 상대 풍부도를 이용한다. 각 종의 상대 풍부도를 서열화하여 나타낸 풍부도 서열 그래프는 군집의 생물학적 구조 파악에 용이하지만 군집의 차이를 정량화할 수 없다는 한계가 있어 다양도 지수가 개발되었고 그중 하나가 심슨 지수이다. 한편 일정 공간에서 시간에 따라 군집 구조가 달라지는 것을 천이라고 하는데, 비생물적 환경 변화는 생태계 전반에 영향을 끼칠 정도의 천이 양상을 만들어 낼 수 있어 생태학계는 지구 온난화 문제에 관심을 갖고 있다.
[과학] 생명 과학	암세포의 증식	정상 세포와의 비교를 통한 암세포의 증식 과정 이해	암은 돌연변이 세포의 발생과 축적으로 생겨나는 것이다. 세포가 성장하고 분열하는 과정인 세포 주기에는 점검이 이루어지는 확인 지점이 있는데, 암세포는 이 확인 지점에서 점검이 제대로 되지 못하도록 하여 끊임없이 증식할 수 있다. 한편 세포의 성장과 분열에 영향을 미치는 성장 인자와 결합하여 활성화되는 정상 수용체와 달리, 암세포의 수용체에 변이가 생기면 끊임없는 성장과 증식이 일어난다. 이 외에 여러 돌연변이가 축적되어 암이 발생하므로 암 치료를 위해서는 다양한 방법이 사용된다.
[과학] 물리	골딩햄의 음속 측정	기상학적 요인을 고려한 골딩햄의 음속 측정 방법과 결과	18세기 이전의 음속 측정은 음속에 영향을 미치는 기상 효과를 엄밀하게 고려하지 않아 오차가 컸으나, 18세기 초부터 이를 고려하여 연구가 진행되었다. 골딩햄은 대기 조건이 음속에 미치는 영향을 측정하고자 하였고, 음속의 정확한 측정을 위해 음원과 관측점 사이의 거리를 정확하게 측정하고 대포를 쏘는 화약의 양을 다르게 하여 측정함으로써 소리의 세기가 음속에 영향을 미치지 않는다는 것을 알아냈다. 여러 차례 실험을 통해 골딩햄은 음속에 영향을 줄 수 있는 기상학적 요인을 확정하였다.
[과학] 물리	지자기 연구와 가우스의 퍼텐셜 이론	지자기 관측을 통해 성립된 가우스의 퍼텐셜 이론	실용적 이유로 국가의 지원을 받아온 지구 자기장 연구는 수학적 발전을 유발하였다. 19세기에 훔볼트는 세계 최초로 지자기 관측 정보를 공유하는 네트워크를 조직하였고, 가우스는 천문학에서 확보한 정밀도를 지자기 관측에서도 실현하고자 하였다. 가우스는 지구 안에 있는 극성을 띤 철 입자들이 움직이기 때문에 지구 자기장이 계속 바뀐다고 생각하였으나 관측과 실험에 의해 확인된 것만을 수용하려 하였다. 그는 수학적으로 자기 퍼텐셜을 구하려 하였고 수식에 의한 계산이 관측값과 일치함을 확인하였다. 가우스의 수학적 방법과 퍼텐셜 이론은 이후 물리학에서 유용하게 사용되었다.

	[과학] 물리	콤프턴 효과	빛의 성질을 밝히기 위해 X선을 이용한 콤프턴의 실험과 결과	뉴턴은 빛이 입자라고 보았고, 토머스 영은 빛이 파동이라고 주장하는 등 19세기에는 빛의 성질에 대한 논쟁이 치열하였다. 20세기 초 콤프턴은 파동의 성질을 갖는 빛인 X선을 이용해 산란각이 클수록 콤프턴 이동이 크게 나타나는 현상을 연구하였다. 이 현상은 고전적 이론으로는 설명할 수 없었기 때문에 콤프턴은 X선을 파동이 아닌 광자라고 생각하였다. 콤프턴 이동의 결과는 빛을 입자로 보는 아인슈타인의 광양자설의 해석과 정확히 일치하였으므로, 콤프턴의 연구는 빛의 입자성을 증명하고 빛이 이중적 성질을 갖는다는 것을 인정받는 데 공헌하였다.
	[과학] 물리	점도와 유체	점도의 개념과 점도의 변화에 따른 유체의 분류	유체의 끈적거림 정도를 나타내는 물리량인 점도는 유체의 흐름에 대한 저항을 나타내며, 점도와 전단 응력에 의한 변형에 저항하는 정도는 비례한다. 유체는 뉴턴 유체와 비뉴턴 유체로 나눌 수 있는데 대부분의 유체는 속도의 기울기와 무관한 점도를 가지는 뉴턴 유체이다. 비뉴턴 유체에는 속도의 기울기가 커지면 점도가 커지는 팽창성 유체와, 반대로 점도가 작아지면 유사 가소성 유체가 있다. 한편 전단 응력이 특정 값 이상이 되어야 유체의 흐름이 일어나는 빙엄 유체도 있는데 대표적인 것이 치약이다.
	[기술] 반도체	전기 전도도와 반도체	반도체의 종류에 따른 전기 전도도의 특징	온도에 따른 전기 전도도의 변화를 기준으로 반도체와 도체를 구분할 수 있다. 도체는 전자의 흐름이 방해를 받아 전기 전도도가 감소하지만, 반도체 물질은 온도의 증가에 따라 전기 전도도가 증가한다. 반도체는 도체와 달리 띠틈이라고 불리는, 전자가 가질 수 없는 에너지의 수준이 있어 띠틈으로도 도체와 반도체를 구분할 수 있다. 고유 반도체는 순수한 물질로 이루어져 있는데, 여기에 다른 물질을 첨가하여 전류가 잘 흐르는 불순물 반도체를 만들 수 있다. 불순물 반도체에는 n형과 p형이 있으며 고유 반도체보다 전기 전도도가 온도의 영향을 더 크게 받는다.
	[기술] 결정화	결정화 기술의 종류와 결정 성장 이론	결정화 기술의 종류별 특징과 결정 성장 이론	결정화 기술은 금속이나 혼합물 용액에서 원하는 용질을 결정으로 얻어 내는 분리 기술이며, 용해도 변화 유도 방법에 따라 냉각 결정화, 반용매 결정화, 증발 결정화 등으로 나눌 수 있다. 과포화를 유도하여 용질을 결정으로 석출할 때, 용질의 석출에 따른 결정의 성장은 부피 및 표면에 관한 에너지와 관련이 있다. 결정이 석출될 때의 전체 에너지 변화는 부피 에너지 변화와 표면 에너지 변화의 합이다. 입자가 결정으로 석출되기 위해서는 핵이 형성되어 임계 크기 이상이 되어야 하는데, 임계 크기 이상에서 전체 에너지는 감소한다.
	[기술] 컴퓨터	주산과 컴퓨터에 활용되는 보수	보수의 개념 및 주판과 컴퓨터에서 보수를 활용한 연산 방법의 차이	주산은 주판을 활용하는 계산이며, 주산에서는 보충해 주는 수인 보수를 활용하여 계산을 한다. 특히 뺄셈의 결과가 음수 값이 나오면 이를 주판에 직접 표현할 방법이 없는데 이때 보수를 활용하여 나타낼 수 있다. 보수는 이진법을 사용하는 컴퓨터의 기본 연산에도 활용된다. 컴퓨터에서 음수를 표현하기 위해 숫자 앞에 1을 붙이는데, 이 방법은 계산이나 수의 표현이 정확하지 않다는 한계가 있다. 다른 방법은 보수를 활용하는 것으로, 1의 보수 또는 2의 보수를 활용하여 음수를 표현할 수 있다.
출제 확률	[기술] 데이터	블록체인과 비트코인	블록체인의 원리와 비트코인에서의 활용 방법	데이터 분산 저장 기술인 블록체인은 블록을 P2P 방식에 기반한 분산 환경에 저장하여 아무나 수정할 수는 없으나 누구나 수정 결과를 열람할 수 있다는 특징이 있다. 블록체인을 이루는 단위 블록은 본문, 헤더, 블록 해시로 구성되며, 한 블록의 거래 내역이 변경되면 이어진 모든 블록을 다시 생성해야 하므로 원장의 위조나 변조가 어려워 무결성과 가용성이 확보된다. 비트코인은 이러한 블록체인 기술을 기반으로 한 암호 화폐이다. 한편 블록체인은 누적된 거래 정보를 위한 저장 공간 마련에 필요한 비용 증가 및 실행 시간 증가 등의 문제점 역시 지니고 있다.
	[과학] 천문학	천문학자 아리스타르코스의 계산법	지구와 태양의 크기와 거리를 연구한 아리스타르코스의 계산법	아리스타르코스는 지구, 달, 태양 간의 거리를 계산하여 지구와 태양 사이의 거리가 지구와 달 사이의 거리의 약 19배이며, 태양의 지름이 달의 지름의 약 19배라고 추정하였다. 또한 그는 월식을 관찰하여 지구 그림자의 지름이 달의 지름의 약 2배라고 보았으며, 달과 태양의 시각을 통해 지구에서 달 사이의 거리가 지구 지름의 약 40배이고, 지구와 태양 사이의 거리가 지구 지름의 약 764배라고 보았다. 그가 계산한 값은 현재 밝혀진 값과는 크게 차이가 있으나, 당시에는 태양계의 크기를 추정하는 대표적 방법이었다.
출제 확률	[과학] 화학	생체 내의 화학 결합	생명체 내부의 화학 결합 양상과 창발성의 원리	생명체는 여러 화학 반응을 통해 원소들이 배열되고 결합되어 있는 복합체로, 생체 내 화학 결합은 크게 원자 간 결합과 분자 간 결합으로 나뉜다. 원자 간 결합은 공유 결합이나 이온 결합에 의해 이루어질 수 있으며, 분자 간 결합은 수소 결합이나 반데르발스 힘에 의해 이루어질 수 있다. 생체 내 화학 반응이 일어나려면 분자들이 일정한 거리에서 반응할 수 있어야 하는데 이때 촉매 역할을 하는 것이 단백질이다. 또한 진동, 회전, 병진 등의 분자 운동은 화학 반응을 촉진하는 역할을 한다. 한편 생명 현상은 단순한 부분의 합 이상의 것으로, 하위 계층에는 없는 특성이나 행동이 상위 계층에서 갑자기 출현하는 창발성에 대한 이해가 필요하다.

🌠 주제 통합

분야	제재명	주제	핵심 내용
[사회] 사회학+사회학	공공 선택 과정에서의 효율적 의사 결정 모형과 애로의 이론	(가) 뷰캐넌과 털록의 효율적인 의사 결정 모형	뷰캐넌과 털록은 의사 결정 비용과 외부 비용의 개념을 활용하여 공공 선택 과정에서 가장 효율적인 의사 결정 방법에 대해 설명하였다. 어떤 특정 표결 방식과 관련된 총비용은 합의를 이끌어 내는 데 필요한 시간과 노력인 의사 결정 비용과 타인의 행동 결과로 인해 개인이 감수해야 하는 비용인 외부 비용의 합이며, 가장 효율적인 의사 결정 방법은 이 합이 최소가 되는 지점에서 정해진다.
		(나) 바람직한 의사 결정 방법의 조건과 불가능성에 대한 애로의 의견	미국의 경제학자 애로는 사회 구성원 모두를 만족시킬 수 있는 바람직한 의사 결정 방법이 합리적이고 민주적일 수 있는 조건을 제시하였다. 선호 영역의 무제한성, 파레토 원리, 완비성과 이행성, 무관한 대안으로부터의 독립성, 비독재성이 그것인데, 애로는 불가능성 정리를 통해 이 5가지 조건을 모두 충족하는 방법은 존재하지 않음을 증명하였다. 이는 어떤 의사 결정 과정을 통해 도출된 결과도 불완전하므로 선택되지 못한 다른 대안들도 존중해야 함을 시사한다.
[사회] 정치+정치	미국의 정치 체제와 민주주의	(가) 자유주의와 공화주의를 추구한 미국 연방주의자들의 정치 체제 기획	미국 연방주의자들은 제헌 헌법을 통해 자유주의의 목표인 개인의 권리 보호와 공화주의의 이상인 공공선 획득을 동시에 추구하였다. 그들은 대등한 권력 간 상호 견제가 개인의 권리 보호를 가능케 한다고 보았지만, 다수의 파당 형성 방지에는 역부족이라고 생각하여 연방 정부에 의한 광역 공화국을 기획하였다.
		(나) 19세기 미국의 민주주의에 대한 토크빌의 견해	토크빌은 자유가 그 자체로 시대와 역사를 초월한 절대적 가치라고 보았다. 그는 자유에 대한 왜곡된 인식으로 인한 개인의 지나친 사적 이익 추구와 공공 정신의 소멸, 정치 참여 결핍을 민주주의의 문제점으로 지적하였는데, 당시 미국 사회가 이러한 문제적 조건을 충족한다고 보았다. 그러나 미국에서 다수의 폭정이나 자유 훼손은 나타나지 않았는데 토크빌은 미국 시민들이 지닌 마음의 습속, 즉 공적인 일에 대한 책임과 참여를 중시하는 태도를 원인으로 제시하였다.
출제 확률 [예술] 동양 미술+동양 미술	중국과 조선 후기의 회화론	(가) 신사를 담은 사의화 개념을 정립한 소식의 예술관	11세기에 중국 문인들은 문학적 틀에 회화를 맞추려고 노력했다. 그중 소식은 회화가 시와 동등한 예술이라고 주장하며 대상의 외양을 닮게 그리는 '형사'가 아니라 '신사', 즉 작가의 정신세계를 담아내는 그림인 사의화를 중시하였다. 또한 그는 예술가는 자연의 법칙이 내재한 철학을 그려야 한다고 주장하였다. 그의 예술관은 올바른 미술에 대해 고민하게 했다는 점에서 의의가 있다.
		(나) 조선 학자들의 화론	조선 후기에는 사물의 정신을 그리려는 화풍이 유행하였고, 박지원은 그림에서 작가의 내면을 잘 드러내는 것을 중요하게 생각하였다. 반면 고증을 중시하는 학풍을 갖고 있었던 이익은 대상을 닮게 그리는 형사가 중요하다고 보았다. 한편 윤두서는 대상을 철저하게 분석하여 사실적으로 구현하려고 노력하였고, 실제 모습과 비슷하며 생동감이 느껴지는 자화상을 그렸다.
출제 확률 [사회] 경제+경제	조선의 대동법과 현대의 조세 원칙	(가) 조선 시대 공납의 문제점과 대동법 시행의 영향	조선에는 전세, 역, 공납이라는 세 가지 세목이 있었으며, 이 중 공납은 지방의 특산물을 거두는 것이었다. 그런데 공납의 납부 과정에 폐단이 극심해지자 이를 시정하기 위해 17세기에는 공물을 쌀로 바치는 대동법이 시행되었다. 하지만 이로 인해 지방 관리의 권한이 더 막강해지면서 백성들의 부담이 더 늘어나는 또 다른 폐단이 발생하게 되었다.
		(나) 현대 조세 제도의 기본 원칙인 조세 법률주의와 조세 공평주의	조세 원칙 가운데 가장 기본적인 두 원칙은 조세 법률주의와 조세 공평주의이다. 법률적 근거가 없다면 조세를 부과, 징수할 수 없으며 모든 국민은 법률이 정한 납세 의무가 있다는 것이 조세 법률주의이고, 소득·소비·자산에 따라 조세 부담이 공평하게 배분되어야 한다는 것이 조세 공평주의이다. 조세 공평주의에는 세금 부담이 국민에게 공평하게 배분되게 세법을 제정해야 한다는 입법상의 공평주의와 국민이 세법의 해석과 적용에서 평등하게 취급되어야 한다는 해석 적용상의 공평주의가 있다.
출제 확률 [사회] 경제+경제	과점 시장에서의 경쟁과 기업의 행동	(가) 과점 시장에서의 내시 균형	과점 시장은 소수의 기업이 시장을 지배하는 시장인데, 이때 다른 기업이 선택한 전략을 모르는 상태에서 각 기업들은 동시에 각자의 전략을 선택하는 동시 게임 상황에 놓이게 된다. 기업들은 다른 기업의 행동을 예측한 후 자신의 이익을 극대화하는 방법을 선택하게 되는데, 이때 각 기업이 최선의 전략을 선택하여 게임의 균형을 이루는 것을 내시 균형이라고 한다.
		(나) 과점 시장에서 기업의 행동 전략을 설명하는 쿠르노 모형	과점 시장에서 기업은 자신의 산출량이나 가격 등의 변화에 대한 타 기업의 반응을 예측하고 이에 따라 행동한다. 쿠르노 모형에 따르면 과점 시장에서 같은 물건을 파는 두 기업이 동시에 결정한 산출량에 의해 시장 공급량과 상품 가격이 정해진다. 또한 각 기업은 반응 함수를 이용하여 상대 기업의 산출량을 추측한 다음, 자신의 이윤을 극대화할 수 있는 산출량을 결정한다.
[사회/기술] 법+인공 지능	형법과 인공 지능	(가) 형법의 책임 원칙과 적용 대상	범죄와 형벌에 관한 법률 체계인 형법은 국가가 개인에게 가할 수 있는 제재 중 가장 강력한 형벌을 규정하고 있다. 형법에서는 형벌이 남용되지 않도록 제어하기 위해 책임 원칙을 정해 두었다. 행위에 대한 책임이 없다면 처벌할 수 없다는 원리인 책임 원칙에 따라 범죄자는 자유 의지를 지닌 주체로서 범죄 능력이 있어야 하는데, 현행 형법에 따르면 범죄 능력은 자연인에게만 인정된다. 한편 우리 법은 자연인 외에 법인을 처벌하는 특별 규정도 갖고 있다.
		(나) 지능형 로봇에 대한 형법 적용 가능성	인간 행위에 국한된 전통적 형법에 따르면 기계나 로봇은 형벌의 대상이 되지 못한다. 그러나 자연인이 아닌 존재라도 독자적 사회적 체계로서 사회적 소통에 참여하고 존속할 수 있는 자율적 존재라면 법적 주체로 볼 수 있다는 최근의 체계 이론에 따르면 인공 지능을 탑재한 지능형 로봇에 형사 책임을 물을 수 있다.
[사회/과학] 법+우주	국제법과 우주 개발 관련 조약	(가) 국제법의 개념과 법원의 종류	국제 사회를 규율하는 법인 국제법의 법원에는 조약, 국제 관습법, 법의 일반 원칙 등이 있다. 조약은 체결한 나라 간에만 구속력이 있고 국제 관습법은 모든 국가에 대해 구속력이 있으며 법의 일반 원칙은 문명국이 모두 받아들이는 보편적인 원칙이다. 그러나 국제법은 입법 기구가 없어 제정이 쉽지 않고, 집행할 기구나 정부가 없어 이행을 강제하기 어렵다는 한계가 있다.

			(나) 외기권 조약과 달 조약의 내용 및 우주 자원 개발	국가 간 약속인 조약은 법적 구속력이 있으며 문서로 작성된 성문법이라는 특징이 있다. 우주를 모든 국가가 자유롭게 이용 가능한 공간으로 규정한 외기권 조약에 따라 어떤 나라도 외기권 및 천체에 대해 주권, 소유권을 주장할 수 없다. 또한 우주 자원을 인류 공동의 유산이라고 규정한 달 조약에 따라 달을 포함한 태양계 천체 자원을 특정 국가, 단체, 개인이 소유할 수 없다.
출제 확률	[사회] 법+법	법의 이념 및 민사 법률관계에 적용되는 법 규범	(가) 법의 이념과 구성 요소	라드브루흐는 법의 이념이 정의, 합목적성, 법적 안정성으로 구성된다고 하였다. 정의는 사회를 구성, 유지하는 공정한 도리로서 평균적 정의와 배분적 정의로 다시 구분된다. 그리고 목적을 실현하기에 적합한 성질인 합목적성에 따라 법의 목적이 정해져 있다고 본다. 마지막으로 법 규범의 내용이 명확해야 하며 정해진 후에는 일정 기간 유지되어야 한다는 것이 법적 안정성이다. 이 세 요소는 상호 보완적 관계를 지니지만 서로 충돌할 때도 있는데, 이 경우 더 중요한 요소를 실현시킨다.
			(나) 민사 법률관계에 적용되는 법 규범의 종류와 적용 양상	민사 법률관계는 개인들 사이의 재산 관계나 가족 관계를 말하는데, 이에 적용되는 규범은 원칙적으로 당사자 간 합의로 정한다. 민사 법률관계에는 성문법, 관습법, 조리의 세 법이 적용된다. 만약 마련되는 데 시간이 소요되는 성문법과 관습법이 모두 없는 경우에는 사회 통념이나 법의 일반 원칙으로 파악되는 조리가 적용된다.
출제 확률	[사회] 법+법	계약의 채무 이행 의무 및 급부 의무	(가) 효율적 계약 파기와 묵시적 합의 이론	계약으로 발생하는 채무는 법적 의무로서 도덕적 의무와 다르지만, 계약의 내용이 묵시적 방법으로 정해질 수도 있다는 묵시적 합의 이론에 따라 채무자가 계약 내용대로 이행하지 않아도 채권자의 손해를 충분히 배상하면 '효율적 계약 파기'가 되고 이는 도덕적으로 문제가 되지 않는다는 견해가 있다.
			(나) 급부 유형과 채권자 지체	채권에 의해 요구되는 특정 행위인 급부 중 주된 급부는 채권을 통해 실현하고자 하는 이익 그 자체의 제공으로 계약의 목적에 해당하고, 부수적 급부는 주된 급부로부터 채권자가 이익을 얻기 위해 필요한 수단에 해당한다. 급부 의무는 명시적 합의나 묵시적 합의에 의해 발생할 수 있고, 부수적 급부 의무는 사회 통념에 의해서도 인정될 수 있다. 채무 불이행이 발생하면 채권자는 손해 배상 청구권과 계약 해제권을 가질 수 있는데 이 중 계약 해제권은 주된 급부 의무 위반인 경우에만 인정된다. 한편 채권자가 협력하지 않아 채무자가 급부를 이행할 수 없는 경우를 채권자 지체라고 하는데, 이를 이유로 채무자가 계약을 해지할 수는 없다.
	[인문/과학] 철학+철학	쿤과 파이어아벤트의 과학 철학	(가) 과학 혁명과 통약 불가능성에 대한 쿤의 견해	쿤은 과학자의 세계관을 지배하는 '패러다임' 개념을 도입하였다. 그에 따르면 기존 패러다임이 더 이상 변칙적 상황에 대처할 수 없다고 판명될 때 과학 혁명이 발생하는데, 그 전후 상이한 패러다임을 비교할 수 있는 중립적 언어의 사용은 불가능하며 세계도 다르게 인식되는 통약 불가능성이 나타나 결국 과학자 집단은 하나의 문제에 대해 단 하나의 이론만을 선택하게 된다.
			(나) 과학 이론의 선택에 대한 파이어아벤트의 견해	과학 이론의 선택이 합리적이려면 선택의 기준이 중요한데, 포퍼는 진리 근접도를 선택의 기준이라고 보았다. 반면에 파이어아벤트는 통약 불가능성을 근거로 포퍼가 제시한 기준은 개념 자체가 성립 불가능하다고 비판하였다. 그가 제시한 통약 불가능성은 쿤이 제시한 것과 달리 언어의 의미가 문맥에 의해 결정된다는 의미 변동론이며, 이에 따라 그는 어떤 과학 이론을 선택해도 좋다고 본다.
	[과학] 생명 과학 +생명 과학	통증과 통증 관리 방법	(가) 통증의 종류와 통증 유발, 완화 물질	통증은 몸을 보호하도록 하는 감각적 반응이지만 정서적 요인도 반영되어 나타난다. 통증은 체성 통증, 내장 통증, 신경병성 통증으로 나눌 수 있으며, 통증의 발생으로 인해 몸을 보호할 수도 있으나 삶의 질이 떨어진다는 문제가 있다. 대표적인 통증 유발 물질은 프로스타글란딘, 통증 완화 물질은 엔도르핀이다.
			(나) 마취제와 진통제의 종류와 기능	인류는 오래전부터 통증을 극복하는 방법을 찾아왔는데, 마취제와 진통제는 가장 널리 쓰이는 방법이다. 마취제는 신경계에 영향을 주어 의식, 감각, 운동이나 반사 행동이 없는 상태로 유지시키는 약물로 적용 범위에 따라 전신 마취제와 국소 마취제로 구분할 수 있다. 진통제는 통증을 유발하는 물질의 생성과 전달을 막아 통증을 줄이는데 일상에서는 경구 진통제가 흔히 쓰이며 이를 오래 복용할 경우 부작용이 나타난다.
출제 확률	[과학] 물리+물리	ERP 역설과 아인슈타인의 상자 속 시계 사고 실험	(가) EPR 역설과 국소성 원리	EPR 역설은 국소성 원리를 이용해 전자가 여러 상태로 존재할 수 있다는 양자 중첩의 개념을 반박하기 위해 도입되었다. 아인슈타인에 따르면 거리가 있는 두 물체 간 영향 전달은 광속보다 빠를 수 없는데 기존 양자 역학에서는 광속보다 빠른 원격 작용이 일어난다고 하였고, 아인슈타인은 EPR 역설로 양자 중첩이 불가능하다는 것을 증명하고자 했다.
			(나) 아인슈타인의 사고 실험과 보어의 반론	아인슈타인은 하이젠베르크의 불확정성의 원리를 부정하기 위해 '상자 속의 시계'라는 사고 실험을 하였다. 실험에 따르면 광자의 질량과 이동 시간을 정확하게 측정할 수 있으며 이를 통해 아인슈타인은 질량-에너지 방정식인 $E=mc^2$를 만들었다. 그러나 닐스 보어는 미시 세계 수준의 접근과 해석을 통해 아인슈타인의 사고 실험을 반박하였고 아인슈타인은 양자 역학과의 싸움에서 패배하게 되었다.
	[기술] 데이터+데이터	로지스틱 회귀와 서포트 벡터 머신	(가) 로지스틱 회귀의 개념과 원리	로지스틱 회귀는 무언가를 두 가지로 분류하는 문제를 해결하기 위해 많이 사용되는 이진 분류 통계 기법이다. 하나의 변수에 대해 양자택일을 결정하는 일변수 로지스틱 회귀는 주어진 데이터를 가장 잘 설명할 수 있는 형태의 시그모이드 함수를 발견하는 것이 중요하다.
			(나) 서포트 벡터 머신의 개념과 원리	서포트 벡터 머신(SVM)은 경계 설정을 통해, n개의 속성을 갖는 개체들을 유사성을 근거로 하여 두 부류로 나누는 이진 분류 문제를 해결할 때 요긴하게 사용된다. SVM은 데이터를 가장 큰 마진으로 구분하는 최적의 결정 경계를 찾아 확정한다.
	[사회] 사회학+사회학	국가의 중립성에 대한 두 입장	(가) 국가의 중립성에 찬성하는 자유주의자들의 견해	자유주의자들은 국가의 중립성을 바탕으로 기본권이 보장된다고 주장하며, 국민 각자가 가치 있는 삶을 선택할 수 있을 때 자율성이 존중된다고 보았다. 그들은 상대주의나 회의주의에 호소하는 방식, 공리주의적 방식, 칸트적 자유주의의 방식, 정치적 자유주의의 방식을 통해 국가의 중립성을 정당화하였다.
			(나) 국가의 중립성에 반대하는 공동체주의자들의 견해	공동체주의자들은 자유주의자들이 국가의 중립성을 신봉했기 때문에 전통적 가치가 붕괴되고 공동체 간의 유대가 사라졌다고 보았다. 샌델은 공동체의 책무를 지지 않아도 된다고 자아를 인식하게 되면 자유를 지킬 수 없다고 비판하였다. 공동체주의자들은 자유는 자치에 대한 참여로 이해되어야 하고, 이를 잘하기 위해 시민으로서의 자질이나 덕의 습득이 필요하다고 보았다. 여기에 국가의 역할이 필요하기 때문에 국가가 중립적일 수 없다는 것이 공동체주의자들의 주장이다.

메가스터디 실전 N제
2025 수능 연계 국어 독서 112제

출제 확률
높은 문항

인문·예술 / 사회·문화
과학·기술 / 주제 통합

◆ 연계 기출 2018년 4월 교육청

001~005 | 다음 글을 읽고 물음에 답하시오.

서구에서 '자연'은 중요한 개념으로 다루어졌는데, 이 개념에는 자연이라는 말로 지칭되는 대상 자체뿐만 아니라 이와 관련된 상태나 특성 등이 모두 포함된다. 자연이라는 개념에 부여되는 의미는 철학자의 관점에 따라 다양했는데, 근대에 홉스와 루소는 자연 개념을 중심으로 자신의 철학을 구축하였다.

홉스는 인간이 자연 상태에서 벗어나 문명화된 사회에서 안정된 삶을 살아야 한다고 주장하였다. 이러한 주장은 그가 자연을 통제 불능의 무자비한 경쟁 상태로 인식했던 것에서 비롯되었다. 계속되는 전쟁과 내란이라는 현실 속에서 홉스는 자연 상태에서의 인간 삶이 보여 주는 잔혹함과 폭력성을 깨닫게 되었다. 즉, 인간은 자연 상태에서 가혹한 싸움을 겪고 이 과정에서 자신의 생존과 이익을 위해 이기주의자가 되어 결국 폭력이 난무하게 되었다고 본 것이다. 그는 인간이 인간다운 삶을 살려면 이러한 자연 상태에서 벗어나야 한다고 주장했는데 이를 위해, 개인이 자신을 지키기 위해 행사하는 자의적 권리를 포기하고 절대 권력을 지닌 군주가 지배하는 국가를 세워야 한다고 제안했다.

반면 루소는 인간이 문명을 뒤로 하고 자연으로 돌아가 순수한 삶을 살아야 한다고 주장하였다. 이러한 주장은 그가 자연을 생명이 충만한 아름다운 전원으로 여긴 것에서 비롯되었다. 그의 자연관은 당시 문명에 대한 비판에서 나온 것이다. 루소는 인간 욕망의 결과물인 문명을 부정적으로 인식하고, 문명에 의해 형성된 도시의 퇴폐적이고 위선적인 삶을 혐오하였다. 이 때문에 문명을 자연보다 열등한 것으로 폄하했다. 그는, 자연의 아름다움을 일깨워 주는 감성으로 인해 건강하고 평화로운 삶을 살아왔던 인간이 문명의 출현으로 퇴폐적인 삶을 살게 되었다고 보았다. 그래서 자연 속에서 감성을 따르는 인간을 이상적인 인간으로 여겼다.

㉠니체는, 홉스와 루소가 그들이 지향하는 인간 삶의 방향성을 규정하기 위해 인간의 도덕적 가치 판단만으로 자연의 개념을 규정했음을 비판했다. 그는 이런 도덕적 가치 판단에 선행하는, 자연 그 자체를 규정하고자 한다. 니체가 보기에 자연 속의 모든 것들은 자신을 지키고 힘을 키우기 위해 다른 것들과 끊임없이 경쟁을 한다. 이는 홉스의 관점과 유사해 보이기도 한다. 그러나 홉스가 자연이 경쟁으로 인해 빈곤할 수밖에 없다고 본 반면, 니체는 자연이 활력이 넘치며 풍요롭다고 보았다. 니체는 도덕이라는 것이 인간의 이성에 최고의 가치를 부여해 인간을 다른 생명체보다 더 우월한 존재로 만들었다고 본다. 그 결과 ⓐ인간 중심적 사고방식이 지배적인 것이 되었고, 이는 인간이 자신의 해석과 가치 판단을 중심으로 자연을 재단하게 만들었다고 본다. 그 과정에서 인간은 자연을 자신과 분리된 존재로 대상화하면서 자연의 일부로서 인간이 지닌 본능을 따르는 활력이 억압당하고 축소되었다고 니체는 생각하였다. 그래서 그는 인간이 자연으로 돌아가야 한다고 주장한다. 이는 루소의 주장과 유사해 보이지만, 니체가 보기에 루소의 자연은 문명의 삶에 지친 인간이 선한 가치를 부여함으로써 미화된 자연일 뿐이다. 니체에게 자연으로 돌아가는 것은, 단순히 인간이 문명을 떠나 자연으로 이동하는 것을 의미하는 것이 아니라 자신이 근본적으로 자연의 일부라는 것을 깨닫고 자연의 넘치는 활력을 되찾아 삶을 고양하는 것을 의미한다.

인간 삶의 고양을 위해, 니체는 이성만을 중시했던 인간 중심적인 사고방식을 거부하고 상대적으로 경시되었던 인간의 육체에 주목하였다. 인간 중심적 사유에서는 육체가 이성적 활동을 방해한다고 본 것과 달리 니체는 자연의 활력이 분명하게 발현되는 육체를 중요시한 것이다. 그러나 이런 니체의 관점이 이성적 능력을 부정하는 것은 아니다. 니체는 이성과 육체를 이분법적으로 보는 관점을 거부하고 이성과 육체를 통합적으로 규정하는 '몸'이라는 개념을 제시한다. 니체는 '몸'으로서의 인간에게 육체의 활동이 전제되지 않으면 이성적 활동이 불가능하다고 말하면서 육체의 중요성을 언급한다. 동시에 '몸'을 '큰 이성'이라고 규정하고 인간 중심적 사고방식에서 강조하는 이성을 '작은 이성'이라고 규정하면서, '몸'이 단지 육체적 활동에만 국한된 개념이 아니라 이성적 활동까지 통합된 더 큰 개념이라는 것을 강조한다. 니체는 이러한 '몸' 개념을 통해서, 인간의 육체적 활동을 배제하고 이성적 활동만을 중시하는 편향성을 극복하여, 자연의 일부로서의 인간 육체의 활동이 지닌 활력을 다시 찾아 더 고양된 인간으로 나아갈 수 있다고 보았다.

001

윗글의 전개 방식에 대한 설명으로 가장 적절한 것은?

① 특정 이론이 정립된 과정을 소개하고 그 과정이 지닌 역사적 의의를 제시하고 있다.

② 사례를 통해 특정 이론의 문제점을 제시하고 다양한 관점에서 해결 방안을 제안하고 있다.

③ 특정 이론들이 만들어진 배경을 소개하고 그 이론들의 장점을 부각하는 다른 이론을 소개하고 있다.

④ 특정 개념의 의미를 규정하는 두 이론을 제시하고 그중 하나의 관점을 따르는 이론을 소개하고 있다.

⑤ 특정 개념을 중심으로 두 이론을 소개하고 다른 관점에서 이에 대한 한계를 지적한 이론을 제시하고 있다.

002

〈보기〉에 대해 윗글의 학자들이 보일 수 있는 반응으로 적절하지 않은 것은? [3점]

> ┤ 보기 ├
>
> • ◇◇마을에서는 극심한 가뭄이 들어 식량이 부족해지자 주민들이 더 많은 식량을 얻기 위해 목숨을 걸고 서로 싸우고 있다. 이에 마을 책임자인 A 씨는 주민들의 화해를 도모하기 위해 대화의 장을 마련하였다.
> • B 씨의 친구는 돈을 노리고 B 씨에게 접근하여 그를 위하는 척하다가 자기 이익만 챙기고 B 씨를 배신했다. 이후 B 씨는 살던 도시를 등지고 깊은 산속에 숨어 살았다. 그러나 산속에서의 생활이 불편하여 도시로 돌아오게 되었다.
> • C 씨는 어린 아들이 같은 유치원에 다니는 여자아이를 좋아하는 것을 알고, 아들에게 남녀의 유별(有別)을 중시하는 도덕의식을 과도하게 강요하였다. 그래서 아들은 성인이 되어서도 남녀 간의 사랑에 어려움을 겪었다.

① 홉스: A 씨가 책임자로 있는 마을 주민들이 식량을 얻으려고 싸우는 상황을 보니 자연 상태에서와 같은 인간의 이기적인 모습이 나타나는군.

② 홉스: A 씨는 대화의 장을 마련하기보다 강한 통치력을 발휘하여 마을의 질서를 바로잡아 주민들이 인간다운 삶을 살 수 있게 해 주는 것이 바람직하겠군.

③ 루소: B 씨가 산속에서의 삶에 불편함을 느끼고 도시로 돌아온 것은 자연 속에서의 삶이 단지 허상에 불과하다는 진실을 보여 주는군.

④ 루소: B 씨의 친구가 B 씨에게 한 위선적인 행동을 통해 인간의 욕망에 의해 만들어진 문명에서 비롯된 부정적인 삶의 일면이 드러나는군.

⑤ 니체: C 씨가 도덕을 바탕으로 아들의 본능을 과도하게 억압했기 때문에 아들은 성인이 되어 자연의 일부로서 인간이 지닌 넘치는 활력을 잃어버리게 되었군.

003

㉠에 대한 설명으로 가장 적절한 것은?

① 홉스와 루소는 자신이 살았던 시대의 문명에 대한 긍정적 평가를 바탕으로 자기만의 자연 개념을 구축하였다.

② 홉스와 루소는 자연 개념을 바탕으로 자연 상태를 지향하는 국가를 통해 이상적 인간상이 완성될 수 있음을 인정하였다.

③ 홉스는 자연보다 인간의 문명에, 루소는 인간의 문명보다 자연에 더 큰 가치를 부여하면서 자연 상태에서의 인간의 이기심을 부정하였다.

④ 인간의 바람직한 삶을 제시하기 위해 홉스는 자연을 악한 것으로, 루소는 자연을 선한 것으로 규정하면서 오히려 자연 그 자체를 간과하였다.

⑤ 자연이 지닌 긍정적 가치에 대해 홉스는 인간이 이를 수용하였다고, 루소는 인간이 이를 거부하였다고 판단하면서 자연에 대한 인간의 태도를 규정하였다.

004

ⓐ에 대한 '니체'의 견해로 적절하지 않은 것은?

① ⓐ는 인간의 이성에 최고의 가치가 부여되어 비롯된 결과이다.

② ⓐ는 인간이 자연을 해석과 가치 판단의 대상으로 여기게 한다.

③ ⓐ는 도덕에 의해서 인간에게 지배적인 사고방식으로 자리를 잡게 되었다.

④ ⓐ는 끊임없는 경쟁이 벌어지는 자연으로부터 인간이 분리되는 결과를 낳았다.

⑤ ⓐ는 활력이 넘치고 풍요로운 자연의 일부분인 인간이 스스로를 고양시킬 수 있는 방법이다.

005

윗글과 〈보기〉에 대해 이해한 내용으로 가장 적절한 것은?

─┤ 보기 ├─

데카르트와 메를르 퐁티는 인간 존재의 근본적인 특성에 대해 서로 다른 관점을 취했다. 데카르트는 '몸'과 '마음'이 독립적 실체라고 규정하고 이 두 가지를 인간의 본질로 규정했다. 그리고 사유의 속성을 가진 '마음'이, 공간을 차지하는 속성을 가진 '몸'보다 우위에 있다는 관점을 취했다. 반면 메를르 퐁티는 몸에 대한 마음의 우위를 거부하고, 몸과 마음은 분리 불가능하므로 감각의 최초 발생 원인이 되는 '몸'을 근본적인 것으로 여겼다.

① 니체와 데카르트는 모두 이분법적 관점으로 독립적 실체인 '몸' 개념을 설명하고 있군.

② 니체와 메를르 퐁티는 모두 '몸'을 인간의 이성적 활동과 분리 불가능한 것으로 여기고 있군.

③ 데카르트는 니체와 달리, 인간 존재가 자연의 일부라는 인간의 근본적인 특성을 인정하고 있군.

④ 메를르 퐁티는 니체와 달리, '작은 이성'이 감각의 최초 발생 원인에 해당하는 것이라고 보고 있군.

⑤ 니체는 메를르 퐁티와 달리, '큰 이성'이라는 개념이 사유의 속성을 가진 '마음'을 우위에 두는 사고를 바탕으로 한 것임을 강조하고 있군.

006~009 | 다음 글을 읽고 물음에 답하시오.

철학자 노직은 작은 정부를 지향하는 국가의 성립을 통해 폭력, 절도, 사기, 계약 불이행으로부터 개인의 권리 침해를 보호할 수 있다고 본다. 이러한 노직의 최소 국가론은 가정적 사고 실험을 바탕으로 하며 최소 국가로의 발전 단계를 논리적으로 추론하고 있다. 발전 단계를 살펴보면, 먼저 개인들은 권리 침해와 분쟁에 무방비한 자연 상태에서 살고 있다. 이에 개인들은 자신들을 보호하기 위하여 자발적으로 '보호 협회'를 형성하며, 서로를 보호하기 위해 협동한다. 하지만 협회에 속한 이들은 항상 서로를 보호하기 위해 대기하고 긴장해야 한다. 이러한 불편함에 대한 대안으로 개인들이 협회에 대가를 지불하는 사적 계약을 통해 보호 서비스를 전문적으로 제공받는 '상업적 보호 협회'가 출현한다. 이들 협회는 지역적으로 나뉘어 경쟁하는데, 이 과정에서 일정한 지역 안에서 보호 서비스 제공에 압도적 우위를 차지하는 '지배적 보호 협회'가 나타난다. 이 협회가 사법 조직을 설립하여 이를 바탕으로 권력을 독점하고, 무력을 행사할 수 있는 강제 권력을 통해 한 지역에서 독점적 보호 서비스를 시행할 수 있게 되면 '극소 국가'로 발전한다. 이러한 극소 국가에서는 보호 비용을 부담하지 않는 자는 보호에서 제외되므로, 진정한 국가 수준에는 이르지 못한다. 극소 국가가 국가에 자발적으로 참여하지 않고 타인에게 해를 끼칠 수 있는 독립인들의 행위를 금지하되, 그 대신 보호라는 보상을 제공하여 그들까지 흡수하게 되면 '최소 국가'를 형성하게 된다. 이렇게 형성된 최소 국가는 강제 권력을 행사할 수 있는 권한을 독점하고, 그 지역의 모든 사람에게 보호 서비스를 제공함으로써 진정한 국가 수준을 갖추게 된다.

이런 과정을 거쳐 국가가 성립하면 국가는 여러 가지 정책 수행을 모색한다. 특히 소득 분배 불균등이 심화하면 소득 계층 간의 갈등으로 이어져 사회 발전을 저해하기 때문에 많은 국가가 소득 재분배를 통해 분배 정의를 실현하고자 한다. 이러한 분배 정의와 관련하여 노직, 롤스, 공리주의의 견해를 주목할 만하다. 먼저 노직은 소유 권리로서의 정의를 내세우며, 특정한 목표를 위해 국가가 구성원들의 소득을 재분배해서는 안 된다고 주장한다. 소득을 만들어 내는 것은 국가가 아니라 그 구성원이기 때문에 국가가 구성원들의 소득을 강제로 재분배할 권리가 없다고 본다. 노직은 중요한 것은 소득의 크기가 아니라 소득을 벌어들이는 과정이므로, 소득 실현이 불공정한 경우에만 국가가 소득 분배에 관여할 수 있다고 본다. 소득 형성의 기회와 과정이 공정하다면 그 결과가 불균등하더라도 국가는 이를 정의로운 분배로 인정해야 한다는 것이다.

이러한 노직의 견해와 달리 롤스는 공정으로서의 정의를 내세우며, 국가가 경제적으로 가장 열악한 사람에게 가장 큰 혜택이 돌아가도록 하는 것이 분배 정의라고 주장한다. 롤스의 정의 원칙은 아직 어떤 사회 질서도 정립되지 않았고, '무지의 장막'에 가려 자신의 미래를 모르는 가정적 상황에서 사회 구성원들 모두

가 기존에 자신에게 연관된 이해관계를 버리고 합의한 기준이다. 사회 구성원 모두 자신의 소득 실현을 예상하지 못하는 상태에서 소득 분배의 원칙을 마련한다고 가정하면, 자신의 미래 소득이 어느 수준일지를 정확하게 알 수 있는 사람은 아무도 없다. 롤스는 이 경우에 사람들이 자신의 미래 소득이 최하위 수준이 될 수 있는 가능성에 가장 큰 비중을 두고 최하위 소득 수준을 높여 주려고 한다는 것이다. 그래서 이것이 바로 소득 분배의 기준이 된다고 봄으로써, 롤스는 최하위 소득 계층의 소득을 극대화하고자 하는 '최소치의 극대화 원칙'을 주장한다. 이에 따라 롤스는 두 가지 정의 원칙을 제시한다. 제1원칙은 모든 사람이 다른 사람들의 자유와 양립할 수 있는 한에서 가장 광범한 자유에 대해 동등한 권리를 가져야 한다는 것이다. 제2원칙은 사회적·경제적 불평등은 다음의 두 조건을 모두 충족할 수 있을 때만 그 정당성을 인정받을 수 있다는 것이다. 첫째, 그 불평등성이 모든 사람에게 이득이 되는 것을 기대할 수 있어야 하며, 둘째, 모든 사람에게 기회가 개방된 직위 및 직책과 결부되어서만 불평등성이 존재해야 한다. 그러나 전체적인 선을 증대시킨다고 해도 평등한 기본적 권리를 침해하는 제도는 부당하다고 보는데, 정의의 두 원칙은 제1원칙을 제2원칙보다 우선한다는 것을 인정하고 있기 때문이다.

한편, 공리주의자들은 국가가 사회 구성원 전체의 효용이 극대화되도록 분배 정의에 대한 정책을 입안하고 실천해야 한다고 주장한다. 공리주의는 ㉮소득이 많아질수록 1단위의 증가된 소득으로부터 얻을 수 있는 한계 효용이 줄어드는데 사회 후생*의 극대화를 위해서는 각 개인의 한계 효용이 같아야 한다는 이론을 바탕으로, 고소득자의 소득 일부를 저소득자에게 이전하면 사회 후생을 증대할 수 있다고 주장한다. 그러나 소득이 높다는 이유로 세금을 많이 내게 할수록 고소득자는 세금을 적게 내기 위하여 일을 덜 하고자 할 수 있고, 소득이 낮다는 이유로 보조를 많이 할수록 저소득자는 점점 더 일을 덜 하고자 할 수 있다. 따라서 공리주의에 의하면 소득 재분배는 재분배로 인한 사회 전체의 효용 증가분이 재분배 과정에서 사회 구성원들의 일하고자 하는 유인을 감소시켜 잃게 되는 사회 전체의 효용 감소분과 같아지는 수준까지만 이루어지는 것이 바람직하다.

---

* 후생: 사람들의 생활을 넉넉하고 윤택하게 하는 일. 공리주의 관점에서 사회 후생은 구성원들의 효용을 합한 값임.

006

윗글의 철학자들에 대한 설명으로 가장 적절한 것은?

① 노직은 사회 구성원들이 기회의 평등을 보장받는 것보다는 결과적 평등에 이르게 되는 것을 더 중요하게 본다.

② 노직과 롤스는 모두 사회 구성원들이 개인과 연관된 이해관계를 고려하지 않음으로써 분배 정의에 도달할 수 있다고 본다.

③ 노직, 롤스, 공리주의자들은 모두 소득의 균등한 재분배가 소득 계층 간의 갈등을 해결할 수 있는 방법이 될 수 있다고 본다.

④ 노직은 공리주의자들과 달리 소득 실현의 공정성 여부에 따라 구성원들의 소득 재분배에 대한 국가의 개입 여부가 결정될 수 있다고 본다.

⑤ 공리주의자들이 사회 후생의 극대화를 추구하는 것과 롤스가 최소치의 극대화 원칙에서 비롯한 정의 원칙의 실현을 주장하는 것은 사회 구성원 모두가 동일한 경제적 위치에 있음을 전제로 한다.

007

최소 국가론에 대해 이해한 내용으로 적절한 것은?

① 자연 상태의 개인들이 자발적으로 형성한 보호 협회의 회원들은 서로를 보호하기 위한 대가를 제공한다.

② 개인들이 보호받지 못하는 현실 상황을 사회 공동체가 함께 해결하고 보완하며 국가를 형성해 나간 역사적 사실을 바탕으로 한 이론이다.

③ 상업적 보호 협회와 지배적 보호 협회는 모두 일정한 지역 내에서 독점적 보호 서비스 제공을 통해 개인들을 흡수함으로써 다음 단계로 진행할 수 있다.

④ 극소 국가가 구성원이 지불한 대가에 대하여 독점적인 보호 서비스를 제공할 수 있는 것은 사법 조직과 무력 행사가 가능한 강제 권력을 지니고 있기 때문이다.

⑤ 최소 국가는 자발적으로 참여하지 않은 독립인들이 타인에게 피해를 주는 행위를 금지하는 한편, 예상되는 피해에 대해 자발적으로 참여한 독립인들에게 보상을 제공한다.

008

윗글의 '노직'과 '롤스'의 견해를 바탕으로 〈보기〉에 대해 나타낸 반응으로 적절하지 <u>않은</u> 것은?

┤ 보기 ├

A 지역에는 최하위 소득 수준의 사람들이 일부 살고 있고, 그들은 제대로 된 의료 혜택을 받지 못하고 있다. 이 문제를 해결하기 위해서 정부는 A 지역에서 의사나 간호사 등 의료 종사자들이 의료 서비스를 제공하면 보수를 더 많이 지급하겠다는 계획을 발표하였다. 이에 호응한 의료 종사자들이 A 지역에서 의료 업무를 개시하자 정부는 그들에게 더 많은 보수를 지급하였다. 그 결과 A 지역에서 최하위 소득 수준의 사람들이 큰 혜택을 보았으며, 그 지역 내의 다른 사람들도 모두 의료 혜택을 누리게 되었다.

① 노직은 소득을 만들어 내는 것은 의사나 간호사와 같은 구성원 개인이지 정부가 아니라고 판단하겠군.

② 노직은 최하위 소득 수준 사람들에게 의료 혜택을 제공한다는 특정 목표를 위해 정부가 인위적으로 A 지역 의료 종사자들의 보수에 개입한 것을 부정적으로 판단하겠군.

③ 롤스는 정부의 정책이 A 지역의 모든 사람들에게 이득이 돌아가도록 했다는 점에서 제2원칙의 첫째 조건을 충족한다고 판단하겠군.

④ 롤스는 A 지역에서 의료 서비스를 제공하는 의사나 간호사들에게 정부가 보수를 더 많이 지급함으로써 경제적 평등성이 실현되었다고 판단하겠군.

⑤ 롤스는 A 지역에서 경제적으로 가장 열악한 최하위 소득 수준의 사람들이 큰 혜택을 받게 된 것이 분배 정의의 측면에서 정당하다고 판단하겠군.

009

㉮를 바탕으로 〈보기〉를 분석한 내용으로 적절하지 <u>않은</u> 것은?

┤ 보기 ├

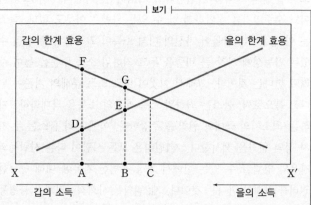

〈보기〉는 갑과 을의 소득 증가에 따른 한계 효용 그래프이다. 효용 함수 그래프의 아랫부분 면적은 효용을 나타낸다. 현재 갑의 소득은 XA이며, 을의 소득은 AX′이다.

(단, 이 사회는 갑과 을만으로 구성되었고, 사회의 전체 소득은 고정되어 있다고 가정한다.)

① 을의 소득에서 AB만큼의 소득을 갑에게 이전하면, 갑은 FABG만큼의 효용이 증가하는군.

② 을의 소득에서 AB만큼의 소득을 갑에게 이전하면, 을은 DABE만큼의 효용이 감소하는군.

③ 을의 소득에서 AB만큼의 소득을 갑에게 이전하면, 이전하기 전보다 FDEG만큼의 사회 후생이 증가하는군.

④ 을의 소득에서 AC만큼의 소득을 갑에게 이전하면, 두 사람의 소득이 같아지면서 사회 후생은 극대화되는군.

⑤ 을의 소득에서 AC만큼의 소득을 갑에게 이전하면, 두 사람의 소득이 같아지므로 갑의 한계 효용이 을의 한계 효용보다 커지는군.

러시아와 일본을 비롯한 열강들이 한반도를 쟁탈하기 위해 각축을 벌였던 구한말의 역사적 전환기 속에서 조선의 사상계는 크게 민족의 자주성을 강조하며 외세에 배타적인 수구 사상과 국력 배양을 위해 문호를 개방해야 한다는 개화사상으로 양분되어 있었다. 이러한 상황에서 백암 박은식(1859~1925)은 양명학을 중심으로 수구 사상과 개화사상의 조화를 도모하는 한편, 서양 물질문명을 주체적으로 수용하고자 하였다.

양명학은 명나라 왕수인에 의해 주창된 학문으로, 백암이 양명학을 통해 현실의 문제를 해결하고자 했던 이유는 다음과 같다. 첫째, 양명학은 누구나 쉽게 이해하고 실천할 수 있는 간이직절(簡易直截)한 학문이다. 주자학에 조예가 깊은 백암의 입장에서도, 주자학의 이기 이원론은 심오하고 복잡할 뿐 현실 세계와 유리되어 있을 뿐 아니라, 사물의 이치를 깊게 탐구하는 격물치지(格物致知)와 같은 학문 방법은 급변하는 시대에 맞지 않았다. 반면 양명학은 마음이 곧 리(理)라는 '심즉리(心卽理)'와 '치양지(致良知)'를 통해서, 만물의 온갖 이치가 마음에 다 갖추어져 있다는 일원론(一元論)과 마음의 본체인 양지(良知)를 실천하면 누구나 성인이 될 수 있음을 주장하였다. 이러한 이론 체계는 쉽고 간명할 뿐 아니라 실천을 중시하는 학문이라는 점에서 현실적이었다.

둘째, 양명학은 인간의 주체적 판단을 중시하는 학문이다. 양명학에서는 '몸을 주재하는 것이 바로 마음이고, 마음이 발한 것이 바로 의념(意念)이며, 의념의 본체가 바로 지(知)이고 의념이 있는 곳이 바로 물(物)이다.'라고 하여 '심외무사(心外無事)'를 주장하였다. 이는 객관적인 대상의 존재 자체를 부정한다는 의미가 아니라 모든 것이 마음의 소산임을 강조한 것이다. 백암은 이와 같이 인간의 주체적 판단을 중시한 양명학을 통하여 서구 물질문명의 우월성에 현혹되지 않으면서 이를 주체적으로 수용하고자 하였다.

셋째, 양명학은 지행합일을 강조하는 학문이다. ㉠이는 아는 것과 실천하는 것이 하나가 되어야 한다는 의미로, 앎으로써 실천할 수 있고 실천함으로써 앎이 완성된다는 의미이다. 양명학에서 앎은 단순한 지식이 아니라 행위가 내포된 앎으로, 주체와 대상이 분리되어 존재하지 않는다. 백암은 당시 구습에 젖은 지식인들이 현실성 없는 공리공론에 빠져 현실을 외면하는 모습을 시대의 문제로 진단하였다. 이러한 상황 속에서 양명학은 현실의 문제를 해결할 실천 정신을 가진 사상이었던 것이다.

마지막으로 양명학에는 당시의 새로운 사조인 민권 운동 정신 및 평등 의식이 담겨 있다. 양명학에서는 ㉡일찍이 범인(凡人)이라도 천리(天理)에 순응할 수 있다면 모든 사람들이 성인이 될 수 있다는 '사민평등론(四民平等論)'에 입각해 당시 피지배 계층이었던 서민을 도학의 실천 주체로 인식하였다. 백암은 민권 신장이 근대화의 필수적인 요소임을 자각하고, '일체 세인이 모두 양지(良知)가 있음'을 바탕으로 하는 양명학을 이러한 민권 운동과 연계하여

이해하고 있었다.

요컨대 기존의 주자학을 부정하고 양명학을 공맹의 정통 사상으로 인정한 기존의 양명학자들과는 달리, 백암이 주자학의 학문적 장점을 인정하면서도 양명학을 본령 학문으로 삼은 것은 당면한 현실적 문제를 해결하기 위한 것이었다. 따라서 그는 순수 이론적 측면에서 양명학에 천착했다기보다는 당시의 시대 상황과 관련하여 이를 현실적으로 수용하였다고 할 수 있다.

010

윗글의 내용과 일치하지 않는 것은?

① 박은식은 양명학을 토대로 서양의 물질문명을 수용할 때의 바람직한 태도를 제시하였다.

② 박은식은 당시의 유학자들과 달리, 주자학을 전면 부정하고 양명학을 정통 유학 사상으로 인정하였다.

③ 박은식은 양명학이 주자학에 비해 학문 체계가 간명하여 이해하기 쉽고 현실에 적용하기도 수월하다고 보았다.

④ 박은식은 양명학을 본령 학문으로 삼아 외세에 대해 대립적 입장을 지닌 당대 두 주류 사상의 조화를 도모하였다.

⑤ 박은식은 순수 이론으로서의 양명학을 강조했다기보다는 당면한 시대적 문제에 대한 대응 방안으로써 양명학을 수용하였다.

011

양명학에 대한 설명으로 적절하지 <u>않은</u> 것은?

① 성인(聖人)뿐만 아니라 일반 사람들도 양지를 가지고 있다고 보았다.

② 앎과 실천이 별개로 존재하는 것이 아니라며 지행합일을 강조했다.

③ 마음이 있는 곳에 물(物)이 있다고 보고 인간의 주체적 판단을 중시했다.

④ '심즉리'라고 하여 만물의 온갖 이치가 마음에 다 갖추어져 있다고 주장했다.

⑤ '심외무사'를 바탕으로 마음의 밖에 객관적 대상이 존재한다는 것을 부정했다.

012

㉠, ㉡에 대해 이해한 내용으로 가장 적절한 것은?

① ㉠은 단순히 아는 것과 앎이 완성되는 것의 차이점을 구분하여 설명하고 있다.

② ㉡은 범인 중에서 양지를 가진 사람이라면 누구나 성인이 될 수 있음을 밝히고 있다.

③ ㉠은 앎을 완성하는 조건, ㉡은 성인이 되기 위한 조건으로 모두 실천을 강조하고 있다.

④ ㉠은 앎과 실천이 다르지 않음을, ㉡은 성인과 범인을 차별해서는 안 됨을 주장하고 있다.

⑤ ㉠에서 '하나가 되어야' 함과 ㉡에서 '천리에 순응'하는 것은 모두 마음의 본체를 깨달아야 함을 의미하고 있다.

013

윗글을 바탕으로 〈보기〉를 이해한 내용으로 적절하지 <u>않은</u> 것은?

| 보기 |

ㄱ. 《논어》에 대해 주자가 '성인에게 다능(多能)은 필요하지 않다.'라고 해석한 부분을 박은식은 그 반대 의미로 해석하여 '성인이면 세상의 일과 이를 위한 서구 학문을 수용해야만 한다.'라고 하였다.

ㄴ. 박은식은 '맹지치치(氓之蚩蚩)', 즉 어리석은 백성의 존재를 인정하면서 법치의 필요성을 언급하고 있다. 그가 말한 '맹지치치'는 구체적으로 당시 변통의 이치를 모르고 옛 제도나 관습을 지키자고 주장하는 일부 지식인들을 의미한다.

ㄷ. 박은식은 당시의 유교 지식인들이 사물의 이치를 탐구한다면서 '앉아서 반드시 벽을 향한다.', '눈을 지그시 감고 바르게 앉는다.'와 같은 형식에만 사로잡히고 '실제 사물에 대해 달갑지 않게 여긴다.'라고 하면서 비판적 입장을 보였다.

① ㄱ에서 주자의 해석과는 반대로, 박은식이 '다능(多能)'을 '세상의 일과 이를 위한 서구 학문'으로 해석하여 다능이 필요함을 강조한 것은, 구한말 개화사상의 주장과 일맥상통한다고 볼 수 있겠군.

② ㄴ에서 언급한 '일부 지식인들'과 달리, 박은식이 주자학의 학문적 장점을 인정하면서도 당면한 현실 문제 해결을 위해 양명학을 본령 학문으로 삼은 것은 '변통의 이치'를 따른 것으로 볼 수 있겠군.

③ ㄴ에서 박은식이 법치의 필요성을 언급한 것은 당시 새로운 사조인 민권 운동과 평등 의식을 기반으로 하고 있다는 점에서, 도학의 실천 주체인 피지배 계층이 '맹지치치'의 주를 이룬다고 볼 수 있겠군.

④ ㄷ에서 '앉아서 반드시 벽을 향한다.', '눈을 지그시 감고 바르게 앉는다.' 등은 내실이 없는 형식에 치중한 학문 방법으로, 이에 대해 박은식은 현실의 문제를 해결할 실천 정신이 결여된 학문 방법이라고 여겼겠군.

⑤ ㄷ에서 '실제 사물에 대해 달갑지 않게 여긴다.'는 당시 유교 지식인들이 현실 세계와 유리된 지식을 추구하는 것을 비판한 것으로, 박은식은 이들의 학문이 급변하는 시대 현실에 대처하는 데 적합하지 않다고 판단했겠군.

후기 구조주의 사상가인 들뢰즈와 과타리는 저서 《안티 오이디푸스》를 통해 프로이트의 《정신 분석학》에서 설명한 욕망의 개념을 비판하고 욕망에 대한 새로운 개념을 제시하였다. 프로이트는 욕망의 본질을 결핍과 무절제로 보고, 욕망하는 주체와 욕망의 대상을 이분법적으로 나눔으로써 욕망 작용을 주체에 의한 것으로 간주하였다. 그러나 들뢰즈와 과타리는 욕망이 결핍에서 유발된 것이 아니라 개인과 개인, 개인과 집단, 집단과 집단 사이의 관계 맺음을 통해 끊임없이 생산되는 것으로 보고 이를 '생산하는 욕망'이라 명명했다. 이는 개인이 욕망의 주체가 되어 욕망을 생산하는 것이 아니라, 욕망이 주변과의 관계에 의해 생산되는 것임을 의미하는 것이다.

생산하는 욕망과 관련하여 들뢰즈와 과타리는 <u>욕망 기계</u>라는 새로운 개념을 창안하였다. 여기서 기계는 일반적인 기계가 아닌, 다른 대상과 결합할 수 있는 모든 개체를 의미한다. 예컨대 사람이나 동물뿐만 아니라 법이나 국가, 제도 등도 기계에 해당한다. 과타리는 '㉠모든 기계는 자신이 결합되는 기계와 관련해서 흐름의 절단이지만 자신에 결합되는 기계와 관련해서는 흐름의 생산이다.'라고 말했는데, 여기서 '절단'은 끊김이 아닌 흐름의 마지막을, '생산'은 흐름의 시작을 의미한다. 즉 이는 기계와 기계가 결합되면서 흐름을 이어 나가는 것을 나타낸 말이다. 이와 같이 기계가 다른 기계와 결합되는 과정에서 욕망이 생산되기 때문에 욕망은 기계가 어떤 기계와 결합되느냐에 따라 달라지게 된다. 예를 들어 손은 연필과 연결될 때는 글을 쓰는 기계지만, 악기와 연결될 때는 연주하는 기계인 셈이다. 결국 욕망 기계로서 인간은 자신과 결합되어 있는 다른 대상과의 관계를 통해 욕망을 생산하고 그러한 욕망에 따라 행동하게 되는 것이다.

한편 들뢰즈와 과타리는 '욕망의 선분화'를 통해 욕망의 방향성 및 작동 방식을 설명하였다. 욕망의 선분화에는 경직된 선, 유연한 선, 탈주선이 있다. 먼저 경직된 선은 개인이나 집단을 대상으로 사회가 만들어 놓은 틀 속에 역할을 고정시키고 규범을 정당화함으로써 그로부터 벗어나지 못하도록 통제하는 것을 말한다. 유연한 선은 경직된 선에 비해 규칙적이지 않은 성격이 있어 관례적인 틀에서 벗어나려는 움직임이 보이지만 언제든지 경직된 선으로 회귀할 수 있는 선이다. 마지막으로 탈주선은 기존의 틀을 해체하고 새로운 것을 창조하는 혁신적인 흐름으로, 사회의 고정된 역할이나 규범에서 벗어나려는 탈영역화에 해당한다고 볼 수 있다.

이러한 욕망의 선분화를 바탕으로 들뢰즈와 과타리는 기존의 지배 질서에서 벗어나 새로운 것으로 변화를 시도하는 행위를 '소수자–되기'로 설명하였다. 이때 다수자나 소수자는 양적으로 많고 적음을 의미하는 것이 아닌, 표준과 비표준을 의미하는 것이다. 따라서 양적으로 많더라도 표준에서 벗어나면 소수자가 될 수 있다. 들뢰즈와 과타리는 '남성, 성인, 백인, 젊은이' 등을 다수자로, '여성, 아이, 흑인, 노인' 등을 소수자로 제시하며, '소수자–되기'는 다수자의 예속에서 벗어나 소수자의 정체성을 되찾고, 새로운 관계 맺기를 통해 자신을 새롭게 구성하고 변화시키는 움직임이라고 설명하였다. 이는 다수의 지배 논리에서 벗어나 다수자와 소수자 간의 차이를 인정하는 동시에 끊임없이 차이를 생산하는 실천적 행위라고 할 수 있다.

014

윗글의 내용과 일치하지 <u>않는</u> 것은?

① 프로이트는 인간의 욕망이 결핍에 의해 발생하기도 한다고 보았다.

② 들뢰즈와 과타리는 주변과의 관계 맺음에 따라 욕망이 달라진다고 보았다.

③ 들뢰즈와 과타리는 욕망의 선분화에 따라 욕망의 작동 방식과 방향성이 다르다고 보았다.

④ 들뢰즈와 과타리는 프로이트와 달리 욕망하는 주체인 개인에 의해 욕망이 생산된다고 보았다.

⑤ 들뢰즈와 과타리는 '소수자–되기'를 통해 기존의 틀에서 벗어나 자신을 새롭게 구성할 수 있다고 보았다.

015

㉠의 의미를 해석한 내용으로 가장 적절한 것은?

① 모든 기계는 욕망의 정도에 따라 흐름상에서 서로 다른 역할을 한다.

② 모든 기계는 기존의 흐름을 거부하고 새로운 흐름을 주도하는 역할을 한다.

③ 모든 기계는 흐름의 연속선상에서 다른 기계와 쌍방향으로 흐름을 주고받는다.

④ 모든 기계는 다른 기계와 결합되면서 흐름을 이어받거나 전달하며 흐름을 이어 나간다.

⑤ 모든 기계는 흐름을 만들어 내거나 흐름을 끊는 일 중 한 가지 역할만을 수행할 수 있다.

016

욕망 기계에 대한 설명으로 적절한 것은?

① 개인이나 집단 내에서 욕망의 생산을 통제하는 역할을 한다.

② 다른 욕망 기계와 결합하여 일체를 이루면서 욕망을 모방한다.

③ 어떤 욕망 기계와 결합하느냐에 따라 생산되는 욕망이 달라진다.

④ 인간을 대신하여 욕망을 생산함으로써 인간을 충족시키는 기계이다.

⑤ 다른 대상과의 결합을 통해 욕망을 생산하는 모든 유형의 생체로 한정된다.

017

윗글을 읽은 학생이 들뢰즈와 과타리의 관점에서 〈보기〉에 대해 보일 수 있는 반응으로 적절하지 <u>않은</u> 것은?

┤ 보기 ├

　　○○ 문화 센터에 노인들을 대상으로 한 미디어 교육 프로그램이 개설되었다. 처음에는 "미디어 교육은 젊은 사람이 받는 거지.", "다 늙은 노인들에게 미디어 교육이라니."라며 센터에 다니는 노인을 비롯한 여러 사람들이 노인들에게 미디어 교육은 힘들 것이라고 생각하였다. 하지만 교육을 통해 노인들은 다른 노인과 함께 영상을 제작하고 이를 온라인상에 탑재하여 타인과 소통하는 방법을 배우면서 편견에서 벗어나 자신감을 갖게 되었다. 그 결과 김□□ 할아버지는 미디어 교육 전문가 과정을 이수하여 미디어 전문 강사로 활동하게 되었고, 박△△ 할머니는 요리 관련 인플루언서로 젊은 사람 못지않게 왕성한 활동력을 보이고 있다.

① 미디어 교육 프로그램이 개설될 당시에 보인 사람들의 반응은 사회가 만들어 놓은 고정된 틀로 젊은 사람과 노인을 평가하고 있다는 점에서 경직된 선의 특성을 지녔다고 볼 수 있겠군.

② 미디어 교육 프로그램을 통해 노인들이 영상을 제작하고 온라인상에 이를 탑재해 타인과 소통하는 것은 기계와 기계의 결합을 통해 새로운 욕망을 생산하는 과정으로 볼 수 있겠군.

③ 우리 사회의 비표준인 노인들이 미디어 교육 프로그램을 통해 노인에 대한 편견에서 벗어나 자신감을 갖게 된 것은 다수자의 예속에서 벗어나 소수자의 정체성을 되찾은 것이라는 점에서 '소수자-되기'로 볼 수 있겠군.

④ 미디어 전문 강사가 된 김□□ 할아버지나 요리 관련 인플루언서가 된 박△△ 할머니의 모습은 노인을 바라보는 기존의 틀을 해체하고 새로운 노인의 모습을 보여 주었다는 점에서 탈영역화에 해당한다고 볼 수 있겠군.

⑤ 박△△ 할머니가 인플루언서로서 젊은 사람 못지않게 왕성한 활동력을 보이는 것은 '소수자-되기'를 통해 노인과 젊은이 사이의 차이를 극복하고 지배 질서에 편입하고자 하는 욕망이 실현된 것이라고 볼 수 있겠군.

018~022 | 다음 글을 읽고 물음에 답하시오.

숭고미는 인간이 거대한 자연과 대면해 저항할 수 없을 때 느껴지는 외경감을 표현하기 위한 미적 범주로 고대부터 논의되어 왔다. 이후 숭고가 수사학적 차원에서 다루어지기도 하였으나, 근대에 들어와 숭고에 관한 논의를 철학적 차원에서 새롭게 주도한 인물은 버크와 칸트였다.

버크는 우선 '아름다움(美)'과 '숭고'가 서로 다른 경험에서 ㉠유래하는 상이한 범주라는 점을 명확히 했다. 그에 따르면 아름다움은 제한적이고 질서 있으며 조화로운 대상의 형식에서 쾌를 느끼는 미적 감정인 반면에 숭고는 무제한적이고 무질서하며 혼란스러운 대상의 몰형식에서 쾌를 느끼는 미적 감정이다. 그러면서 그는 숭고가 자기 보존 본능과 깊이 관련되어 있다고 보았다. 인간은 거대한 대상 앞에서 자기 보존 본능이 위협을 받는다고 생각되면 공포를 느끼게 되지만, 자신이 그 위협에서 벗어나 있다는 것을 알게 되는 순간 공포는 환희로 바뀌게 된다. 버크는 이처럼 불쾌한 감정 속에서 느껴지는 쾌를 숭고미의 체험에서 나타나는 미적 감정의 중요한 특징으로 꼽았다. 물론 이때의 공포가 지나치게 현실적이라면 우리는 쾌 대신 불쾌만을 체험하게 된다는 점에서, 숭고미를 체험하기 위해서는 우리가 그 대상으로부터 충분히 안전하다는 전제가 필요하다. 그런데 버크는 이와 같은 미적 감정이 특정한 신경 조직의 수축과 이완에 의해 발생한다고 보았다. 이러한 버크의 생각은 숭고의 체험을 외부 자극에 대한 신체의 생리적 반응 정도로 취급함으로써 인간 정신의 자율적이고 능동적인 측면을 소홀히 했다는 비판을 받았다.

칸트 역시 《판단력 비판》에서 '아름다움'과 '숭고'를 구분하여 별개의 범주로 설명했다. 칸트는 숭고가 대상의 무한성, 절대성 등과 관련이 있다고 보았다. 이것은 한마디로 '현시(顯示)*할 수 없는 것'과 관련된 것이라고 할 수 있다. 즉 그 존재를 이성적으로는 사고할 수 있으나 그 규모와 ㉡위력을 도저히 측량할 수 없어 감히 그것을 형상화할 수 없는 상태인 것이다. 따라서 칸트는 숭고미를 현시할 수 없는 것을 보여 주고자 할 때 생겨나는 미적 감정이라고 보았다. 그러면서 칸트는 숭고를 대상의 규모가 너무 커서 그 대상을 온전히 파악할 수 없는 경우 발생하는 수학적 숭고와 대상이 지닌 위력이 공포심을 느낄 만큼 압도적일 때 발생하는 역학적 숭고로 나누었다.

그런데 칸트는 버크와 달리 숭고의 본질을 인간의 적극적인 정신 작용과 관련지어 설명했다. 숭고가 바다, 절벽, 폭풍우와 같은 광대한 자연의 속성에서 기인한다고 본 기존의 생각들과는 달리, 칸트는 숭고가 그러한 대상과 마주한 인간의 정신세계에서 비롯되는 것이라고 주장했다. 즉 칸트는 자연의 어떤 대상 속에 숭고가 있는 것이 아니라 인간의 정신세계 속에 숭고가 있다고 본 것이다. 예를 들어 자연의 엄청난 위력 앞에서 인간의 자기 보존 본능이 위협을 받게 되면 인간은 커다란 공포를 느끼게 된다. 그러나 인간은 자신의 정신 능력을 활용하여 자연의 위력 앞에 굴복

하지 않고 자연에 도전할 수 있는 용기를 불러일으킴으로써 그 공포에서 벗어난 정신적 ㉢고양을 체험하게 된다. 이것이 곧 이성의 위대성을 확인하는 희열로 귀결되면서 숭고를 체험할 수 있게 된다는 것이다. 이처럼 칸트의 숭고론은 이성의 능동적이고 의지적인 측면을 강조함으로써 버크의 숭고론을 한 단계 발전시킬 수 있었다.

이와 같은 숭고의 미학을 바탕으로 거대하고 위력적인 대상을 미술적으로 재현하려는 노력이 미술사의 전통 속에서 끊이지 않고 이어졌으며 현대 미술에서도 이를 중요한 과제로 다루었다. 특히 리오타르는 현대 미술의 목표를 '현시할 수 없는 것이 존재한다는 것을 보이게 하는 것'이라고 선언하며 숭고의 미학을 중요한 과제로 내세웠다. 그렇다면 '현시할 수 없는 것'이 존재한다는 것을 현대 미술은 어떻게 보여 줄 수 있을까?

19세기 낭만주의 화가들은 이것을 간접적 묘사의 방법으로 보여 줄 수 있다고 생각했다. 이것은 화면을 가득 채우는 자연의 모습과 왜소한 인간의 모습을 대비함으로써 제한된 캔버스 위에 크고 위력적인 대상을 간접적으로 표현하는 것이다. 광활하고 장대한 자연 앞에 선 한 남성의 뒷모습을 그린 카스파 다비드 프리드리히의 〈새해 일출〉과 같은 작품이 대표적이다. 반면 20세기의 아방가르드 화가들이 택한 방법은 부정적 묘사였다. 이것은 아예 시각적 묘사를 포기함으로써 숭고를 드러내는 것이다. 이 부류의 화가들은 무한한 공간에 미약한 존재마저도 지워 버리는 전략을 선택했다. 그 결과 '눈으로 확인할 수 없는 것'의 존재가 오히려 강하게 드러나는 효과를 얻게 된다. 리오타르는 이를 '현존'이라고 불렀다. 현존하지만 보이지 않는 존재에 대한 암시는 우리가 그것을 명확하게 파악할 수 없기 때문에 더욱 모호한 감정을 불러일으키는데, 이때의 감정이 숭고의 느낌과 연결된다는 것이다. 현대 추상주의 작가인 바넷 뉴먼의 〈인간, 영웅적이고 숭고한〉 등이 대표적인 작품이다. 이 그림은 화면 전체가 붉은색으로 칠해져 있고 몇 개의 띠가 단조로운 색 면에 변화를 주고 있을 뿐이다. 이 작품은 낯익은 세계의 ㉣재현을 완전히 해체함으로써 현시할 수 없는 세계가 지금 여기에 현존하고 있음을 드러낸 것이다.

숭고가 구현된 이들 작품 앞에 선 감상자들은 거대한 대상 앞에 서 있는 미약하고 나약한 자신의 존재를 확인함으로써 쾌와 불쾌가 혼합되어 있는 모순적인 감정을 갖게 되고, 이를 통해 숭고의 미를 체험하게 된다. 결국 숭고의 추구는 질서와 조화에 ㉤국한되어 있었던 미의 형식에서 벗어나 새로운 미의 세계를 체험하는 길을 열어 주었다고 평가할 수 있다.

* 현시: 나타내 보임.

018

윗글에 대한 설명으로 가장 적절한 것은?

① 숭고미가 근대 철학에 미친 영향력을 분석하고 그것과 관련 지어 역사적 의미를 평가하고 있다.

② 구체적인 작품을 사례로 제시하며 숭고미를 둘러싸고 전개되어 온 다양한 쟁점을 소개하고 있다.

③ 숭고미에 대한 대표적인 철학자의 견해를 통해 특정한 작품에 대한 통념적인 이해를 비판하고 있다.

④ 각 시대를 대표하는 작가의 작품들을 분석하여 숭고미와 관련하여 현대 미술이 나아가야 할 방향을 제시하고 있다.

⑤ 숭고에 대한 특정한 철학자들의 입장을 소개하고, 대표적인 사례를 통해 현대 미술 작품 속에 구현된 숭고미를 설명하고 있다.

019

윗글의 내용과 일치하지 않는 것은?

① 아름다움과 숭고는 모두 쾌를 동반하는 미적 감정이다.

② 근대에 들어서면서 숭고미에 대한 새로운 차원의 논의가 전개되었다.

③ 숭고미에 대한 논의는 고대부터 현대 미술에 이르기까지 이어지고 있다.

④ 현대 미술에서 숭고가 중요한 과제로 인식되는 데에는 리오타르의 역할이 있었다.

⑤ 현대 미술은 숭고를 추구함으로써 질서와 조화에 기반한 미의 형식을 강화하였다.

020

칸트의 숭고론에 대한 이해로 가장 적절한 것은?

① 인간을 압도하는 광대한 자연의 속성에서 숭고가 기인한다고 보았다.

② 자연의 위력 앞에서도 굴복하지 않는 정신 능력을 통해 숭고가 형성된다고 보았다.

③ 자연의 위력 앞에서 느끼는 공포를 숭고 체험에 의한 미적 감정과 동일한 것으로 보았다.

④ 자기 보존 본능은 현시할 수 없는 대상에서 비롯되는 공포를 이겨 내는 토대가 된다고 보았다.

⑤ 무한성과 절대성을 지닌 숭고의 대상은 측량할 수 있지만 이성적으로는 사고할 수 없는 크기와 위력을 갖는다고 보았다.

021

〈보기〉는 학생이 쓴 일기의 일부이다. '버크'의 견해를 바탕으로 할 때, ⓐ~ⓒ에 대한 설명으로 적절하지 <u>않은</u> 것은?

> ┤ 보기 ├
>
> 　오늘은 친구와 극장에 가서 영화를 보았다. 어느새 봄이 무르익어 극장까지 가는 길에는 온갖 꽃들이 저마다 ⓐ아름다움을 뽐내고 있었다. 오늘 본 영화는 쓰나미를 소재로 한 재난 영화였는데, 거대하고 위력적인 쓰나미가 마을을 순식간에 집어삼키는 장면은 엄청난 ⓑ공포심을 불러일으켰다. 그러면서도 감히 가늠할 수 없는 거대한 자연의 힘 앞에서 ⓒ숭고함을 느낄 수 있었다. 내 친구는 그런 쓰나미가 현실 속에서 일어난다면 정말 무서울 것 같다고 했다.

① ⓐ는 대상의 무제한적인 형식에 대한 미적 체험을 통해 느낄 수 있는 것이겠군.

② ⓑ는 거대한 크기와 위력적인 힘을 가진 대상이 불러일으킨 불쾌한 감정에 해당하겠군.

③ ⓒ는 불쾌를 통해 발생한 쾌로, 신경 조직의 수축과 이완이 교차하면서 발생한 것으로 볼 수 있겠군.

④ ⓐ는 질서와 조화를 이룬 대상에서 비롯된 것이라는 점에서 ⓒ와는 구별되는 범주의 미적 감정이겠군.

⑤ ⓑ가 지나치게 현실적이거나 충분히 안전하다는 전제가 없는 경우에는 감상자가 ⓒ를 체험하기 어렵겠군.

022

㉠~㉢의 사전적 의미로 적절하지 <u>않은</u> 것은?

① ㉠: 사물이나 일이 생겨남. 또는 그 사물이나 일이 생겨난 바.

② ㉡: 상대를 압도할 만큼 강력함. 또는 그런 힘.

③ ㉢: 정신이나 기분 따위를 북돋워서 높임.

④ ㉣: 한 번 하였던 행위나 일을 다시 되풀이함.

⑤ ㉤: 범위를 일정한 부분에 한정함.

023~026 | 다음 글을 읽고 물음에 답하시오.

동양화를 그릴 때 가장 중요한 것은 대상의 겉모습이 아닌 그 본질을 드러내는 것이다. 이는 그림이란 대상을 화폭에 옮겨 외형적인 것을 담는 것에 그치는 것이 아니라 그 정신까지 담아내야 한다는 것으로, 이를 '전신(傳神)'이라고 한다. '전신'이라는 말은 ㉠전신사조(傳神寫照)의 준말로 중국 위진 남북조 시대의 화가 고개지가 처음 사용한 용어이다. '사조(寫照)'는 화가가 관찰하고 바라본 대상의 형상을 있는 그대로 본떠서 그림으로 묘사하는 것을 의미하는데, 정신은 보이지 않는 것이기 때문에 필히 겉모습을 통해서만 그려 낼 수 있으므로 사조의 가치는 전신의 전달 여부에 달려 있다고 할 수 있다.

고개지는 '전신'을 이루기 위한 방법으로 '이형사신(以形寫神)'과 '천상묘득(遷想妙得)'을 주장했다. '이형사신'은 형상으로써 정신을 그린다는 뜻으로, 형상은 정신을 나타내기 위한 수단이며 형상을 그려 내는 목적은 정신을 드러내는 데 있다는 것이다. 따라서 그림이 명작인지 아닌지 판단하는 기준은 형태의 아름다움이 아니라 정신의 표출 여부에 달린 것이다. 이것은 고개지의 실제 일화로도 확인할 수 있는데, 고개지가 배해라는 사람을 그리는데 뺨 위에 터럭 세 가닥을 더 그렸다. 사람들이 이유를 묻자, 그는 "배해는 외모가 준수한데다 지성까지 갖추고 있으니 이렇게 해야만 지성미가 나타난다."라고 하였다. 사람들이 살펴보니 과연 세 가닥의 터럭을 더한 것이 더하지 않은 것보다 더 배해 같아 보였다. 이것은 전신을 이루기 위한 방법으로 형(形)을 사용한 것이다.

이형사신과 함께 전신을 드러내는 방법으로 '천상묘득(遷想妙得)'이 있다. '천상묘득'이란 생각을 옮겨 묘한 이치를 얻는다는 뜻으로 작가의 사유 활동을 형상화하는 과정이다. 작가는 그림을 그리기 전에 먼저 묘사할 대상을 관찰하고 연구하여 대상의 사상과 감정을 깊이 이해하고 체득해야 하는데, 이것은 예술적 창조력과 내면의 직관력에 의존하여 화의(畫意), 즉 그림을 그리려는 마음을 얻는 것이며, 이것이 곧 '천상(遷想)'이다. 그러고 나서 작가는 예술적 초월을 통하여 대상의 본질인 신(神)을 파악함으로써 유한한 형체를 초월하여 무한한 도의 경지로 나아가게 되는데 이를 '묘득(妙得)'이라 한다. 요컨대 '천상묘득'은 대상을 표현할 때 형상으로써 정신을 그려야 한다면 어떤 과정을 거쳐야 대상의 정신을 관찰할 수 있는가에 대한 답으로, 대상이 지니고 있는 형태적 제약에서 ⓐ벗어나 자유로운 상상과 가공을 통하여 주관적인 형상을 구축해 내야 한다는 것을 의미한다.

위진 남북조 시대 남제의 사혁은 고개지가 제시한 전신사조에 영향을 받아 '기운생동(氣韻生動)'을 주장하였다. 그는 전신사조의 '신(神)'을 기운[氣]으로 발전시켜 설명하였는데, ㉡'기운생동'은 대상으로부터 생명의 기미를 포착하고 구현하여 신운(神韻)*을 이루는 것이 중요함을 지적하는 것이다. 사혁이 활동하던 시대에는 대상을 완전히 사실적으로 그리는 인물화가 주조를 이루었고 대상을 하나도 빠짐없이 묘사하여 사실적으로 그리는 것이

그림의 기운을 구현하는 전제 조건이었다. 그러나 객관적 형사(形寫)*만으로는 대상의 외형적인 닮음 이상의 정신적 특징을 얻어 낼 수 없기 때문에 사혁이 활동하던 시대에 인물화에 있어서 기운생동은 결국 외형적인 닮음 이상의 정신적인 특질이 살아 움직이는 것처럼 구현되는 것이라고 할 수 있다.

* 신운: 신비롭고 고상한 운치.
* 형사: 어떤 사물의 모양을 본떠서 글로 쓰거나 베낌.

023

윗글에 대한 설명으로 적절하지 않은 것은?

① 용어에 대한 설명을 통해 개념을 명확하게 하고 있다.
② 두 이론을 연관 지으며 이론의 발전 양상을 소개하고 있다.
③ 상반된 두 관점을 대조한 후 하나의 관점을 강조하고 있다.
④ 이론의 내용을 내용과 형식의 관계를 중심으로 분석하고 있다.
⑤ 구체적인 예를 제시하여 이론에 대한 독자의 이해를 돕고 있다.

024

㉠의 관점에서 보일 수 있는 반응으로 적절하지 않은 것은?

① 작가는 유한한 형체를 초월하여 대상의 본질을 파악할 수 있어야 해.
② 그림의 가치는 대상의 정신적 요소를 얼마나 잘 표현해 냈는가의 여부에 달려 있지.
③ 인물을 그릴 때에는 '형(形)'을 최대한 배제하고 '신(神)'을 드러내는 데 집중해야 해.
④ 형상이 내면을 드러내지 못한다면 정신을 나타내기 위한 수단을 잘못 사용한 것이라고 할 수 있어.
⑤ 그림을 그리기 전에 대상을 관찰하고 연구하여 대상에 대해 깊이 이해하고 체득하는 과정이 필요하지.

025

ⓛ을 바탕으로 〈보기〉의 그림을 감상한 내용으로 적절하지 않은 것은?

┤ 보기 ├

윤두서, 〈자화상〉

조선 후기 화가 윤두서의 〈자화상〉은 우리나라 초상화 중 최고의 걸작이다. 이 작품에서 보이는 윤두서의 매서운 눈매는 첫인상만으로도 보는 이를 압도하며, 타오르는 듯한 수염은 내면 깊은 곳으로부터 기(氣)를 발산하는 듯하다.

윤두서는 숙종 때 진시에 급제하였으나 당쟁이 심하던 시기였기에 출사하지 않고 학문에 전념하며 시서화로 생애를 보냈다. 그는 어릴 때 큰집에 입양된 후 20년 동안 양부모, 친부모를 비롯한 지인들의 죽음을 곁에서 지켜봐야 하는 아픔을 겪었다고 한다.

① 알맞게 살찐 얼굴과 꽉 다문 입술을 통해 인물의 굳은 의지가 드러나는 것 같군.

② 강렬한 눈빛을 통해 자신의 불운한 인생을 대하는 인물의 태도가 드러나는 것 같군.

③ 꼬리 부분이 치켜 올라간 눈매를 통해 인물의 엄격하고 바른 성격이 나타나는 것 같군.

④ 움직임이 느껴질 정도로 세밀하게 묘사된 수염을 통해 화가의 섬세한 기교가 부각되는 것 같군.

⑤ 화면 가득 얼굴 모습을 하나도 빠짐없이 사실적으로 묘사하였다는 점에서 기운을 구현하는 전제 조건이 충족되었다고 볼 수 있군.

026

ⓐ와 동일한 의미로 사용된 것은?

① 터널에서 벗어나자, 평야가 펼쳐졌다.

② 인습의 굴레에서 벗어나 자유로워졌다.

③ 그는 아버지의 영향력에서 벗어나기 어려웠다.

④ 바쁜 일과에서 벗어나서 멀리 여행을 떠나고 싶다.

⑤ 그녀는 자꾸 주제에서 벗어난 이야기만 계속하였다.

♦ 연계 기출 2019학년도 수능

027~031 | 다음 글을 읽고 물음에 답하시오.

사람은 살아가는 동안 여러 약속을 한다. 계약도 하나의 약속이다. 하지만 이것은 친구와 뜻이 맞아 주말에 영화 보러 가자는 약속과는 다르다. 일반적인 다른 약속처럼 계약도 서로의 의사 표시가 합치하여 성립하지만, 이때의 의사는 일정한 법률 효과의 발생을 목적으로 한다는 점에서 차이가 있다. 한 예로 매매 계약은 '팔겠다'는 일방의 의사 표시와 '사겠다'는 상대방의 의사 표시가 합치함으로써 성립하며, 매도인은 매수인에게 매매 목적물의 소유권을 이전하여야 할 의무를 짐과 동시에 매매 대금의 지급을 청구할 권리를 갖는다. 반대로 매수인은 매도인에게 매매 대금을 지급할 의무가 있고 소유권의 이전을 청구할 권리를 갖는다. 양 당사자는 서로 권리를 행사하고 서로 의무를 이행하는 관계에 놓이는 것이다.

이처럼 의사 표시를 필수적 요소로 하여 법률 효과를 발생시키는 행위들을 법률 행위라 한다. 계약은 법률 행위의 일종으로서, 당사자에게 일정한 청구권과 이행 의무를 발생시킨다. 청구권을 내용으로 하는 권리가 채권이고, 그에 따라 이행을 해야 할 의무가 채무이다. 따라서 채권과 채무는 발생한 법률 효과가 동전의 양면처럼 서로 다른 방향에서 파악되는 것이라 할 수 있다. 채무자가 채무의 내용대로 이행하여 채권을 소멸시키는 것을 변제라 한다.

갑과 을은 을이 소유한 그림 A를 갑에게 매도하는 것을 내용으로 하는 매매 계약을 체결하였다. ㉠을의 채무는 그림 A의 소유권을 갑에게 이전하는 것이다. 동산인 물건의 소유권을 이전하는 방식은 그 물건을 인도하는 것이다. 갑은 그림 A가 너무나 마음에 들었기 때문에 그것을 인도받기 전에 대금 전액을 금전으로 지급하였다. 그런데 갑이 아무리 그림 A를 넘겨달라고 청구하여도 을은 인도해 주지 않았다. 이런 경우 갑이 사적으로 물리력을 행사하여 해결하는 것은 엄격히 금지된다.

채권의 내용은 민법과 같은 실체법에서 규정하고 있고, 그것을 강제적으로 실현할 수 있도록 민사 소송법이나 민사 집행법 같은 절차법이 갖추어져 있다. 갑은 소를 제기하여 판결로써 자기가 가진 채권의 존재와 내용을 공적으로 확정받을 수 있고, 나아가 법원에 강제 집행을 신청할 수도 있다. 강제 집행은 국가가 물리적 실력을 행사하여 채무자의 의사에 구애받지 않고 채무의 내용을 실행시켜 채권이 실현되도록 하는 제도이다.

을이 그림 A를 넘겨주지 않은 까닭은 갑으로부터 매매 대금을 받은 뒤에 을의 과실로 불이 나 그림 A가 타 없어졌기 때문이다. ㉡결국 채무는 이행 불능이 되었다. 소송을 하더라도 불능의 내용을 이행하라는 판결은 ⓐ나올 수 없다. 그림 A의 소실이 계

약 체결 전이었다면, 그 계약은 실현 불가능한 내용을 담고 있기 때문에 체결할 때부터 계약 자체가 무효이다. 이행 불능이 채무자의 과실 때문에 일어난 것이라면 채무자가 채무 불이행에 대한 책임을 져야 한다.

이때 채무 불이행은 갑이나 을의 의사 표시가 작용한 것이 아니라, 매매 목적물의 소실에 따른 이행 불능으로 말미암은 것이다. 이러한 사건을 통해서도 법률 효과가 발생한다. 채무 불이행에 대한 책임은 갑으로 하여금 계약을 해제할 수 있는 권리를 갖게 한다. 갑이 계약 해제권을 행사하면 그때까지 유효했던 계약이 처음부터 효력이 없는 것으로 된다. 이때의 계약 해제는 일방의 의사 표시만으로 성립한다. 따라서 갑이 해제권을 행사하는 데에 을의 승낙은 요건이 되지 않는다. 이러한 법률 행위를 단독 행위라 한다.

갑은 계약을 해제하였다. 이로써 그 계약으로 발생한 채권과 채무는 없던 것이 된다. 당연히 계약의 양 당사자는 자신의 채무를 이행할 필요가 없다. 이미 이행된 것이 있다면 계약이 체결되기 전의 상태로 돌려놓아야 한다. 이를 청구할 수 있는 권리가 원상회복 청구권이다. 계약의 해제로 갑은 원상회복 청구권을 행사할 수 있으며, 이러한 ㉡갑의 채권은 결국 을에게 매매 대금을 반환해 달라고 청구할 수 있는 권리가 된다.

027

윗글의 내용과 일치하지 않는 것은?

① 실체 청구권에 관한 규정이 있다.
② 절차법에 강제 집행 제도가 마련되어 있다.
③ 법률 행위가 없으면 법률 효과가 발생하지 않는다.
④ 법원을 통하여 물리력으로 채권을 실현할 수 있다.
⑤ 실현 불가능한 것을 내용으로 하는 계약은 무효이다.

028

㉠, ㉡에 대한 이해로 가장 적절한 것은?

① ㉠은 매도인의 청구와 매수인의 이행으로 소멸한다.
② ㉡은 채권자와 채무자의 의사 표시가 작용하여 성립한 것이다.
③ ㉠과 ㉡은 ㉠이 이행되면 그 결과로 ㉡이 소멸하는 관계이다.
④ ㉠과 ㉡은 동일한 계약의 효과를 서로 다른 측면에서 바라본 것이다.
⑤ ㉠에는 물건을 인도할 의무가 있고, ㉡에는 금전의 지급을 청구할 권리가 있다.

029

㉮의 상황에 대한 설명으로 적절한 것은?

① '을'의 과실로 이행 불능이 되어 '갑'의 계약 해제권이 발생한다.
② '갑'은 소를 제기하여야 매매의 목적이 된 재산권을 이전받을 수 있다.
③ '갑'은 원상회복 청구권을 행사하여야 '그림 A'의 소유권을 회복할 수 있다.
④ '갑'과 '을'은 애초부터 실현 불가능한 내용의 계약을 체결하였기 때문에 이행 불능이 되었다.
⑤ '을'이 '갑'에게 '그림 A'를 인도하는 것은 불가능해졌지만 '을'은 채무 불이행에 대한 책임을 지지 않는다.

030

윗글을 바탕으로 할 때, 〈보기〉에 대한 분석으로 적절하지 않은 것은? [3점]

┤ 보기 ├

증여는 당사자의 일방이 자기의 재산을 무상으로 상대방에게 줄 의사를 표시하고 상대방이 이를 승낙함으로써 성립하는 계약이다. 증여자만 이행 의무를 진다는 점이 특징이다. 유언은 유언자의 사망과 동시에 일정한 법률 효과를 발생시키려는 것을 목적으로 하는데, 유언자의 의사 표시만으로 유효하게 성립하고 의사 표시의 상대방이 필요 없다는 점에서 증여와 차이가 있다.

① 증여, 유언, 매매는 모두 법률 행위로서 의사 표시를 요소로 한다.
② 증여와 유언은 법률 효과를 발생시키려는 목적이 있다는 점이 공통된다.
③ 증여는 변제의 의무를 발생시키지 않는다는 점에서 매매와 차이가 있다.
④ 증여는 당사자 일방만이 이행한다는 점에서 양 당사자가 서로 이행하는 관계를 갖는 매매와 차이가 있다.
⑤ 증여는 양 당사자의 의사 표시가 서로 합치하여 성립한다는 점에서 의사 표시의 합치가 필요 없는 유언과 차이가 있다.

031

문맥상 의미가 ⓐ와 가장 가까운 것은?

① 오랜 연구 끝에 만족할 만한 실험 결과가 <u>나왔다</u>.
② 그 사람이 부드럽게 <u>나오니</u> 내 마음이 누그러졌다.
③ 우리 마을은 라디오가 잘 안 <u>나오는</u> 산간 지역이다.
④ 이 책에 <u>나오는</u> 옛날이야기 한 편을 함께 읽어 보자.
⑤ 그동안 우리 지역에서는 걸출한 인물들이 많이 <u>나왔다</u>.

032~035 | 다음 글을 읽고 물음에 답하시오.

물권이란 특정한 물건을 직접 지배하여 이익을 ⓐ획득할 수 있는 배타적인 권리이다. 민법에서 물권은 법률 또는 관습법에 의해서만 인정되며 당사자가 임의로 물권을 창설할 수 없다고 규정하고 있는데, 이를 물권 법정주의라고 한다. 물권 법정주의는 물권 관계를 정형화함으로써 거래의 안전과 신속을 도모하기 위한 원칙이다.

민법에서 규정하는 물권에는 소유권, 점유권, 지상권, 지역권, 전세권, 유치권, 질권, 저당권이 있다. 소유권은 물건의 소유자가 그 소유물을 자유롭게 사용, 수익, 처분할 수 있는 권리이고, 점유권은 물건을 사실상 지배하고 있는 사람에게 주어지는 권리이다. 소유권은 물건을 점유할 수 있는 권리를 포함하지만, 점유권자가 소유권자가 아닐 수도 있다. 또한 점유권은 사실상 점유 상태에서 벗어나면 ⓑ소멸하고 만다. 이와 달리 일정한 목적의 범위 안에서만 물건을 지배할 수 있는 물권도 있는데, 이를 제한 물권이라고 한다. 제한 물권에는 지상권, 지역권, 전세권과 같이 다른 사람의 부동산을 사용하여 이익을 획득할 수 있는 용익 물권과 유치권, 질권, 저당권과 같이 일정한 물건을 채권의 담보로 제공하는 담보 물권이 있다.

물권이 발생하고 변경되고 소멸하는 과정을 물권 변동이라고 하고, 이의 내용을 외부에 알리는 것을 공시라고 한다. 재산에는 토지나 가옥, 임야처럼 이동이 불가능한 부동산과 돈이나 증권, 각종 세간처럼 이동이 가능한 동산이 있는데, 동산은 부동산에 비해 종류도 무궁무진하고 거래도 활발하다. 민법에서는 부동산에 대해서는 등기부라는 공적 장부에 부동산에 관한 권리관계를 기재하는 등기를 통해 공시하고 있는 반면, ㉠동산에 대해서는 현실적으로 공시가 어렵기 때문에 점유나 그 점유를 이전하는 인도를 공시 방법으로 취하고 있다. 그래서 공시된 권리관계가 실제 권리관계와 ⓒ일치하지 않기도 한다. 이 경우 동산의 점유자를 소유자로 믿고 해당 동산을 취득했다면, 비록 양도인이 소유자가 아니라고 해도 민법에서는 그 동산에 대한 소유권을 인정한다. 이처럼 공시된 권리관계를 믿고 거래한 사람의 권리를 보호하는 것을 '공신의 원칙'이라 한다. 이는 동산 물권에만 적용되고 부동산 물권에는 적용되지 않는다.

부동산의 물권은 등기부 등본을 통해 확인할 수 있다. 등기부 등본은 등기 번호란, 표제부, 갑구, 을구로 ⓓ구성되어 있다. 등기 번호란에는 토지 혹은 건물의 지번이, 표제부에는 토지 혹은 건물의 내용, 즉 소재지, 구조, 용도, 면적 등이 순서대로 적혀 있다. 그리고 갑구에는 소유권에 관한 사항이, 을구에는 소유권 이외의 권리, 즉 지상권, 지역권, 전세권, 질권, 저당권 같은 제한 물권에 관한 사항이 접수된 일자 순서로 적혀 있다. 갑구와 을구 모두 순위 번호, 등기 목적, 접수, 등기 원인, 권리자 및 기타 사항을 기재하게 되어 있는데, 같은 구에서는 등기한 순서를 숫자로 표시한 순위 번호에 의해 권리 간의 우선순위가 결정된다.

일반적으로 은행에서 돈을 빌려줄 때에는 채권을 담보하기 위해 채무자의 부동산에 저당권을 설정한다. 만약 채무자가 은행에 채무를 ⓔ이행하지 못하면 은행은 부동산을 경매에 넘기고 경매에서 낙찰받은 돈으로 채권을 변제하는데, 해당 부동산에 전세권을 설정한 사람이 있다면 선순위 저당권자의 채권을 변제하고 남은 돈으로 전세금을 돌려받는다. 일반적으로 전세 계약은 주택 임대차 계약상의 임차권으로, 임차권자가 전세권을 설정하지 않았다면 이는 물권법이 아닌 채권법의 적용을 받는다. 전세권은 물권이므로 부동산 소유권자가 바뀌어도 전세권을 주장할 수 있지만, 임대차 계약으로 발생한 임차권은 임대인에 대한 채권에 불과하므로 누구에게나 그 권리를 주장할 수 없다. 따라서 전세권을 등기하는 것이 중요한데, 이를 위해서는 임대인의 동의가 필요하다. 그러나 최근 임차인을 보호하기 위해 제정된 '주택 임대차 보호법'에 의하면, 전세권을 등기하지 않아도 임차권자가 동사무소에 가서 전입 신고를 하고 임대차 계약서에 확정 일자를 받으면 대항력을 갖춘 임대차 계약이 된다. 여기서 대항력이란 이미 유효하게 이루어진 권리관계를 제3자가 인정하지 않을 때 이를 물리칠 수 있는 권한으로, 전입 신고를 한 다음 날 0시부터 법적 효력이 발생한다. 대항력을 갖춘 임대차 계약은 전세권을 설정한 것과 유사하게 후순위 권리자보다 우선하여 보증금을 받을 수 있도록 하고 있다. 이를 우선 변제라고 하는데, 주택 임대차 보호법은 민법에 우선하여 적용된다는 특징이 있다.

032

윗글의 내용과 일치하지 않는 것은?

① 등기부 등본에 전세권이 설정되어 있는 전세 계약은 물권법의 적용을 받는다.

② 동산 물권의 소유자와 점유자가 다를 경우 점유자와의 거래는 인정되지 않는다.

③ 임차인을 보호하기 위해 제정된 '주택 임대차 보호법'은 민법에 우선하여 적용된다.

④ 공신의 원칙은 토지나 가옥, 임야와 같은 부동산 물권에 대해서는 적용되지 않는다.

⑤ 지상권이나 저당권은 일정한 목적의 범위 안에서만 물건을 지배할 수 있는 물권이다.

033

㉠의 이유로 가장 적절한 것은?

① 부동산과 달리 동산은 소유권자와 점유권자의 경계가 모호하기 때문에

② 동산은 점유권자가 점유 상태에서 벗어날 경우 점유권이 소멸되기 때문에

③ 동산에 강력한 공시 제도를 적용하면 물권 법정주의에 위배되기 때문에

④ 동산이 무수히 많아 물권 변동을 일일이 기록하는 것이 불가능하기 때문에

⑤ 동산은 부동산에 비해 물권이 발생하고 변경, 소멸되는 과정이 불분명하기 때문에

034

윗글을 바탕으로 〈보기〉를 이해한 내용으로 적절하지 <u>않은</u> 것은?

┤ 보기 ├

　B는 2024년 2월 10일 전세 보증금 2억 원에 임대인과 전세 계약을 맺었다. B는 이삿날 전세권 설정을 등기하려고 했으나 임대인이 동의하지 않아 같은 날 동사무소에서 전입 신고를 하고 전세 계약서에 2024년 2월 10일로 확정 일자를 받았다. 그러던 중 B가 전세로 살던 집이 경매로 넘어가 2024년 5월 20일, 5억 원에 낙찰되었다.

　B가 전세 계약을 한 집의 등기부 등본은 아래와 같다.

을구				
순위 번호	등기 목적	접수	등기 원인	권리자 및 기타 사항
1	전세권 설정	2020년 5월 2일	2020년 5월 2일 설정 계약	전세금 250,000,000원 전세권자 A
2	근저당 설정	2021년 1월 10일	2021년 1월 10일 설정 계약	채권 최고액 100,000,000원 채권자 C 은행
3	2번 근저당 말소	2023년 1월 10일		
4	1번 전세권 말소	2024년 2월 5일		
5	근저당 설정	2024년 2월 9일	2024년 2월 9일 설정 계약	채권 최고액 200,000,000원 채권자 M 은행

① A는 전세권 설정을 등기하였으므로 물권법에 의해 C 은행보다 선순위 권리자가 되었겠군.

② A의 전세권은 2024년 2월 5일에 소멸되었으므로 경매 낙찰 금액에 대해 권리 순위에서 제외되겠군.

③ B는 주택 임대차 보호법에 의해 경매 낙찰금 중 2억 원을 자신의 전세 보증금으로 반환받을 수 있겠군.

④ B는 2024년 2월 11일부터 주택 임대차 보호법에 의해 M 은행보다 우선하여 보증금을 받을 수 있는 대항력을 갖겠군.

⑤ B가 전입 신고를 하고 확정 일자를 받았지만 물권법에 의해서는 M 은행을 대상으로 전세 보증금을 주장할 수 없겠군.

035

ⓐ~ⓔ와 바꿔 쓸 수 있는 말로 적절하지 <u>않은</u> 것은?

① ⓐ: 얻을

② ⓑ: 없어지고

③ ⓒ: 같지

④ ⓓ: 이루어져

⑤ ⓔ: 돌이키지

036~039 | 다음 글을 읽고 물음에 답하시오.

특허권의 공유란 특허권을 2인 이상이 공동으로 소유하는 것을 말한다. 특허권을 공유하게 되는 경우는 공동 발명을 한 경우, 1인이 한 발명을 공동 상속한 경우 등이다. 여기서 공동 발명이란 2인 이상이 발명의 완성에 실질적인 협력을 한 경우이다. 따라서 2인 이상이 상호 협력하여 발명을 완성한 경우라도 발명 완성에 직접적이고 실질적인 협력 관계로 볼 수 없는 경우에는 공동 발명에 해당하지 않는다.

[A] 특허권의 공유는 하나의 발명품을 2인 이상이 공동 발명한 후 공동으로 출원하여 권리를 부여받은 경우에 발생하기 때문에 2인 이상이 공동으로 발명한 경우 특허를 받을 수 있는 권리는 공동 발명자 전원이 공유한다. 상호 간 지분에 관해 특약이 있는 경우에는 이에 따르지만, 특별히 지분에 대해 약정한 바가 없는 경우에는 공동 소유자 간에 지분이 균등한 것으로 보는 견해가 통설이다. 그런데 특허권은 물리적으로 지배할 수 있는 유체물과 달리 지배에 점유를 필요로 하지 않는 무체 재산권이라는 특성이 있어, 특허법은 특허권을 공유하는 경우 다른 공동 소유자의 동의를 얻지 아니하면 지분의 처분이나 전용 실시권*의 설정, 통상 실시권*의 허락을 제한하고 있다. 하지만 각 공유자는 계약으로 특별히 약정한 경우를 제외하고는 다른 공유자의 동의를 얻지 아니하고 그 특허 발명을 자기 실시*, 즉 그 물건을 생산, 사용, 양도, 대여할 수 있다. 공유자 1인이 사용하면 다른 공유자의 사용을 방해할 수 있는 유체물과 달리, 무체물인 특허 발명의 경우에는 공유자 1인이 실시를 하여도 다른 공유자의 실시를 방해하지 않기 때문이다. 이때 지분의 비율이 특허권의 실시에 영향을 미치지 않으며, 특허 실시의 이익을 공유자에게 배분할 의무도 없다. 또한 특허권은 재산권에 해당이 되기 때문에 특허권자가 사망한 경우 특허권은 상속인에게 자동으로 상속되며 상속인이 없는 경우에 그 특허권은 소멸된다. 공유 특허권도 마찬가지이다.

그렇다면 공동 발명자 여부를 결정하는 기준은 무엇인가? ⊙우리나라의 경우 직무 발명, 즉 종업원, 법인의 임원 또는 공무원이 그 직무에 관하여 발명한 것이 성질상 사용자, 법인 또는 국가나 지방 자치 단체의 업무 범위에 속하고 그 발명을 하게 된 행위가 종업원 등의 현재 또는 과거의 직무에 속하는 발명이 대부분이다. 이 경우 누가 공동 발명자에 해당하는지에 관하여 특허청이 제시한 판단 기준은 다음과 같다. 첫째, 관리자의 경우 구체적인 착상을 하고 부하에게 그 발전 및 실현을 하게 한 자, 부하가 제출한 착상에 보충적인 착상을 가한 자, 부하가 행한 실험 또는 실험의 중간 결과를 종합적으로 판단하여 새로운 착상을 가하여 발명을 완성한 자 등이다. 둘째, 비관리자의 경우 어떤 문제를 해결하기 위한 기술적 수단을 착상한 자, 타인의 착상에 의거한 연구를 하여 발명을 완성하게 한 자, 타인의 착상에 대하여 구체화하는 기술적 수단을 부가하여 발명을 완성한 자, 타인의 발명에 힌트를 얻어 다시 그 발명의 범위를 확대하는 발명을 한 자 등이다. 이는 발명에서 착상한 자를 기준으로 발명자의 여부를 규정한 것이다.

반면 ⓛ일본에서는 발명의 성립 과정을 착상의 제공과 착상의 구체화라는 2단계로 나눈 다음, 각 단계에 따라 실질적 협력자 여부를 판단한다. 제공한 착상이 새로운 경우에는 착상 제공자를 발명자로 보고, 새로운 착상을 구체화한 자의 경우 그 구체화가 해당 업자에게 자명한 정도에 이른 경우에는 공동 발명자로 본다. 한편 ⓒ미국의 경우, 공동 발명자는 2인 이상이 힘을 합쳐 동일한 발명을 위해 함께 작업한 결과물을 내야 한다. 공동 발명자가 되기 위해서는 동일한 대상을 위해 작업을 해야 하고, 최종 결과물 내지 발명의 착상에 어느 정도 기여를 해야 한다. 발명자가 다른 발명자만큼 중요한 기여를 하지 않았다고 하더라도 최종적인 문제 해결을 위해 부분적으로 기여를 했다면 공동 발명자가 된다.

우리나라의 경우 기본적으로 공동 발명을 판단하는 데 발명자들이 완전한 형태의 발명을 완성할 수 있도록 아이디어를 형성했느냐 하는 점이 중요하다. 그런데 어떤 사람이 발명의 실체가 불완전하지만 어느 정도 형성을 하고, 다른 사람은 발명의 실체를 향상하는 데 기여한 경우는 그 연구 개발 과정에 모두 함께 작업을 하지 않아도 공동 발명자로 보아야 한다. 즉 착상에 집착하기보다는 발명의 완성에 실질적으로 기여했느냐를 기준으로 하는 것이 타당하다. 착상 과정만을 기준으로 공동 발명 여부를 판단한다면, 착상 과정에 기여한 적이 없지만 최종적으로 발명의 완성에 기여한 경우에는 공동 발명자가 될 수 없는 경우가 생길 수 있기 때문이다.

---

* 전용 실시권: 특허권자가 해당 특허 발명에 대하여 기간·장소 및 내용의 제한을 기하여 다른 사람에게 독점적으로 허락하는 실시권.
* 통상 실시권: 특허권자가 아닌 제삼자가 허락이나 법률 규정 또는 설정 행위를 통하여 정해진 범위 안에서 해당 특허 발명 등을 사업으로 할 수 있는 실시권.
* 자기 실시: 특허권자 본인이 실시하는 것.

036

윗글에 대한 설명으로 적절하지 않은 것은?

① 특허권 공유의 개념을 정의하며 화제를 제시하고 있다.

② 다양한 사례를 제시하여 특허법이 적용되는 범위를 구체화하고 있다.

③ 열거의 방식을 사용하여 공동 발명자에 해당하는 경우를 제시하고 있다.

④ 스스로 묻고 답하는 방식으로 공동 발명자를 결정하는 기준을 설명하고 있다.

⑤ 우리나라의 공동 발명자에 대한 기준을 다른 나라와 비교하여 설명하고 있다.

037

윗글로 미루어 알 수 있는 내용이 아닌 것은?

① 공동 발명은 특허권을 공유하기 위한 하나의 전제 요건이 된다.

② 공유 특허권을 상속받을 때에는 다른 공유자의 동의를 받아야 한다.

③ 여러 나라에서 공동 발명자의 기준으로 발명에서의 착상을 고려하고 있다.

④ 통상 일부의 지분을 가지고 있어도 공유 특허권 전체를 자기 실시할 수 있다.

⑤ 공유 특허권의 지분을 처분하는 것은 특허권의 자기 실시와 달리 제한이 있다.

038

[A]를 바탕으로 할 때, 〈보기〉의 사례들을 이해한 내용으로 적절하지 않은 것은?

┤ 보기 ├

(가) 앰프 업체 A사와 스피커 업체 B사는 공동으로 앰프를 개발하여 특허권을 받았고, 그 지분은 개발 기여도에 따라 A사가 99%, B사가 1%를 소유하기로 하고 그 외에 대해서는 특별한 약정을 하지 않았다. 그 후 B사는 A사와 상의하지 않고 발명품인 앰프를 대량 생산하여 판매하고 있다.

(나) 산학 협력단 C는 벤처 기업 D사와 공동으로 정부 산하 기관 E로부터 연구비 2억 원을 받아 교통 신호 시스템을 연구하기로 하고, 그 연구 결과물에 대한 특허 출원은 C, D사, E가 공동으로 하며, 권리 지분은 C가 50%, D사가 20%, E가 30%로 하기로 공동 연구 계약을 하였다. 그 후 공동 연구의 결과물에 대해 C, D사, E의 공동 명의로 특허권을 취득하였다. 이러한 공유 특허권에 대하여, ㉮공유 특허권자 C, D사, E는 합의에 의하여 P사에 통상 실시권을 허락하여 실시료로 1억 원을 받아 각각의 권리 지분에 따라서 배분하였다. ㉯D사는 상기 교통 시스템을 단독으로 경찰청에 납품하여 1억 원의 이익을 얻었다. ㉰생산 설비를 갖추고 있지 않은 C는 50%의 자기 지분을 근거로 1억 원의 실시료를 받고 K에 통상 실시권을 허락하려고 공유자인 D사 및 E에 동의를 요청하였지만, D사로부터 자사 제품의 경쟁력이 하락한다는 이유로 동의를 받지 못하였다.

① (가)에서 A사와 B사가 공동으로 앰프를 개발하여 받은 특허권과, (나)에서 C, D사, E가 공동 연구의 결과물에 대해 취득한 특허권은 모두 무체 재산권에 해당한다.

② (가)에서 공유 특허권을 가진 B사가 자기 실시를 통해 얻은 수익 일부를 공유자 A사에 분배해 주어야 한다.

③ (나)에서 ㉮의 경우, C, D사, E가 합의에 의해 통상 실시권을 허락한 것은 적법한 절차를 따른 것이므로 문제가 없다.

④ (나)에서 ㉯의 경우, 특약이 있었다면 D사가 시스템을 경찰청에 단독으로 납품하기 위해서는 다른 공유자의 동의를 받아야 한다.

⑤ (나)에서 ㉰의 경우, C가 연구 개발비를 회수하기 위해 제3자에게 통상 실시권을 설정한다거나 특허권 지분을 양도하는 것은 다른 공유자 모두에게 동의를 받아야 하므로 불가능한 상황이다.

039

㉠~㉢에 대한 설명으로 가장 적절한 것은?

① ㉠은 기술적 수단만 착상하고 결과물을 만들지 못해도 발명자로 본다.

② ㉡은 발명의 내용을 착상하고 이를 구체화까지 하여야 발명자로 본다.

③ ㉢은 같은 대상을 위해 작업하였더라도 최종 결과물을 위한 문제 해결에 기여도가 균등하지 않은 경우 공동 발명자로 보지 않는다.

④ ㉠과 ㉢은 기술 개발 과정에서 당면한 어려움을 타개할 만한 새 아이디어를 제공한 사람을 공동 발명자로 본다.

⑤ ㉠~㉢ 모두 아이디어를 착상한 연구자가 기술을 개발하도록 옆에서 일상적인 관리를 한 사람은 공동 발명자로 본다.

040~043 | 다음 글을 읽고 물음에 답하시오.

조세 공평주의는 조세의 부담이 국민들 사이에 공평하게 ⓐ배분되도록 세법이 제정되어야 하고, 납세자인 국민이 세법의 적용에 있어서 평등하게 다루어져야 한다는 것을 의미한다. 동일한 경제력을 가진 납세자 상호 간에 평균적 정의가 충족되면서도, 자본주의의 구조적 모순으로 인하여 ⓑ초래된 빈부의 차이를 ⓒ시정하기 위하여 조세 부담에 대한 배분적 정의를 실현하는 것은 중요한 의미를 갖는다고 할 수 있다.

조세론적 관점에서 볼 때 '공평'은 조세 부담의 분배와 관련한 바람직한 가치를 표현하는 용어로 사용되어 왔다. 공평이라는 가치의 가장 근본적인 출발점은 '모든 사람은 동일한 가치를 갖도록 창조되었다.'는 사상이다. 누구나 동일한 근본적인 가치를 가지고 있으므로 물질적인 측면에서도 동일한 만족을 누릴 권리를 부여받았다고 믿는 것이다. 그러나 실제로는 모든 사람들에게 절대적으로 동일한 물질 향유가 보장될 수 있는 것은 아니다. 왜냐하면 동일한 만족을 누릴 권리가 있다 하더라도 개인별로 물질 생산 과정에 투입한 능력과 노력에 차이가 있기 때문이다. 이러한 차이로 인해 빚어지는 물질적 격차를 보완하여 공평이라는 가치를 실현하기 위한 원칙으로 많이 거론되는 것이 바로 응능 원칙과 응익 원칙, 수평적 공평과 수직적 공평이다.

응능 원칙은 능력이 많을수록 세금을 더 많이 부담하는 것이 공평하다는 원칙이고, 응익 원칙은 정부 지출로부터 편익을 더 많이 받은 사람이 세금을 더 많이 부담해야 한다는 원칙이다. 응능 원칙에 따르면 조세는 지급 능력에 따라 ⓓ부과되는 것이므로 고소득자가 저소득자보다 더 큰 조세 부담을 지게 된다. 한편 응익 원칙에 따르면 국가에서 받는 이익에 비례하여 세금이 부과·징수 되어야 한다. 그러나 정부의 서비스 중에는 그 이익을 개인에게 ⓔ귀속시킬 수 없는 경우가 많고, 설령 그러한 이익을 개인에게 귀속시킬 수 있다 하더라도 부유한 자와 빈곤한 자가 받는 동일한 이익에 대하여 동일한 과세를 하는 것은 공평하다고 할 수 없다. 그러므로 응익 원칙은 개인에게 귀속되는 이익의 크기를 잴 수 있고, 또 특정 수혜자에게 조세를 지급하는 것이 당연하다는 사회적 승인이 이루어진 경우에만 이용될 수 있을 뿐이다.

한편 조세 공평주의는 공평이라는 개념의 규정과 관련하여 수평적 공평과 수직적 공평으로 나누어 생각해 볼 수도 있다. 수평적 공평은 동일한 조건 아래에 있는 사람은 조세상 동일하게 취급되어야 한다는 것이고, 수직적 공평은 동일하지 않은 조건 아래에 있는 사람은 일정한 가치 판단에 의하여 조세상 차별적으로 취급되어야 한다는 것을 의미한다. 그런데 문제는 동일한 조건을 어떻게 규정할 것인지와 동일하지 않은 조건 아래 있을 경우 차별 과세의 정도를 어떻게 결정할 것인가 하는 것이다.

소득이나 부의 창출 과정에서의 개인의 능력, 노력 및 기여도가 다른 만큼 생산물의 분배에도 이런 요소들이 충분히 고려되어야만 공평한 분배라고 할 수 있으며, 마찬가지로 과세에서도 이러한 요소들이 충분히 반영될 때 공평성이 확보될 수 있는 것이다. 따라서 동일한 조건에 대해서는 소득 취득에 필요한 개인의 노력, 소득 및 재산의 다소, 부양 가족 수에 따라 구별하는 것이 마땅하다고 볼 수 있다. 이러한 요소와 기타 요소들이 완벽하게 조화된 통일된 기준을 마련한다는 것은 결코 쉽지 않다. 그러나 현실적으로 일정액 이하의 소득은 세금을 면제하고 소득의 종류 및 소득 금액에 따라 초과 누진세율*을 적용하며 가족 수 등을 고려하여 차별 과세를 하는 수직적 공평이 이루어져야 조세 공평주의가 실현된다고 할 수 있다.

---

* 초과 누진세율: 과세 표준의 금액을 여러 단계로 구분하고, 높은 단계로 올라감에 따라 점차적으로 보다 높은 세율을 적용하는 누진 세율.

040

윗글에 대한 설명으로 가장 적절한 것은?

① 조세 공평주의가 실현된 바람직한 사례를 제시하고 있다.

② 조세 공평주의가 출현하게 된 배경에 대해 설명하고 있다.

③ 조세 공평주의에 대한 관점의 변화를 시대의 흐름에 따라 서술하고 있다.

④ 조세 공평주의에 대한 인식의 오류를 전문가의 견해에 근거하여 바로잡고 있다.

⑤ 조세 공평주의를 실현하기 위한 다양한 기준을 제시한 후 그 구체적인 적용 방법을 밝히고 있다.

041

윗글을 바탕으로 〈보기〉를 이해한 내용으로 적절하지 **않은** 것은?

| 보기 |

최근 정부가 시행한 담뱃세, 자동차세 인상 정책에 대해 서민들은 반발하고 있다. 정부는 무상 보육, 무상 급식, 무상 교육과 같은 보편적 복지 제도가 확대되었기 때문에 불가피한 인상이었다고 말하지만, 서민들은 정부가 부자 감세로 인한 재정 적자를 서민들에 대한 증세로 만회하려 한다는 비판을 제기하고 있다. 정부의 이런 조치에 실질적으로 부담을 느끼는 서민들이 많아졌다는 보고는 정부의 조치에 대한 서민들의 반발이 타당하다는 것을 시사한다.

① 서민들은 담뱃세, 자동차세의 인상 대신 수직적 공평에 따른 과세가 이루어져야 했다고 생각했겠군.

② 서민들의 반발은 능력이 있는 계층이 세금을 더 많이 부담하는 것이 공평하다는 생각을 전제로 한 것이겠군.

③ 서민들은 정부의 정책이 국가로부터 받는 이익이나 가족 수를 고려한 정책이 아니라는 점에서 반발하고 있는 것이겠군.

④ 서민들은 대중적으로 소비되는 담배나 자동차 관련 세금의 인상보다 차별적 과세가 가능한 물품의 세금 인상을 원하겠군.

⑤ 서민들은 정부의 정책에 서민 증세의 속성이 있어 조세 공평의 가치 실현에 도움이 되지 않는다고 보고 반발심을 나타내고 있는 것이겠군.

042

윗글을 바탕으로 할 때, '조세 공평주의'를 위해 실행해야 할 일로 적절하지 **않은** 것은?

① 고소득자, 고액 자산가에 대한 조세 부담을 높여 부의 재분배 기능을 강화한다.

② 대기업에게 적용하는 법인세율을 높이고 대기업이 받는 공제·감면 항목을 축소한다.

③ 부동산을 많이 보유하고 있는 사람에 대한 세금을 인상하여 세금을 안정적으로 확보한다.

④ 소득이 높을수록 많이 내는 소득세에 대해 가장 많은 소득을 보유한 사람들이 내는 최고 세율을 상향 조정한다.

⑤ 노동자의 임금을 낮추어 기업의 임금 비용을 줄이되 노동자에게 각종 소득 공제를 통한 조세 감면 혜택을 준다.

043

ⓐ~ⓔ의 사전적 의미로 적절하지 **않은** 것은?

① ⓐ: 몫몫이 별러 나눔.

② ⓑ: 일의 결과로서 어떤 현상을 생겨나게 함.

③ ⓒ: 이미 정하였던 것을 고쳐 다시 정함.

④ ⓓ: 매기어 부담하게 함.

⑤ ⓔ: 특정 주체에 붙거나 딸림.

044~048 | 다음 글을 읽고 물음에 답하시오.

불완전 경쟁 시장에는 독점 시장, 과점 시장, 독점적 경쟁 시장이 있는데, 완전 경쟁 시장에 비해 자원이 비효율적으로 배분된다. ㉠완전 경쟁 시장은 많은 수의 공급자와 수요자가 존재하고 경제 주체들이 시장에 대한 완전한 정보를 보유한다. 또한 기업의 시장 진입과 이탈이 자유로워 자원의 완전한 이동성이 보장되며 자원이 가장 효율적으로 분배된다. ㉡독점 시장은 완전 경쟁 시장과 정반대 형태의 시장으로, 하나의 공급자가 유사한 대체재가 존재하지 않는 상품을 다수의 수요자에게 공급하는 시장이다. 진입 장벽이 매우 높기 때문에 독점 기업은 시장 가격에 절대적인 영향력을 끼칠 수 있다. 따라서 독점 시장에서는 독점 기업이 유리한 위치에서 상품의 가격을 올림으로써 소비자의 실질 구매력을 떨어뜨려 소비자의 선택의 자유를 제한하는 한계를 갖는다.

㉢과점 시장은 시장으로의 진입 장벽이 높아 소수 기업만이 상품을 생산, 공급하는 시장이다. 독점 시장과 더불어, 생산 규모가 커지면서 평균 비용이 낮아지는 규모의 경제가 현저하게 나타날 경우에 형성될 수 있다. 과점 시장에서 개별 기업은 소수의 경쟁 상대가 존재하므로 완전 경쟁 시장에서처럼 가격을 주어진 것으로 받아들이지도 않고 독점 시장에서처럼 자신이 가격을 완벽히 통제할 수도 없다. 따라서 개별 기업은 소수의 경쟁 상대의 행동을 고려하여 자신의 행동을 결정해야 한다. 그런데 과점 시장에서 공급되는 상품은 동질하거나 유사한 성격을 갖기 때문에 타 경쟁사의 상품에 비해 자신의 상품이 우수함을 강조하기 위한 판매 서비스, 연구 개발, 광고, 판촉 활동 등의 비가격 경쟁이 많이 발생한다. 또한 서로에게 위협이 될 수 있는 기업 간의 가격 인하 경쟁을 가급적 피하기 위한 담합이 일어날 수도 있다.

㉣독점적 경쟁 시장은 다수의 공급자가 존재하며 진입과 이탈의 자유가 있다는 점에서 완전 경쟁 시장과 유사하다. 하지만 기업마다 조금씩 차별화된 상품을 생산하여 해당 상품에 대해 어느 정도의 독점력과 독자적인 시장을 형성하게 된다. 그러나 상품 간의 차이가 크지 않아 상품의 가격이 많이 올랐을 때는 대체성을 지닌 다른 상품을 소비할 수 있으므로 개별 기업은 자신의 상품의 우수성을 알릴 비가격 경쟁에 몰두한다.

시장의 형태가 어떻든 기업은 자신의 이윤을 극대화하기 위해 노력하는데, 한계 비용(MC)*과 한계 수입(MR)*이 같아지는 지점이 기업의 이윤이 극대화되는 지점이다. 그리고 개별 기업이 이 지점의 균형 생산량을 생산할 때, 평균 비용(AC)과 시장 가격(P)과의 차이가 개별 기업이 얻게 되는 이윤이 된다. 즉 해당 생산량의 총수입에서 총비용을 뺀 값이 기업의 이윤으로, 이때 총수입은 가격×생산량, 총비용은 평균 비용×생산량이다. 완전 경쟁 시장에서 기업은 시장의 수요 곡선과 공급 곡선이 교차하는 지점에서 결정된 가격을 그대로 받아들인다. 이 때문에 [그림 1]과 같이 개별 기업의 수요 곡선은 주어진 가격 수준에서 그은 수평선이 되며 이 수평선이 기업의 한계 수입 곡선이 된다. 또한 완

전 경쟁 시장에서 기업은 가격이 한계 비용과 일치하는 수준에서 상품을 생산하고 공급하여 이윤을 극대화한다. 한편 완전 경쟁 시장에서 개별 기업이 단기적으로 추가적인 이윤을 얻으면 신규 기업이 진입할 유

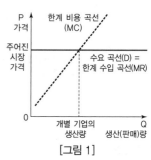

[그림 1]

인이 생긴다. 그 경우 시장 전체적으로는 공급이 증가하고 가격이 하락하는 장기 조정이 일어나는데 이는 시장 안의 모든 기업이 0의 이윤만을 얻어 더 이상 진입이나 이탈이 일어나지 않는 장기 균형 상태가 될 때까지 계속된다. 이때 0의 이윤을 얻는다는 것은 기업들이 정상적인 수익률을 달성하고 있는 상태를 말한다. 만약 완전 경쟁 시장 내에서 정상적인 수익률이 5%라면 모든 기업의 이윤이 0이라는 것은 기업들 모두 5%의 수익률을 달성하고 있다는 것이다.

독점 시장은 시장 내 기업이 하나이므로 개별 기업의 수요 곡선이 시장의 수요 곡선이다. 독점 기업의 한계 수입 곡선과 우상향하는 한계 비용 곡선(MC)이 교차하는 지점(a)에서 이윤이 극대화되는 생산량

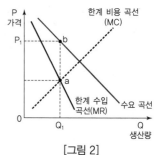

[그림 2]

(Q₁)이 정해지고, 해당 생산량이 수요 곡선과 대응되는 지점(b)이 시장이 균형을 이루는 지점이자 개별 기업 이윤의 극대화 지점으로 그 높이가 독점 가격(P₁)으로 결정된다. 독점 시장의 경우 시장으로 새롭게 진입하는 기업이 존재하지 않기 때문에 장기적으로도 이윤이 0으로 떨어지지 않는다. 하지만 사회 전체적으로는 완전 경쟁 시장의 균형보다 거래량이 적고 가격이 더 높아 손실을 보게 된다.

ⓐ과점 시장에서 개별 기업이 이윤을 극대화하는 모습은 담합의 정도에 따라 다르다. 과점 시장에서의 담합이 암묵적으로 이루어지는 '가격 선도 모형'에서는 시장의 지배적 기업이 시장 전체의 수요 중 군소 기업들의 공급에 의해 충당되고도 남는 잔여 수요를 자신의 수요로 인식하고 해당 수요에 대해 독점 기업과 같은 방식으로 가격을 설정한다. 그리고 이 가격을 군소 기업들이 수용하는 형태로 암묵적인 담합이 이루어진다. 과점 시장 안의 기업들이 완전한 담합을 이루는 '카르텔'의 경우에 기업들은 하나의 독점 기업처럼 행동하고 이윤 극대화 과정도 독점 기업의 이윤 극대화 과정과 같은 모습을 보인다. 하지만 카르텔에 속한 개별 기업이 가격을 낮춰 판매량을 늘리는 것을 통해 자신의 이윤을 늘릴 수 있기 때문에 이러한 카르텔은 언제든지 와해될 수 있는 취약성이 존재한다. 한편 독점적 경쟁 시장은 개별 기업이 직면한 수요 곡선이 우하향하기 때문에 단기적으로는 독점 시장과 유사한 형태로 이윤이 극대화되는 균형이 나타난다. 하지만 장기적으로는 각 기업의 이윤이 0이 될 때까지 조정이 이루어진

다는 점에서 독점 시장과 차이를 보인다.

* 한계 비용: 기업이 상품 한 단위를 추가로 생산하기 위해 들이는 비용.
* 한계 수입: 기업이 상품 한 단위를 추가로 판매함으로써 얻는 수입.

044

윗글에 대한 설명으로 적절하지 않은 것은?

① 불완전 경쟁 시장의 유형을 구분하여 각각의 특성을 설명하고 있다.

② 기업이 이윤을 극대화하는 원리를 시장 유형별로 나누어 설명하고 있다.

③ 불완전 경쟁 시장의 각 유형에서 개별 기업의 행동 양상을 인과적으로 설명하고 있다.

④ 과점 시장에서 비가격 경쟁이 일어나는 원인을 구체적인 사례를 들어 설명하고 있다.

⑤ 가정적 상황을 제시하여 완전 경쟁 시장에서의 장기 균형 상태에 대한 이해를 돕고 있다.

045

㉠~㉣을 이해한 내용으로 가장 적절한 것은?

① ㉠, ㉣은 ㉡, ㉢에 비해 자원의 이동성이 보장되는 정도가 크다.

② ㉠, ㉣과 달리, ㉡, ㉢에서는 개별 공급자가 시장 가격에 영향을 미칠 수 있다.

③ ㉠, ㉢과 달리, ㉡, ㉣에서 공급되는 상품은 대체성을 지닌 상품이 존재하지 않는다.

④ ㉢, ㉣과 달리, ㉠, ㉡에서는 가격, 품질, 공급처 등에 대한 완전한 정보가 시장의 모든 경제 주체에게 제공된다.

⑤ ㉠과 마찬가지로, ㉡, ㉢은 생산 규모가 커지면서 평균 비용이 낮아지는 현상이 소수의 공급자에게 나타나기 때문에 개별 기업의 시장 영향력이 커진다.

046

윗글을 참고하여 〈보기〉를 이해한 내용으로 가장 적절한 것은?

| 보기 |

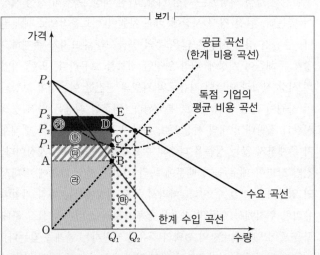

특정 상품에 대해 소비자가 최대한 지불해도 좋다고 생각하는 수요 가격에서 소비자가 실제로 지불하는 가격인 시장 가격을 뺀 값은 소비자가 추가적으로 얻게 된 이익으로 소비자 잉여라 부른다. 시장 전체의 소비자 잉여는 수요 곡선 아래에서 시장 가격선을 웃도는 부분의 면적으로 나타난다. 이와 반대로 생산자가 특정 상품의 판매를 통해 최소한 받아야 한다고 생각하는 가격과 시장 가격의 차이인 생산자 잉여는 공급 곡선 위에서 시장 가격선의 아래 부분까지의 면적으로 나타난다. 이러한 생산자 잉여와 소비자 잉여를 합한 것이 사회적 잉여이다. 단, 시장이 균형을 이루는 수량을 넘어선 수준에서 잉여가 발생할 수는 없다.

① 독점 시장은 완전 경쟁 시장에 비해 사회적 잉여가 ㉮의 면적만큼 손실을 입는다.

② 독점 기업이 시장에서 얻는 이윤은 ㉮+㉯+㉰의 면적으로 이러한 이윤은 장기적으로도 지속될 수 있다.

③ 독점 시장의 균형은 E에서 나타나고, 이때 완전 경쟁 시장에서는 소비자 잉여로 나타났을 ㉮의 면적이 독점 시장에서는 독점 기업의 이윤이 된다.

④ 완전 경쟁 시장이 장기 균형 상태에 있을 때와 달리, 단기적으로 균형 상태에 있을 때 개별 기업은 P_2 수준에서 그은 수평선을 수요 곡선으로 한다.

⑤ 완전 경쟁 시장이 단기적으로 F 상태일 때 신규 기업이 진입할 유인이 있으려면 개별 기업이 이윤이 극대화되는 양을 생산할 때 드는 평균 비용이 P_2보다는 높아야 한다.

047

ⓐ에 대한 이해로 적절하지 <u>않은</u> 것은?

① 과점 시장에서 완전한 담합이 이루어지더라도 개별 기업에게는 가격을 낮춰 이윤을 늘릴 유인이 존재한다.

② 과점 시장에서 생산량과 가격을 결정하기 위해서는 담합의 정도와 상관없이 경쟁 기업의 행동을 고려할 수밖에 없다.

③ 기업들이 카르텔을 구성했을 때의 균형은 사회 전체적으로는 완전 경쟁 시장의 균형에 비해 거래량은 적고 가격은 높다.

④ 과점 시장에서 담합이 암묵적으로 이루어진 경우, 군소 기업들은 정해진 가격이 한계 비용과 일치하는 수준에서 상품을 생산하고 공급한다.

⑤ 가격 선도 모형에서 지배적 기업은 시장의 잔여 수요에 대해 자신의 한계 수입 곡선과 한계 비용 곡선이 교차하는 지점에서 가격과 생산량을 결정한다.

048

윗글을 바탕으로 〈보기〉의 상황을 이해한 내용으로 적절하지 <u>않은</u> 것은?

┤ 보기 ├

　미용 서비스를 제공하는 미용실들은 우리 주변에 매우 많이 존재하는데, 오랜 시간 동안 서비스를 제공하는 곳도 있지만 쉽게 없어지는 곳도 많고 새롭게 생겨나는 곳도 많다. 소비자들은 자신이 가장 선호하는 미용 서비스를 제공하는 미용실을 지속적으로 이용하는 경우가 많은데, 이러한 단골손님을 많이 유치하기 위해 미용실들은 천연 재료를 사용하는 등의 노력을 하고 이러한 자신들만의 서비스를 다양한 방법을 통해 적극적으로 홍보한다.

① 미용실들이 자신만의 서비스를 다양한 방법을 통해 적극적으로 홍보하는 것은 비가격 경쟁에 해당한다.

② 특정 미용실에서 천연 재료를 사용하여 단골손님을 유치하는 것은 차별화된 상품을 통해 독점력을 획득하려는 것이라 할 수 있다.

③ 단골손님을 많이 유치한 미용실의 경우 유리한 위치에서 상품의 가격을 올릴 수 있어 소비자의 실질 구매력을 떨어뜨릴 수 있다.

④ 미용실이 없어지고 새로 생겨나는 것은 시장 균형 생산량에 해당하는 모든 미용실의 평균 비용이 시장 균형 가격과 같아질 때까지 계속된다.

⑤ 미용 서비스를 제공하는 미용실들이 우리 주변에 매우 많이 존재한다는 것은 미용 서비스 시장에서는 지속적·장기적으로 양(+)의 경제적 이윤이 발생한다는 것을 의미한다.

049~052 | 다음 글을 읽고 물음에 답하시오.

　사회 심리학자인 고프먼은 사람은 사회라는 무대에서 연극을 하며 살아간다는 연극적 분석을 통해 일상생활에서의 상호 작용에 대한 독특한 관점을 제시하였다. 다양한 사회적 상황에서 사람과 사람 사이에 일어나는 대면 상호 작용은 연극 공연의 일부이며, 이때 서로가 상대방에게 연기자가 되면서 동시에 관객이 된다는 것이다. 고프먼은 '연기자', '관객', '공연', '무대'와 같은 개념을 사용하여 상호 작용 과정에서 한 개인이 다른 사람 앞에서 어떻게 행위하는지를 분석한다. 연극의 배우가 관객들에게 자신이 의도한 인상을 남기려는 것처럼, 현실의 삶에서 사람들도 자신에게 가치 있는 사회적 보상을 얻는 데 도움이 되는 방향으로 행동하려고 노력한다. 다른 사람과의 상호 작용 과정에서 연기자로서의 개인은 자신에 대한 정보들을 통제하고 관리하는데, 이때 상대방인 관객이 연기자가 의도한 인상을 받게 되면 그 공연은 성공적인 공연이 된다.

　우리는 다른 사람과 상호 작용을 하는 상황에 들어가면, 우선 상대방의 지위나 태도, 능력 등에 대한 정보를 얻으려고 한다. 이렇게 해서 정보를 얻으면 당면한 상황에 대해 '지금 무슨 일이 일어나고 있는가?'라는 물음을 던짐으로써 그 상황에 대한 정의를 내리게 된다. 이때 자신에게 유리한 방향으로 상황 정의를 하는 것은 공연이 성공하는 데 영향을 미치는 요소이다. 자신이 설정한 상황 정의를 바탕으로 해서 자신의 의도대로 상대방에게 자신이 비추어지도록 노력하는 과정이 공연인 것이다.

　대면적 상호 작용으로서의 공연과 관련된 요소에는 '전면'과 '후면'이 있는데, 이 중 '전면'은 공연이 이루어지는 무대에 해당하는 '무대 장치'와 연기자 자신을 표현하는 '외모'로 구분된다. '무대 장치'는 개인이 자신의 행위를 펼칠 수 있는 무대 장면을 공급하는 요소로서 공간적으로 고정되어 있는 경향을 띤다. '외모'는 관객인 상대방이 연기자인 개인에 대해 판단할 수 있는 용모, 말투, 표정, 몸짓, 직책을 표시하는 것을 이른다. 대면적 상호 작용에서 개인은 이러한 전면을 활용하여 공연을 펼침으로써 상대방에게 자신이 의도한 특정한 인상을 심어 줄 수 있다. '후면'은 전면과는 시간적, 공간적으로 분리되어 있다. 전면이 아닌 어떤 장소든 후면에 해당할 수 있으며, 개인은 이곳에서 상호 작용으로서의 공연을 준비하거나 휴식을 취하면서 성공적인 공연 수행을 준비한다. 이때 개인은 자신이 보이고자 하는 모습은 전면에 배치하고, 그에 부합하지 않는 모습은 후면에 남긴다. 관객인 상대방은 후면에 접근할 수 없기 때문에 개인이 제시하는 정보만으로 상대방을 파악해야 하는데, 대개 전면에 드러나는 개인이 진실하다고 여긴다.

　　개인은 사회라는 무대에서의 공연 과정에서 인상을 관리하기 위해 특정 행태를 은폐함으로써 자신의 실제 모습을 숨겨 상대방에게 자신이 원하는 인상을 줄 수 있다. 또한 표정 조정을 하기도 하고, 사회에서 인정하는 보편적 가치를 표현

[A] 해야 하기 때문에 인사를 하거나 겸손을 내세우는 것과 같은 의례적 표현을 하기도 한다. 그런가 하면 개인은 의도적 거리감을 조성하여 자신과 상대방이 일정 기준 이상 가까워지는 것을 차단함으로써 그에게 자신이 드러나는 것을 통제할 수도 있다. 그런데 만약 ㉠이러한 연출된 행태들이 실패하게 되면 후면에 있어야 할 비밀이 전면에 드러나게 되어 공연은 실패하고 연기자는 수치심을 느끼게 된다. 따라서 상호 작용 중에 있는 사람들은 각자의 공연이 유지될 수 있도록 협력하며 상대방의 후면에 감추어진 비밀을 굳이 알고 싶어 하지 않는다.

　이와 같은 고프먼의 관점에 의하면, 사람이란 어떤 법적 범주도 아니고 어떤 속성들을 획득함으로써 도달하게 되는 상태도 아니다. 사람이란 사회라는 무대 위에서 연기를 하면서 비로소 사람 자격을 확인받게 된다. 그의 관점은 사람을 뜻하는 라틴어 '페르소나'가 원래 고대의 연극에서 사용되었던 가면을 가리켰다는 점을 떠올리면 이해하기 쉽다. 모든 사람은 언제 어디서나 어느 정도 의식적으로 어떤 역할을 연기하고, 그럼으로써 사람이 된다. 우리는 사회 안에서 사람으로서 서로를 인정하는 의례를 수행하고 있는 것이다.

049

윗글의 내용 전개 방식으로 가장 적절한 것은?

① 인간 행위의 특성을 일정 기준에 따라 서술하며 행위에 대한 분석이 쉽지 않은 요인을 설명하고 있다.

② 인간 행위의 특정한 요소로 인한 다양한 현상을 서술하며 이에 대한 이론의 정립 과정을 서술하고 있다.

③ 인간의 행위에 담긴 의도에 대한 서로 다른 관점들을 비교하며 상호 간 행위의 적절한 기준을 제시하고 있다.

④ 특정 학자의 이론에서 제시된 개념들을 나열하며 그것이 인간 행위에 적용될 수 있는 가능성을 탐색하고 있다.

⑤ 인간 행위에 대한 특정한 관점을 소개하며 행위의 의도가 구현되는 과정과 관련된 요소들에 대해 설명하고 있다.

050

윗글에서 알 수 있는 고프먼의 관점으로 적절하지 않은 것은?

① 개인이 다른 사람과 상호 작용을 하는 공간은 모두 '무대 장치'에 해당한다.
② 개인은 있는 그대로의 자신이 아니라 '공연'을 통해서 다른 사람들로부터 사람임을 인정받는다.
③ 대면적 상호 작용으로서의 '공연'을 하는 사람은 '관객'이 되어 다른 사람의 공연을 접하기도 한다.
④ 대면적 상호 작용 과정에서 의례적 표현을 사용하면 상대방 앞에서 표정 조정을 하기가 더 쉬워진다.
⑤ 대면적 상호 작용을 할 때 상대방의 '후면'에 있는 모습을 굳이 알려고 하지 않는 것은 상대방을 배려하는 것이다.

051

윗글을 바탕으로 〈보기〉의 상황을 이해한 반응으로 적절하지 않은 것은?

┤ 보기 ├

　오늘은 신입 사원 A 씨가 회사에 첫 출근을 하는 날이다. 단정한 복장을 하고 사무실에 들어선 A 씨는 자신감 있는 사람으로 보여야 앞으로의 회사 생활에 유리할 것이라고 생각하여 사람들에게 큰 소리로 인사를 건네고 외향적인 행동을 취했다. 회사에서 긴장했던 A 씨는 퇴근 후에 혼자 카페에서 편안한 시간을 보내며, 이곳에서 동료들과 마주치지 않으면 좋겠다고 생각했다. 잠시 후 회사 동료가 카페에 들어서자 A 씨는 그를 보지 못한 척하고 책을 읽었다.

① A 씨가 사무실에 들어서면서 회사 동료들과 첫 대면을 하는 자리를 의식한 것은 '상황 정의'에 해당하는군.
② A 씨가 회사 동료들 앞에서 자신을 드러낸 사무실은 '전면' 중에서 '무대 장치'에 해당하는군.
③ A 씨가 단정한 복장을 하고 외향적인 행동을 취한 것은 '전면' 중에서 '외모'에 해당하는군.
④ A 씨가 퇴근 후에 혼자서 시간을 보내며 편안함을 느낀 카페는 '후면'에 해당하는군.
⑤ A 씨가 회사 동료를 못 본 척한 '후면'에서의 연기가 실패하면 이를 알게 된 회사 동료가 수치심을 느끼게 되겠군.

052

[A]에 언급된 ㉠에 해당하는 사례로 적절하지 않은 것은?

① 연설자가 청중에게 다들 바쁘신데도 불구하고 와 주셔서 고맙다고 사례했다.
② 한 정치인이 평소에 자신을 비난하던 다른 정치인을 만나자 웃는 얼굴로 대했다.
③ 광고 모델이 제품을 사용해 본 적이 없지만 사용한 것처럼 팬들에게 발언했다.
④ 토론회 참석자가 자신의 주장을 상대측이 신랄하게 비판하자 얼굴을 붉히며 반박했다.
⑤ 택시를 탄 승객이 기사에게 목적지를 말한 다음 더 이상의 대화를 피하기 위해 자는 척했다.

✦ 연계 기출 2013학년도 수능

053~055 | 다음 글을 읽고 물음에 답하시오.

기체의 온도를 일정하게 하고 부피를 줄이면 압력은 높아진다. 한편 압력을 일정하게 유지할 때 온도를 높이면 부피는 증가한다. 이와 같이 기체의 상태에 영향을 미치는 압력(P), 온도(T), 부피(V)의 상관관계를 1몰*의 기체에 대해 표현하면 $P=\dfrac{RT}{V}$(R: 기체 상수)가 되는데, 이를 ㉠이상 기체 상태 방정식이라 한다. 여기서 이상 기체란 분자 자체의 부피와 분자 간 상호 작용이 없다고 가정한 기체이다. 이 식은 기체에서 세 변수 사이에 발생하는 상관관계를 간명하게 설명할 수 있다.

하지만 실제 기체에 이상 기체 상태 방정식을 적용하면 잘 맞지 않는다. 실제 기체에는 분자 자체의 부피와 분자 간의 상호 작용이 존재하기 때문이다. 분자 간의 상호 작용은 인력과 반발력에 의해 발생하는데, 일반적인 기체 상태에서 분자 간 상호 작용은 대부분 분자 간 인력에 의해 일어난다. 온도를 높이면 기체 분자의 운동 에너지가 증가하여 인력의 영향은 줄어든다. 또한 인력은 분자 사이의 거리가 멀어지면 감소하는데, 어느 정도 이상 멀어지면 그 힘은 무시할 수 있을 정도로 약해진다. 하지만 분자들이 거의 맞닿을 정도가 되면 반발력이 급격하게 증가하여 반발력이 인력을 압도하게 된다. 이러한 반발력 때문에 실제 기체의 부피는 압력을 아무리 높이더라도 이상 기체에서 기대했던 것만큼 줄지 않는다.

이제 부피가 V인 용기 안에 들어 있는 1몰의 실제 기체를 생각해 보자. 이때 분자의 자체 부피를 b라 하면 기체 분자가 운동할 수 있는 자유 이동 부피는 이상 기체에 비해 b만큼 줄어든 V−b가 된다. 한편 실제 기체는 분자 사이의 인력에 의한 상호 작용으로 분자들이 서로 끌어당기므로 이상 기체보다 압력이 낮아진다. 이때 줄어드는 압력은 기체 부피의 제곱에 반비례하는데, 이것을 비례 상수 a가 포함된 $\dfrac{a}{V^2}$로 나타낼 수 있다. 왜냐하면 기체의 부피가 줄면 분자 간 거리도 줄어 인력이 커지기 때문이다. 즉 실제 기체의 압력은 이상 기체에 비해 $\dfrac{a}{V^2}$만큼 줄게 된다.

이와 같이 실제 기체의 분자 자체 부피와 분자 사이의 인력에 의한 압력 변화를 고려하여 이상 기체 상태 방정식을 보정하면 $P=\dfrac{RT}{V-b}-\dfrac{a}{V^2}$가 된다. 이를 ㉡반데르발스 상태 방정식이라 하는데, 여기서 매개 변수 a와 b는 기체의 종류마다 다른 값을 가진다. 이 방정식은 실제 기체의 압력, 온도, 부피의 상관관계를 이상 기체 상태 방정식보다 잘 표현할 수 있게 해 주었으며, 반데르발스가 1910년 노벨상을 수상하는 계기가 되었다. 이처럼 자연현상을 정확하게 표현하기 위해 단순한 모형을 정교한 모형으로 수

정해 나가는 것은 과학 연구에서 매우 중요한 절차 중의 하나이다.

* 1몰: 기체 분자 6.02×10^{23}개.

053

윗글의 내용과 일치하지 않는 것은?

① 이상 기체는 압력이 일정할 때 온도를 높이면 부피가 증가한다.

② 이상 기체는 분자 자체의 부피와 분자 간 상호 작용이 없는 가상의 기체이다.

③ 실제 기체에서 분자 간 상호 작용은 기체 압력에 영향을 준다.

④ 실제 기체 분자의 운동 에너지가 증가하면 인력의 영향은 줄어든다.

⑤ 실제 기체의 분자 간 상호 작용은 거리에 상관없이 일정하다.

054

㉠과 ㉡에 대한 설명으로 옳지 <u>않은</u> 것은?

① ㉠, ㉡ 모두 기체의 압력, 온도, 부피의 상관관계를 나타낸다.

② ㉠과 달리 ㉡에서는 기체 분자 사이에 작용하는 인력이 기체의 부피에 따라 달라짐을 반영한다.

③ ㉠으로부터 ㉡이 유도된 것은 단순한 모형을 실제 상황에 맞추기 위해 수정한 예이다.

④ 매개 변수 b는 ㉠을 ㉡으로 보정할 때 실제 기체의 자체 부피를 고려하여 추가된 것이다.

⑤ 용기의 부피가 같다면 ㉠에서 기체 분자가 운동할 수 있는 자유 이동 부피는 ㉡에서보다 작다.

055

윗글을 바탕으로 〈보기〉에 대해 탐구할 때, 적절한 것은? [3점]

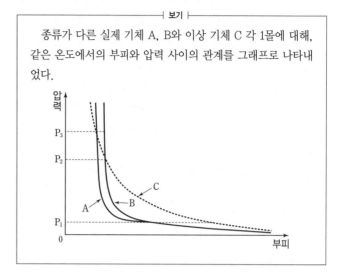

| 보기 |

종류가 다른 실제 기체 A, B와 이상 기체 C 각 1몰에 대해, 같은 온도에서의 부피와 압력 사이의 관계를 그래프로 나타내었다.

① 압력이 P_1에서 0에 가까워질수록 A와 B 모두 분자 간 상호작용이 증가되고 있음을 알 수 있군.

② 압력이 P_1과 P_2 사이일 때, A가 B에 비해 반발력보다 인력의 영향을 더 크게 받는다고 볼 수 있군.

③ 압력이 P_2와 P_3 사이일 때, A와 B 모두 반발력보다 인력의 영향을 더 크게 받는다고 볼 수 있군.

④ 압력이 P_3보다 높을 때, A가 B에 비해 인력보다 반발력의 영향을 더 크게 받는다고 볼 수 있군.

⑤ 압력을 P_3 이상에서 계속 높이면 A, B, C 모두 부피가 0이 되겠군.

056~059 | 다음 글을 읽고 물음에 답하시오.

우리 몸을 이루는 세포들은 그 구성 성분인 단백질, 지질, 탄수화물, 핵산 등을 끊임없이 합성하고 분해하는 과정을 거치는데, 그 모든 과정을 종합하여 대사라고 한다. 세포는 특정 물질을 필요한 양만큼만 합성하고 그 이상으로 합성되었거나 더 이상 필요가 없는 물질은 분해해 버림으로써 항상성을 유지한다. 이 과정에서 단백질인 효소는 반응의 촉매 역할을 한다. 합성 반응에서 세포 내 효소가 인산화되면 합성 반응이 불활성화되고 탈인산화되면 활성화되는데, 분해 반응에서는 이와는 반대 양상이 나타난다. 세포는 이렇게 효소 활성의 조절을 통해 항상성을 유지한다.

효소 활성에 대한 조절은 세포 DNA가 직접 생성한 효소를 통해 이루어지거나, 특정 화학 물질 또는 작은 단백질이 효소에 공유 결합을 함으로써 변형된 단백질 효소를 통해 이루어진다. 전자의 경우에는 DNA가 자신과 같은 염기 서열을 가진 RNA를 만드는 전사의 과정을 거친 후, 이 정보를 전달하는 전령 역할을 하는 mRNA가 리보솜으로 이동하여 필요한 단백질인 효소를 만든다. 이때 단백질 생성 과정을 번역의 과정이라고 한다. 후자의 경우에도 전사와 번역의 과정을 거치지만, 생성된 단백질과 다른 물질 사이의 공유 결합이 일어나 단백질이 변형되기 때문에 이를 '번역-후-변형(PTM: Post-Translational Modification)'이라고 한다.

그런데 PTM에 의한 효소 활성 조절은 변형 과정에서 촉매 역할을 하는 화학 물질에 영향을 받게 되는데, 그 대표적인 물질이 인산이다. 생성되는 단백질에 인산이 공유 결합을 하면 그 단백질은 인산화되는데, 이 과정에서 또 다른 효소의 도움을 받게 된다. 인산을 결합시키는 효소를 인산화-효소, 인산을 유리시키는 효소를 탈인산화-효소라고 한다. ㉠이 두 효소는 결과적으로 세포의 항상성을 유지하는 역할을 한다. 또한 PTM에 의한 효소 활성 조절은 비교적 작은 단백질의 공유 결합에 의해서도 일어난다. 유비퀴틴은 변형 과정에서 생성된 단백질과 결합하는 단백질이다. 유비퀴틴과의 공유 결합을 통해 생성된 효소는 세포 내 목표 단백질에 결합하여 분해를 유도한다. 유비퀴틴 이외에도 약 10여 종의 작은 단백질이 더 있는데, 이들의 구조가 유비퀴틴과 매우 흡사하여 유비퀴틴-유사 단백질이라고도 한다. 이들을 활용한 방식은 단백질에 단백질이 결합한 후 조절의 대상이 되는 단백질의 양을 조절하는 것이다.

이렇게 PTM의 결과로 만들어진 효소 단백질은 세포의 대사, 성장, 분화, 사멸과 같은 생리 작용을 전반적으로 조절하게 된다. 그런데 세포가 자외선, 방사선, 발암 물질 등과 같은 외적 스트레스나, 활성 산소, DNA 복제 오류 등과 같은 내적 스트레스에 노출되면, 세포 DNA가 비정상적으로 변형되어 악성 종양인 암을 일으키게 된다. 암세포는 세포가 불완전하게 성숙하고 과다하게 증식하여 결과적으로 그 세포들이 구성하는 신체 기관의 기능을 저하시키고 마비시키게 된다.

세포 내의 단백질들 가운데 암세포의 발현을 막는 것으로 알려진 단백질은 p53 인데, p53은 PTM의 과정을 거쳐 생성되는 효소 단백질이다. 정상 세포에서 p53은 변형 과정에서 MDM2라는 효소에 의해 유비퀴틴과 결합하며, 이렇게 변형된 p53은 단백질 분해 효소인 프로테아좀에 의해 분해되므로 정상 상태에서 p53의 세포 내 수준은 낮게 유지된다. 그러나 세포의 DNA 손상과 같은 스트레스 상황에서는 세포가 이를 감지하여 p53 전사 인자를 활성화시키고, PTM의 변형 과정에서 MDM2와의 결합을 방지하여 p53이 세포 내에 축적되게 한다. 활성화된 p53은 DNA의 손상이 비교적 적을 경우에는 손상된 DNA를 바로잡는 효소들을 발현시키지만, 손상의 복구가 불가능할 경우에는 세포 주기*를 중단시켜 결과적으로 세포 스스로의 사멸을 유도하여 세포의 증식을 억제하는 단백질인 p21을 발현시킨다. 이렇게 p53은 세포의 상태에 이상이 감지되면 세포를 정상 상태로 교정하거나 비정상 세포를 없애는 데 작용하여 암 발생을 억제하는 것이다.

하지만 p53 자체의 DNA에 돌연변이가 발생하면 암을 일으키기도 한다. p53 유전자 돌연변이는 암세포에서 자주 발견되는데, 특히 p53 DNA의 결합 부위에서 일어나는 이상은 p53의 전사 활성화를 방해한다. 그 결과 세포 내 이상 상황이 발생해도 p53 단백질이 효소 활성 작용을 하지 못하게 되는 것이다. 한편 효소 단백질 MDM2의 유전자에 돌연변이가 생기면 이 역시 발암의 원인이 될 수 있다. 이 경우 MDM2가 정상보다 많이 생성되어 p53의 분해를 증가시킴으로써 문제가 발생하게 된다. 결국 p53 단백질은 암의 발생을 막는 역할도 하지만, 그 자체에 문제가 생기거나 영향을 미치는 다른 효소에 이상이 생기면 도리어 암세포 증식의 요인이 되기도 하는 것이다.

* 세포 주기: 세포가 세포 분열을 통해 자신과 유전적으로 동일한 두 개의 딸세포를 만드는 일련의 주기.

056

윗글을 통해 알 수 있는 내용으로 적절하지 않은 것은?

① 세포는 대사의 과정을 통해 스스로 필요한 물질의 양을 일정 수준으로 유지한다.

② PTM의 결과로 만들어지는 단백질인 효소는 세포 내 물질의 합성이나 분해의 촉매 역할을 한다.

③ 세포 내에서 효소의 활성을 조절하는 방법들은 DNA의 전사 및 번역의 과정을 공통적으로 거치게 된다.

④ 유비퀴틴과 유비퀴틴-유사 단백질은 모두 PTM의 변형 과정을 거친 결과로 생성되며 세포의 분해 반응에 관여한다.

⑤ 높은 수준의 방사선에 쪼이거나 체내에서 활성 산소가 많아지면 세포 DNA의 변형으로 인해 악성 종양이 나타날 수 있다.

057

㉠의 양상을 〈보기〉와 같이 나타낼 때, ㉮~㉱에 들어갈 말로 적절한 것은?

| 보기 |

세포 내의 특정 물질이 과도하게 생성되어 있을 경우, 세포는 (㉮)가 작용하게 만든다. 이로 인해 PTM의 (㉯) 과정에서 단백질에 인산을 (㉰)시켜, 세포 내에서 분해 반응이 (㉱)되게 만듦으로써 세포의 항상성을 유지하게 한다.

	㉮	㉯	㉰	㉱
①	인산화–효소	변형	유리	불활성화
②	탈인산화–효소	번역	결합	불활성화
③	인산화–효소	변형	결합	활성화
④	탈인산화–효소	번역	결합	활성화
⑤	인산화–효소	변형	유리	활성화

058

p53에 대한 설명으로 적절하지 않은 것은?

① 세포의 DNA에 이상이 생기면 평소와 달리 세포 내의 양이 증가하게 된다.
② PTM의 변형 과정에서 작은 단백질과 공유 결합을 하며 효소의 활성을 조절한다.
③ 세포 DNA의 변형이나 손상 정도에 따라 다르게 대응하여 암세포가 발현되는 것을 막는다.
④ 정상 세포가 암세포로 변해 과다하게 증식한 경우 p21 단백질을 발현시켜 암세포가 죽게 만든다.
⑤ 세포의 DNA 변형으로 인한 발암을 막기도 하지만 자신의 DNA 변형으로 인해 발암의 원인이 되기도 한다.

059

윗글을 바탕으로 〈보기〉를 이해한 내용으로 가장 적절한 것은?

| 보기 |

최근 개발되고 있는 암 치료를 위한 항암제 중에는 아드벡신(Advexin)이라는 유전자 치료제가 있다. 이 치료제는 p53 단백질이 p53 유전자 돌연변이로 인해 불활성화되어 있을 때, 정상 p53 유전자를 아데노바이러스에 주입하고 이 바이러스를 체내에 주입하여 비정상 세포의 사멸을 유도한다. 또 다른 항암제인 누트린(Nutlin)은 크기가 작은 화학 물질로, MDM2에 강하게 결합하는 성질이 있다. 누트린은 MDM2를 선점하여 유비퀴틴과 p53의 결합을 억제함으로써 p53을 안정화시키고, 세포 내 MDM2의 양을 조절함으로써 세포의 사멸을 유도하는 치료제이다.

① 아드벡신은 세포 DNA의 돌연변이로 인해 발생한 세포 내 p53 단백질 부족 문제를 해결하기 위해 만든 치료제이다.
② 아드벡신은 세포 내에서 수치가 낮아 제 기능을 하지 못하는 체내 p53을 대신하여 비정상적인 세포의 사멸을 유도한다.
③ 누트린은 p53 단백질에 직접 결합하여 p53 단백질을 활성화시키는 효소의 양을 감소시키는 역할을 한다.
④ 누트린은 MDM2와 결합하여 결과적으로 프로테아좀의 기능을 활성화시켜 p53의 분해가 증가하도록 만든다.
⑤ 아드벡신은 손상된 p53의 DNA를 원래 상태로 복원하고, 누트린은 p53 단백질의 수를 감소시켜 암세포 사멸을 유도한다.

060~063 | 다음 글을 읽고 물음에 답하시오.

바닷가에 모래는 얼마나 많을까? 이런 궁금증을 가져 보지 않은 사람은 없을 것이다. 지구상의 모래알들을 한곳에 모을 수는 없지만 모래알의 수는 유한하므로 시간만 ⓐ충분하다면 셀 수 있을 것이다. 실제로 지금부터 2,200여 년 전 그리스의 수학자 아르키메데스는 전 우주를 모래알로 채우려면 얼마나 많은 모래알이 필요한지를 계산했다고 한다. 그러면 아무리 시간이 많아도 셀 수 없는 무한의 경우에는 어떻게 할까? 독일의 수학자 칸토어(G. Cantor 1845~1918)는 인간의 손이 미치지 않았던 무한을 새롭게 ⓑ조명하고 유한수를 셈하듯이 무한수를 수학의 언어로 나타내려고 하였다.

칸토어가 창시한 집합론에는 무한에 대한 그의 철학적 사상이 깔려 있다. 그는 집합을 '명확하게 구분되는 생각이나 인식의 대상들을 모아 놓은 것'으로 정의했다. 집합론의 기본 원칙은 단순하지만, 논리적으로 접근해 보면 수학과 철학의 경계선을 허무는 복잡한 개념이다. 초기에 집합론을 비판하던 사람들은 집합론이 현실을 전혀 반영하지 못하는 허구라고 비난했다. 집합론은 순수 수학에 속하며 일상생활에는 거의 ⓒ적용되지 않는 것이 사실이다. 하지만 복잡한 수학적 개념을 다룰 수 있는 집합론은 이후 수학의 발전에 큰 영향을 미치게 된다.

㉠집합의 기본 원칙은 다음과 같다. 사물이나 숫자의 모든 집단은 집합을 ⓓ형성한다. 한 집합의 개별 원소들은 또 다른 집합의 원소일 수도 있다. 집합은 서로 겹치기도 하고 다른 집합에 포함되기도 한다. 집합은 무한대의 원소를 가지기도 하는데, 이 경우에는 무한 집합이 된다. 집합의 계산은 숫자 계산과 거의 비슷하다. 두 집합을 더하면 새로운 집합이 ⓔ탄생한다. 이 집합 안에는 두 집합의 모든 원소가 포함되지만 공통된 원소는 하나만 취한다. 교집합은 두 집합에 모두 포함되는 원소만을 갖는다. 원소가 하나도 없는 집합인 공집합은 ∅로 표시한다. 일반적으로 집합 내 원소의 순서는 중요하지 않다. 그래서 좌표의 (x, y)와 (y, x)는 서로 다르지만 집합의 $\{x, y\}$와 $\{y, x\}$는 같다. 모든 원소 x와 집합 A의 관계는 'x가 A 집합의 원소이거나 원소가 아니다.'로 나타낸다. 집합의 원소 개수는 기수라고 부른다. 가령, 집합 $\{4, 5, 6\}$의 기수는 3이다. 집합 A의 원소 개수는 $n(A)=3$으로 쓴다. 모든 유한 집합의 부분 집합은 원래의 집합보다 작거나 같은 원소 개수를 갖는다. 예를 들어 모든 자동차의 집합이 있다고 하면 부분 집합인 '빨간 자동차' 집합은 모든 자동차의 집합보다 작거나 같다.

칸토어의 업적 중에서 가장 중요한 것은 무한의 개념을 바탕으로 무한 집합의 크기를 표시하기 위해 노력했다는 것이다. 갈릴레오는 1638년에 '동치인', '~보다 큰', '~보다 작은'이라는 개념을 무한에는 적용시키지 않는다는 결론을 내렸다. 하지만 칸토어는 이를 무한에까지 적용시켜 무한 집합의 크기를 비교하였다. 가령, 양의 정수 집합과 음의 정수 집합은 둘 다 무한 집합이면서 두 집합의 크기가 같으므로 동치이다. 왜냐하면 모든 양의 정수에 음의 정수를 각각 대응시킬 수 있기 때문이다. 그런데 두 집합의 원소가 일대일로 대응하더라도 두 집합이 동치가 아닐 수 있다. 가령, 자연수의 집합과 자연수 제곱의 집합은 둘 다 무한 집합이면서 일대일로 대응 관계를 이루지만, 자연수 제곱의 집합은 자연수의 집합의 부분 집합이 되므로 두 집단은 동치가 아니게 된다. 칸토어는 이러한 발견을 통해 같은 무한 집합이라 해도 크기가 다르다는 것을 발견하고, 초한수라는 개념을 통해 무한 집합의 크기를 표시하려 하였다.

칸토어의 수학은 이후 20세기에 모든 수학의 기초를 집합론 위에서 새로 다지도록 만드는 엄청난 영향을 끼치게 된다. 당시 유럽의 사상계를 지배하던 권위적인 견해와 새로운 것을 일단 거부하는 세계에 맞섰던 칸토어는 그의 논문에서 '수학의 본질은 자유에 있다.'라고 주장하였다. 무엇보다도 수학적으로 중요한 개념인 '무한' 개념의 도입은 수학사에 획기적인 전환의 발판을 제공했다.

060

윗글에 대한 설명으로 적절하지 않은 것은?

① 집합론이 지니는 학문적 의의를 제시하고 있다.
② 정의를 통해 집합의 개념을 명확하게 제시하고 있다.
③ 무한의 개념이 변천하는 과정을 역사적으로 고찰하고 있다.
④ 무한과 관련된 질문을 통해 독자의 호기심을 자극하고 있다.
⑤ 구체적인 예시를 통해 집합의 특징에 대한 이해를 돕고 있다.

061

⊙을 통해 유추한 내용으로 적절하지 <u>않은</u> 것은?

① $\{x, y, z\}$와 $\{z, y, x\}$는 같은 집합이다.

② 집합은 유한 집합과 무한 집합으로 나뉜다.

③ $\{1, 3, 5, 7, 9\}$는 $\{2, 4, 6, 8, 10\}$보다 집합의 크기가 작다.

④ 집합 A의 어떤 원소가 집합 B의 원소일 때 두 집합의 교집합의 기수는 1보다 크거나 같다.

⑤ $n(A)=2$, $n(B)=3$, 집합 A와 집합 B의 교집합의 원소 개수가 1개일 때, 집합 A와 집합 B를 더한 집합의 기수는 4이다.

062

'칸토어'의 입장에서 〈보기〉의 질문에 대한 대답을 했을 때, 가장 적절한 것은?

| 보기 |

교실에 의자 20개가 있고 모든 의자마다 학생이 한 명씩 앉아 있다고 가정해 보자. 이 경우 우리는 쉽게 교실에 있는 학생이 20명이라는 것을 알 수 있다. 왜냐하면 교실의 의자와 학생이 일대일 대응 관계에 있기 때문이다. 그렇다면 자연수의 집합과 짝수의 집합이 있을 때, 이 두 집합이 일대일 대응 관계에 있다면 두 집합의 크기도 같게 되는 것일까?

---

① 자연수와 짝수의 집합 둘 다 무한 집합이므로 두 집합의 크기를 비교하는 것은 불가능하다.

② 어떤 자연수 n도 짝수 $2n$에 대응시킬 수 있고, 어떤 짝수 m도 자연수 $\dfrac{m}{2}$에 대응되므로 두 집합은 동치이다.

③ 무한 집합은 집합을 구성하는 원소의 개수가 무한 개이므로 이론상 자연수의 집합과 짝수의 집합의 크기는 같다.

④ 집합의 유형에 상관없이 집합을 구성하는 원소가 개별 정체성을 가지므로 두 집합의 크기를 비교하는 것은 무의미하다.

⑤ 자연수의 집합과 짝수의 집합 모두 무한 집합이지만, 짝수의 집합이 자연수의 집합의 부분 집합이므로 두 집합의 크기는 다르다.

063

문맥상 ⓐ~ⓔ와 바꿔 쓸 수 있는 말로 적절하지 <u>않은</u> 것은?

① ⓐ: 넉넉하다면

② ⓑ: 만들고

③ ⓒ: 쓰이지

④ ⓓ: 이룬다

⑤ ⓔ: 생긴다

064~067 | 다음 글을 읽고 물음에 답하시오.

블록체인이란 일정량의 데이터를 담고 있는 블록을 생성된 순서에 따라 체인 형태로 연결하고, 이를 여러 서버에 중복으로 저장하는 데이터 분산 저장 기술로, P2P(Peer to Peer) 시스템을 기반으로 한다. 여기서 블록은 암호화된 데이터들이 구조화되어 저장되어 있는 정보의 단위를 의미한다. 그리고 P2P 시스템은 개별 서버, 즉 노드가 네트워크에 연결되어 구성되는 것으로, 네트워크상의 모든 노드들은 동등한 권리를 가질 뿐만 아니라 동등한 역할을 수행하며, 서로의 계산 능력, 저장 공간 등을 공유한다. 그래서 P2P 시스템은 기본적으로 데이터가 무제한의 노드들에 완전히 개방되어 있다는 특징이 있다.

이러한 P2P 시스템에 기반한 블록체인에서는 데이터의 무결성과 신뢰성을 확보하는 것이 가장 중요하다. 데이터의 무결성이란 데이터의 오류가 완전하게 없다는 것을, 신뢰성이란 데이터가 위·변조되지 않았다는 것을 뜻한다. 이를 위해 블록체인은 모든 데이터를 해시 함수를 사용하여 암호화한다. 해시 함수는 어떠한 데이터이든지 간에 일정한 길이의 데이터로 변환하는 함수로, 입력값이 조금만 달라져도 출력값인 해시값이 예측 불가하게 변한다. 또한 해시 함수는 출력값만으로는 입력값을 알 수 없는 일방향성을 지닌 함수로서, 해시값은 입력값에 대한 어떠한 정보도 담고 있지 않으며, 둘 이상의 입력값이 동일한 출력값을 가지지 않는 충돌 회피성을 가지고 있다. 이때 해시값의 길이를 늘리면 해시 함수의 암호화 수준을 높일 수 있다. 해시 함수를 적용하는 것을 해싱이라고 하는데, 해싱에는 둘 이상의 데이터 각각에 대해 적용하는 독립 해싱, 둘 이상의 데이터에 해싱을 한 번만 적용하여 하나의 해시값을 얻는 결합 해싱, 한 번 얻은 해시값을 다시 해싱하는 반복 해싱 등이 있다.

한편 블록체인에서는 이미 생성된 데이터의 변경이 거의 불가능하도록 데이터 구조를 만든다. 블록체인의 각 블록에는 원데이터를 의미하는 '트랜잭션 데이터'가 있는 것이 아니라, 데이터를 저장한 위치 데이터가 암호화되어 있다. 트랜잭션 데이터는 불특정 다수의 노드에 암호화되어 저장되어 있고, 하나의 블록에는 그 위치 데이터를 의미하는 '내용 참조값'이 암호화되어 저장되어 있다. 그런데 블록체인에서는 방대한 양의 데이터를 다루기 때문에 이를 효율적으로 저장 및 관리하기 위해 내용 참조값을 '머클 트리'라는 데이터 구조로 저장하게 된다. 예를 들어 4개의 트랜잭션 데이터를 가지고 머클 트리 구조를 생성할 경우, '내용 참조값'을 해시 함수로 암호화한 '해시 참조' 4개(R1~R4)를 각각 생성한 후, 순서대로 쌍을 이루도록 묶어 해시 참조 'R12'와 'R34'를 생성하게 된다. 'R12'와 'R34'를 다시 한 쌍으로 묶고 상위의 새로운 해시 참조 R을 생성한다. 머클 트리 구조에서는 'R'과 같이 최종적으로 남은 해시 참조를 '머클 트리의 루트'라고 한다.

이렇게 각 블록에는 데이터가 '머클 트리' 방식으로 저장되어 있는데, 각 블록을 체인처럼 연결하는 것은 각 블록 간의 연결 관계를 담은 데이터를 블록에 포함시킴으로써 가능해진다. 최초로 만들어진 블록을 제외한 나머지 블록에는, 그 블록의 바로 앞 블록이 무엇인지를 알려 주는 데이터를 암호화한 '이전 블록의 해시'를 포함하고 있다. '머클 트리의 루트'는 그 블록에 담긴 정보를 대표하는데, 이를 '이전 블록의 해시'와 묶어 '블록 헤더'라고 한다. '블록 헤더'는 그 블록의 정보를 요약적으로 보여 주며, '블록 헤더'를 구성하는 두 가지 값은 '머클 트리' 구조상 어느 하나의 데이터만 달라지더라도 그 값이 크게 달라지게 된다. 또한 이전 블록의 데이터가 변하면 이후 블록들의 '블록 헤더'를 구성하는 특정값이 크게 달라지게 된다. 한편 블록체인에서 가장 최근에 추가된 블록의 '블록 헤더'를 '블록 헤드'라고 한다.

블록체인은 이러한 연쇄적인 데이터 연결 구조를 가지고 있으므로, ㉠만일 누군가 어떤 블록의 특정 데이터를 변경한다면 다른 노드들은 그 변화를 즉시 감지하게 된다. 모든 데이터들은 연결되어 있는 이전 데이터를 기반으로 생성된 해시 함수값이므로, 어느 한 지점에서의 데이터 변경은 그 블록의 데이터는 물론 나아가 다른 블록의 데이터에도 영향을 끼쳐 전체 데이터 구조를 무효화시키는 결과를 낳게 되기 때문이다. 이를 통해 블록체인은 데이터의 무결성과 신뢰성을 확보하게 되며, 이는 블록체인 기술이 강력한 디지털 보안 기술로서 인정받는 근거가 된다.

064

윗글을 통해 알 수 있는 내용으로 가장 적절한 것은?

① 블록체인을 구성하는 각각의 노드들은 동등한 역할을 수행하지만 특정 노드의 통제를 받을 수 있다.

② 블록체인의 블록을 구성하는 데이터들은 대부분 암호화된 해시값으로 되어 있지만 그렇지 않은 것도 있다.

③ P2P 시스템에 기반한 블록체인에서 노드들은 각각이 하나의 블록 역할을 수행하며 계산 능력을 공유한다.

④ 블록체인에서는 데이터의 무결성과 신뢰성을 확보하기 위해 연쇄적인 데이터 연결 구조와 해시 함수가 활용된다.

⑤ 블록체인의 데이터 구조에서 블록과 블록은 계층적으로 연결되어 있지만 한 블록 내의 정보들은 순차적으로 연결되어 있다.

065

〈보기〉를 참고하여 해시 함수를 이해한 내용으로 적절하지 않은 것은?

┤ 보기 ├

　　프로그래머 '갑'은 0~9까지의 숫자와 A~F까지의 문자로 구성된 16진수를 이용하여 해시 함수 프로그램을 만들었다. '갑'은 해시값의 길이를 8자리로 설정하였다. 이 프로그램을 이용하여 '가'를 입력했을 때 '8C1A40D5', '나'를 입력했을 때 'F32E00B7'라는 해시값을 얻었다.

① '8C1A40D5'로 입력값 '가'를 역추적할 수 없다는 점은 해시 함수가 지닌 일방향성을 보여 준다.

② '가'와 '나'를 묶어 '가나'를 입력하여 'C215EA39'라는 해시값을 얻었다면 이는 결합 해싱에 해당한다.

③ 〈보기〉의 프로그램에 'F32E00B7'을 입력하여 '1A4200CF'라는 해시값을 얻었다면 이는 반복 해싱에 해당한다.

④ 〈보기〉의 프로그램에서 출력값의 길이를 10자리로 설정하면 8자리로 설정되었을 때보다 암호화 수준이 더 높아진다.

⑤ '갑'이 'G~J'의 네 문자를 더 추가하여 프로그램을 수정한다면 해시값의 길이가 늘어나 해시 함수의 보안성이 더 높아진다.

066

〈보기〉는 블록체인의 데이터 구조를 나타낸 것이다. 윗글을 바탕으로 〈보기〉를 이해한 내용으로 가장 적절한 것은?

┤ 보기 ├

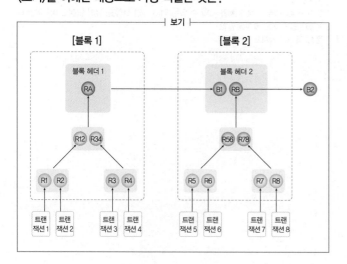

① 트랜잭션 1~4의 데이터는 무작위의 노드에 저장되어 있으며, [블록 1]에는 '내용 참조값'인 R1~R4가 기록되어 있다.

② 블록 헤더인 B2는 새롭게 [블록 3]이 생성된다면 [블록 3]의 머클 트리 루트가 되어 [블록 2]와 [블록 3]의 연결 고리 역할을 하게 된다.

③ 블록 헤더 2에서 '이전 블록의 해시'는 반복 해싱을, '머클 트리의 루트'는 결합 해싱을 이용하여 생성된 해시값에 해당한다.

④ RA와 RB는 모두 각각의 머클 트리의 최상위 해시 참조로 각 블록이 가지고 있는 트랜잭션들의 위치 정보가 직접 기록되어 있다.

⑤ 만일 새로운 블록이 3개가 더 추가된다면 마지막 블록의 블록 헤더에는 '이전 블록의 해시' B5와 '머클 트리의 루트' RE가 생성될 것이다.

067

㉠의 구체적 양상을 추론한 내용으로 적절하지 않은 것은?

① 누군가 '트랜잭션 데이터'를 변경하면, 다른 노드들은 해당 블록의 머클 트리 구조 속에 있는 '해시 참조' 값들 중 일부 값들이 달라진 것을 감지하게 된다.

② 누군가 어떤 블록의 '해시 참조' 중 하나를 변경하면, 다른 노드들은 해당 블록의 '머클 트리의 루트' 값이 기존의 값과 달라진 것을 감지하게 된다.

③ 누군가 어떤 블록의 '해시 참조' 중 하나를 새로운 값으로 대체하면, 다른 노드들은 해당 블록의 '블록 헤더'를 구성하는 두 가지 값이 모두 달라진 것을 감지하게 된다.

④ 누군가 어떤 블록의 '머클 트리의 루트'를 새로운 값으로 대체하면, 다른 노드들은 그 블록과 연결된 다음 블록의 '이전 블록의 해시' 값이 달라진 것을 감지하게 된다.

⑤ 누군가 연속된 어떤 두 블록에 있는 각기 다른 '해시 참조' 둘을 동시에 변경한다면, 다른 노드들은 각 블록의 '머클 트리의 루트' 값과 두 번째 블록의 '이전 블록의 해시' 값이 달라진 것을 감지하게 된다.

068~071 | 다음 글을 읽고 물음에 답하시오.

약 10년 후 주유소의 모습을 가정해 보자. 그곳에는 지금 우리가 사용하는 ㉠휘발유와 경유처럼 석유에서 정제한 기름부터 ㉡콩이나 유채 등에서 뽑아낸 바이오디젤, 그리고 ㉢미세 조류로부터 생산한 바이오디젤까지 다양한 연료가 있을 것이다. 곡물 바이오디젤은 대부분 콩기름이나 유채유와 같은 식물성 기름으로 만들어, 고갈 위험이 없고 환경 오염도 적다. 이런 장점 때문에 여러 나라에서 친환경 연료로 바이오디젤을 ⓐ주목하고 있다. 하지만 곡물 바이오디젤을 부정적으로 보는 사람도 많다. 지난 10년간 사람들은 콩과 같은 곡물로 바이오디젤을 만들었으며, 결국 식용 작물의 가격이 치솟았고 동시에 사룟값도 올라갔다. 이에 연쇄적으로 육류와 유제품의 가격까지 올라갔으니 연료를 만드느라 정작 식량의 가격을 올린 셈이다. 또한 곡물 바이오디젤의 생산이 환경을 파괴시킨다는 지적도 계속되고 있다. 곡물 바이오디젤이 주목을 받자 사람들은 아마존 삼림이나 동남아시아의 열대 우림을 깎아 내고 바이오디젤의 원료를 심었다. 친환경 연료를 만들려고 멀쩡한 숲을 파괴했던 것이다.

이런 문제를 막기 위해 최근에는 미세 조류를 활용한 바이오매스*를 바이오디젤의 원료로 사용하고 있다. 그렇다면 미세 조류는 무엇일까? 조류는 육상 식물이 아니면서 물과 이산화 탄소, 태양광으로 광합성을 하는 생물을 의미한다. 이 중에서 눈에 보이는 미역, 다시마 등을 거대 조류라고 부르며, 눈에 보이지 않는 클로렐라, 스피루리나 등을 미세 조류라고 부른다. 거대 조류는 탄수화물 성분이 많아 에탄올의 원료로 사용되고, 미세 조류는 지질(脂質)*이 많은데, 배양 조건에 따라 생체 내에 많은 양의 지질이 축적될 수 있어 바이오디젤의 원료로 사용되고 있다. 미세 조류는 황무지나 해안가에서 대량으로 배양할 수 있다. 그래서 삼림을 파괴하지 않아도 얻을 수 있고, 식량이 아니므로 식량 가격에도 영향을 주지 않는다. 또 육상 식물보다 빨리 자라고 1년 내내 수확할 수 있으며, 단위 면적당 생산성도 다른 식용 작물보다 월등히 높다. 현재는 바이오디젤을 만들 수 있는 미세 조류의 하나로 클로렐라가 사용되고 있다. 클로렐라는 광합성을 통해 이산화 탄소를 에너지원인 포도당(글루코오스)과 산소로 ⓑ전환하는데, 여기서 생성된 글루코오스로 생장과 생활에 필요한 에너지를 얻고 남는 에너지는 중성 지방 형태의 지질로 저장한다.

그렇다면 클로렐라로 어떻게 바이오디젤을 만드는 것일까? 우선 바이오디젤을 만들 수 있는 클로렐라를 생성하기 위해 이산화 탄소와 물, 약간의 미네랄이 섞인 배양액을 만든다. 만들어진 배양액을 태양광이 잘 드는 건물 바깥에 두면 손쉽게 클로렐라를 얻을 수 있다. 미세 조류는 건조했을 때 전체 질량에서 지질이 차지하는 비율이 높아지기 때문에, 이 배양액에서 물을 최대한 제거하고 건조시키면 지질 함량이 최대 50%에 이르는 미세 조류 바이오매스가 만들어진다. 바이오매스에서 헥산 같은 유기 용매*를 통해 지질을 뽑아내고, 여기에 메탄올과 산성 촉매를 부어 가

열하면 자동차의 연료로 사용할 수 있는 바이오디젤이 완성된다. 이렇게 생산된 바이오디젤은 글리세린 분리와 정제 과정을 거친 후 정유소 또는 주유소에 보내져 경유와 혼합해서 사용되거나, 또는 순수하게 바이오디젤만으로 사용되기도 한다. 바이오디젤은 경유와 물성(物性)*이 다소 달라 함량이 높을 경우에는 차량에 문제를 일으킬 수도 있으므로 대부분 2~5% 정도의 바이오디젤을 경유에 섞어서 사용하고 있다.

미세 조류를 배양할 때 다량의 이산화 탄소가 사용된다는 것도 매우 중요하다. 이산화 탄소는 지구 온난화를 ⓒ유발하는 기체인데, 바이오디젤을 만드는 과정에서 이를 줄일 수 있기 때문이다. 석탄 발전소처럼 고농도의 이산화 탄소를 배출하는 곳에서 미세 조류를 키우면 배출되는 이산화 탄소도 줄이고 친환경 연료의 원재료도 얻을 수 있다. 미세 조류를 활용한 연료의 장점은 이뿐만이 아니다. 경유에 20%의 바이오디젤을 혼합하면 오염 물질인 배기가스의 배출이 30~40% 가량 감소한다. 게다가 미세 조류에서 지질을 추출하는 과정에서 생기는 단백질이나 탄수화물 같은 부산물은 동물의 사료로 활용할 수도 있다. 그렇기 때문에 세계 여러 나라에서는 물론 우리나라에서도 미세 조류 배양 기술, 바이오디젤 전환 기술 등의 개발에 박차를 가하고 있다. 현재 우리나라의 정부 출연 기관의 주도로 석탄 발전의 연소 배기가스를 이용해 클로렐라 바이오디젤을 생산하여 상용화하는 데 성공했다.

하지만 미세 조류 바이오디젤에 장밋빛 미래만 있는 것은 아니다. 현재 석유는 연료로 사용될 뿐만 아니라 다양한 화학 제품을 만드는 재료가 되기도 한다. 따라서 이를 완벽하게 ⓓ대체하려면 미세 조류 바이오매스로 화학 제품을 만들 수 있어야 한다. 따라서 연구자들은 미세 조류 바이오디젤을 석유처럼 연료로도 사용하고 화학 제품의 원료로도 사용할 수 있도록 노력하고 있다. 이 기술이 완성되면 미세 조류 바이오매스로 바이오디젤과 같은 연료를 만들고, 남은 부산물로는 바이오 신소재 등을 생산할 수 있을 것이다. 먼 훗날 석유가 ⓔ고갈된다면 그 자리를 미세 조류 바이오디젤이 채우고 있을지도 모른다.

---

* 바이오매스: 광합성에 의해 빛 에너지가 화학 에너지로 축적된 식물 자원.
* 지질: 생물체 안에 존재하며 물에 녹지 아니하고 유기 용매에 녹는 유기 화합물을 통틀어 이르는 말.
* 유기 용매: 고체, 기체, 액체를 녹일 수 있는 액체 유기 화합물. 유기 물질로 이루어진 다른 물질을 녹이는 물질을 말함.
* 물성: 물질이 가지고 있는 성질.

068

윗글을 통해 확인할 수 있는 내용이 <u>아닌</u> 것은?

① 식용 작물에서 뽑아낸 바이오디젤의 생산은 식량 문제와 환경 문제를 불러일으켰다.

② 미세 조류와 달리 거대 조류는 탄수화물 성분의 함유량이 높아 에탄올의 원료로 사용된다.

③ 고농도의 이산화 탄소가 배출되는 석탄 발전소에서 미세 조류를 키우면 배출되는 이산화 탄소의 양이 줄어든다.

④ 주유소에서는 경유에 20%의 바이오디젤을 섞어 사용하게 하여 오염 물질인 배기가스의 배출을 감소시키고 있다.

⑤ 미세 조류로부터 생산한 바이오디젤이 석유를 완벽하게 대체하여 사용되기 위해서는 후속 기술의 개발이 필요하다.

069

〈보기〉는 미세 조류를 이용하여 바이오디젤을 만드는 과정이다. 윗글을 바탕으로 각 과정을 이해할 때 적절하지 <u>않은</u> 것은?

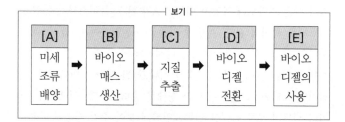

┤ 보기 ├

[A] 미세 조류 배양 → [B] 바이오 매스 생산 → [C] 지질 추출 → [D] 바이오 디젤 전환 → [E] 바이오 디젤의 사용

① [A]에서 미세 조류는 광합성을 통해 이산화 탄소로부터 얻은 에너지원을 사용하고 남은 에너지를 생체 내에 지질로 저장한다.

② [A]에서 이산화 탄소, 물, 미네랄, 태양광의 조건이 어떻게 주어지느냐에 따라 [C]에서 추출되는 지질의 양이 달라질 수 있다.

③ [B]에서는 배양된 미세 조류의 수분을 최대한 제거하고 건조시킬수록 전체 질량에서 지질이 차지하는 비율이 높은 미세 조류 바이오매스를 생산할 수 있다.

④ [C]에서 유기 용매를 통해 추출된 지질은, [D]에서 메탄올과 산성 촉매를 통해 바이오디젤로 전환된다.

⑤ [E]에서 글리세린 분리와 정제 과정을 거친 후 남은 부산물은 동물의 사료나 바이오 신소재 등으로 활용된다.

070

㉠~㉢에 대한 이해로 가장 적절한 것은?

① ㉠과 ㉡은 ㉢과 달리 대체 연료로 주목받고 있다.

② ㉡은 ㉠, ㉢과 달리 생산성이 월등히 높다.

③ ㉢은 ㉠, ㉡과 달리 환경 오염이 적은 친환경 연료이다.

④ ㉡과 ㉢은 ㉠과 달리 고갈될 위험이 적다.

⑤ ㉡과 ㉢은 ㉠과 달리 자연에서 원료를 얻을 수 있다.

071

ⓐ~ⓔ의 사전적 의미로 적절하지 <u>않은</u> 것은?

① ⓐ: 관심을 가지고 주의 깊게 살핌.

② ⓑ: 다른 상태로 바꿈.

③ ⓒ: 일이 어떤 방향으로 전개됨.

④ ⓓ: 다른 것으로 대신함.

⑤ ⓔ: 다하여 없어짐.

072~076 | 다음 글을 읽고 물음에 답하시오.

'기계 학습(Machine Learning)'이란 프로그래밍이 가능한 컴퓨터를 활용해 막대한 양의 데이터를 통계 처리하여 새로운 패턴을 ⓐ찾아내는 기술을 의미한다. 컴퓨터가 기계 학습을 수행하기 위해서는 학습을 위한 데이터 세트와 데이터 세트를 통계 처리하기 위한 알고리즘이 필요한데, 기계 학습은 학습 데이터의 레이블 유무에 따라 지도 학습과 비지도 학습으로 구분된다.

레이블은 학습 데이터의 속성을 우리가 분석하고자 하는 관점에서 정의하는 것으로, 과일을 찍은 사진 속에 어떤 과일이 있는지를 구별하는 임무가 있다고 가정할 때, 사진을 학습 데이터라고 하고 사진 속에 있는 과일을 '사과', '배', '감' 등으로 미리 정의해 놓은 것을 레이블이라고 한다. 레이블은 사람이 사전에 미리 정의한 것이기 때문에 그러한 레이블된 사진을 ⓑ읽어서 학습을 하는 컴퓨터 입장에서는 사람으로부터 지도를 받은 것이 되지만, 레이블이 없는 경우에는 지도를 받은 적이 없는 것이 되는 것이다.

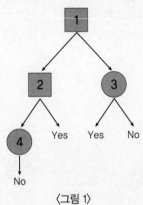

〈그림 1〉

지도 학습과 비지도 학습 모두 어떤 알고리즘을 입력하여 사용하느냐에 따라 여러 모델로 분류되는데, '의사 결정 트리 알고리즘'은 실무적으로 가장 많이 사용되는 지도 학습 모델이다. 의사 결정 트리 알고리즘은 스무고개처럼 질문의 답을 반복적으로 이등분하는 방식으로, 입력된 데이터가 소속될 그룹을 알아내는 것을 목적으로 한다. 이 알고리즘은 〈그림 1〉에서 확인할 수 있듯이 나무를 거꾸로 세운 것과 같이 맨 위쪽에 위치한 '뿌리'로부터 ⓒ시작해 '줄기', '이파리' 순서로 하향식 의사 결정 구조를 띤다. 상황을 분류하는 부분을 의사 결정 노드라 하는데, 노드는 또 다른 줄기를 만드는 분기점이 된다. 가장 상위에 있는 의사 결정 노드를 뿌리 노드라 하며, 만약 의사 결정 노드 다음에도 상황을 판단하는 또 다른 의사 결정 노드가 있으면 네모 모양으로, 마지막인 이파리 노드가 나오면 동그라미 모양으로 표시한다. 각 노드를 속성이라 하고, 각 속성들은 속성값을 가진다. 이파리 노드의 속성값이 바로 그룹을 대표하는 레이블이다. 상황은 이러한 일련의 속성값에 따라 결정되는데, 예를 들면 '1 → 2 → 4 → NO'가 하나의 상황이 된다. 이때 의사 결정 노드 수를 가능한 최소화해야 학습이 빨리 종료된다.

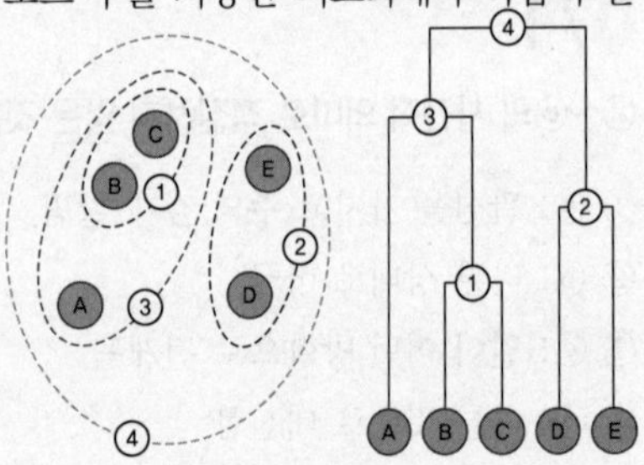

한편 '병합적 군집 모델 알고리즘'은 비지도 학습의 대표적인 유형으로 유사한 특성을 지닌 데이터를 ⓓ묶어 트리 형태

〈그림 2〉

로 만들어 전체 데이터 세트가 가지고 있는 특징을 발견하는 것을 목적으로 한다. 이 모델에서는 데이터의 분류 기준을 축으로 하는 좌표 평면상에 데이터를 위치시킨 후 데이터 사이의 거리를 구해 유사도를 판정하는데, 거리가 가까울수록 유사도가 높은 것으로 판정한다. 〈그림 2〉에서 A, B, C, D, E는 데이터 세트를 구성하는 단일 데이터들이며, 이들은 병합적 군집 모델이 시작될 때는 각각 하나의 클러스터*가 된다. 1단계에서 각 클러스터는 다른 모든 학습 데이터를 검색해 자신에게 가장 근접한, 즉 특성이 유사한 하나의 데이터를 찾고 두 개의 데이터는 하나의 클러스터로 묶인다. 이때 클러스터 구성은 데이터 간의 거리가 가까운 순서대로 진행된다. 따라서 〈그림 2〉에서는 먼저 B와 C가 동일 클러스터로 묶이고, 이후 D와 E가 하나의 클러스터로 묶인 후 1단계가 완료된다. 2단계도 1단계와 마찬가지로 각 클러스터 간의 거리를 바탕으로 새로운 클러스터가 구성되는데, 두 개의 데이터를 갖는 클러스터 사이의 거리는 기준점을 설정하여 클러스터 간 거리를 계산한다.

기준점을 설정하는 방법 중 단일 연결법은 두 클러스터에 속한 데이터 간 거리 중 최솟값을 선정하는 것이다. 이 방법을 사용한 알고리즘은 계산 과정이 ⓔ간단하여 컴퓨터 처리 시간이 다른 방법에 비해 가장 빠르다는 장점이 있지만, 두 군집이 몇 개의 개체들로 연결된 고리 현상이 있을 경우 오류가 발생할 수 있다. 단일 연결법과 반대로 두 개의 클러스터에 속한 데이터 사이의 거리가 최대인 것을 선정하는 완전 연결법이 있는데, 이 방법을 사용한 알고리즘은 처리 시간은 느리지만 고리 현상으로 인한 오류가 발생하지 않는다. 〈그림 2〉에서 단일 연결법을 사용하면 'A-B, A-D, C-E'의 거리가, 완전 연결법을 사용하면 'A-C, A-E, C-D'의 거리가 클러스터 간 거리가 되는데, 'A-B'와 'A-C'의 거리가 다른 거리보다 가깝기 때문에 A와 'B:C' 클러스터가 동일 클러스터로 묶이게 된다. 이렇게 기준점을 설정하여 두 클러스터를 하나의 군집으로 묶은 후에는, 다시 클러스터 간 기준점을 설정하는 작업을 클러스터의 개수가 하나가 될 때까지 반복한다. 군집이 완료되면 그 결과는 트리 형태로 출력되는데, 이 트리는 데이터 세트의 분류 특성을 일목요연하게 보여 주기 때문에 마케팅 분야 등에서 폭넓게 활용되고 있다.

그런데 기계 학습은 학습에 사용되는 데이터를 선택, 수집, 분류, 사용할 때, 그리고 알고리즘을 구성할 때 불공평한 기준이 개입되는 알고리즘 편향이 발생할 수 있다. 예를 들어 사람의 얼굴을 자동으로 인식해 이름을 붙이거나 분류하는 인공 지능 학습에서는 세상의 모든 사람의 얼굴을 인공 지능에 학습시키는 것은 불가능하기 때문에 대표적 샘플들을 사용하여 학습을 진행하는데, 이 샘플들을 선택하는 과정에서 편향성이 발생하게 된다. 인종 차별을 의도하지 않더라도 인공 지능이 학습하는 얼굴이나 정보는 특정 집단, 특히 알고리즘 개발자가 속한 집단에 치중될 가능성이 높은 것이다. 또한 알고리즘 설계 단계에서도 편향이 개입될 수 있다. 범죄자의 성향이나 범죄 이력 및 판결 내용 등을 분석하여 재범 가능성을 계산하는 인공 지능 학습에서는 범죄자의 주거지나 연령, 성별, 소득 및 인종 등과 관련된 데이터 자료를 활용하여 학습을 진행하는데, 이러한 방법으로 재범 가능성을 계산한 결과 백인이나 부자보다는 흑인이나 빈민촌에 거주하는 이들의 재범률이 더 높게 평가되었다. 그 이유는 알고리즘의 설계 단계에서 특정 인종이나 거주지에 대한 가중치를 의도적으로 높게 설정했기 때문으로, 분석 자료로 활용한 판결 내용 자체에 판사의 편향적 생각이 반영된 것으로 확인되었다. 이 밖에도 알고리즘 결과를 가나다 순서나 알파벳 순서로 출력되도록 설정함으로써 특정 호텔들이 소비자에게 더 우선적으로 노출되는 상황과 같이 편향이나 불공평한 판단이 의도적인 것이 아니지만 그런 결과를 낳는 사례가 발생할 수도 있다.

* 클러스터: 유사성을 바탕으로 몇 개의 집단으로 분류한 데이터 집합.

072

윗글에서 알 수 있는 내용으로 적절하지 <u>않은</u> 것은?

① 지도 학습에서는 입력된 데이터의 특성에 따라 학습의 종료 시간이 달라진다.

② 지도 학습을 성공적으로 수행하면 미리 설정된 레이블 중의 하나가 결과물로 출력된다.

③ 기계 학습에 활용되는 컴퓨터는 사전에 입력된 알고리즘을 사용하여 데이터 세트를 처리한다.

④ 비지도 학습은 군집된 데이터 세트의 유사성을 파악하여 데이터 간의 유사도를 판정하기 위한 것이다.

⑤ 비지도 학습에서 서로 다른 알고리즘을 활용하여 기계 학습을 수행하면 데이터 통계 처리의 오류를 확인할 수 있다.

073

〈보기〉와 같이 '의사 결정 트리 알고리즘'을 활용하여 아라비아 숫자의 필기체를 인식하는 기계 학습을 실시할 때, 윗글을 바탕으로 〈보기〉를 이해한 내용으로 적절하지 <u>않은</u> 것은?

┤ 보기 ├

1단계: 아라비아 숫자를 상하 두 부분으로 구분한 후, 각 특성을 위에서부터 차례로 왼쪽으로 트인 것(ㄱ), 오른쪽으로 트인 것(ㄷ), 그리고 폐곡선(○), 해당 없음(∅)의 조합으로 정리함.

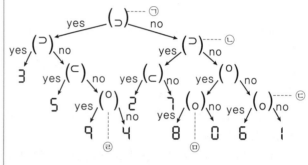

2단계: 숫자 특성을 알고리즘에 입력함.
3단계: 결과를 출력함.

① ㉠은 '뿌리 노드', ㉡은 '줄기 노드'에 해당하겠군.

② ㉡은 ㉢과 달리 또 다른 줄기를 만드는 분기점의 역할을 하고 있군.

③ ㉣, ㉤은 모두 동그라미 모양으로 표시되겠군.

④ 이 알고리즘에 속성값으로 사용된 레이블은 모두 10개이군.

⑤ '5'를 인식하는 상황과 '2'와 '7'을 인식하는 상황에서 필요한 의사 결정 노드의 수는 서로 같겠군.

074

윗글을 참고할 때, 〈보기〉를 이해한 내용으로 적절하지 <u>않은</u> 것은?

┤ 보기 ├

화장품 회사에서 병합적 군집 모델 알고리즘을 활용하여 물품을 구매하는 고객들의 성향을 분석하고자 한다. 이를 위해 고객들 사이의 유사성을 분석하여 데이터 간의 거리를 구했더니 아래와 같은 표를 얻을 수 있었다.

	철수	영희	호영	지선	미진
철수	0	3	7	7	9
영희	3	0	9	8	8
호영	7	9	0	2	7
지선	7	8	2	0	6
미진	9	8	7	6	0

① 1단계가 진행될 때 맨 처음으로 하나의 클러스터로 묶이는 고객은 '호영'과 '지선'이다.
② 1단계가 완료될 때 '미진'이 속한 클러스터에는 '미진'을 제외한 다른 고객이 존재하지 않는다.
③ 2단계를 진행할 때 단일 연결법을 사용하면 '호영'과 '미진'의 거리가 기준점이 된다.
④ 2단계가 완료될 때 존재하는 클러스터의 수는 1단계가 완료될 때의 클러스터의 수보다 1개가 적다.
⑤ 3단계가 완료되면 클러스터가 한 개만 존재하기 때문에 알고리즘이 종료된다.

075

<u>알고리즘 편향</u>에 대한 설명으로 적절하지 <u>않은</u> 것은?

① 알고리즘을 수행하기 위해 자료를 입력하는 과정에서 발생할 수 있다.
② 인간의 의도와 상관없이 특정 집단에게 유리한 결과가 출력될 수 있다.
③ 알고리즘 설계 과정에서 특정 집단에 대한 편견이 반영될 때 발생할 수 있다.
④ 인간의 의도적 편향이 담긴 자료를 학습 데이터로 활용할 때 발생할 수 있다.
⑤ 특정 집단의 특성이 반영된 데이터를 학습 데이터로 활용할 때 발생할 수 있다.

076

ⓐ~ⓔ의 문맥상 의미와 가까운 의미로 쓰인 것은?

① ⓐ: 그는 동굴에서 숨겨진 보물을 <u>찾아냈다</u>.
② ⓑ: 바둑에서 상대방의 다음 수를 <u>읽기</u>는 쉽지 않다.
③ ⓒ: 그는 처음에는 기자로 사회생활을 <u>시작하였다</u>.
④ ⓓ: 우리는 열무 열 개씩을 한 단으로 <u>묶어서</u> 팔았다.
⑤ ⓔ: 그는 <u>간단한</u> 옷차림을 하고 약속 장소로 나왔다.

memo

✦ 연계 기출 2021학년도 9월 평가원

077~082 | 다음 글을 읽고 물음에 답하시오.

가 미학은 예술과 미적 경험에 관한 개념과 이론에 대해 논의하는 철학의 한 분야로서, 미학의 문제들 가운데 하나가 바로 예술의 정의에 대한 문제이다. 예술이 자연에 대한 모방이라는 아리스토텔레스의 말에서 비롯된 모방론은, 대상과 그 대상의 재현이 닮은꼴이어야 한다는 재현의 투명성 이론을 ⓐ전제한다. 그러나 예술가의 독창적인 감정 표현을 중시하는 한편 외부 세계에 대한 왜곡된 표현을 허용하는 낭만주의 사조가 18세기 말에 등장하면서, 모방론은 많이 쇠퇴했다. 이제 모방을 필수 조건으로 삼지 않는 낭만주의 예술가의 작품을 예술로 인정해 줄 수 있는 새로운 이론이 필요했다.

20세기 초에 **콜링우드**는 진지한 관념이나 감정과 같은 예술가의 마음을 예술의 조건으로 규정하는 표현론을 제시하여 이 문제를 해결하였다. 그에 따르면, 진정한 예술 작품은 물리적 소재를 통해 구성될 필요가 없는 정신적 대상이다. 또한 이와 비슷한 ⓑ시기에 외부 세계나 작가의 내면보다 작품 자체의 고유 형식을 중시하는 형식론도 발전했다. 벨의 형식론은 예술 감각이 있는 비평가들만이 직관적으로 식별할 수 있고 정의는 불가능한 어떤 성질을 일컫는 '의미 있는 형식'을 통해 그 비평가들에게 미적 정서를 유발하는 작품을 예술 작품이라고 보았다.

20세기 중반에, 뒤샹이 변기를 가져다 전시한 「샘」이라는 작품은 예술 작품으로 인정되지만 그것과 형식적인 면에서 차이가 없는 일반적인 변기는 예술 작품으로 인정되지 않는 이유를 설명하지 못하게 되자 두 가지 대응 이론이 나타났다. 하나는 우리가 흔히 예술 작품으로 분류하는 미술, 연극, 문학, 음악 등이 서로 이질적이어서 그것들 전체를 아울러 예술이라 정의할 수 있는 공통된 요소를 갖지 않는다는 웨이츠의 예술 정의 불가론이다. 그의 이론은 예술의 정의에 대한 기존의 이론들이 겉보기에는 명제의 형태를 취하고 있으나 사실은 참과 거짓을 판정할 수 없는 사이비 명제이므로, 예술의 정의에 대한 논의 자체가 불필요하다는 견해를 대변한다.

다른 하나는 예술계라는 어떤 사회 제도에 속하는 한 사람 또는 여러 사람에 의해 감상의 후보 자격을 수여받은 인공물을 예술 작품으로 규정하는 **디키**의 제도론이다. 하나의 작품이 어떤 특정한 기준에서 훌륭하므로 예술 작품이라고 부를 수 있다는 평가적 ⓒ이론들과 달리, 디키의 견해는 일정한 절차와 관례를 거치기만 하면 모두 예술 작품으로 볼 수 있다는 분류적 이론이다. 예술의 정의와 관련된 이 논의들은 예술로 분류할 수 있는 작품들의 공통된 본질을 찾는 시도이자 예술의 필요충분조건을 찾는 시도이다.

나 예술 작품을 어떻게 감상하고 비평해야 하는지에 대해 다양한 논의들이 있다. 예술 작품의 의미와 가치에 대한 해석과 판단은 작품을 비평하는 목적과 태도에 따라 달라진다. 예술 작품에 대한 주요 비평 방법으로는 맥락주의 비평, 형식주의 비평, 인상주의 비평이 있다.

㉠맥락주의 비평은 주로 예술 작품이 창작된 사회적·역사적 배경에 관심을 갖는다. 비평가 **텐**은 예술 작품이 창작된 당시 예술가가 살던 시대의 환경, 정치·경제·문화적 상황, 작품이 사회에 미치는 효과 등을 예술 작품 비평의 중요한 ⓓ근거로 삼는다. 그 이유는 예술 작품이 예술가가 속해 있는 문화의 상징과 믿음을 구체화하며, 예술가가 속한 사회의 특성들을 반영한다고 보기 때문이다. 또한 맥락주의 비평에서는 작품이 창작된 시대적 상황 외에 작가의 심리적 상태와 이념을 포함하여 가급적 많은 자료를 바탕으로 작품을 분석하고 해석한다.

그러나 객관적 자료를 중심으로 작품을 비평하려는 맥락주의는 자칫 작품 외적인 요소에 치중하여 작품의 핵심적 본질을 훼손할 우려가 있다는 비판을 받는다. 이러한 맥락주의 비평의 문제점을 극복하기 위한 방법으로는 형식주의 비평과 인상주의 비평이 있다. 형식주의 비평은 예술 작품의 외적 요인 대신 작품의 형식적 요소와 그 요소들 간 구조적 유기성의 분석을 중요하게 생각한다. **프리드**와 같은 형식주의 비평가들은 작품 속에 표현된 사물, 인간, 풍경 같은 내용보다는 선, 색, 형태 등의 조형 요소와 비례, 율동, 강조 등과 같은 조형 원리를 예술 작품의 우수성을 판단하는 기준이라고 주장한다.

㉡인상주의 비평은 모든 분석적 비평에 대해 회의적인 ⓔ시각을 가지고 있어 예술을 어떤 규칙이나 객관적 자료로 판단할 수 없다고 본다. "훌륭한 비평가는 대작들과 자기 자신의 영혼의 모험들을 관련시킨다."라는 비평가 **프랑스**의 말처럼, 인상주의 비평은 비평가가 다른 저명한 비평가의 관점과 상관없이 자신의 생각과 느낌에 대하여 자율성과 창의성을 가지고 비평하는 것이다. 즉, 인상주의 비평가는 작가의 의도나 그 밖의 외적인 요인들을 고려할 필요 없이 비평가의 자유 의지로 무한대의 상상력을 가지고 작품을 해석하고 판단한다.

077

(가)와 (나)의 공통적인 내용 전개 방식으로 가장 적절한 것은?

① 대립되는 관점들이 수렴되어 가는 역사적 과정을 밝히고 있다.
② 화제에 대한 이론들을 평가하여 종합적 결론을 도출하고 있다.
③ 화제가 사회에 미치는 영향들을 분석하여 서로 간의 차이를 밝히고 있다.
④ 화제와 관련된 관점의 문제점을 제시하고 대안적 관점을 소개하고 있다.
⑤ 화제와 관련된 하나의 사례를 중심으로 다양한 이론을 시대 순으로 나열하고 있다.

078

(가)의 형식론에 대한 이해로 가장 적절한 것은?

① 미적 정서를 유발할 수 있는 어떤 성질을 근거로 예술 작품의 여부를 판단한다.
② 모든 관람객이 직관적으로 식별할 수 있는 형식을 통해 예술 작품의 여부를 판단한다.
③ 감정을 표현하는 모든 작품은 그 작품이 정신적 대상이더라도 예술 작품이라고 주장한다.
④ 외부 세계의 형식적 요소를 작가 내면의 관념으로 표현하는 것을 예술의 조건이라고 주장한다.
⑤ 특정한 사회 제도에 속하는 모든 예술가와 비평가가 자격을 부여한 작품을 예술 작품으로 판단한다.

079

(가)에 등장하는 이론가와 예술가들이 상대의 견해나 작품을 평가할 수 있는 말로 적절하지 않은 것은?

① **모방론자가 뒤샹에게:** 당신의 작품 「샘」은 변기를 닮은 것이 아니라 변기 그 자체라는 점에서 예술 작품이 되기 위한 필요충분조건을 갖추고 있습니다.
② **낭만주의 예술가가 모방론자에게:** 대상을 재현하기만 하면 예술가의 감정을 표현하지 않은 작품도 예술 작품으로 인정하는 당신의 견해는 받아들일 수 없습니다.
③ **표현론자가 낭만주의 예술가에게:** 당신의 작품은 예술가의 마음을 표현했으니 대상을 있는 그대로 표현하지 않았더라도 예술 작품입니다.
④ **뒤샹이 제도론자에게:** 예술계에서 일정한 절차와 관례를 거치면 예술 작품이라는 당신의 주장은 저의 작품 「샘」 외에 다른 변기들도 예술 작품이 될 수 있음을 인정하는 것입니다.
⑤ **예술 정의 불가론자가 표현론자에게:** 당신이 예술가의 관념을 예술 작품의 조건으로 규정할 때 사용하는 명제는 참과 거짓을 판단할 수 없기 때문에 받아들일 수 없습니다.

080

다음은 비평문을 쓰기 위해 미술 전람회에 다녀온 학생이 (가)와 (나)를 읽은 후 작성한 메모의 일부이다. 메모의 내용이 적절하지 <u>않은</u> 것은? [3점]

■ 작품 정보 요약
• 작품 제목: 「그리움」
• 팸플릿의 설명
 – 화가 A가, 화가였던 자기 아버지가 생전에 신던 낡고 색이 바랜 신발을 보고 그린 작품임.
 – 화가 A의 예술가 정신은 궁핍하게 살면서도 예술혼을 잃지 않고 작품 활동을 했던 아버지의 삶에서 영향을 받았음.
• 작품 전체에 따뜻한 계열의 색이 주로 사용됨.

■ 비평문 작성을 위한 착안점
○ 콜링우드의 관점을 적용하면, 화가 A가 낡은 신발을 그린 것에서 아버지에 대한 그리움을 갖고 있었으리라는 점을 제시할 수 있겠군. ……………………………………… ①
○ 디키의 관점을 적용하면, 평범한 신발이 특별한 이유는 신발의 원래 주인이 화가였다는 사실에 있음을 언급하여 이 그림을 예술 작품으로 평가할 수 있겠군. ………… ②
○ 텐의 관점을 적용하면, 이 작품에서 아버지의 낡은 신발은 화가 A가 추구하는 예술가 정신의 상징임을 팸플릿 정보를 근거로 해석할 수 있겠군. ………………… ③
○ 프리드의 관점을 적용하면, 따뜻한 계열의 색들을 유기적으로 구성한 점에서 이 그림이 우수한 작품임을 언급할 수 있겠군. ……………………………………… ④
○ 프랑스의 관점을 적용하면, 그림 속의 낡고 색이 바랜 신발을 보고, 지친 나의 삶에서 편안함과 여유를 느꼈음을 서술할 수 있겠군. ………………………………… ⑤

081

〈보기〉는 피카소의 「게르니카」와 그에 대한 비평이다. A는 ㉠의 관점에서, B는 ㉡의 관점에서 비평한 내용이라고 할 때, (나)를 바탕으로 이를 이해한 내용으로 적절하지 <u>않은</u> 것은?

| 보기 |

피카소, 「게르니카」
© 2020 – Succession Pablo Picasso – SACK(KOREA)

A: 1937년 히틀러가 바스크 산악 마을인 '게르니카'에 30여 톤의 폭탄을 퍼부어 수많은 인명을 살상한 비극적 사건의 참상을, 울부짖는 말과 부러진 칼 등의 상징적 이미지를 사용하여 전 세계에 고발한 기념비적인 작품이다.

B: 뿔 달린 동물은 슬퍼 보이고, 아이는 양팔을 뻗어 고통을 호소하고 있다. 우울한 색과 기괴한 형태들이 나를 그 속으로 끌어들이는 듯하다. 그러나 빛이 보인다. 고통과 좌절감이 느껴지지만 희망을 갈구하는 훌륭한 작품이다.

① A에서 '1937년'에 '게르니카'에서 발생한 사건을 언급한 것은 역사적 정보를 바탕으로 작품을 해석하기 위한 것이겠군.
② A에서 비극적 참상을 '전 세계에 고발'하였다고 서술한 것은 작품이 사회에 미치는 효과를 드러내고자 한 것이겠군.
③ B에서 '슬퍼 보이고'와 '고통을 호소하고'라고 서술한 것은 작가의 심리적 상태를 표현하려는 것이겠군.
④ B에서 '우울한 색과 기괴한 형태'를 언급한 것은 비평가의 주관적 인상을 반영하기 위한 것이겠군.
⑤ B에서 '희망을 갈구하는'이라고 서술한 것은 비평가의 자유로운 상상력이 반영된 것이겠군.

082

문맥을 고려할 때, 밑줄 친 말이 @~@의 동음이의어인 것은?

① @: 모든 인간은 평등하다고 전제(前提)해야 한다.
② ⓑ: 가을은 오곡백과가 무르익는 시기(時期)이다.
③ ⓒ: 이 문제에 대해서는 이론(異論)의 여지가 없다.
④ ⓓ: 이 소설은 사실을 근거(根據)로 하여 쓰였다.
⑤ ⓔ: 청소년의 시각(視角)으로 이 문제를 살펴보자.

083~088 | 다음 글을 읽고 물음에 답하시오.

㉮ 현실 세계에서는 아무리 정교하게 원을 그려도 '평면 위의 일정한 점에서 같은 거리에 있는 점들의 집합'이라는 원의 정의를 만족하는 원을 그리는 것은 거의 불가능하다. 즉 그런 원은 우리 머릿속에 관념으로만 존재할 수 있는 것이다. 그런데 플라톤은 그런 원이 '이데아'라는 세계에 실제로 존재한다고 주장했다. 그에 따르면 현실 세계에 존재하는 개별적인 원들은 이데아에 존재하는 원의 본성을 분유(分有), 즉 나누어 가지며 그 본성을 불완전하게 구현한 것들이다. 인간은 이데아에 대한 기억을 희미하게 간직하고 태어나기 때문에 우리가 경험 세계에서 볼 수 있는 개체들은 모두 영원한 이데아의 불완전한 복사물일 뿐이라는 것이다. 그래서 플라톤이 생각한 이상 국가는 '철학자 왕'이 ⓐ통치하는 나라이다. 철학자 왕은 개체 속에 숨겨진 원형, 즉 이데아를 볼 수 있는 능력을 타고난 자이다.

이후 플라톤의 이데아론은 서양에서 수많은 철학적 논의로 전개되었다. 중세 철학자들의 관심을 집중시킨 보편 논쟁도 그런 논의들 가운데 하나였다. 이 논쟁의 핵심은 '보편자'가 실재하느냐와 관련된 것이었는데, 보편자가 먼저 존재함으로써 개별자가 존재할 수 있다고 본 ㉠'실재론'의 입장과 보편자는 개별자가 존재한 이후에 구성된 이름일 뿐이라는 ㉡'유명론'의 입장으로 나뉘어 논쟁이 전개되었다. 이때 보편자는 이데아와, 개별자는 개체와 같은 것이라고 할 수 있다. 유명론은 보편자를 인간의 지적 능력 속에만 존재하는 명목(名目)에 불과하다고 본 반면, 실재론은 보편자에 실재성을 부여했다.

중세의 보편 논쟁 앞에는 신(神)의 존재를 증명해야 하는 과제가 놓여 있었다. 실재론을 대표하는 안셀무스는 시간과 공간을 ⓑ초월하여 개별자와 무관하게 존재하는 보편자는 초월성을 지닌 신에게서만 ⓒ연유할 수 있다고 주장하면서, 불완전한 개별자는 모두 신앙에 종속되어야 한다고 주장했다. 반면 유명론을 대표하는 로스켈리누스는 실제로 존재하는 것은 오로지 구체적이고 감각 가능한 개별자일 뿐이지, 그것을 넘어서는 보편자가 그 어딘가에 따로 존재하는 것은 아니라고 주장했다. 교회에 모인 개별 신자들에 선행하는 보편적 권능의 존재를 통해 신의 존재를 설파해야 했던 중세 교회의 입장에서는 이와 같은 유명론의 주장을 받아들이기 어려웠다. 그래서 중세 교회는 신의 보편성을 강력히 뒷받침하는 실재론만을 정통으로 인정하고 유명론은 배척했다.

이런 가운데 등장한 아벨라르는 극단적인 실재론이나 유명론과는 거리를 두면서 보편 논쟁에 새로운 물줄기를 만들었다. 그는 보편자의 보편 개념이 텅 빈 이름에 불과한 것은 아니라고 하였다. 그러면서도 그 실재성은 물리적인 것이 아니라 개별자들 속에 내재된 보편적 성질을 인간이 추상해 낸 결과라고 하였다. 즉 보편자가 보편적인 속성을 지니는 것은 추상적 사고의 결과인 것이지, 그것의 실재성 때문은 아니라는 것이다. 이처럼 아벨라르는 실재론과 유명론의 이분법적 논리에서 벗어나 보편 논쟁의 한계를 변증법적으로 뛰어넘고자 하였는데, 이러한 그의 입장을 ㉢'개념론'이라고 한다.

서양의 보편 논쟁은 중세 스콜라 철학에서 활발하게 전개되다가 근세 철학의 발전과 더불어 관심 대상에서 멀어지게 되었다. 이는 서양 근세 철학이 신의 영향에서 벗어나 경험과 합리성을 중심으로 전개되었기 때문이다.

㉯ 철학사를 살펴보면 직접적인 교섭이 없었음에도 동양과 서양이 서로 비슷한 사유 체계를 발전시켜 왔음을 여러 군데에서 확인할 수 있다. 중세 서양 철학에서 주된 논쟁의 대상이 되었던 '보편자'와 '개별자'는 비슷한 시기 중국에서 전개된 '이기론'의 '이'와 '기'와 비슷한 점이 많았다.

'이'는 만물에 보편적으로 ⓓ적용되는 절대적인 법칙 내지 원리인데, 시간과 공간의 제약을 받지 않고 존재한다. 이러한 점에서 '이'는 서양 철학의 보편자와 성격을 같이한다. 반면 '기'는 세상 만물을 구성하는 질료이자 세상 만물을 생성하는 도구라고 할 수 있다. 이러한 '기'를 개별자와 같은 것이라고 말하기는 어렵지만, 시간적인 선후 그리고 공간적인 시작과 끝을 가지면서 끊임없이 변화하며 작동하는 물질적 요소라는 점에서 '기'는 개별자와 가까운 개념이라고 볼 수 있다.

성리학을 창시한 주희는 '이'를 개별 사물의 생성에 앞서 존재하는 것으로 받아들였다. 이런 점에서 주희의 이기론은 서양의 실재론과 통하는 철학적 사유를 ⓔ전개했다고 볼 수 있다. 주희의 사상을 받아들인 조선의 성리학자들도 이 문제에 대해 깊은 관심을 보였다. 그중 퇴계는 '이'와 '기'가 능히 발동하는 존재로서 지묘한 작용을 한다고 본 '이기호발설'을 주장하였다. 즉 인간의 선천적인 도덕적 능력인 사단(四端)은 '이'가 발한 것이며, 인간의 자연적인 감정인 칠정(七情)은 '기'가 발한 것이라고 본 것이다. 주희와 퇴계의 이 같은 주장은 모두 '기'와는 확연히 구별되는 '이', 즉 보편자의 존재성을 분명히 했다는 점에서 서양의 실재론에 가깝다고 할 수 있다.

반면 율곡은 '이'와 '기'가 사물의 구성 요소로서 서로 다른 성질을 갖지만, 현실 세계에서 '이'는 항상 '기'와 더불어 존재한다는 입장에서 이기론을 받아들였다. 그리고 이처럼 서로 구별되면서도 분리됨이 없이 존재하는 '이'와 '기'의 관계를 '이기지묘(理氣之妙)'라고 했다. 이것은 '보편은 개체 안에 있다.'라는 명제로 표현된 아벨라르의 개념론과 통하는 것이었다.

083

(가)와 (나)의 서술 방식으로 가장 적절한 것은?

① (가)와 (나)는 모두 특정한 논쟁을 이론적으로 뒷받침하는 사상들의 장단점을 분석하고 있다.
② (가)와 (나)는 모두 특정한 개념이 철학 사상의 발전에 미친 영향을 인과적으로 서술하고 있다.
③ (가)는 (나)와 달리, 특정한 논쟁의 핵심 쟁점이 사회 변화에 미친 영향을 다각적으로 평가하고 있다.
④ (나)는 (가)와 달리, 특정한 논쟁의 진행 과정에서 도출된 문제점에 대한 해결책을 제시하고 있다.
⑤ (가)는 특정한 개념을 둘러싼 논쟁의 전개 과정을, (나)는 특정한 개념과 유사성을 지닌 개념의 수용 양상을 설명하고 있다.

084

(가), (나)의 내용과 일치하지 <u>않는</u> 것은?

① 플라톤에 따르면 현실 세계에 존재하는 원은 이데아에 존재하는 원의 본성을 불완전하게 구현한 것에 불과하다.
② 중세의 보편 논쟁은 신의 존재를 증명하는 구체적인 논의로 전개되었다.
③ 보편자가 그 어딘가에 따로 존재하는 것은 아니라는 로스켈리누스의 주장은 중세 교회의 배척을 받았다.
④ '기'는 '이'와 달리 세상 만물의 구성 요소로서 시간과 공간의 제약을 받으며 작동한다.
⑤ 이기론은 경험과 합리성을 중심으로 전개된 서양의 근세 철학과 비슷한 사유 체계를 보여 주었다.

085

㉠~㉢의 관점에서 〈보기〉의 과제를 수행한 내용으로 적절하지 <u>않은</u> 것은?

| 보기 |

[과제] 서양 철학에서는 대체적으로 일반 명사는 보편자에, 고유 명사는 개별자에 해당한다. 다음의 예를 바탕으로 보편자와 개별자의 관계를 이해해 보자.

- 소크라테스는 철학자이다.
- 영수는 철학자이다.

① ㉠: 보편자인 '철학자'는 '소크라테스'나 '영수'에 선행하여 실재한다.
② ㉠: '소크라테스'와 '영수'가 존재함으로써 보편자인 '철학자'가 실재성을 가지게 된다.
③ ㉡: 실재하는 것은 보편자인 '철학자'가 아니라 '소크라테스'나 '영수'와 같은 개별자이다.
④ ㉢: '철학자'는 '소크라테스'나 '영수'와 같은 개별자들에서 추상한 정신 작용의 결과물이다.
⑤ ㉢: '철학자다움'이라는 속성은 '소크라테스'와 '영수'라는 개별자 속에 보편적 속성으로 내재한다.

086

(나)의 주희와 퇴계에 대한 이해로 적절하지 <u>않은</u> 것은?

① '주희'는 '이'가 세상 만물을 생성하는 도구라고 보았다.
② '주희'는 '이'가 개별 사물의 생성 여부와 무관하게 존재한다고 보았다.
③ '퇴계'는 '이'의 작용으로 사단이, '기'의 작용으로 칠정이 드러난다고 보았다.
④ '퇴계'는 '이'가 '기'와 더불어 존재하지만 '기'와는 구별되는 속성을 지닌다고 보았다.
⑤ '주희'와 '퇴계'는 모두 보편자의 특성을 지닌 '이'가 실제로 존재한다는 것을 전제하였다.

087

(가)와 (나)를 참고하여 〈보기〉를 이해한 내용으로 가장 적절한 것은?

┤ 보기 ├

　율곡은 '이기지묘'를 바탕으로 '이통기국(理通氣局)'의 수양론을 주장하였다. 이것은 만물이 하나의 동일한 '이'를 공유하지만, 다양한 '기'의 성질로 인해 서로 다른 모습으로 나타날 수 있음을 의미한다. 그래서 일반인이라도 기질상의 병폐를 제거하고 탁한 기질을 정화하면 '이'의 선한 본성이 회복되어 성인의 경지에 이를 수 있다는 것이다. 율곡의 이러한 수양론은 사회의 폐단을 제거하여 천도를 실현함으로써 이상 사회를 세우고자 한 그의 사상적 바탕이 되었다.

① 율곡은 보편적인 존재가 아니라 개별적인 존재를 수양을 통한 정화의 대상으로 보았군.

② 율곡은 아벨라르의 '개별자들'과 달리 '기'를 보편적 존재와 동일한 속성을 지닌 것으로 보았군.

③ 율곡은 플라톤의 '철학자 왕'과 마찬가지로 '성인'을 부단한 수양을 통해 도달할 수 있는 경지로 보았군.

④ 율곡은 플라톤의 '이상 국가'와 마찬가지로 '이상 사회'가 보편자의 질적 변화를 통해 구현된다고 보았군.

⑤ 율곡은 중세 교회가 '신의 존재'를 입증하려고 한 것과 마찬가지로 '수양론'을 통해 '보편적 권능'을 입증하려 하였군.

088

문맥상 ⓐ~ⓔ와 바꿔 쓰기에 적절하지 <u>않은</u> 것은?

① ⓐ: 다스리는

② ⓑ: 뛰어넘어

③ ⓒ: 비롯될

④ ⓓ: 드러나는

⑤ ⓔ: 펼쳤다고

089~094 | 다음 글을 읽고 물음에 답하시오.

가 시장 가격은 수요량과 공급량이 일치하는 곳, 즉 수요 곡선과 공급 곡선의 교차점에서 결정되는데, 이를 '시장 균형 가격'이라고 한다. 시장 균형 가격은 소비자나 생산자에게 합리적 경제 활동을 위한 신호 역할을 충실히 하여 시장의 자원이 효율적으로 배분되도록 유도한다. 그러나 시장 균형 가격이 정부의 정책적 입장에 부합하지 못하는 경우가 있을 수 있다. 예를 들어 전월세 등 부동산 임대료가 너무 비싼 경우가 이에 해당한다. 정부는 종종 시장 기능에 의해 형성된 가격을 법과 제도를 통해서 변화시키기도 하는데, 이를 '가격 통제 정책'이라 한다.

가격 통제 정책 중 대표적인 것은 '최고 가격제'이다. 이는 시장 가격보다 낮은 수준에서 가격의 상한선을 정해 놓고 시장 가격이 이를 ⓐ넘어서지 못하도록 규제를 하는 것으로, 최고 이자율을 정하는 것도 그 사례에 속한다. 정부가 최고 가격제를 실시하여 ㉠가격을 인위적으로 변화시키면 초과 수요가 발생하게 되며, 재화의 배분은 가격이 아니라 추첨이나 배급제, 선착순 배분과 같이 가격 경쟁 이외의 다른 방식으로 해결되는 것이 보통이다. 하지만 여전히 초과 수요가 존재하는 상황이기 때문에 최고 가격제에서는 암시장이 나타날 가능성이 높다. 여기서 암시장은 시장에서 정상적으로 물건을 구입한 사람들이 이것을 재판매하는 장으로, 이는 정부의 정책을 어기는 불법 거래에 해당한다.

그렇다면 어떤 경우에 최고 가격제가 도입이 되는가? 첫째, 가격이 일순간 급등하여 저소득층에게 커다란 고통을 안겨 주게 되는 경우에 도입된다. 1970년대 석유 파동 당시, 난방용 석유 가격의 급등에 따른 서민들의 고통을 막기 위해 최고 가격제를 도입한 것을 그 예로 들 수 있다. 둘째, 한두 가지 제품의 가격 인상이 전반적인 물가 인상을 촉발할 우려가 있을 때 도입될 수 있다. 마지막으로 특정 제품의 가격이 상승할 경우, 일반적으로 해당 물건의 공급이 증가하여 다시 가격이 하락하게 되는데, 단기간에 공급이 증가하기 어려워 지속적으로 가격 상승이 예상될 때에는 투기를 방지하기 위해 최고 가격제가 도입된다.

앞에서 말한 것처럼 최고 가격제란 정부가 소비자들을 보호할 목적으로 가격 상한을 통제하는 정책이다. 그런데 최고 가격제를 실시함에 따라 시장 효율성, 다시 말해 생산자와 소비자들이 시장에서 거래를 함으로써 얻는 이득의 합인 사회 전체의 후생이 감소하는 경우가 발생할 수 있다. 정부가 특정 상품을 시장 가격보다 낮은 수준으로 거래하도록 규제할 때, 생산자들이 얻는 이득의 총합인 생산자 잉여가 감소하는 정도가 소비자들이 얻는 이득의 총합인 소비자 잉여가 증가하는 정도보다 더 크면 사회 전체로 볼 때에는 시장의 자원이 비효율적으로 배분되는 것이므로 정책을 신중하게 실시할 필요가 있다.

나 다수의 공급자가 치열하게 경쟁하는 시장이 아닌 소수의 공급자만 존재하는 시장에서 시장 지배력이 큰 공급자는 박리다매

로 많은 상품을 생산해 판매하기보다는 이윤을 극대화하기 위해 전략적으로 생산량과 가격을 책정하기도 하는데, 대표적인 방법이 가격 차별이다. '가격 차별'이란 동일한 재화에 대하여 가격을 달리 책정하는 것을 말한다. 출장을 위해 비행기 좌석을 구입하는 사람들은 비행기표 가격에 덜 민감한 반면, 여행을 하는 사람들은 비행기표 가격에 민감하게 반응하듯이 같은 제품이라도 수요의 가격 탄력성, 즉 가격 변화에 따라 수요량이 얼마나 민감하게 변화하는가는 다를 수 있다. 따라서 가격 설정자의 지위를 갖는 독점 기업은 동일 제품에 각각 다른 가격을 부과함으로써 이들의 소비자 잉여를 생산자 잉여로 흡수할 수 있다.

그러면 가격 차별이 성립하기 위한 조건에는 어떤 것들이 있을까? 가격 차별이 가능하려면 첫째, 생산자가 ㉡가격을 인위적으로 설정할 수 있을 정도의 시장 지배력이 있고, 동일한 재화에 다른 가격을 부과할 수 있어야 한다. 둘째, 가격에 대해 서로 다른 성향을 갖는 소비자들이나 시장을 분리하는 데 드는 비용이 소비자나 시장을 분리함으로써 얻을 수 있는 이윤 증가분보다 작아야 한다. 셋째, 분리된 소비자 혹은 시장 간에 재판매가 일어나는 암시장이 존재하지 않아야 한다. 마지막으로 각 시장에 대한 수요의 가격 탄력성이 서로 달라야 한다.

가격 차별의 종류는 크게 세 가지로 나눌 수 있다. 먼저 1도 가격 차별은 생산자인 기업이 수요자의 지불 용의 가격을 완벽히 파악하고 있어, 상품을 1단위씩 나누어 각각의 소비자에게 다른 가격을 부과하는 형태를 말한다. 이는 생산자가 수요자의 지불 용의 가격을 완벽히 파악하고 있다는 비현실적 상황을 가정하는 것으로, 생산자는 각 소비자의 최대 지불 용의 가격으로 상품을 판매할 수 있다. 오른쪽 그래프와 같이 수요(D_c) 곡선이 주어졌을 때, 상품 각 단위에 대해 수요 곡선의 높이만큼 가격을 책정하여 Q_d만큼 판매하면 기업의 총수입은 사다리꼴 $OABQ_d$의 면적이 된다. 만약 완전 경쟁 시장을

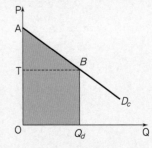

가정하여 수요량과 공급량이 일치하는 시장 균형 가격이 T라 하면 가격선 아래의 생산자 잉여는 $OTBQ_d$, 수요 곡선 아래에서 가격선 위인 소비자 잉여는 TBA가 되므로 가격 차별에 의해 소비자 잉여가 전부 생산자에게 흡수된다는 것을 알 수 있다.

그러나 현실적으로 기업은 소비자들의 지불 용의 가격을 완벽하게는 알 수 없기 때문에 몇 가지 대안의 가격을 제시하고 소비자들이 자신의 지불 용의에 따라 대안 중 하나를 선택하게 함으로써 가격 차별을 시도하는데, 이러한 유형의 가격 차별을 2도 가격 차별이라고 한다. 대부분의 2도 가격 차별은 소비자의 구입량에 따라 단위당 가격을 달리 정하는 수량 의존적 가격 설정의 형태를 가진다.

앞의 2도 가격 차별이 기업이 제시한 대안을 소비자가 선택하는 것이었다면, 3도 가격 차별은 소비자들이 스스로 바꾸기 어려

운 관찰 가능한 어떤 특징들이 지불 용의 금액이나 수요의 가격 탄력성 같은 정보와 연관이 있을 때, 그 특징에 따라 소비자들의 그룹을 나누는 가격 차별을 말하는 것으로 청소년 할인, 수험생 할인 등 시장 분할에 의한 가격 차별이 대표적이다. 3도 가격 차별에서는 수요의 가격 탄력성이 낮은 소비자일수록 높은 가격에 상품을 구매하게 될 것이며, 2도 가격 차별과 마찬가지로 소비자 잉여의 일부가 생산자에게 흡수된다.

가격 차별은 수요자의 지불 의사에 따라 가격을 책정하므로 소비 계층을 더 확대할 수 있다는 이점도 있다. 하지만 가격 차별은 독점 기업의 가격 설정권에 기반하여 이루어지기 때문에, 완전 경쟁 시장에 비해 생산량을 감소시키고 가격 상승을 초래하여 결과적으로 사회적 후생의 손실을 야기한다. 또한 사회적 잉여의 구성 측면에서도 소비자 잉여가 생산자에게 귀속되기 때문에 소득 분배를 악화시킨다.

089

(가), (나)에 대한 설명으로 가장 적절한 것은?

① (가)는 최고 가격제에 대한 학자들의 다양한 견해를 소개한 후, 그 차이점을 부각하고 있다.

② (가)는 최고 가격제를 실시함으로써 얻을 수 있는 효과를 정부의 측면과 기업의 측면으로 나누어 설명하고 있다.

③ (나)는 가격 차별의 성립 조건을 언급한 후, 각 조건에 따라 구분되는 가격 차별의 종류를 세 가지로 나누어 제시하고 있다.

④ (나)는 가격 차별이 소득 분배를 악화시킨다는 문제점을 제시한 후, 그러한 부작용을 방지할 수 있는 제도적 장치를 소개하고 있다.

⑤ (가)는 최고 가격제가, (나)는 가격 차별이 생산자 잉여와 소비자 잉여를 변화시키는 측면에 주목하여 인위적 가격 설정이 사회에 미치는 영향을 분석하고 있다.

090

다음은 (가), (나)를 읽은 후 학생이 작성한 학습지의 일부이다. 적절하지 않은 것은?

[학습 활동]

다음 내용이 (가), (나)와 일치하는지 판단하여 '예' 또는 '아니요'로 답하시오.

	내용	점검	
(가)	단기간에 공급을 증가시키기 어려운 재화에 대해 최고 가격제를 실시할 경우 암시장이 형성될 수 있다.	예 ☑ 아니요 ☐	①
	공급량과 수요량이 시장 균형 가격에 따라 결정되지 않으면 시장의 자원이 비효율적으로 배분될 수 있다.	예 ☑ 아니요 ☐	②
(나)	1도 가격 차별에서는 소비자 잉여의 일부가 생산자에게 흡수된다.	예 ☐ 아니요 ☑	③
	암시장이 존재할 경우 수요의 가격 탄력성이 유사해지므로 가격 차별이 성립하지 않는다.	예 ☑ 아니요 ☐	④
	완전 경쟁 시장과 비교할 때 2도 가격 차별은 3도 가격 차별과 달리 재화의 생산량은 감소시키고 가격은 상승시킨다.	예 ☐ 아니요 ☑	⑤

091

㉠과 ㉡을 이해한 내용으로 가장 적절한 것은?

① ㉠과 ㉡을 실시하는 주체는 모두 제품의 생산자이다.

② ㉠은 ㉡과 달리 암시장이 존재하면 그 효과가 상쇄된다.

③ ㉡은 ㉠과 달리 수요의 가격 탄력성이 높은 제품을 대상으로 한다.

④ ㉠은 소비자 잉여를 증가시키는 반면, ㉡은 생산자 잉여를 증가시킨다.

⑤ ㉠과 ㉡은 모두 그 결과로 생산자가 상품의 가격을 올리기 어렵게 된다.

092

(가)와 (나)를 바탕으로 할 때, 〈보기〉에 대해 나타낸 반응으로 적절하지 않은 것은?

├ 보기 ├

A 지역 지방 자치 단체는 A 지역에서 열리는 축제의 입장권 가격을 만 원으로 고정하고, 하루 입장이 가능한 인원을 천 명으로 제한하여 선착순으로 판매하였다. 그런데 축제가 인기를 끌게 되자 암표가 2만 원에 거래되었다.

B 지역 지방 자치 단체는 B 지역의 명물인 온천의 입장권 가격을 둘로 나누어 지역 주민들의 경우 5천 원에, 타 지역에서 온 관광객의 경우 만 원에 입장권을 구매하도록 했다. 그리고 10명 이상의 단체일 경우에는 지역 주민이나 관광객 모두 1매당 천 원씩 할인해 주었다.

① A 지역 축제 입장권에 대해 암표 시장이 발생한 것은 최고 가격제 실시로 인한 초과 수요가 발생했기 때문이라고 할 수 있겠군.

② A 지역 지방 자치 단체에서 입장권의 가격으로 정한 만 원은 완전 경쟁 시장일 경우 형성되는 시장 균형 가격보다 낮은 가격이라 할 수 있겠군.

③ B 지역 지방 자치 단체가 지역 주민과 관광객의 온천 입장권 가격을 달리한 것은 각각의 지불 용의 가격을 정확히 파악했기 때문이겠군.

④ B 지역 온천에서 10명 이상 단체 입장의 경우 입장권 1매당 가격이 할인되는 것은 수량 의존적 가격 설정의 예로 볼 수 있겠군.

⑤ B 지역 지방 자치 단체는 온천 입장에 대한 지역 주민들의 수요의 가격 탄력성이 타 지역 관광객들의 수요의 가격 탄력성보다 높다고 본 것이겠군.

093

(나)를 참고할 때, 〈보기〉의 ㉮, ㉯에 들어갈 말로 적절한 것은?

├ 보기 ├

돼지고기를 1kg을 살 때는 kg당 만 원에, 2kg을 살 때는 kg당 8천 원에 파는 정육점이 있다. 이를 그래프로 나타내면 수요 곡선은 오른쪽과 같다.

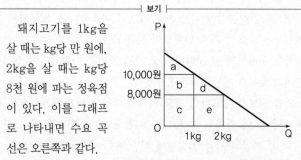

어떤 소비자가 돼지고기를 2kg을 산다면 1kg을 살 때와 비교할 때 소비자 잉여가 ㉮ 만큼 늘어난다. 한편 공급자인 정육점은 가격 차별을 실시함으로써 kg당 8천 원으로 2kg 단위만을 판매할 때보다 ㉯ 만큼 소비자 잉여를 흡수하여 이윤을 더 남길 수 있게 된다.

(단, 해당 정육점은 시장 지배력을 지니며 다른 요인은 고려하지 않음.)

	㉮	㉯
①	a + b	d
②	b + d	b
③	a + b + d	b
④	a + d + e	a + d
⑤	a + c + e	a + d

094

문맥적 의미가 ⓐ와 가장 가까운 것은?

① 고개를 넘어서니 거리의 불빛이 아물거렸다.

② 한고비를 넘어서자 또 한고비가 기다리고 있었다.

③ 오랜 설득 끝에 그녀도 역시 우리 편으로 넘어섰다.

④ 올해 상반기 해외 관광객 수는 지난해 최고 수준을 넘어섰다.

⑤ 그는 국경을 넘어서면서 다시는 돌아오지 못할지도 모른다고 생각했다.

095~100 │ 다음 글을 읽고 물음에 답하시오.

㉮ 존 롤스는 법이 일관되고 공평하게 운용되고 있는 것을 규칙성으로서의 정의라고 하였고, 이러한 정의가 법체계에 적용되는 것을 법의 지배라고 ⓐ보았다. 그는 법질서를 공공 규칙의 체계로 보았으며, 이를 통해 인간의 행위를 규제하거나 사회적 협동체의 틀을 제공할 수 있다고 보았다. 롤스는 법의 지배를 유지하기 위해 사람들이 법에 대해 몇 가지 신조를 지녀야 한다고 생각했다.

첫째, ㉠'해야 한다는 할 수 있다를 함축한다'는 신조이다. 이는 법의 지배가 요구하거나 금지하는 행위는 사람들이 합당하게 행하거나 피할 수 있는 행위여야 한다는 것이다. 즉 법에서 어떤 행위에 대한 의무를 부여하거나 행위를 금지하는 경우, 그 의무 부여 또는 금지가 가능해야 한다는 것으로, 우리 능력 밖의 일을 수행하지 못했다고 해서 위법이 되는 것이 아니라는 것이다. 이 신조는 입법자와 재판관에게도 법이 적용되며 사회 구성원 모두는 법이 지켜질 수 있다는 믿음을 가지고 있어야 한다는 의미로도 해석이 가능하다.

둘째, ㉡'유사한 경우에 유사하게 취급되어야 한다'는 신조이다. 법은 모든 경우의 수를 내포할 수 없는 반면 사건은 다양하게 발생한다. 만일 어떤 사건에 대해 명확하게 규정한 법이 없다면, 가장 유사한 법 규정을 적용하여 판결해야 하는데, 이 경우에도 법 규정의 의미나 취지가 재판관의 해석에 따라 ⓑ달라지지 않도록 최대한 유사하게 취급되어야 한다.

셋째, ㉢'법이 없다면 벌도 없다'는 신조이다. 이 신조는 법으로 규정되지 않으면 처벌할 수 없다는 원칙이다. 즉 어떤 행위 또는 행위의 회피에 대한 처벌 규정이 법에 없다면 범죄에 해당하지 않으므로 그 행위자 또는 행위의 회피자를 처벌할 수 없다는 것이다. 이는 곧 처벌 근거를 명확히 규정해야 한다는 의미로 해석할 수 있다. 또한 이 신조는 법은 모든 국민들에게 ⓒ알려져야 하고, 법규는 의미가 명확하면서도 일반적으로 진술되어 모든 사람들이 그 의미를 제대로 파악할 수 있고, 그 의도가 일반적이어야 한다는 것을 의미한다. 또한 범죄가 무거울수록 법 해석을 엄격하게 해야 하며, 형벌은 법이 적용되는 이들에게 불리하게 작용하는 소급 효력을 가져서는 안 된다는 의미까지 내포하고 있다.

넷째, ㉣'자연적 정의의 개념을 규정한다'는 신조이다. 이는 재판 과정의 성실성을 유지하기 위한 것으로, 행위의 위법성 여부를 제대로 가려야 하고 위법한 경우에만 합당한 형벌이 부과될 수 있어야 한다는 것이다. 이를 위해 재판관의 독립성이 보장되어야 하고 혐의자에 대한 심문의 과정은 공정해야 하고 공개적이어야 하며 증거에 입각해야 할 뿐만 아니라, 재판은 여론에 영향을 받지 않아야 한다. 이와 같이 법에 대한 롤스의 신념들에는 개인의 기본권 보장과 사회 안정성 구축을 기반으로 한 그의 정의관이 잘 반영되어 있다.

㉯ 현행 형법은 인간의 자유와 신체를 억압하는 최후의 수단으로 작용한다. 잘못된 형법 아래에서 사회의 정의를 실현할 수는 없다. 올바른 형법을 제정하고 시행하기 위해서 요구되는 원칙이 바로 죄형 법정주의이다. 이 원칙은 사법부의 형벌권 남용을 ⓓ막고 범죄의 구성 요건과 이에 대응하는 형벌을 성문화시킨다는 점에서 오늘날 형법에서 가장 기본적인 원칙이며, 법조문을 적용할 때 법관의 판단에 엄격성을 강조하는 원칙이다.

법에 대한 롤스의 신조 중 '유사한 경우에 유사하게 취급되어야 한다'는 것은 죄형 법정주의의 유추 해석 금지 원칙과 대비된다. 유추 해석이란 일정한 사항을 직접 규정하고 있는 법규가 없는 경우 그와 가장 유사한 사항을 규정하고 있는 법규를 적용하는 것인데, 죄형 법정주의에서는 이를 금지한다. 그런데 어떤 범죄가 발생했음에도 불구하고 그 범죄에 적용할 법 규범이 없는 상황인 '입법의 흠결'이 발생하게 되면 유추 해석을 할 필요성이 발생한다. 그럼에도 불구하고 ㉰죄형 법정주의에서는 유추 해석을 삼권 분립의 정신에 위배되는 것으로 간주하여 유추 해석을 해서는 안 된다고 본다. 여기에서 삼권 분립이란 국가 권력을 입법과 사법, 행정의 삼권으로 분리하여 서로 견제하게 하는 것을 말한다. 유추 해석은 형벌권의 범위를 확장하고, 일반 국민이 그 규정에서 예상할 수 없는 형벌을 받을 가능성을 높여 법적 안정성과 형법의 보장적 기능을 침해할 수 있다. 따라서 죄형 법정주의에서는 설사 반사회적이고 비난 가능한 행위라고 하더라도 입법의 흠결이 발생한 상황이라면 입법부에서 새로운 법규를 제정하여 해결해야 한다고 본다. 이에 비해 롤스의 신조에서는 사회 구성원에게 해를 가하는 행위를 처벌하지 않는다면 사회적 혼란이 발생할 수 있다고 보아, 법관의 자의적 판단을 최소화한 유추 해석은 가능하다고 본다.

'법이 없다면 벌도 없다'는 롤스의 신조는 죄형 법정주의의 법률주의와 유사하다. 법률주의란 범죄와 형벌은 반드시 성문 법률에 있어야 한다는 원칙이다. 법률주의에서는 범죄와 형벌에 대한 규정이 반드시 국회가 제정한 법률에 있어야 한다고 본다. 법률주의는 관습 형법의 금지 원칙을 내포하고 있는데, 관습 형법 금지의 원칙은 관습법에 의한 범죄의 구성 요건 창설이나 형의 가중을 금지한다는 원칙이다. 관습 형법을 금지하는 이유는 법규의 개념과 적용 범위가 명확하지 않아 형법의 예측 가능성과 보장적 기능이 ⓔ무너질 위험이 있기 때문이다.

또한 이 신조의 '피고인에게 불리한 소급 효력을 가져서는 안 된다'라는 내포적 의미 해석은 죄형 법정주의의 소급효 금지의 원칙과 유사하다. 소급효 금지의 원칙이란 범죄와 그 처벌은 행위 당시의 법률에 의해야 하고 행위 후 제정된 사후 법률에 의해 이전의 행위를 처벌해서는 안 된다는 것을 말한다. 즉 범죄자가 범죄를 행한 시점에 존재하는 법 규정의 근거에 의해서만 이 행위를 처벌할 수 있음을 말하고 범죄를 범한 이후 제정된 법률을 이전에 발생한 행위에 적용시켜 처벌하는 것을 금지한다는 원칙인 것이다. 소급효를 금지하는 이유는 소급효를 인정하게 되면 국민들의 예측 가능성과 법적 안정성이 침해되며, 형법 법규가 갖는 의사 결정 기능이나 행위 결정 기능이 무의미하게 되기 때문이다. 그러나 소급하는 것이 오히려 이익이 되는 경우 소급효를 인정하는 것이 타당하다고 판단하여 예외를 인정하는 경우도 있다.

095

(가)와 (나)에 대한 설명으로 가장 적절한 것은?

① (가)와 (나)는 모두 법에 대한 특정한 철학적 사유의 결과를 일정한 기준에 따라 유형화하였다.

② (가)와 (나)는 모두 특정한 법철학적 사유에 대한 비판적 견해를 소개하여 바람직한 법체계의 확립 방안을 모색하였다.

③ (가)는 (나)와 달리 다양한 법철학적 사유를 나열하고 예를 들어 가며 각각의 사유의 의미와 특징을 소개하였다.

④ (나)는 (가)와 달리 특정한 법철학적 사유를 현행법에 적용된 원칙과 대응시켜 보고 그 공통점과 차이점을 분석하였다.

⑤ (나)는 (가)와 달리 현행법에 내포된 다양한 형법 이론을 분석하여 각 형법 이론이 현행법에 반영된 이유를 제시하였다.

096

(가)에서 알 수 있는 법에 대한 롤스의 생각으로 적절하지 않은 것은?

① 행위의 실현 가능 여부와 상관없이 법의 지배가 이루어져야 한다.

② 공공 규칙의 체계가 바로잡히면 사회적 협동체의 틀이 마련된다.

③ 법은 본질적으로 현실에서 일어나는 모든 일에 대해 규정할 수 없다.

④ 법의 지배가 실현되는 것은 규칙성으로서의 정의가 작동하는 것이다.

⑤ 법관의 판단 과정에 사회 구성원 다수의 의견이 개입되어서는 안 된다.

097

㉠~㉣에 대한 이해로 적절하지 않은 것은?

① ㉠은 법 자체의 성격이 어떠해야 하는지를 알려 준다.

② ㉡은 법을 적용할 때 발생할 수 있는 문제의 해결 방안과 관련된다.

③ ㉢은 사건을 판결할 때가 아니라 법을 제정할 때 적용된다.

④ ㉣은 재판을 진행하고 행위의 위법성을 판단할 때 적용된다.

⑤ ㉠~㉣은 모두 법의 지배가 유지되기 위해 사회 구성원들이 지녀야 할 생각이다.

098

(나)를 참고하여 ㉮의 이유를 추론한 것으로 가장 적절한 것은?

① 유추 해석을 하는 것은 사법부에 의해 사실상 입법이 이루어져 입법권을 침해하는 행위에 해당하기 때문이다.

② 반사회적인 행위에 한하여 유추 해석을 하는 것은 사법부가 자신의 권한을 제대로 행사하는 것에 해당하기 때문이다.

③ 유추 해석이 필요한 상황에서도 입법부가 이를 외면하는 것은 입법부가 자신의 의무를 저버린 것에 해당하기 때문이다.

④ 유추 해석을 해서라도 사회적 혼란을 방지하는 것은 입법부가 갖는 형벌권의 범위를 확장하는 것에 해당하기 때문이다.

⑤ 유추 해석으로 인해 법적 안정성과 형법의 보장적 기능이 침해받는 것은 사법부의 권위가 실추된 상황에 해당하기 때문이다.

099

〈보기〉는 형법 조항이다. 이에 대한 '죄형 법정주의자'의 반응으로 가장 적절한 것은?

┤ 보기 ├

형법 제1조
제2항 범죄 후 법률의 변경에 의해 그 행위가 범죄를 구성하지 않거나 형이 구법보다 경한* 때에는 신법에 의한다.
제3항 재판 확정 후 법률의 변경에 의하여 그 행위가 범죄를 구성하지 아니한 때에는 형의 집행을 면제한다.

* 경한: 형벌 따위가 그다지 대단하지 않은.

① 제2항은 피고인의 이익을 보장하기 위해 소급효 금지의 원칙을 지킨 규정이다.
② 제2항은 피고인에 대한 처벌을 강화하기 위해 유추 해석 금지의 원칙을 지킨 규정이다.
③ 제2항은 피고인에 대한 처벌을 강화하기 위해 소급효 금지의 원칙을 어긴 예외 규정이다.
④ 제3항은 피고인의 이익을 증진하기 위해 법률주의 원칙을 어긴 예외 규정이다.
⑤ 제3항은 피고인의 이익을 보장하기 위해 소급효 금지의 원칙을 어긴 예외 규정이다.

100

문맥상 ⓐ~ⓔ와 바꾸어 쓰기에 적절하지 <u>않은</u> 것은?

① ⓐ: 간주(看做)하였다
② ⓑ: 변이(變異)되지
③ ⓒ: 공포(公布)되어야
④ ⓓ: 방지(防止)하고
⑤ ⓔ: 붕괴(崩壞)될

101~106 | 다음 글을 읽고 물음에 답하시오.

가 국제 정치학에서의 구성주의 이론은 국가들이 서로 어떻게 협력하고, 그 협력을 어떻게 유지하여 발전시키느냐를 중심으로 국제 정치를 살펴보는 이론이다. 이 이론은 국제 관계를 분석할 때 군사력, 경제력, 자원, 기술 등과 같은 물질적 요소보다 국가의 정체성, 즉 국가의 구성원들이 공유하는 정치 문화, 이데올로기, 신념 체계 등과 같은 관념적인 요소를 중시한다. 그리고 국가들 사이에 이루어지는 정치 행위는 물론 개체에 해당하는 국가와 국제 관계의 구조에 해당하는 국제 체제 사이의 상호 관계를 분석함으로써 국제 정치를 설명하고자 한다. 대표적인 구성주의 이론가인 웬트는 각 국가가 지닌 문화와 사고방식, 정체성 등의 변인들이 국제 정치에서 핵심적인 역할을 수행한다고 보았고, 이러한 변인들이 국가 및 국제 체제에 어떤 영향을 주는지를 연구하였다.

웬트는 각 국가의 이익과 정체성은 국가들 사이에 공유된 관념들에 의해서 사회적으로 구성된다고 보았으며, 이를 바탕으로 국가와 국제 체제가 서로 영향력을 주고받고 서로를 구성해 가며 발전적으로 변화한다고 주장했다. 국제 체제는 각 국가의 행위를 야기할 뿐만 아니라 각 국가의 정체성을 구성하고 변화시키는 역할도 한다. 반면 국가들의 정치 행위와 상대국에 대한 태도는 국제 체제를 끊임없이 변화시킨다. 웬트는 이를 상호 구성적이라고 규정하였다.

웬트는 국제 정치가 국내 정치와 달리, 강력한 지배력을 가지고 갈등을 조정하는 정부가 존재하지 않는, 무정부 상태에서 이루어진다고 전제하였다. 그리고 이러한 국제 체제의 무정부 상태가 변화되어 가는 과정을 특정 사상가들과 연관 지어 설명하였다. 먼저 국가들이 각자의 이익과 정체성을 공유하지 않고, 물질적 요소가 국제 관계를 지배하게 되면, 국가들이 서로 갈등하고 투쟁하는 홉스적 무정부 상태가 된다. 그리고 국가들이 상호 경쟁적 관계를 유지하면서도 서로의 이익과 정체성을 인정하게 되면, 서로 갈등하면서도 때에 따라 공동의 이익을 추구하는 로크적 무정부 상태가 된다. 여기서 더 나아가 각국의 상호 의존성이 ⓐ커지고 서로를 공동 운명체로 인식하는 집합 정체성을 형성하게 되면, 서로를 우호적으로 대하는 칸트적 무정부 상태가 되고, 수평적인 관계의 국가들이 자신들의 안전 보장을 위해 협력하는 집단 안보가 실현된다.

웬트는 국가들이 서로에 대해 가지고 있는 믿음과 기대를 고려하여 대외 정책을 결정한다고 보았다. 상대국이 지닌 물리력에 대한 평가는 객관적인 물리력의 정도가 아니라 상대국과의 관계에서 형성된 인식 구조가 어떠한가에 따라 결정된다. 예를 들어 우방국이 500개의 핵무기를 가진 것보다 적대국이 5개의 핵무기를 가진 것을 더 위협적이라고 판단한다는 것이다. 이렇게 타국이 지닌 물리력의 의미와 중요성은 관념을 통해 ⓑ주어지며, 이에 따라 대외 정책이 다양하게 변화된다는 점에서 웬트의 이론은 관념론으로 평가받는다.

그는 국제 정치에서 국가 간의 의사소통은 '간주관성'을 갖추고 있다고 분석하였다. 여기서 간주관성은 국가 간의 상호 작용을 통해 공유되는 주관적인 이해를 의미한다. 국제 정치의 공론장에 참여하는 구성원들이 각자의 주관성을 주체적으로 실현하는 가운데 상대의 주관성을 인정하고, 그 기반 위에서 의사소통이 이루어지는 것이다. 이는 특정한 사안이나 쟁점에 대한 국가 간 합의의 전제 조건이 된다. 이런 점에서 반드시 강대국만이 국제 관계의 중요한 주체가 되는 것이 아니라 약소국 역시 외교 현장에서 중요한 행위자로 기능할 수 있는 것이다. 이러한 [웬트의 구성주의]는 기존의 국제 정치 이론들과 달리 국제 관계를 바라보는 시각을 협력적 차원으로 전환했다는 점에서 큰 의의가 있다.

나 웬트는 국가 간 이익과 정체성의 공유 정도가 점차 강해지는 방향으로 국제 정치의 구조가 변화한다고 보았고, 궁극적으로는 지구 정부가 출현할 것이라는 목적론적 관점을 제시했다. 이것은 웬트가 헤겔의 '인정 이론'을 국제 정치 체계 구성의 근본 원리로 도입한 결과이다. 헤겔은 인간 사회에서는 타인에게 자율성을 지닌 인간으로 인정받으려는 투쟁, 즉 인정 투쟁이 필연적으로 발생하여 개인의 자유를 보장하는 사회적 제도와 구조를 ⓒ만들고 나아가 국가의 정체성을 형성한다고 보았다. 웬트는 이러한 개인 간의 인정 투쟁의 결과가 국가 간에도 동일하게 일어난다고 주장하면서, 지구 국가라는 집합 정체성이 형성되는 단계까지 나아가는 국제 정치 체제의 변화는 인정의 과정이며, 지구 정부는 필연적으로 나타날 것이라고 주장했다.

웬트의 이러한 해석은 현대의 변화된 국제 정치적 구조를 고려한 것이지만, 헤겔이 국내 정치적 맥락에서 논한 인정 개념을 국제 정치 체제를 구성하는 유일한 근본 원리로 규정해 버렸다. 헤겔은 인정 개념이 정치 체제를 구성하는 유일한 원리라고 규정하지 않았으며, 국제 정치 체제의 구성 원리 역시 제시하지 않았다. 물론 헤겔도 국가 간에 인정 투쟁이 필연적으로 나타난다고 보았고, 그 결과 국제법이 형성된다고 보았다. 하지만 국제법은 계약적 성격을 지니고 있어, 국제법이 존재하더라도 이는 언제든지 ⓓ없어질 수 있는 불안정한 평화 체제를 구축할 수밖에 없다는 한계가 있다고 지적했다. 이처럼 웬트의 목적론적 관점은 헤겔이 주장한 인정 이론을 본래 취지나 맥락을 고려하지 않고 자의적으로 활용했다는 점에서 비판받을 수 있다.

한편, 웬트의 구성주의는 힘의 논리에 기반하여 국제 정치를 설명했던 월츠의 신현실주의 이론에 대한 비판에서 출발했다. 신현실주의 이론은 냉전 시기의 국제 정치에 대한 분석은 탁월했지만, 냉전 이후 다극화된 국제 질서를 설명하는 데에는 한계를 드러냈다. 특히 유럽연합(EU) 같은 새로운 국가 연합 체제와 OECD 같은 경제 협력 체제가 등장해 큰 영향력을 ⓔ떨치는 등 다변화된 국제 정치 질서를 설명하는 데에는 웬트의 구성주의 이론이 효과적이었다. 그러나 유일한 초강대국인 미국의 영향력 확대, 종교 및 민족 갈등으로 인한 분쟁의 심화, 미국과 중국의 신냉전 체제 형성 등과 같은 갈등 상황 역시 나타났다. 이러한 현상을 분석하는 도구로 오히려 신현실주의 이론이 적합했고, 역설적이게도 웬트의 구성주의는 신현실주의자들의 비판에 직면하게 되었다.

신현실주의적 관점에서 보면 국제 정치의 구조 변화에 대한 웬트의 담론은 권력 요소에 대한 고려가 결여되어 있어 현실을 직시할 수 없게 만든다. 로크적 무정부 상태로의 이행이나, 칸트적 무정부 상태로의 이행은 각각 새로운 국제 관계의 조직화 과정에 해당하는데, 이들 과정은 불평등한 권력의 제도화 과정이지, 국가 간 실질적 평등성에 기반한 협력의 심화 과정이라고 보기 어렵다. 지구 정부의 출현 역시 사실상 국가 간에 존재하는 힘의 차이와 억압을 제도화한 것에 지나지 않는다. 오히려 무정부 상태에서는 실질적인 불평등에도 불구하고 형식적 주권 평등이 존재하므로, 약소국이 형식적으로나마 평등을 누릴 수 있다는 신현실주의적 관점이 웬트의 관점보다 현실적인 분석이라고 볼 수 있다.

101

(가)와 (나)에 대한 설명으로 가장 적절한 것은?

① (가)는 (나)와 달리 특정 학자의 이론이 지닌 한계를 지적하고 이를 보완한 새로운 이론을 소개하고 있다.

② (나)는 (가)와 달리 구체적 학자들의 견해를 언급하며 특정 학자의 이론이 지닌 문제점을 분석하고 있다.

③ (가)와 (나)는 모두 특정 학자의 이론을 바탕으로 국제 정치의 구조를 유형화하여 설명하고 있다.

④ (가)와 (나)는 모두 국제 관계에 대한 상반된 입장을 지닌 두 학자의 이론을 비교하여 설명하고 있다.

⑤ (가)와 (나)는 모두 특정 학자의 이론이 등장하게 된 배경을 밝히고 이론과 관련된 역사적 사실을 소개하고 있다.

102

(가)에서 알 수 있는 '웬트'의 생각으로 적절하지 않은 것은?

① 국가가 지닌 물리적인 요소만으로 국제 정치의 주도권을 잡을 수 있는 것은 아니다.

② 국가의 대외 정책은 상대국과의 관계에서 형성된 믿음과 기대의 정도에 따라 결정된다.

③ 국제 정치의 공론장에 참여하기 위해서는 특정 쟁점에 대해 상대국과의 합의가 선행되어야 한다.

④ 국제 정치에서 타국의 이익과 정체성에 대한 국가들의 태도에 따라 국제 체제의 무정부 상태를 구분할 수 있다.

⑤ 국제 체제는 각국의 정치 문화에 의해 결정되기도 하지만, 각국의 정치 문화가 구성되는 데 중요한 역할을 하기도 한다.

103

웬트의 구성주의의 입장에서 국제 관계를 분석한 사례로 보기 어려운 것은?

① 소련의 해체로 분리 독립한 리투아니아는 자국을 문화적으로나 역사적으로 서유럽 국가라고 생각했기 때문에 러시아와 단절 정책을 선택하였다.

② 1961년 미국 케네디 정부는 중남미 국가들과 상호 협력적 관계를 형성하기 위해 그들에게 '진보를 위한 동맹'이라는 원조 프로그램을 제안하였다.

③ 한국과 일본 양국 사이의 갈등에는 왜곡된 사실에 기반한 일본인들의 혐한 의식과, 식민 지배에 대해 사과와 반성이 없는 일본에 대한 한국인들의 반일 감정이 내재되어 있다.

④ 20세기 중·후반 이스라엘과 주변 국가들 사이에 벌어진 중동 전쟁의 원인 중 하나는 주변 국가들의 종교 및 문화를 인정하지 않는 이스라엘의 배타적이고 독선적인 태도이다.

⑤ 21세기에 접어든 이후 중국은 자국의 이익을 높이는 한편 미국에 대항하기 위해 유라시아 지역은 물론 아프리카 지역까지 연결하는 새로운 실크로드 경제 권역을 만들어 자국의 경제력을 강화하였다.

104

(나)의 시각에서 웬트의 이론을 비판할 때, 다음 Ⓐ, Ⓑ에 들어갈 내용으로 적절하지 <u>않은</u> 것은?

웬트의 이론		(나)의 비판
헤겔의 '인정 이론'의 도입	←	Ⓐ
국제 정치 질서와 구조 변화에 대한 담론	←	Ⓑ

① Ⓐ: 헤겔이 인정 이론을 통해 국내 정치적 현상을 설명했던 맥락을 무시하고 이를 국제 정치에 확대 적용하였다.

② Ⓐ: 국제 정치에서 벌어지는 인정 투쟁의 결과가 불안정한 평화 체제를 낳게 된다는 헤겔의 이론과 반대되는 주장을 펼쳤다.

③ Ⓐ: 인정 개념이 국제 정치 체제를 구성하는 여러 원리 중 일부에 불과하다고 본 헤겔의 이론을 자의적으로 해석하여 인정 개념을 국제 정치 체제를 구성하는 유일한 원리로 규정하였다.

④ Ⓑ: 협력적 관계만으로는 설명할 수 없는 다양한 국제 정치 상황이 현실에서 발생하고 있다.

⑤ Ⓑ: 권력 요소를 고려하면 더 나은 단계의 국제 관계로 이행한다는 것은 불평등한 권력의 제도화 과정에 불과하다.

105

〈보기〉는 '웬트'와 (나)의 글쓴이가 나눈 가상 대화의 일부이다. ㉮에 들어갈 내용으로 가장 적절한 것은?

> ─┤ 보기 ├─
>
> **웬트**: 제2차 세계 대전 때 전쟁 상대국이었던 소련과 동독의 관계는 냉전 시기로 접어들면서 형식적·법적 주권의 평등 원칙이 지켜졌으나, 실질적으로는 불평등한 주권 관계로 변모했었네. 소련은 강한 힘의 우위를 바탕으로 동독에 대한 안보 원조를 제공하는 대신 동독에 대한 강한 영향력을 발휘하는 패권적 이데올로기를 관철시키고 있었지. 두 국가는 불평등한 관계를 인정한 상태에서 전 세계의 공산화라는 공통 목적을 공유하며 우호적 관계를 맺고 있었고, 이를 바탕으로 집합 정체성을 형성했던 것인데, 이는 무정부 상태하에서 새로운 위계질서를 형성한 것을 보여 주는 것이라네.
>
> **(나)의 글쓴이**: 선생님의 그 말씀과 선생님의 구성주의 이론을 비교해 보면 [㉮]는 문제가 생깁니다.

① 냉전 체제 이전에 홉스적 무정부 상태에 있던 소련과 동독이 로크적 무정부 상태로 변한 것은, 단계적 변화를 거쳐 지구 정부를 구성하게 된다는 목적론적 관점에 어긋난다

② 냉전 시기에 동독은 실질적으로 소련과 불평등한 관계에 있지만 그럼에도 불구하고 형식적으로나마 평등한 관계를 유지했다는 점에서 신현실주의 이론을 인정하지 않는다

③ 소련과 동독이 전 세계의 공산화라는 목적을 공유함으로써 집합 정체성을 형성했다는 것은, 두 국가 사이에 위계질서가 만들어지기는 했지만 무정부 상태에서 벗어났다는 것을 보여 준다

④ 냉전 시기에 우호적 관계를 맺은 소련과 동독은 표면상 칸트적 무정부 상태처럼 보이나 실제는 힘의 차이와 억압을 제도화한 것일 뿐이며, 구성주의 이론의 핵심적 변인에 따른 변화 과정으로 보기 어렵다

⑤ 소련이 동독에 대한 패권적 이데올로기를 관철시키고 그 대가로 동독이 소련이 제공하는 안보의 틀 속으로 들어갔다는 것은, 국제 정치의 구조 변화를 분석할 때 권력 요소에 대한 고려가 여전히 결여되어 있다

107

문맥상 ⓐ~ⓔ와 바꾸어 쓰기에 가장 적절한 것은?

① ⓐ: 고양(高揚)되고

② ⓑ: 배정(配定)되며

③ ⓒ: 발명(發明)하고

④ ⓓ: 파손(破損)될

⑤ ⓔ: 발휘(發揮)하는

107~112 | 다음 글을 읽고 물음에 답하시오.

(가) 빛의 본질이 입자인지 파동인지에 대한 논쟁은 17세기부터 시작되었다. 뉴턴은 빛도 아주 작은 알갱이인 입자, 즉 광자로 ⓐ이루어져 있다는 입자설을 주장했고, 빛의 입자의 상태는 에너지와 운동량이라는 두 가지 속성으로 규정할 수 있으며, 빛의 입자는 직진한다고 보았다. 비슷한 시기 하위헌스는 빛이 어떤 물체의 떨림이 공간에 퍼져 나가는 현상인 파동이라는 파동설을 주장하였는데 당시에는 주목을 받지 못하였다. 그러나 19세기 초 토머스 영이 이중 슬릿 실험으로 빛이 회절*한다는 것을 증명하면서 빛의 파동설이 과학적 진리로 인정받게 되었다. 그런데 20세기 초 아인슈타인이 광전 효과 이론을 통해 빛이 입자라는 것을 증명함으로써 입자설이 부활했다. 그리하여 당시 과학자들은 빛은 파동이면서 입자의 성질도 가진다는 것을 사실로 ⓑ받아들이게 되었다.

한편, 원자를 연구하던 보어는 20세기 초에 러더퍼드의 원자 모형을 바탕으로 새로운 원자 모형을 제시했다. 그의 모형에서 전자는 원자핵의 인력에 끌려 들어가지 않고 동일한 궤도를 유지하며, 전자가 에너지를 방출 또는 흡수하면서 순식간에 그 궤도를 ⓒ바꾼다. 이렇게 전자가 다른 궤도로 불연속적으로 이동하는 것을 양자 도약이라고 하는데, 보어는 이러한 현상들이 나타나는 이유는 설명하지 못했다. 이를 설명할 수 있는 아이디어는 드브로이가 제공했다. 드브로이는 빛에 대한 당대의 과학적 연구 성과에서 영감을 얻어, 입자로만 알려져 있던 전자가 파동의 성질도 가진다는 가설을 세웠다.

[A]
드브로이는 전자를 포함한 모든 물질은 파동이라고 보았고, 이를 물질파라고 규정했다. 이렇게 물질의 존재 양상을 규정한 다음, 이에 더해 전자 역시 파동성을 지닌다고 생각했다. 예를 들어 기타 현의 양 끝을 연결하여 원 모양으로 만든 다음 이를 튕겼을 때, 진동은 현 내부에서만 일어난다. 이렇게 묶여 있는 파동을 정상파라 하는데, 그는 원자 속 전자도 물질파로서 원형의 정상파를 이룬다고 규정했다. 그는 전자 궤도의 반지름이 원자핵을 중심으로 항상 특정한 값의 정수배로 나타나는 값만 가진다는 보어의 이론에 입각하여, 서로 다른 궤도의 정상파는 특정한 진동수만을 가진다는 결론을 도출했다. 즉, 전자 궤도의 길이와 전자의 물질파 파장의 정수배가 일치한다는 것이다. 이는 파장의 정수배가 아닌 전자 궤도는 존재할 수 없다는 것을 의미하므로, 이를 바탕으로 전자의 궤도 이동이 불연속적일 수밖에 없음을 설명할 수 있게 된다. 그는 더 나아가 전자의 파동이 하나가 아니라 여러 개의 파동이 중첩된 것으로 가정했고, 이로 인해 파동에서 보강 간섭이 일어나 전자가 원자핵으로 추락하지 않고 정상 궤도를 유지할 수 있다고 보았다. 또한 전자의 궤도 이동은 전자가 가진 에너지의 변화에 따른 것으로 보았다.

그는 전자가 가지는 에너지는 물질파의 진동수에 비례하고, 전자의 질량과 속도의 곱으로 표현할 수 있는 전자의 운동량(p)은 물질파의 파장(λ)에 반비례한다고 가정했다. 이를 바탕으로 '파장(λ) = $\dfrac{\text{플랑크 상수(h)}}{\text{물질의 운동량(p)}}$' 라는 물질파 공식을 제시하였다. 그의 물질파 공식은 전자를 포함한 모든 물질은 입자성과 파동성을 모두 가지고 있다는 점을 바탕으로 도출된 것이다. 보어의 원자 모형을 완성한 그의 이론은 데이비슨과 거머의 이중 슬릿 실험으로 증명되었으며, 이 실험적 입증은 이후 불확정성의 원리의 토대가 되어 양자 역학의 발전에 기여했다.

* 회절: 파동의 전파가 장애물 때문에 일부가 차단되었을 때 장애물의 그림자 부분에까지도 파동이 전파하는 현상.

(나) 고전 역학이 거시 세계 차원의 물리학이라면, 현대의 양자 역학은 미시 세계 차원의 물리학이다. 미시 세계의 입자들은 우리의 일반적인 상식에서 벗어나는 속성을 지니고 있다. 그 대표적인 속성을 설명하는 이론이 ㉠불확정성의 원리와 상보성 원리이다.

우리가 어떤 대상을 본다는 것은 빛의 입자인 광자가 대상에 부딪혀 나와 우리 눈에 들어오는 과정을 의미한다. 그리고 고전 역학적 관점에서 어떤 대상을 측정한다는 것은 그 대상의 위치와 운동량을 파악한다는 것을 의미한다. 그래서 미시 세계의 전자를 보거나 측정하기 위해서는 전자에 광자를 쏘아야 하고, ⓓ튕겨져 나오는 광자를 포착해 정보를 얻어야 한다. 보다 정확한 위치 정보를 얻기 위해서는 파장이 짧은 빛을 사용해야 하는데, 짧은 파장의 광자는 에너지가 크기 때문에 전자의 운동량에 영향을 미친다. 즉, 전자의 위치를 보다 정확하게 파악하려 하면 할수록 전자의 운동량 측정의 불확정성이 커지는 것이다. 전자에 긴 파장의 광자를 쏘면 그와 반대되는 현상이 나타난다. 이처럼 입자의 위치와 운동량을 동시에 정확하게 알아낼 수 없고, 이러한 불확정성을 어떤 특정된 최소 수준 이하로 낮출 수 없다는 것이 하이젠베르크가 이론적으로 정립한 불확정성의 원리이다.

양자 역학에서는 불확정성의 원리가 측정의 문제 때문이 아니라 자연에 내재되어 있는 한계로 인해 발생한다고 보았다. 그래서 불확정성의 원리가 일어나는 이유를 상보성 원리로 설명하였다. 상보성 원리란 입자가 파동으로서의 특성과 입자로서의 특성이라는 상호 배타적인 속성을 모두 가지고 있으면서 동시에 서로를 보완한다는 원리이다. 즉, 미시 세계의 입자들은 고전 역학적 관점에서는 동시에 가질 수 없을 것처럼 보이는 두 가지 특성을 실제로 동시에 가지고 있으며, 각각의 특성은 상호 보완적 역할을 함으로써 세계를 형성한다는 것이다. 이에 따라 전자는 우리가 관측하지 않을 때에는 파동으로 존재하다가 관측할 때에는 입자처럼 행동하고, 그와 반대되는 경우도 발생한다. 다시 말해 관측 행위가 일어나기 전에 전자의 상태가 결정되는 것이 아니고, 관측할 때 그 상태가 결정되는 것이다.

이러한 양자 역학의 불확정성의 원리와 상보성 원리는 직접적인 관측이 불가능했고 상식적으로 납득하기 어려웠기 때문에 많은 논쟁을 낳았다. 대표적으로 아인슈타인이 EPR 논문을 통해, 자연 자체에 한계가 있는 것이 아니라고 주장한 것을 들 수 있다. 그는 EPR 논문을 통해 모든 입자들이 임의의 순간에 명확한 위치와 속도를 가지고 있으며, 그것을 정확하게 파악하지 못하는 연구에 문제가 있다고 주장했다. 그러나 보어를 주축으로 한 코펜하겐 학파에 의해 불확정성의 원리가 관측의 문제가 아님이 ⓔ밝혀지면서 아인슈타인의 비판은 설득력을 잃었고, 이후 양자 역학은 미시 세계를 설명하는 주류 이론으로 자리 잡게 되었다.

107

(가)와 (나)에 대한 설명으로 가장 적절한 것은?

① (가)는 (나)와 달리, 특정 이론에 대한 비판과 그 근거들을 시대순으로 제시하고 있다.

② (가)는 (나)와 달리, 새로운 개념을 도입하여 이전의 이론을 보완한 특정 이론을 소개하고 있다.

③ (나)는 (가)와 달리, 특정 이론의 탄생 배경과 그 이론의 주요 입장을 제시하고 있다.

④ (가)와 (나)는 모두, 특정 이론과 그것이 다른 분야에 확장된 사례를 제시하고 있다.

⑤ (가)와 (나)는 모두, 대립되는 두 이론의 학문적 가치와 한계를 서로 비교하고 있다.

108

(가), (나)를 통해 알 수 있는 내용으로 적절하지 않은 것은?

① 아인슈타인은 관측의 한계로 인해 불확정성의 원리가 나타난다고 보았다.

② 보어와 드브로이는 모두 전자의 궤도 이동이 불연속적으로 나타난다고 보았다.

③ 아인슈타인은 전자의 상보성은 받아들였지만 빛의 상보성은 받아들이지 않았다.

④ 드브로이의 이론은 실험으로 증명되면서 하이젠베르크의 불확정성의 원리에 영향을 주었다.

⑤ 드브로이는 빛의 본질에 대한 과학적 성과를 이용하여 전자에 대한 새로운 관점을 제시하였다.

109

〈보기〉는 드브로이가 제시한 가설을 그림으로 나타낸 것이다. [A]를 바탕으로 〈보기〉를 이해한 것으로 적절하지 않은 것은?

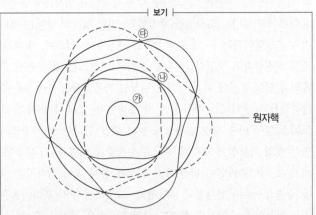

⑦~㉰는 모두 특정 원자 X의 전자 궤도를 나타낸 것으로, 원자핵에서 먼 쪽에 있는 궤도의 전자가 가까이에 있는 궤도의 전자보다 높은 에너지를 갖는다.

① 전자가 ㉮에서 ㉯로 양자 도약을 했다면 전자가 가진 에너지가 증가했을 것이다.

② ㉯를 유지하며 진동하는 전자는 ㉰를 유지하며 진동하는 전자보다 진동수가 작다.

③ ㉮, ㉯, ㉰를 각각 유지하며 진동하는 전자의 파동은 각 궤도의 외부로 전달되지 않는다.

④ ㉮, ㉯, ㉰를 각각 유지하며 진동하는 전자의 운동량이 증가할수록 전자의 파장이 길어진다.

⑤ ㉮와 ㉯, ㉯와 ㉰ 사이에 전자 궤도가 존재하지 않는 것은 전자 궤도가 파장의 정수배로 결정되기 때문이다.

110

(가)와 (나)를 읽은 학생이 〈보기 1〉의 실험에 대해 보인 반응으로 적절한 것만을 〈보기 2〉에서 모두 고른 것은?

┤ 보기 1 ├

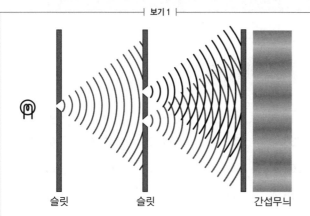

슬릿   슬릿   간섭무늬

위 그림은 토머스 영의 이중 슬릿 실험 장치의 기본 구조와 결과를 나타낸 것이다. 빛의 입자들이 두 개의 슬릿을 통과하고 난 이후 스크린을 비추게 되는데, 그 결과 스크린에 밝은 선과 어두운 선이 교차하며 나열되는 간섭무늬가 나타났다. 스크린에 간섭무늬가 나타나는 이유는, 둘 이상의 파동이 만났을 때, 비슷한 파동이 겹치면 진폭이 두 배로 증가하는 보강 간섭과, 반대되는 파동이 겹치면 진폭이 0이 되는 상쇄 간섭이 일어났기 때문이다.

┤ 보기 2 ├

ㄱ. 토머스 영은 〈보기〉의 실험 결과를 바탕으로 빛의 본질에 대한 이전의 과학적 패러다임을 반박했겠군.

ㄴ. 양자 역학을 지지하는 과학자들은 〈보기〉의 실험 결과를 입자의 상호 보완적 성질이 발현된 것으로 보았겠군.

ㄷ. 빛이 입자로 구성되어 있다는 뉴턴의 이론으로는 〈보기〉의 실험에서 간섭무늬가 나타나는 것을 설명할 수 없겠군.

ㄹ. 데이비슨과 저머는 이중 슬릿에 전자를 통과시켜 얻은 간섭무늬를 통해 드브로이의 가설이 옳았음을 확인했겠군.

① ㄱ, ㄴ   ② ㄱ, ㄹ   ③ ㄴ, ㄷ
④ ㄱ, ㄷ, ㄹ   ⑤ ㄴ, ㄷ, ㄹ

111

㉠에 대해 이해한 내용으로 가장 적절한 것은?

① 전자에 긴 파장의 광자를 쏘면 전자의 위치 정보의 정확도가 높아진다는 원리이다.

② 고전 역학에서 사용하는 물리량 측정 방법 자체에 내재되어 있는 근본적인 문제점을 제시한 원리이다.

③ 대상에 반사된 빛이 우리 눈에 들어오는 동안 운동량과 위치 정보가 변하는 현상을 설명하는 원리이다.

④ 입자의 위치와 운동량을 측정할 때 각 측정값의 정확도를 동시에 일정 수준 이상으로 높일 수 없다는 원리이다.

⑤ 미시 세계의 입자들이 파동성과 입자성이라는 상호 배타적인 속성을 모두 가지고 있는 이유를 설명하는 원리이다.

112

문맥상 ⓐ~ⓔ와 바꾸어 쓰기에 적절하지 <u>않은</u> 것은?

① ⓐ: 구성(構成)되어
② ⓑ: 수용(受容)하게
③ ⓒ: 변형(變形)한다
④ ⓓ: 반사(反射)되어
⑤ ⓔ: 규명(糾明)되면서

인문·예술

001 ⑤	002 ③	003 ④	004 ⑤	005 ②
006 ④	007 ④	008 ④	009 ⑤	010 ②
011 ⑤	012 ③	013 ③	014 ④	015 ④
016 ③	017 ⑤	018 ⑤	019 ⑤	020 ②
021 ①	022 ④	023 ③	024 ③	025 ④
026 ②				

과학·기술

053 ⑤	054 ⑤	055 ②	056 ④	057 ③
058 ④	059 ②	060 ③	061 ③	062 ⑤
063 ②	064 ④	065 ⑤	066 ③	067 ③
068 ④	069 ⑤	070 ④	071 ③	072 ④
073 ②	074 ③	075 ①	076 ④	

사회·문화

027 ③	028 ⑤	029 ①	030 ③	031 ①
032 ②	033 ④	034 ④	035 ⑤	036 ②
037 ②	038 ②	039 ④	040 ⑤	041 ③
042 ⑤	043 ③	044 ④	045 ①	046 ③
047 ⑤	048 ⑤	049 ⑤	050 ④	051 ⑤
052 ④				

주제 통합

077 ④	078 ①	079 ①	080 ②	081 ③
082 ③	083 ⑤	084 ⑤	085 ②	086 ①
087 ①	088 ④	089 ⑤	090 ④	091 ④
092 ③	093 ②	094 ④	095 ⑤	096 ①
097 ⑤	098 ①	099 ⑤	100 ②	101 ②
102 ③	103 ⑤	104 ③	105 ④	106 ⑤
107 ②	108 ③	109 ④	110 ④	111 ④
112 ③				

메가스터디 **실전 N제**

내신 + 수능 대비

2025
수능 연계
국어 독서

112제 정답 및 해설

메가스터디BOOKS

메가스터디 **실전 N제**

내신 ✛ 수능 대비

2025
수능 연계
국어 독서

112제　정답 및 해설

인문·예술

정답 체크   본문 p. 16-29

001 ⑤	002 ③	003 ④	004 ⑤	005 ②	006 ④
007 ④	008 ④	009 ⑤	010 ②	011 ⑤	012 ③
013 ③	014 ④	015 ④	016 ③	017 ⑤	018 ⑤
019 ⑤	020 ④	021 ①	022 ④	023 ③	024 ③
025 ④	026 ②				

001~005 | 홉스, 루소, 니체의 철학에 나타난 자연 개념

수능연계 포인트   ✦ 연계 기출 2018년 4월 교육청

연계 교재에서는 홉스의 사회 계약론을 중심으로 근대 서양 사상가들의 주권과 면역 패러다임의 문제점을 지적한 에스포지토의 이론을 지문으로 제시하였다. 우리 교재에서는 자연 개념을 바탕으로 한 홉스의 사회 계약론을 연결 고리로 삼아, 홉스와 루소, 니체의 사상을 비교한 기출 지문을 수록하였다. 이를 통해 홉스, 루소, 니체는 물론, 〈보기〉에 제시된 데카르트와 메를르 퐁티 등 여러 사상가들의 이론에 대한 배경지식을 넓히고 복수의 관점을 비교하는 능력을 키울 수 있도록 하였다.

• 해제	이 글은 서양 철학의 중요 개념 중 하나인 자연 개념에 대한 여러 학자들의 관점을 제시하고 있다. 먼저 홉스와 루소의 자연 개념과 사상을 설명한 후, 이에 대한 니체의 비판을 제시하였다. 홉스는 자연을 통제 불능의 무자비한 경쟁 상태로 인식하고 인간이 자연 상태에서 벗어나 문명화된 사회에서 안정된 삶을 살아야 한다고 본 반면, 루소는 자연을 생명이 충만한 아름다운 전원으로 인식하고 인간이 문명으로부터 벗어나 자연으로 돌아가야 한다고 주장하였다. 한편 니체는 홉스와 루소가 인간의 도덕적 가치 판단만으로 자연 개념을 규정하였다고 비판하며, 인간이 자연의 일부임을 깨닫고 자연의 넘치는 활력을 되찾아 삶을 고양해야 한다고 주장하였다. 이를 위해 니체는 그동안 이성에 비해 상대적으로 경시되어 온 인간의 육체에 주목하여, 이성과 육체를 통합적으로 규정하는 '몸' 개념을 제시하였다.
• 주제	홉스와 루소의 철학에 나타난 자연 개념 및 그에 대한 니체의 비판
• 구성	

1문단	자연 개념을 중심으로 자신의 철학을 구축한 홉스와 루소
2문단	홉스의 철학에 나타난 자연 개념
3문단	루소의 철학에 나타난 자연 개념
4문단	홉스와 루소의 자연 개념에 대한 니체의 비판
5문단	니체가 제시한 '몸' 개념

001 글의 전개 방식 파악   답 ⑤

1문단에서 서구에서 '자연'이 중요한 개념으로 다루어졌음을 밝히고, 2문단에서 홉스의 자연 개념을 중심으로 그의 철학을, 3문단에서 루소의 자연 개념을 중심으로 그의 철학을 각각 소개하였다. 그리고 4문단과 5문단에서 홉스와 루소의 자연 개념의 한계를 지적한 니체의 철학을 제시하였다.

오답피하기

① 자연 개념을 중심으로 홉스, 루소, 니체의 이론을 살펴보고 있을 뿐, 특정 이론이 정립되는 과정을 소개하거나 그 과정이 지닌 역사적 의의를 제시하고 있지는 않다.

② 니체의 관점에서 홉스와 루소의 이론을 비판하고 있을 뿐, 사례를 통해 홉스와 루소 이론의 문제점을 제시하거나 다양한 관점에서 해결 방안을 제안하고 있지는 않다.

③ 홉스, 루소, 니체의 이론이 만들어진 배경은 제시되어 있지 않다. 또한 홉스와 루소의 이론에 대한 니체의 비판을 제시하고 있을 뿐, 이론들의 장점을 부각하는 다른 이론을 소개하고 있지는 않다.

④ 2문단과 3문단에서 자연 개념의 의미를 규정하는 홉스와 루소의 이론을 각각 제시하고 있으나, 그중 하나의 관점을 따르는 이론이 아니라 두 이론을 비판하는 니체의 이론을 소개하고 있다.

002 구체적 사례에의 적용   답 ③

3문단에 따르면, 루소는 자연을 생명이 충만한 아름다운 전원으로 여겼고, 반대로 인간 욕망의 결과물인 문명을 부정적으로 인식하였다. 또한 그는 인간이 문명을 뒤로 하고 자연으로 돌아가 순수한 삶을 살아야 한다고 주장하였다. 따라서 〈보기〉의 B 씨의 사례가 자연 속에서의 삶이 단지 허상에 불과하다는 진실을 보여 준다는 반응은, 자연을 긍정하며 자연으로 돌아가야 한다는 루소의 견해와 부합하지 않는다.

오답피하기

① 2문단에 따르면, 홉스는 자연을 통제 불능의 무자비한 경쟁 상태로 인식했고, 자연 상태에서 인간은 자신의 생존과 이익을 위해 이기주의자가 되어 결국 폭력이 난무하게 되었다고 보았다. 따라서 홉스는 〈보기〉의 ◇◇마을에서 주민들이 더 많은 식량을 얻기 위해 목숨을 걸고 서로 싸우는 상황을 자연 상태에서 인간이 자신의 생존과 이익을 위해 이기주의자가 된 것으로 볼 것이다.

② 2문단에 따르면, 홉스는 인간다운 삶을 위해서는 개인이 자의적 권리를 포기하고 절대 권력을 지닌 군주가 지배하는 국가를 세워야 한다고 보았다. 따라서 홉스는 〈보기〉에서 ◇◇마을의 책임자인 A 씨가 대화의 장을 마련하기보다 절대 군주와 같이 강력한 통치력을 발휘해 마을의 질서를 세우고 주민들이 인간다운 삶을 살 수 있게 해 주어야 한다고 볼 것이다.

④ 3문단에 따르면, 루소는 인간 욕망의 결과물인 문명을 부정적으로 인식하고 도시의 퇴폐적, 위선적 삶을 혐오하였다. 〈보기〉에서 B 씨의 친구가 돈을 노리고 의도적으로 B 씨에게 접근하여 위하는 척하다가 배신한 것은 겉과 속이 다른 위선적 행위, 자신의 이익(욕망)만을 좇는 행위라고 볼 수 있다. 따라서 루소는 이를 문명에서 비롯된 부정적 삶의 일면이라 볼 것이다.

⑤ 4문단에 따르면, 니체는 도덕에 의한 인간 중심적 사고방식으로 인해 자연의 일부로서 지닌 인간의 본능을 따르는 활력이 억압당하고 축소되었다고 보았다. 그리고 인간 육체의 활동이 지닌 활력을 되찾아 삶을 고양할 것을 주장하였다. 따라서 니체는 〈보기〉에서 C 씨가 도덕의식을 아들에게 과도하게 강요하는 것을 도덕에 의한 인간 중심적 사고방식으로, 그

결과 그 아들이 성인이 되어 남녀 간의 사랑에 어려움을 겪게 된 것을 자연의 일부로서 지닌 인간의 본능을 따르는 활력의 상실로 볼 것이다.

003 내용의 추론 답 ④

2문단에 따르면, 홉스가 지향하는 인간 삶의 방향성은 자연 상태에서 벗어나는 것이고, 그 근거는 자연이 통제 불능의 무자비한 경쟁 상태라는 것이다. 즉 홉스는 자연을 부정적으로 보았다. 그리고 3문단에 따르면, 루소가 지향하는 인간 삶의 방향성은 문명을 뒤로하고 자연으로 돌아가 순수한 삶을 사는 것이고, 그 근거는 자연이 생명이 충만하며 아름다움을 일깨워 준다는 것이다. 즉 루소는 자연을 긍정적으로 보았다. 4문단에서 니체는 이러한 홉스와 루소의 견해를 비판하며 도덕적 가치 판단에 선행하는 자연 그 자체를 규정하고자 하였다. 다시 말해 니체는 홉스와 루소가 바람직한 인간의 삶을 주장하기 위해 자연을 악한 것이나 선한 것이라고 가치 판단을 내린 것을 비판하며, 그들이 자연 그 자체를 간과하였다고 지적한 것이다.

오답 피하기

① 루소는 자신이 살았던 시대의 문명에 대해 긍정적 평가를 내리지 않았다. 3문단에 따르면, 루소는 문명을 인간 욕망의 결과물로 인식하였고, 문명에 의해 형성된 도시의 퇴폐적, 위선적 삶을 혐오하였다.

② 2문단에 따르면, 홉스는 자연 상태를 지향하는 국가가 아니라 자연 상태에서 벗어나기 위해 절대 권력을 지닌 군주가 지배하는 국가를 세워야 한다고 주장하였다. 또한 3문단에서 루소가 문명을 떠나 자연으로 돌아감으로써 이상적 인간상을 이룰 수 있다고 보았음을 알 수 있으나 자연 상태를 지향하는 국가 건설을 주장했는지는 알 수 없다.

③ 홉스가 자연보다 인간의 문명에, 루소가 문명보다 자연에 더 큰 가치를 부여한 것은 맞지만, 홉스는 자연 상태에서 인간이 이기주의자가 되어 결국 폭력이 난무한다고 보았다. 즉 홉스는 자연 상태에서의 인간의 이기심을 부정하지 않았다.

⑤ 홉스는 자연이 긍정적 가치를 지녔다고 보지 않았다. 그는 자연을 통제 불능의 무자비한 경쟁 상태라고 보았으므로 자연이 지닌 긍정적 가치를 인간이 수용하였다는 것은 홉스의 관점과 부합하지 않는다.

004 세부 정보 파악 답 ⑤

4문단에 따르면, 니체는 인간 중심적 사고방식의 결과 인간이 자연을 자신과 분리된 존재로 대상화하면서 자연의 일부로서 인간이 지닌 본능을 따르는 활력이 억압당하고 축소되었다고 보았다. 그리고 이 활력을 되찾아 삶을 고양해야 한다고 주장하였다. 5문단에 따르면, 니체는 인간 삶의 고양을 위해 인간 중심적 사고방식을 거부하고 상대적으로 경시되었던 인간의 육체에 주목하였다. 즉 니체의 관점에서 ⓐ '인간 중심적 사고방식'은 부정적 결과를 초래한 원인이지, 인간 스스로를 고양시킬 수 있는 방법이 아니다.

오답 피하기

①, ③ 4문단에 따르면, 니체는 '도덕이라는 것이 인간의 이성에 최고의 가치를 부여'한 결과, 인간 중심적 사고방식이 지배적인 것이 되었다고 보았다.

② 4문단에 따르면, 니체는 인간 중심적 사고방식이 '인간이 자신의 해석과 가치 판단을 중심으로 자연을 재단하게 만들었다'고 보았다.

④ 4문단에 따르면, 니체는 '자연 속의 모든 것들은 자신을 지키고 힘을 키우기 위해 다른 것들과 끊임없이 경쟁'하며, 인간 중심적 사고방식이 지배적인 것이 되면서 인간이 '자연을 자신과 분리된 존재로 대상화'하게 되었다고 보았다.

005 관점의 비교 답 ②

〈보기〉에 따르면, 메를로 퐁티는 몸에 대한 마음의 우위를 거부하고, 몸과 마음이 분리 불가능하다고 여겼다. 또한 5문단에 따르면, 니체는 이성과 육체를 이분법적으로 보는 관점을 거부하고 이성과 육체를 통합적으로 규정하는 '몸' 개념을 제시하였는데, 이는 '몸'으로서의 인간에게 육체의 활동이 전제되지 않으면 이성적 활동이 불가능하다고 보는 관점이다. 따라서 메를로 퐁티와 니체 모두 '몸'을 인간의 이성적 활동과 분리 불가능한 것으로 여기고 있음을 알 수 있다.

오답 피하기

① 〈보기〉의 데카르트는 '몸'과 '마음'을 각각 독립적 실체로 보고 마음의 우위를 인정하였으므로, 이분법적 관점으로 독립적 실체인 '몸' 개념을 설명했다고 볼 수 있다. 그러나 니체는 이성과 육체를 이분법적으로 보는 관점을 거부하였다.

③ 4, 5문단에서 니체는 인간을 자연의 일부라고 보았음을 알 수 있다. 그러나 데카르트가 인간을 자연의 일부라고 보았는지는 〈보기〉만으로 알 수 없다.

④ 5문단에서 니체가 말하는 '작은 이성'은 인간 중심적 사고방식에서 강조하는 이성이고, '큰 이성'은 '몸'이다. 〈보기〉의 메를로 퐁티가 말하는 '몸'은 감각의 최초 발생 원인이므로, 니체의 '작은 이성'에 해당하지 않는다.

⑤ 5문단에서 니체가 말하는 '큰 이성'은 '몸'으로, 이때 '몸'은 이성과 육체를 통합적으로 규정하는 개념이다. 니체는 '몸'이 육체적 활동에만 국한된 개념이 아니라 이성적 활동까지 통합된 더 큰 개념이라는 것을 강조하였으므로, '큰 이성'이라는 개념과 사유의 속성을 가진 '마음'의 우위를 나눈다고 할 수 없다. 〈보기〉에 따르면, 메를로 퐁티 역시 몸에 대한 마음의 우위를 거부하였다.

수능 연계 포인트

연계 교재에서는 최소 국가론을 소개하며 최소 국가가 성립하는 과정 및 개인의 권리와 국가를 바라보는 노직의 관점을 소개한 글을 지문으로 제시하였다. 우리 교재에서는 노직의 최소 국가론과 관련하여 연계 교재에 제시된 부분을 압축적으로 제시하였으며, 이와 관련하여 소득 재분배와 관련한 노직, 롤스, 공리주의의 견해를 다룸으로써 국가가 성립한 이후에 소득 분배와 관련된 정의를 실현하는 방식에 대한 여러 견해들도 심도 있게 살펴볼 수 있도록 하였다.

- **해제** 이 글은 노직의 최소 국가론과 분배 정의에 대한 여러 철학자들의 견해를 설명하고 있다. 노직은 자연 상태에 있는 개인이 권리 침해와 분쟁에 대비하기 위해 결성한 보호 협회가 개인의 대가를 바탕으로 하는 상업적 보호 협회, 일정한 지역 안에서 압도적 우위를 차지하는 지배적 보호 협회, 사법 조직을 갖춘 극소 국가, 강제 권력을 가지고 구성원 모두를 독점적으로 보호할 수 있는 최소 국가로 발전하는 과정을 제시하고 있다. 한편 소득 재분배에 관련된 정의에 대해 노직은 소득 형성의 기회가 평등하게 보장되는 한, 그 결과로 형성된 소득을 국가가 인위적으로 재분배해서는 안 된다고 주장한다. 그 이유는 소득을 만들어 내는 것은 국가가 아니라 그 구성원이라고 보기 때문이다. 반면 롤스는 경제적으로 가장 열악한 사람에게 가장 큰 혜택이 돌아가도록 하는 것이 정의라고 주장하며, 그러기 위해서는 최하위 소득 계층의 소득을 극대화하고자 하는 '최소치의 극대화 원칙'을 따라야 한다고 본다. 또한 공리주의자들은 사회 구성원 전체의 효용이 극대화되도록 정부가 정책을 입안하고 실천해야 한다고 주장한다. 이들은 고소득자의 소득 일부를 저소득자에게 이전해 주어 사회 전체의 효용을 증대해야 한다고 본다.
- **주제** 노직의 최소 국가론과 분배 정의에 대한 철학자들의 견해
- **구성**

1문단	노직이 주장한 최소 국가의 성립 과정
2문단	분배 정의와 관련한 노직의 주장
3문단	분배 정의와 관련한 롤스의 주장
4문단	분배 정의와 관련한 공리주의의 주장

006 세부 정보 파악 답 ④

2문단에 따르면 노직은 소득 형성의 기회와 과정이 공정하다면 그 결과가 불균등하더라도 국가는 이를 정의로운 분배로 인정해야 하지만, 소득 실현이 불공정한 경우에는 국가가 소득 분배에 관여할 수 있다고 보았다. 이와 달리 4문단에서 공리주의자들은 사회 전체의 효용을 극대화하기 위해 국가가 소득 재분배 정책을 입안하고 실천해야 한다고 주장하였음을 알 수 있다.

오답 피하기

① 2문단에 따르면 노직은 소득 형성의 기회와 과정이 공정하다면 그 결과가 불균등하더라도 사회는 이를 정의로운 분배로 인정해야 한다고 보았으므로 적절하지 않은 내용이다.
② 3문단에서 롤스의 정의 원칙은 사람들이 자신의 미래를 알지 못한다는

가정의 상황에서 사회 구성원들이 기존에 자신에게 연관된 이해관계를 버리고 합의한 기준임을 알 수 있다. 그러나 2문단에 의하면 노직은 소유 권리로서의 정의를 내세우며, 소득을 만들어 내는 것은 국가가 아니라 그 구성원이기 때문에 국가가 구성원들 개개인의 소득을 강제로 재분배할 권리가 없다고 말한다. 이를 통해 노직은 개인과 연관된 이해관계를 고려했음을 알 수 있다.
③ 2문단에서 소득 분배 불균등의 심화로 인한 소득 계층 간의 갈등을 해결하기 위해 소득 재분배가 이루어지기도 함을 설명하고 있다. 그런데 노직은 소유 권리로서의 정의를 내세우며 소득 분배에 대해 국가의 최소한의 관여만 인정하였다. 반면 롤스는 최하위 계층의 소득 수준을 높여 주는 최소치의 극대화 원칙을 주장하였다. 그리고 공리주의자들은 사회 전체의 효용을 증대할 수 있는 측면에서 소득 재분배를 주장하였다. 즉 세 입장 모두 소득 분배에 관해 주장을 펼치고 있으나, 구성원들의 소득을 균등하게 배분해야 한다고 하지 않았다.
⑤ 3문단에 따르면 롤스는 최하위 소득 계층의 소득을 극대화하고자 하는 최소치의 극대화 원칙을, 4문단에 따르면 공리주의자들은 고소득자의 소득 일부를 저소득자에게 이전하는 방식을 통한 사회 후생의 극대화를 주장하였다. 즉 롤스와 공리주의의 주장은 사회 구성원의 경제적 소득에 차이가 있음을 전제로 하므로, 사회 구성원들이 동일한 경제적 위치에 있음을 전제로 한다는 것은 적절하지 않다.

007 핵심 정보 파악 답 ④

대가 지불을 바탕으로 보호 서비스를 제공하는 상업적 보호 협회가 발전한 것이 지배적 보호 협회이다. 그리고 지배적 보호 협회가 사법 조직을 설립하여 권력을 독점하고 무력을 행사할 수 있는 강제 권력을 통해 한 지역에서 보호 서비스를 독점적으로 제공할 수 있게 되면 극소 국가로 발전하게 된다. 따라서 극소 국가에서의 독점적 보호 서비스는 사법 조직과 강제 권력을 바탕으로 이루어진다.

오답 피하기

① 자연 상태의 개인들이 권리 침해와 분쟁에 대비하기 위하여 자발적으로 보호 협회를 형성하여 서로를 보호하는 것은 맞지만, '보호 협회' 단계에서 대가를 지불하지는 않는다.
② 노직의 최소 국가론은 가정적 사고 실험을 바탕으로 최소 국가로의 발전 단계를 논리적으로 추론한 것이다. 따라서 국가 형성과 관련된 역사적 사실을 바탕으로 한다는 것은 적절하지 않다.
③ 상업적 보호 협회의 보호는 독점적이지 않고, 지배적 보호 협회 역시 일정한 지역 내에서 보호 서비스가 압도적 우위를 차지하는 것이지 독점적 보호 서비스를 시행할 수 있는 것은 아니다. 사법 조직을 갖추어 독점적 보호 서비스 제공이 가능해지는 것은 극소 국가이다.
⑤ 최소 국가는 국가에 자발적으로 참여하지 않은 독립인들이 타인에게 피해를 주는 행위를 금지하는 대신에, 보호라는 보상을 제공한다. 즉 독립인은 자발적으로 참여하지 않은 사람을 말하며, 예상되는 피해에 대한 보상이 아니라, 독립인들이 보호 비용을 낸 자발적 참여자들에게 피해를 주지 않는 데 대한 대가로 보호라는 보상을 제공하는 것이다.

008 구체적 사례에의 적용 답 ④

〈보기〉에서 정부는 A 지역에서 의료 서비스를 제공하는 의료 종사자에게 타 지역 의료 종사자보다 더 많은 보수를 지급한 것이므로 이는 경제적 평등이 아니라 경제적 불평등에 해당한다. 롤스는 경

제적 불평등이 정당성을 인정받을 수 있는 조건을 제시하였는데, 첫째는 모든 사람에게 이익이 되는 것을 기대할 수 있어야 한다는 것이고, 둘째는 모든 사람에게 기회가 개방된 직위 및 직책과 결부되어서만 불평등성이 존재해야 한다는 것이다. 이 두 조건이 충족된다면 〈보기〉의 정부 정책으로 인한 경제적 불평등이 정당성을 인정받게 되는 것이다.

오답피하기
① 2문단에 따르면 노직은 소득을 만들어 내는 것은 국가가 아니라 그 구성원이라고 보았다. 따라서 〈보기〉에서 소득을 만들어 내는 것은 정부가 아니라 의사나 간호사와 같은 개인이라고 볼 것이다.
② 노직은 특정한 목표를 위해 국가가 구성원들의 소득을 재분배해서는 안 된다고 주장하였다. 따라서 〈보기〉에서 A 지역의 최하위 소득 수준 사람들의 의료 혜택을 증진하려는 목적으로 정부가 해당 지역 의료 종사자의 소득에 개입한 것을 부정적으로 볼 것이다.
③ 3문단에 따르면 롤스의 제2원칙에는 두 가지 조건이 있는데, 첫째 조건은 사회·경제적 불평등성이 모든 사람에게 이득이 되는 것을 기대할 수 있어야 한다는 것이다. 〈보기〉에서 정부의 정책으로 인해 A 지역의 모든 사람은 더 많은 의료 혜택을 받게 되었으므로 이 조건을 충족했다고 볼 수 있다.
⑤ 롤스는 공정으로서의 정의를 내세우며, 국가가 경제적으로 가장 열악한 사람에게 가장 큰 혜택이 돌아가도록 하는 것이 분배 정의라고 주장하였다. 〈보기〉에서 정부 정책으로 인해 A 지역의 최하위 소득 수준 사람들이 큰 혜택을 보게 되었으므로, 이는 롤스가 말한 분배 정의에 부합한다고 볼 수 있다.

009 시각 자료에의 적용　　　　답 ⑤

을의 소득에서 AC만큼의 소득을 갑에게 이전하면 두 사람의 소득은 같아진다. 그런데 이 지점에서 을과 갑 두 사람의 한계 효용 그래프가 만나므로, 두 사람의 한계 효용은 같아진다.

오답피하기
① 〈보기〉에서 효용 함수 그래프의 아랫부분 면적이 효용을 나타낸다고 하였다. 따라서 을의 소득에서 AB만큼의 소득을 갑에게 이전하면, 갑의 소득이 AB만큼 증가함으로써 갑의 효용은 FABG만큼 증가하게 된다.
② 을의 소득에서 AB만큼의 소득을 갑에게 이전하면, 을의 소득이 AB만큼 감소함으로써 을의 효용은 DABE만큼 감소하게 된다.
③ 공리주의 관점에서 사회 후생은 구성원들의 효용 합계이므로 증가분에서 감소분만큼을 뺀 값이 사회 후생이 된다. 을의 소득에서 AB만큼의 소득을 갑에게 이전하면, 갑의 효용이 증가한 부분인 FABG에서 을의 효용이 감소한 부분인 DABE를 제외한 FDEG만큼 사회 후생이 증가하게 된다.
④ 공리주의자들은 사회 구성원들의 한계 효용이 같아질 때 사회 후생이 극대화된다고 보고 있다. 따라서 을의 소득에서 AC만큼의 소득을 갑에게 이전하면 두 사람의 소득이 같아지고, 이에 따라 두 사람의 한계 효용이 같아지므로 사회 후생이 가장 극대화된다.

수능 연계 포인트

연계 교재에서는 개화기 과학 기술에 대한 이항로와 박은식의 생각을 다룬 글을 지문으로 제시하였다. 우리 교재에서는 개화기의 시대 상황 속에서 박은식이 양명학을 본령 학문으로 삼은 이유에 주목하고 이를 양명학의 학문적 특징과 관련하여 설명한 글을 지문으로 구성하였다. 양명학의 핵심 개념인 '심즉리', '심외무사', '양지', '치양지', '지행합일' 등과 이에 대한 박은식의 해석 및 현실 적용 방안을 제시하여 박은식의 사상에 대한 이해를 확장하도록 하였다.

• 해제　이 글은 구한말의 역사적 상황 속에서 백암 박은식이 현실의 문제에 대처하기 위해 양명학을 본령 학문으로 삼은 이유와 그 의의를 설명하고 있다. 박은식의 관점에서 양명학은 기존의 주자학에 비해 이론 체계가 간명할 뿐만 아니라 실천을 강조한다는 점에서 현실적이었다. 또한 양명학은 인간의 주체적 판단을 중시하며 지행합일을 강조하는 학문으로, 당시의 새로운 사조인 민권 운동 정신 및 평등 의식이 담겨 있다는 점에서 당대 상황에 적합한 학문이었다. 이를 고려할 때 박은식은 양명학에 대해 순수 학문적 측면에서 천착하였다기보다는, 시대의 문제를 해결하기 위한 방안으로서 양명학을 수용하고 해석하였다고 평가할 수 있다.

• 주제　구한말 박은식이 수용한 양명학의 특징과 의의

• 구성

1문단	구한말 조선의 사상계와 박은식 사상의 특징
2문단	간이직절하고 현실적 학문인 양명학
3문단	인간의 주체적 판단을 중시한 양명학
4문단	지행합일을 강조한 양명학
5문단	민권 운동 정신 및 평등 의식이 담겨 있는 양명학
6문단	박은식이 양명학을 수용한 이유 및 이에 대한 평가

010 세부 정보의 파악　　　　답 ②

6문단에 따르면, 기존의 주자학을 부정하고 양명학을 공맹의 정통 사상, 즉 정통 유학 사상으로 인정한 것은 박은식이 아닌 기존의 양명학자들이다. 또한 박은식은 주자학의 학문적 장점은 인정하였으므로, 박은식이 주자학을 전면 부정했다는 설명은 적절하지 않다.

오답피하기
① 3문단에 따르면, 양명학은 인간의 주체적 판단을 중시하는 학문으로, 박은식은 양명학을 통해 서구 물질문명의 우월성에 현혹되지 않고 이를 주체적으로 수용하는 것이 바람직한 태도임을 제시하였다.
③ 2문단에 따르면, 박은식은 양명학이 주자학에 비해 '누구나 쉽게 이해하고 실천할 수 있는 간이직절한 학문'이며, '쉽고 간명할 뿐 아니라 실천을 중시하는 학문'이라는 점에서 현실적'이라고 보았다.
④ 1문단에 따르면, 구한말 조선의 사상계는 외세 배척을 주장하는 수구 사상과 국력 배양을 위해 문호 개방을 주장하는 개화사상으로 양분되어 있었고, 박은식은 양명학을 중심으로 이 두 주류 사상의 조화를 도모하였다.
⑤ 6문단에 따르면, 박은식은 순수 이론적 측면에서의 양명학을 강조한 것이 아니라, 당시의 시대 상황과 관련하여 문제 해결 방안의 측면에서 양명학을 현실적으로 수용하였다.

011 핵심 정보 파악 답 ⑤

3문단에 따르면 양명학에서는 마음이 발한 것이 의념이고 의념이 있는 곳에 물(物)이 있다며 '심외무사'를 주장했는데, '심외무사'는 '객관적인 대상의 존재 자체를 부정한다는 의미가 아니라 모든 것이 마음의 소산임을 강조한 것'이다. 따라서 양명학에서 심외무사를 바탕으로 마음의 밖에 객관적 대상이 존재한다는 것을 부정했다는 것은 적절하지 않다.

오답 피하기
① 5문단에서 양명학은 '일체 세인이 모두 양지가 있음'을 전제하고 있음을 알 수 있다.
② 4문단에 따르면 양명학에서는 지행합일을 강조하는데, 이때 앎은 단순한 지식이 아니라 행위가 내포된 앎이다. 이는 앎과 실천이 별개로 존재하는 것이 아니라 하나로 존재함을 의미하는 것이다.
③ 3문단에서 양명학은 인간의 주체적 판단을 중시하는 학문으로서, 마음이 발한 것을 의념으로 보았고 의념이 있는 곳에 물(物)이 있다고 보았다고 하였다. 따라서 양명학은 마음이 있는 곳에 물(物)이 있다고 하여 인간의 주체적 판단을 중시했음을 알 수 있다.
④ 2문단에 따르면 양명학에서 말하는 '심즉리(心卽理)'는 마음이 곧 리(理)라는 의미로서, 양명학은 이를 통해 만물의 온갖 이치가 마음에 다 갖추어져 있다는 일원론(一元論)을 주장하였다.

012 정보 간 관계 파악 / 세부 정보 파악 답 ③

㉠의 '아는 것과 실천하는 것이 하나가 되어야 한다는 의미로, 앎으로써 실천할 수 있고 실천함으로써 앎이 완성된다'에서 앎은 실천을 하기 위한 필요조건이며, 실천은 앎을 완성하는 조건이라는 것을 알 수 있다. 그리고 2문단의 '마음의 본체인 양지를 실천하면 누구나 성인이 될 수 있음을 주장하였다.'를 고려할 때, ㉡의 '범인이라도 천리에 순응할 수 있다면 모든 사람들이 성인이 될 수 있다'에서 '천리에 순응'은 양지를 실천하는 것으로 볼 수 있다. 따라서 ㉡에서 실천은 성인이 되기 위한 조건이 된다.

오답 피하기
① ㉠은 앎과 실천이 떼려야 뗄 수 없는 관계에 있음을 강조하는 것으로, 아는 것과 앎이 완성되는 것의 차이점을 구분해야 함을 설명하는 것이 아니다.
② ㉡은 '일체 세인이 모두 양지가 있'으므로 범인 중 누구나 천리에 순응하면 성인이 될 수 있음을 강조하는 것이다. 2문단에서 마음의 본체인 '양지'를 실천하면 누구나 성인이 될 수 있다고 한 내용과 연결해 보면, 양지는 모든 사람이 갖추고 있으나 이를 실천하는 사람만이 성인이 될 수 있음을 알 수 있다.
④ ㉠은 앎과 실천이 다르지 않음을 주장하는 것이 맞지만, ㉡은 범인이라도 누구나 천리에 순응하면 성인이 될 수 있음을 주장하는 것이다. 즉 ㉡은 범인과 성인을 구별하고 있으나, 성인과 범인을 차별해서는 안 된다고 주장하는 것은 아니다.
⑤ 4문단의 '양명학은 지행합일을 강조하는 학문이다.'로 보아 ㉠의 '하나가 되어야 함'은 지행합일을 의미하고, 2문단의 '양지를 실천하면 누구나 성인이 될 수 있음을 주장'으로 보아 ㉡의 '천리에 순응'은 양지를 실천하는 것을 의미한다. 2문단에 따르면 '마음의 본체'는 양지인데, ㉠의 '하나가 되어야 함'과 ㉡의 '천리에 순응'에서 공통적으로 강조되는 것은 실천이지 양지를 깨닫는 것이 아니다.

013 관점의 적용 답 ③

ㄴ에서 '맹지치치'는 '당시 변통의 이치를 모르고 옛 제도나 관습을 지키자고 주장하는 일부 지식인들'로, 이는 서양의 물질문명을 수용하는 데 배타적이었던 당시 수구 세력을 의미한다고 볼 수 있다. 도학의 실천 주체인 피지배 계층은 서민을 가리키므로, 이들이 맹지치치에 해당한다는 것은 적절하지 않다.

오답 피하기
① ㄱ에서 '다능'의 필요성은 세상의 일과 이를 위한 서구 학문의 수용과 대응된다. 1문단에 따르면 구한말 당시 개화사상을 주장하는 입장에서는 국력 배양을 위해 문호를 개방해야 한다고 보았고, 박은식 역시 양명학을 중심으로 서양 물질문명을 주체적으로 수용하고자 하였다. 즉 주자와 달리 박은식이 다능의 필요성을 강조하며 서구 학문의 수용을 주장하는 것은 당대 개화사상의 주장과 일맥상통한다고 볼 수 있다.
② ㄴ에서 '변통의 이치'는 옛 제도나 관습을 지키는 것과 반대되는 입장이다. 6문단에 따르면 박은식은 당시 시대 상황과 관련하여 당면한 현실적 문제를 해결하기 위해 주자학이 아닌 양명학을 본령 학문으로 삼았다. 따라서 박은식이 당대의 문제를 해결하기 위해 양명학을 본령 학문으로 삼은 것은 '변통의 이치'와 관련된다고 볼 수 있다.
④ ㄷ에서 '앉아서 반드시 벽을 향한다.', '눈을 지그시 감고 바르게 앉는다.' 등은 당시의 유교 지식인들이 사물의 이치를 탐구하기 위해 취하는 형식적인 태도라 할 수 있다. 2문단에 따르면 박은식은 사물의 이치를 깊게 탐구하는 격물치지와 같은 학문 방법은 급변하는 현실에 맞지 않다고 보았다. 또한 4문단에서 따르면 박은식은 기존 지식인들이 현실성 없는 공리공론에 빠져 있는 것을 문제로 보고 이를 해결하기 위해 실천 정신을 가진 양명학을 내세웠다. 즉 ㄷ에 제시된 유교 지식인들의 학문 방법에 대해 박은식은 현실과 괴리되어 실천 정신이 결여된 것이라고 평가할 것으로 짐작할 수 있다.
⑤ 4문단에 따르면 박은식은 당시 구습에 젖은 지식인들이 현실성 없는 공리공론에 빠져 현실을 외면하는 모습을 시대의 문제로 보았다. 따라서 ㄷ의 '실제 사물에 대해 달갑지 않게 여긴다.'는 당시의 유교 지식인들이 현실 세계와 유리된 학문을 추구했음을 의미하는 것으로, 박은식은 현실과 동떨어진 이들의 학문이 급변하는 시대 현실에 적합하지 않다고 판단했을 것으로 짐작할 수 있다.

수능 연계 포인트

연계 교재에서는 과타리가 환경 오염 문제 해결을 위해 제시한 생태 철학과 '다르게 되기'에 대해 다룬 지문을 제시하였다. 우리 교재에서는 들뢰즈와 과타리의 욕망 이론을 다루면서, 특히 연계 교재에 제시된 '주체성 생산'과 관련하여, 동질적 주체성과 이질적 주체성을 욕망의 선분화와 '소수자-되기'라는 개념으로 설명함으로써, 과타리의 생태 철학의 근간을 이루는 이론적 배경을 이해할 수 있도록 하였다.

- **해제** 이 글은 들뢰즈와 과타리가 제시한 욕망에 대한 새로운 이론을 설명하고 있다. 프로이트의 《정신 분석학》에 제시된 욕망과 달리 들뢰즈와 과타리는 욕망 기계들이 결합하는 과정에서 욕망이 생산된다고 보았다. 그리고 이러한 욕망의 작동 방식과 방향성을 '선분화'라는 개념을 통해 설명하면서, 경직된 선에서 벗어나 새로운 것을 창조하려는 움직임을 탈주선이라 보고 이를 실천하는 방법으로 '소수자-되기'를 제안하였다. 이는 다수의 지배 논리에서 벗어나 소수자의 정체성을 회복하고 끊임없이 차이를 생산하는 실천적 행위라고 할 수 있다.
- **주제** 들뢰즈와 과타리의 욕망 이론과 '소수자-되기'의 특징
- **구성**

1문단	들뢰즈와 과타리의 '생산하는 욕망'
2문단	욕망 기계로서의 인간과 욕망의 생산
3문단	욕망의 선분화를 통한 욕망의 방향성 및 작동 방식 설명
4문단	'소수자-되기'의 특징과 의의

014 세부 정보 파악 답 ④

욕망하는 주체와 욕망의 대상을 이분법적으로 나누고 욕망이 그 주체인 개인에 의해 생산된다고 본 것은 프로이트이다. 들뢰즈와 과타리는 개인이 욕망의 주체가 되어 욕망을 생산하는 것이 아니라 주변과의 관계 속에서 욕망이 생산된다고 보았다.

오답 피하기

① 1문단에서 프로이트는 욕망의 본질을 결핍과 무절제로 보았다고 하였다.
② 2문단에서 들뢰즈와 과타리는 '기계가 다른 기계와 결합되는 과정에서 욕망이 생산되기 때문에 욕망은 기계가 어떤 기계와 연결되느냐에 따라 달라지게 된다.'라고 보았다고 하였다. 이때 기계가 다른 기계와 결합하는 것은 주변과의 관계 맺음을 의미하는 것이므로, 주변과의 관계 맺음에 따라 욕망이 달라질 수 있다고 보았다는 이해는 적절하다.
③ 3문단에서 들뢰즈와 과타리는 욕망의 선분화로 경직된 선, 유연한 선, 탈주선을 제시했다고 하였다. 이러한 욕망의 선분화를 통해 욕망의 방향성과 작동 방식이 다름을 확인할 수 있다.
⑤ 4문단에서 들뢰즈와 과타리가 '소수자-되기'를, 기존의 지배 질서에서 벗어나 새로운 것으로 변화를 시도하는 행위이면서 동시에 새로운 관계 맺기를 통해 자신을 새롭게 구성하고 변화시키는 움직임으로 보고 있음을 알 수 있다.

015 내용의 추론 답 ④

2문단에 따르면 '절단'은 끊김이 아닌 흐름의 마지막을, '생산'은 흐름의 시작을 의미하는 것으로, ㉠은 기계와 기계가 결합되면서 흐름을 이어 나가는 것을 나타낸다. 따라서 ㉠의 '자신이 결합되는 기계와 관련해서 흐름의 절단'은 '자신'이 다른 기계와의 결합에서 흐름의 마지막이라는 의미로, 다른 기계로부터 흐름을 이어받는다는 것으로 볼 수 있다. 그리고 '자신에 결합되는 기계와 관련해서는 흐름의 생산'은 '자신'이 또 다른 기계와의 결합에서 흐름의 시작이라는 의미로, '자신'에 해당하는 기계가 흐름을 전달하는 것으로 볼 수 있다. 따라서 모든 기계는 다른 기계와 결합되면서 흐름을 이어받거나 전달하면서 흐름을 이어 간다고 할 수 있다.

오답 피하기

① 모든 기계는 다른 기계와 결합되면서 흐름을 전달받으면서 동시에 흐름을 전달하는 역할을 하는 것으로, 이는 연속적 흐름에서의 결합에 관한 것일 뿐 욕망의 정도와 관련된 것은 아니다.
② '흐름의 절단'은 흐름의 마지막, 즉 결합된 기계로부터 흐름을 전달받는다는 의미이므로 기존의 흐름을 거부한다는 설명은 적절하지 않다.
③ 흐름의 연속선상에서 모든 기계는 '흐름의 절단'이자 '흐름의 생산'이 된다는 의미로, 이를 통해 흐름이 이어진다는 것일 뿐 다른 기계와의 쌍방향적 흐름을 의미하는 것은 아니다.
⑤ 흐름의 연속선상에서 흐름의 절단과 생산을 통해 흐름을 이어 나가는 것이므로, 흐름을 만들거나 끊는 일 중 하나만 수행한다는 것은 적절하지 않다.

016 핵심 정보 파악 답 ③

2문단에 의하면 기계가 다른 기계와 결합되는 과정에서 욕망이 생산되며, 욕망은 기계가 어떤 기계와 결합되느냐에 따라 달라지게 된다. 따라서 어떤 욕망 기계와 결합하느냐에 따라 생산되는 욕망이 달라진다는 것은 적절하다.

오답 피하기

① 개인이나 집단 내에서 욕망의 생산을 통제하는 역할을 하는 것은 경직된 선과 관련된 설명으로 욕망 기계와는 관련이 없다.
② 욕망 기계는 다른 기계와 결합하는 과정에서 욕망을 생산한다고 했을 뿐, 욕망의 모방과는 관련이 없다.
④ 2문단에 따르면 욕망 기계는 다른 대상과 결합할 수 있는 모든 개체로, 인간도 포함하는 개념이다. 따라서 욕망 기계가 인간을 대신하여 욕망을 생산하고 충족시키는 기계라고 할 수 없다.
⑤ 2문단에 따르면 욕망 기계에는 사람이나 동물뿐만 아니라 법이나 국가, 제도 등도 포함된다. 따라서 사람이나 동물과 같은 생체로만 한정된다고 볼 수 없다.

017 구체적 사례에의 적용 답 ⑤

4문단에 의하면 '소수자-되기'는 다수의 지배 논리에서 벗어나 다수자와 소수자 간의 차이를 인정하는 동시에 끊임없이 차이를 생산하는 실천적 행위이다. 따라서 박△△ 할머니가 인플루언서로서 젊은 사람 못지않게 왕성한 활동력을 보이는 것은, '소수자-되기'를 통해 젊은이와 노인의 차이를 인정하면서 끊임없이 차이를 생산하는 것이라고 할 수 있다. 또한 이는 소수자로서의 정체성을 되찾고 다수의 지배 논리에서 벗어난 것이므로, 지배 질서에 편입하고자

하는 욕망을 실현한 것이라는 이해는 적절하지 않다.

오답 피하기

① 〈보기〉에서 노인 대상의 미디어 교육 프로그램이 개설될 당시 "미디어 교육은 젊은 사람이 받는 거지.", "다 늙은 노인들에게 미디어 교육이라니." 등과 같은 사람들의 반응은 젊은 사람과 노인에 대한 고정 관념이므로, 경직된 선에 해당한다고 볼 수 있다.

② 2문단에 따르면 욕망 기계는 다른 대상과 결합할 수 있는 모든 개체이다. 〈보기〉에서 미디어 교육 프로그램을 통해 노인들이 다른 노인과 함께 영상물을 만들고 온라인상에서 다른 사람과 소통하는 것은, 욕망 기계가 다른 욕망 기계와 만나 새로운 욕망을 생산하는 과정에 해당한다고 볼 수 있다.

③ 4문단에서 다수자와 소수자는 표준과 비표준을 의미한다고 하였고, 들뢰즈와 과타리가 제시한 소수자에는 '노인'이 포함된다. 따라서 〈보기〉의 노인은 소수자에 해당한다고 볼 수 있다. 이처럼 소수자인 노인이 미디어 교육 프로그램을 통해 노인에 대한 편견에서 벗어나 자신감을 되찾은 것은 '소수자-되기'를 통해 다수의 예속에서 벗어나 소수자의 정체성을 되찾고, 새로운 관계 맺기를 통해 자신을 새롭게 구성하고 변화시킨 것으로 볼 수 있다.

④ 3문단에서 탈주선은 기존의 틀을 해체하고 새로운 것을 창조하는 혁신적 흐름이며, 사회의 고정된 역할이나 규범에서 벗어나려는 탈영역화라고 하였다. 〈보기〉에서 미디어 전문 강사가 된 김□□ 할아버지나 요리 관련 인플루언서가 된 박△△ 할머니는, 노인들에게 미디어 교육은 힘들 것이라는 기존의 인식을 깨고 젊은 사람들의 영역에 도전한 사례로 볼 수 있다. 따라서 이는 사회의 고정된 역할이나 규범에서 벗어나려는 탈영역화에 해당한다고 볼 수 있다.

수능 연계 포인트

연계 교재에서는 칸트 철학에 나타난 숭고의 의미를 미와의 차이점을 통해 살펴본 글을 지문으로 제시하였다. 우리 교재에서는 미와 숭고에 대한 칸트의 견해뿐만 아니라 버크와 리오타르의 숭고 미학을 더불어 제시하여, 여러 학자들의 견해를 비교하여 파악하도록 함으로써 미술사에서 꾸준히 논의되어 온 숭고 미학에 대한 이해를 넓힐 수 있도록 하였다.

•해제	이 글은 숭고 미학을 논의한 대표적인 철학자들의 견해를 소개하고 숭고 미학이 미술사에서 어떻게 받아들여지고 어떻게 구현되었는지 설명하고 있다. 거대한 자연과 대면할 때 인간이 느끼는 외경감을 표현하기 위한 미학의 범주로 출발한 숭고미는 버크와 칸트에 의해 본격적으로 논의되었다. 버크는 자기 보존 본능과 관련지어 공포로부터 유발되는 미적 감정으로 숭고를 설명한 반면, 칸트는 이성의 능동적이고 의지적인 측면을 강조함로써 버크의 숭고론을 한 단계 발전시킬 수 있었다. 특히 칸트는 숭고미를 현시할 수 없는 것을 보여 주고자 할 때 생겨나는 미적 감정이라고 규정하면서, 이것을 무한성, 절대성, 무제한성 등과 관련지어 설명하였다. 이후 리오타르는 현대 미술의 목표를 '현시할 수 없는 것이 존재한다는 것을 보이게 하는 것'이라고 선언하며 숭고의 미학을 중요한 과제로 내세웠다. 이에 대해 19세기 낭만주의 화가들은 간접적 묘사로써, 20세기의 아방가르드 화가들은 부정적 묘사로써 숭고를 구현하고자 하였다. 숭고의 추구는 새로운 미의 세계를 체험하는 길을 열어 주었다는 점에서 의미가 있다.
•주제	숭고 미학에 대한 대표적인 견해와 현대 미술에서의 구현 방법

•구성

1문단	숭고에 대한 논의의 역사적 흐름
2문단	숭고에 대한 버크의 견해
3문단	숭고에 대한 칸트의 견해
4문단	인간의 정신세계를 숭고와 연결하여 발전된 논의를 이끈 칸트
5문단	리오타르 등에 의해 현대 미술에서 중요하게 다루어지고 있는 숭고
6문단	숭고를 구현하기 위한 현대 미술의 두 가지 방법
7문단	새로운 미의 세계로 가는 길을 열어 준 숭고의 추구

018 글의 전개 방식 파악 답 ⑤

1~4문단에서 숭고에 대한 버크와 칸트의 철학적 입장을 각각 소개하고, 5~7문단에서 리오타르의 입장과 더불어 카스파 다비드 프리드리히의 〈새해 일출〉과 바넷 뉴먼의 〈인간, 영웅적이고 숭고한〉 등 숭고미가 잘 드러난 대표적인 작품을 통해 현대 미술 작품 속에 구현된 숭고미의 특징과 의미를 설명하고 있다.

오답 피하기

① 숭고에 대한 논의의 역사적 흐름을 설명하고 근대에 들어와 숭고에 관한 논의를 철학적 차원에서 새롭게 주도한 버크와 칸트의 견해를 소개하고 있을 뿐, 숭고미가 근대 철학에 미친 영향력을 분석하고 있지는 않다.

② 현대 미술에서 숭고를 보여 주고자 한 대표적 작품으로 카스파 다비드 프리드리히의 〈아침 일출〉과 바넷 뉴먼의 〈인간, 영웅적이고 숭고한〉을 제시하였지만 숭고미를 둘러싸고 전개되어 온 다양한 쟁점을 소개하고 있지는 않다.

③ 숭고에 대한 논의를 주도한 철학자인 버크와 칸트의 견해를 소개하였지만 이를 통해 특정한 작품에 대한 통념적인 이해를 비판하고 있지는 않다.

④ 숭고미와 관련하여 19세기와 20세기를 대표하는 작가의 작품들을 분석하였지만 이를 통해 현대 미술이 나아가야 할 방향을 제시하고 있지는 않다.

019 세부 정보 파악 답 ⑤

7문단에서 '숭고의 추구는 질서와 조화에 국한되어 있었던 미의 형식에서 벗어나 새로운 미의 세계를 체험하는 길을 열어 주었다'고 하였다. 따라서 현대 미술이 숭고를 추구함으로써 질서와 조화에 기반한 미의 세계를 강화했다는 것은 이 글의 내용과 일치하지 않는다.

오답피하기

① 2문단에서 아름다움은 제한적이고 질서 있으며 조화로운 대상의 형식에서 쾌를 느끼는 미적 감정인 반면에 숭고는 무제한적이고 무질서하며 혼란스러운 대상의 몰형식에서 쾌를 느끼는 미적 감정이라고 하였다. 그러므로 아름다움과 숭고는 모두 쾌를 동반하는 미적 감정임을 알 수 있다.

② 1문단에서 근대에 들어와 버크와 칸트가 숭고에 관한 논의를 철학적 차원에서 새롭게 주도했다고 하였다. 따라서 근대에 들어서면서 숭고미에 대한 새로운 차원의 논의가 전개되었음을 알 수 있다.

③ 1문단에서 숭고미는 고대부터 논의되어 왔다고 하였고, 5문단에서 '숭고의 미학을 바탕으로 거대하고 위력적인 대상을 미술적으로 재현하려는 노력이 미술사의 전통 속에서 끊이지 않고 이어졌으며 현대 미술에서도 이를 중요한 과제로 다루었다'고 하였다. 따라서 숭고미에 대한 논의는 고대부터 현대 미술에 이르기까지 이어지고 있음을 알 수 있다.

④ 5문단에서 리오타르는 현대 미술의 목표를 '현시할 수 없는 것이 존재한다는 것을 보이게 하는 것'이라고 선언하며 숭고의 미학을 중요한 과제로 내세웠다고 하였으므로 현대 미술에서 숭고가 중요한 과제로 인식되는 데에는 리오타르의 역할이 있었음을 알 수 있다.

020 관점의 파악 답 ②

4문단에서 칸트는 숭고의 본질을 인간의 적극적인 정신 작용과 관련지어 설명했으며, '자연의 엄청난 위력 앞에서 인간의 자기 보존 본능이 위협을 받게 되면 인간은 커다란 공포를 느끼게 된다. 그러나 인간은 자신의 정신 능력을 활용하여 자연의 위력 앞에 굴복하지 않고 자연에 도전할 수 있는 용기를 불러일으킴으로써 그 공포에서 벗어난 정신적 고양을 체험하게 된다. 이것이 곧 이성의 위대성을 확인하는 희열로 귀결되면서 숭고를 체험할 수 있게 된다'고 했음을 알 수 있다. 따라서 칸트는 자연의 위력 앞에서도 굴복하지 않는 인간의 정신 능력을 통해 숭고가 형성된다고 보았다고 할 수 있다.

오답피하기

① 4문단을 보면 칸트는 숭고가 광대한 자연의 속성에서 기인한다고 본 기

존의 생각들과는 달리 그러한 대상과 마주한 인간의 정신세계에서 비롯되는 것이라고 주장했음을 알 수 있다.

③ 4문단을 보면 칸트는 자연의 엄청난 위력 앞에서 느끼는 공포에서 벗어난 정신적 고양을 통해 숭고를 체험할 수 있다고 하였으므로, 칸트가 자연의 위력 앞에서 느끼는 공포를 숭고 체험에 의한 미적 감정과 동일한 것으로 보았다고 이해하는 것은 적절하지 않다.

④ 4문단을 보면 칸트는 인간은 자연의 위력 앞에서 공포를 느끼게 되지만 자신의 정신 능력을 활용하여 자연에 도전할 수 있는 용기를 불러일으킴으로써 그 공포에서 벗어난 정신적 고양을 체험하게 된다고 하였다. 따라서 칸트가 현시할 수 없는 대상에서 비롯되는 공포를 이겨 내는 토대가 된다고 본 것은 자기 보존 본능이 아니라 인간의 정신세계이다.

⑤ 3문단을 보면 칸트는 숭고가 대상의 무한성, 절대성 등과 관련이 있다고 하면서 그 존재를 이성적으로는 사고할 수 있으나 그 규모와 위력을 도저히 측량할 수 없는 상태라고 하였다.

021 구체적 사례에의 적용 답 ①

2문단에서 버크는 아름다움은 제한적이고 질서 있으며 조화로운 대상의 형식에서 쾌를 느끼는 미적 감정이고, 숭고는 무제한적이고 무질서하며 혼란스러운 대상의 몰형식에서 쾌를 느끼는 미적 감정이라고 하였다. 따라서 대상의 무제한적인 형식에 대한 미적 체험을 통해 느낄 수 있는 것이 ⓐ '아름다움'이라는 설명은 적절하지 않다.

오답피하기

② 2문단의 '인간은 거대한 대상 앞에서 자기 보존 본능이 위협을 받는다고 생각하면 공포를 느끼게 되지만, 자신이 그 위협에서 벗어나 있다는 것을 알게 되는 순간 공포는 환희로 바뀌게 된다. 버크는 이처럼 불쾌한 감정 속에서 느껴지는 쾌를 숭고미의 체험에서 나타나는 미적 감정의 중요한 특징으로 꼽았다.'에서 버크는 ⓑ '공포심'을 거대한 크기와 위력적인 힘을 가진 대상이 불러일으킨 불쾌한 감정으로 보았음을 알 수 있다.

③ 2문단의 '버크는 이처럼 불쾌한 감정 속에서 느껴지는 쾌를 숭고미의 체험에서 나타나는 미적 감정의 중요한 특징으로 꼽았다.'와 '버크는 이와 같은 미적 감정이 특정한 신경 조직의 수축과 이완에 의해 발생한다고 보았다.'에서 ⓒ '숭고함'이 불쾌를 통해 발생한 쾌이고 신경 조직의 수축과 이완이 교차하면서 발생한 것임을 확인할 수 있다.

④ 2문단의 '아름다움은 제한적이고 질서 있으며 조화로운 대상의 형식에서 쾌를 느끼는 미적 감정인 반면에 숭고는 무제한적이고 무질서하며 혼란스러운 대상의 몰형식에서 쾌를 느끼는 미적 감정이다.'에서 ⓐ '아름다움'은 질서와 조화를 이룬 대상에서, ⓒ '숭고함'은 무질서하고 혼란스러운 대상에서 비롯되는, 서로 구별되는 범주의 미적 감정임을 확인할 수 있다.

⑤ 2문단에서 버크는 '공포가 지나치게 현실적이라면 우리는 쾌 대신 불쾌만을 체험하게 된다는 점에서, 숭고미를 체험하기 위해서는 우리가 그 대상으로부터 충분히 안전하다는 전제가 필요하다.'라고 하였으므로 ⓑ '공포심'이 지나치게 현실적이거나 충분히 안전하다는 전제가 없는 경우에는 감상자가 ⓒ '숭고함'을 체험하기 어렵게 될 것임을 알 수 있다.

022 어휘의 의미 파악 답 ④

ⓔ의 '재현(再現)'의 사전적 의미는 '다시 나타남. 또는 다시 나타냄.'이다. '한 번 하였던 행위나 일을 다시 되풀이함.'을 뜻하는 단어는 '재연(再演)'이다.

023~026 | 동양화의 회화관

수능 연계 포인트

연계 교재에서는 중국과 조선의 회화관을 형사와 신사를 중심으로 살펴본 글을 지문으로 제시하였다. 우리 교재에서는 중국의 전신론, 즉 전신사조에 대해 설명한 글을 지문으로 구성하여 동양의 회화관 및 형사, 신사에 대한 이해를 넓힐 수 있도록 하였다. 또한 윤두서의 초상화를 〈보기〉로 제시하여 지문에 제시된 이론을 사례에 적용하여 해석하는 능력을 키울 수 있도록 하였다.

• 해제	이 글은 동양화를 그릴 때 외형적인 것뿐만 아니라 정신까지 그림에 담아내야 한다는 '전신(傳神)'에 대해 설명하고 있다. '전신'은 중국 위진 남북조 시대의 화가 고개지가 처음 사용한 용어로, 고개지는 전신을 이루기 위한 방법으로 '이형사신(以形寫神)'과 '천상묘득(遷想妙得)'을 주장했다. '이형사신'은 형상으로써 정신을 그린다는 뜻으로, 형상은 정신을 나타내기 위한 수단이며 형상을 그려 내는 목적은 정신을 드러내는 데 있다는 것을 의미하고, '천상묘득'은 작가의 사유 활동을 형상화하는 과정으로, 대상을 관찰하고 연구하여 대상의 사상과 감정을 깊이 이해하고 체득하여 대상의 본질인 신(神)을 파악함으로써 유한한 형체를 초월하여 무한한 도의 경지로 나아가는 것을 의미한다. 한편 위진 남북조 시대 남제의 사혁은 '전신'에 영향을 받아 '기운생동(氣韻生動)'을 주장하였는데, 이는 대상 인물로부터 생명의 기미를 포착하고 구현하여 '신운(神韻)'을 이루는 것이 중요함을 지적하는 것이다.
• 주제	전신사조(傳神寫照)의 의미와 전신을 이루기 위한 방법

• 구성

1문단	전신사조의 의미
2문단	전신을 이루기 위한 방법으로서의 이형사신
3문단	전신을 이루기 위한 방법으로서의 천상묘득
4문단	사혁의 기운생동 이론

023 세부 정보 파악   답 ③

1문단에 따르면 전신사조는 그림에서 대상의 외형적인 것뿐만 아니라 그 정신까지 담아내야 한다는 회화관이다. 그리고 4문단에 따르면 기운생동은 전신사조의 영향을 받은 것으로, 전신사조의 '신'을 '기운'으로 발전시켜 설명한 것이다. 즉 이 글에 '전신사조'와 '기운생동'의 두 이론이 나오기는 하지만, '기운생동'이 '전신사조'의 영향을 받아 발전된 것이므로 두 이론은 서로 통한다. 따라서 이 글에 상반된 관점은 나타나 있지 않으며, 두 관점 중 어느 하나만을 강조하는 내용도 없다.

오답 피하기

① '전신', '사조', '이형사신', '천상', '묘득', '기운생동' 등의 용어에 대해 자세히 설명하여 개념을 명확하게 하고 있다.

② 고개지의 '전신사조', 사혁의 '기운생동'이 관련이 있음을 밝히며 '전신사조' 이론의 발전 양상을 소개하고 있다.

④ '전신사조'가 대상의 형상을 그려 냄으로써 정신을 드러내는 것임을 그림의 형식과 내용의 관계를 중심으로 설명하고 있다.

⑤ 2문단에서 고개지가 배해라는 사람의 그림을 그린 예를 제시하여 '이형

사신'에 대한 독자의 이해를 돕고 있다.

024 관점의 파악　　　　　　　　답 ③

'전신사조'란 대상의 겉모습을 그대로 본떠 그리되, 대상 속에 숨어 있는 정신적인 요소까지 표현해 내야 한다는 것이다. 1문단에서 '정신은 보이지 않는 것이기 때문에 필히 겉모습을 통해서만 그려 낼 수 있다'고 하였고, 2문단에서 전신을 이루기 위한 방법으로 형상으로써 정신을 그린다는 뜻의 '이형사신'을 제시하였다. 즉 '전신사조'의 관점에서는 '형(形)'이 있어야 '신(神)'을 나타낼 수 있으므로 인물을 그릴 때 '형(形)'을 최대한 배제하고 '신(神)'을 드러내는 데 집중해야 한다는 것은 ㉠의 관점에 부합하지 않는다.

오답 피하기

① 3문단에서 전신의 방법론인 '묘득'에 대해 설명하면서 '작가는 예술적 초월을 통하여 대상의 본질인 신(神)을 파악함으로써 유한한 형체를 초월하여 무한한 도의 경지로 나아가게' 된다고 하였다. 따라서 ①은 ㉠의 관점에서 보일 수 있는 반응이다.

② 2문단에서 '그림이 명작인지 아닌지 판단하는 기준은 형태의 아름다움이 아니라 정신의 표출 여부에 달린 것'이라고 하였다. 따라서 ②는 ㉠의 관점에서 보일 수 있는 반응이다.

④ 2문단에서 '이형사신'에 대해 설명하면서 형상은 정신을 나타내기 위한 수단이며 형상을 그려 내는 목적은 정신을 드러내는 데 있다고 하였다. 따라서 형상이 내면을 드러내지 못한다면 이는 정신을 나타내기 위한 수단인 형상을 잘못 그린 것이라고 할 수 있다.

⑤ 3문단에서 전신의 방법론인 '천상'에 대해 설명하면서 '작가는 그림을 그리기 전에 먼저 묘사할 대상을 관찰하고 연구하여 대상의 사상과 감정을 깊이 이해하고 체득해야' 한다고 하였다. 따라서 ⑤는 ㉠의 관점에서 보일 수 있는 반응이다.

025 구체적 사례에의 적용　　　　　　답 ④

4문단을 보면 ㉡ '기운생동'은 고개지의 '전신사조'의 영향을 받아 주장된 이론으로, '대상으로부터 생명의 기미를 포착하고 구현하여 신운을 이루는 것이 중요함을 지적'한다고 하였고, 대상의 '외형적인 닮음 이상의 정신적 특질이 살아 움직이는 것처럼 구현되는 것'이라고 하였다. 이를 통해 ㉡ '기운생동'은 그림에 대상의 정신을 담아내는 것임을 알 수 있다. 그런데 ④는 그림을 감상하며 화가의 기교를 평가하고 있으므로 ㉡ '기운생동'을 바탕으로 그림을 감상한 내용으로 적절하지 않다.

오답 피하기

①, ③ 〈자화상〉에서 인물의 '굳은 의지', '엄격하고 바른 성격'과 같은 대상의 정신적인 요소를 포착하였으므로 ㉡을 바탕으로 한 적절한 감상이다.

② 〈보기〉에는 부모를 비롯한 지인들의 죽음을 지켜봐야 했던 인물의 아픔이 나타나 있다. ②는 이러한 사실을 바탕으로 그림에서 '자신의 불운한 인생을 대하는 인물의 태도'를 찾아내고 있으므로 ㉡을 바탕으로 한 적절한 감상이다.

⑤ ㉡ '기운생동'은 '대상을 하나도 빠짐없이 묘사하여 사실적으로 그리는 것이 그림의 기운을 구현하는 전제 조건이었다.'라고 하였으므로 ⑤는 ㉡을 바탕으로 한 적절한 감상이다.

026 어휘의 의미 파악　　　　　　　답 ②

ⓐ의 '제약을 벗어나'의 '벗어나다'는 '구속이나 장애로부터 자유로워지다.'라는 의미로 사용되었다. ②의 '인습의 굴레에서 벗어나'의 '벗어나다'도 ⓐ와 동일한 의미로 사용되었다.

오답 피하기

① '공간적 범위나 경계 밖으로 빠져나오다.'라는 의미이다.
③ '어떤 힘이나 영향 밖으로 빠져나오다.'라는 의미이다.
④ '맡은 일에서 놓여나다.'라는 의미이다.
⑤ '이야기의 흐름이 빗나가다.'라는 의미이다.

사회·문화

정답 체크

본문 p. 30-43

027 ③	028 ⑤	029 ①	030 ③	031 ①	032 ②
033 ④	034 ④	035 ⑤	036 ②	037 ②	038 ②
039 ④	040 ⑤	041 ③	042 ⑤	043 ③	044 ④
045 ①	046 ③	047 ④	048 ⑤	049 ⑤	050 ④
051 ⑤	052 ④				

027~031 | 계약과 채권, 채무

수능 연계 포인트　　　　✦ 연계 기출 2019학년도 수능

연계 교재에서는 채무의 변제에 대해 다룬 사회 지문을 제시하였다. 또한 계약과 계약 파기, 급부와 채권자의 협력 의무 위반에 대한 글을 엮은 주제 통합 지문을 제시하였다. 우리 교재에서는 계약과 채권, 채무, 변제 등에 대해 다룬 기출 지문을 통해 법률 행위로서의 계약에 대한 이해를 넓힐 수 있도록 하였다.

- **해제** 이 글은 매매 계약 체결 시 발생하는 계약 당사자 간의 채권과 채무의 관계에 대해 설명하고 있다. 계약은 일정한 법률 효과의 발생을 목적으로 한 계약 당사자 간의 의사 표시가 합치하여 성립한다. 매도인은 매매 목적물의 소유권을 이전해야 할 의무와 매매 대금의 지급을 청구할 권리를 가지며, 매수인은 매매 대금을 지급할 의무와 소유권 이전을 청구할 권리를 가진다. 이때 청구권을 내용으로 하는 권리를 채권, 이행해야 할 의무를 채무라고 하며, 채무자가 채무 내용대로 이행하여 채권을 소멸시키는 것을 변제라고 한다. 매도인 을과 매수인 갑이 그림 A에 대해 계약을 체결한 경우, 그림 A를 인도받기 전에 갑이 대금을 모두 지급했으나 을이 인도를 이행하지 않을 때 절차법에 따라 법적으로 물리력을 행사할 수 있는데, 갑은 소를 제기하여 판결로써 채권의 존재와 내용을 공적으로 확정받고 강제 집행을 신청하여 채권이 실현되도록 할 수 있다. 그런데 을의 과실로 그림 A가 소실되어 채무 이행 불능인 상황이 될 경우, 해당 계약 자체는 무효가 되며 채무 불이행에 대한 책임은 을이 져야 한다. 갑은 이에 대해 계약 해제권을 행사할 수 있고 이미 이행된 것에 대해서는 을에게 매매 대금을 반환해 달라고 하는 원상회복 청구권을 행사할 수 있다.
- **주제** 매매 계약 시 발생하는 매도인과 매수인의 채권·채무 관계
- **구성**

1문단	계약의 개념 및 매도인과 매수인의 관계
2문단	법률 행위인 계약에서 채권, 채무, 변제의 개념
3문단	계약의 체결과 채무 불이행에 대한 사례
4문단	채권의 강제적 실현을 위한 법적 장치
5문단	채무가 이행 불능 상태가 된 사례
6문단	채무 불이행에 대한 계약 해제권 행사와 단독 행위
7문단	계약 해제에 따른 원상회복 청구권 행사

027 세부 정보 파악　　　　　답 ③

2문단에서 의사 표시를 필수적 요소로 하여 법률 효과를 발생시키는 행위들을 법률 행위라고 한다고 하였다. 그런데 6문단에서 을이 실수로 그림을 소실하여 채무를 불이행할 수밖에 없는 상황, 즉 갑이나 을의 의사 표시가 작용하지 않은 사건을 통해서도 법률 효과가 발생한다고 하였다. 5문단에 제시된, 을이 실수로 그림 A를 소실해 채무를 이행할 수 없게 된 상황은 매매 목적물의 소실로 이행 불능이 된 상황이다. 이는 갑이나 을의 의사 표시가 작용한 것이 아니라는 점에서 의사 표시를 필수적 요소로 하는 법률 행위가 아님을 알 수 있다. 그럼에도 불구하고 이러한 사건을 통해서도 법률 효과가 발생한다고 하였으므로, 법률 행위가 없어도 법률 효과가 발생할 수 있음을 알 수 있다.

오답피하기

① 2문단을 통해 채권은 '청구권을 내용으로 하는 권리'임을 알 수 있다. 그런데 4문단에서 이러한 채권의 내용은 실체법에서 규정하고 있다고 하였으므로, 실체법에는 채권, 즉 청구권과 관련된 규정이 있음을 알 수 있다.

② 4문단을 통해 채권을 강제적으로 실현할 수 있도록 하는 민사 소송법이나 민사 집행법 같은 절차법이 갖추어져 있음을 알 수 있다.

④ 4문단을 통해 채권자인 갑이 법원에 강제 집행을 신청하여 국가가 물리력을 행사함으로써 채권이 실현되도록 할 수 있음을 알 수 있다.

⑤ 5문단을 통해 계약이 실현 불가능한 내용을 담고 있다면, 계약을 체결할 때부터 계약 자체가 무효임을 알 수 있다.

028 정보 간 관계 파악　　　　　답 ⑤

3문단에서 알 수 있듯이 ㉠은 을이 갑에게 그림 A의 소유권을 이전해 주는 것으로, 이것은 그림 A라는 물건을 인도하는 방식으로 이루어진다. 그리고 7문단에서 알 수 있듯이, ㉡은 계약의 해제에 따라 원상회복 청구권을 행사할 수 있는 것으로, 갑이 을에게 그림 A를 받기 전에 지급했던 매매 대금을 반환해 달라고 청구할 수 있는 권리가 된다.

오답피하기

① 사례로 제시된 갑과 을의 계약에서 갑은 그림 A를 사겠다는 의사를 표시한 사람이므로 매수인에 해당하고, 그림 A를 파는 사람인 을은 매도인이 된다. 즉 ㉠은 매도인인 을의 채무로, 소유권을 이전해 줄 의무에 해당한다. 따라서 ㉠은, 을이 매매 목적물인 그림 A를 매수인인 갑의 청구에 따라 이전을 해 주어야 소멸된다. 즉 매수인의 청구와 매도인의 이행으로 ㉠이 소멸된다.

② ㉡은 채무자인 을이 채권자인 갑에게 대금을 받은 후에 실수로 그림 A를 소실하게 되면서 발생한 것이다. 즉 ㉡은 매매 목적물인 그림 A의 소실로 인한 을의 채무 이행 불능 상황에서 발생한 것으로, 갑과 을의 의사 표시가 작용한 것이 아니다.

③ ㉠이 이행된다는 것은 을이 그림 A의 소유권을 갑에게 이전한다는 것이다. 그런데 그림 A는 소실되어 이행 불능 상태가 되었으므로, ㉠의 이행이 불가능하게 되었다. 이러한 ㉠의 이행 불능으로 인해 계약이 해제되고 갑은 원상회복 청구권을 행사하여 이미 지급한 대급을 반환하는 청구(㉡)를 한 것이다. 즉 ㉠을 이행하는 것이 불가능하게 된 것의 결과로 ㉡이 발생한 것이다.

④ 2문단에서 채권과 채무는 발생한 법률 효과가 동전의 양면처럼 서로 다

른 방향에서 파악되는 것이라고 하며, 채무자가 채무의 내용대로 이행하여 채권을 소멸시키는 것을 변제라고 한다고 하였다. 그런데 그림 A의 소실로 ㉠은 이행될 수 없게 되었고 그 결과 계약 자체가 무효가 되어 ㉡이 발생한 것이다. 따라서 계약이 무효가 된 상황이므로, ㉠과 ㉡이 동일한 계약의 효과를 서로 다른 측면에서 바라본 것이라는 진술은 적절하지 않다.

029 내용의 추론　　　　　　　　　　　　답 ①

5문단에서 알 수 있듯이, ㉮의 상황이 된 것은 매매 대금을 받은 뒤에 을의 과실로 그림 A가 소실되었기 때문이다. 이러한 상황에서 계약 자체는 무효가 되고, 채무 불이행에 대한 책임은 채무자인 을이 지게 된다. 그리고 6문단을 통해, 을의 채무 불이행에 대한 책임으로 인해 갑이 계약을 해제할 수 있는 권리를 갖게 됨을 알 수 있다. 따라서 을의 과실로 인한 채무 이행 불능의 결과로 갑의 계약 해제권이 발생함을 알 수 있다.

오답 피하기
② 그림 A가 존재하는 상황이라면 갑이 을의 채무 불이행에 대해 소를 제기하여 강제 집행을 할 수 있다. 그러나 ㉮의 상황은 매매 목적물인 그림 A가 소실되어 재산권(그림 A의 소유권) 이전 자체가 불가능하게 된 상황이다. 5문단의 '소송을 하더라도 불능의 내용을 이행하라는 판결은 나올 수 없다.'에서도 알 수 있듯이, 이러한 상황에서 갑이 소를 제기한다고 해도 그림 A 자체가 존재하지 않기 때문에 재산권을 이전받을 수 없다.
③ 원상회복 청구권은 계약으로 인해 이미 이행된 것이 있을 경우 계약 체결 이전 상태로 돌려놓을 것을 청구하는 권리이다. 그런데 을의 과실로 그림 A가 소실되어 ㉮의 상황이 발생하였으므로 이 청구권은 갑이 을에게 지급한 대금을 반환해 달라고 청구하는 권리에 해당할 뿐, 그림 A의 소유권이 회복될 수는 없다.
④ 갑이 을에게 대금을 지급한 이후에 을의 과실로 그림 A가 소실되어 ㉮의 상황이 발생한 것으로, 갑과 을이 계약을 체결할 당시에는 그림 A가 존재하였다. 따라서 이는 '이행 불능이 채무자의 과실 때문에 일어난 것'이므로, 애초부터 실현 불가능한 내용의 계약을 체결하였기 때문에 이행 불능이 되었다는 것은 적절하지 않다.
⑤ 을의 과실로 을이 갑에게 그림 A를 인도할 수 없는 ㉮의 상황이 발생하였다. 5문단에서 이행 불능이 채무자의 과실 때문에 일어난 것이라면 채무자가 채무 불이행에 대한 책임을 져야 한다고 하였다. 따라서 채무자인 을은 채무 불이행에 대한 책임을 져야 한다.

030 다른 상황에의 적용　　　　　　　　　답 ③

2문단에서 계약에 따라 이행해야 할 의무가 채무이며, 채무자가 채무의 내용대로 이행하여 채권을 소멸시키는 것이 변제라고 하였다. 여기서 변제는 채무의 이행에 따라 이루어짐을 알 수 있다. 그런데 〈보기〉에서 증여의 경우, 증여자만 이행 의무를 진다고 하였으므로 변제의 의무가 증여자에게 있다고 볼 수 있다. 따라서 증여가 변제의 의무를 발생시키지 않는다는 것은 적절하지 않다.

오답 피하기
① 2문단에 따르면 법률 행위는 의사 표시를 필수적 요소로 하여 법률 효과를 발생시키는 행위라고 하였다. 증여와 매매는 계약 당사자 간의 의사 표시를 통해 법적 효과를 발생시키고, 유언은 유언자의 의사 표시를 통해

법적 효과를 발생시킨다. 따라서 증여, 유언, 매매는 모두 법률 행위로서의 의사 표시를 요소로 갖추고 있음을 알 수 있다.
② 1문단에 따르면 계약에서의 의사 표시는 일정한 법률 효과의 발생을 목적으로 한다고 하였다. 또한 2문단에서 계약은 법률 효과를 발생시키는 법률 행위의 일종이라고 하였다. 〈보기〉에서 증여는 증여자의 증여 의사 표시와 상대방의 승낙으로 성립하는 계약이라고 하였으므로, 법률 효과를 발생시키려는 목적이 있다고 볼 수 있다. 그리고 〈보기〉에서 '유언은 유언자의 사망과 동시에 일정한 법률 효과를 발생시키려는 것을 목적으로 한다고 하였으므로, 유언 또한 법률 효과를 발생시키려는 목적이 있음을 알 수 있다.
④ 1문단에 따르면 매매 계약은 매도인과 매수인이라는 양 당사자를 통해 이루어지는데, 매도인은 소유권 이전 의무와 매매 대금 지급 청구권을, 매수인은 매매 대급 지급 의무와 소유권 이전 청구권을 가진다고 하였다. 즉 양 당사자 모두 서로 의무를 이행하고 권리를 행사할 관계를 가짐을 알 수 있다. 그런데 〈보기〉에서 증여는 증여자만 이행 의무를 진다고 하였으므로, 양 당사자들이 이행 의무를 가진 매매와 차이가 있음을 알 수 있다.
⑤ 〈보기〉를 통해, 증여는 증여자의 증여 의사 표시와 상대방의 승낙으로 계약이 성립하므로 양 당사자의 의사 표시가 서로 합치하여 성립함을 알 수 있다. 그러나 유언은 유언자의 의사 표시만으로 유효하게 성립하므로, 의사 표시의 합치가 필요 없음을 알 수 있다. 따라서 증여는 양 당사자의 의사 표시의 합치가 있어야 하지만, 유언은 의사 표시의 합치가 필요하지 않다는 차이가 있음을 알 수 있다.

031 어휘의 의미 파악　　　　　　　　　　답 ①

ⓐ와 ①의 '나오다'는 모두 '처리나 결과로 이루어지거나 생기다.'의 의미로 쓰였다.

오답 피하기
② '어떠한 태도를 취하여 겉으로 드러내다.'의 의미로 쓰였다.
③ '방송을 듣거나 볼 수 있다.'의 의미로 쓰였다.
④ '책, 신문 따위에 글, 그림 따위가 실리다.'의 의미로 쓰였다.
⑤ '상품이나 인물 따위가 산출되다.'의 의미로 쓰였다.

수능 연계 포인트

연계 교재에서는 물권의 개념, 물권 변동과 그 요건인 공시 방법, 담보 물권 등에 대해 설명한 글을 지문으로 제시하였다. 우리 교재에서는 물권과 물권의 종류별 특징, 물권 변동의 개념과 공시 방법을 밝힌 후, 등기부 등본에 전세권이 설정된 경우와 비교하여 그렇지 않은 경우에 전세권과 유사한 효력을 가지는 우선 변제를 설명한 글을 지문으로 구성하여 물권 행위에 대한 이해를 심화할 수 있도록 하였다.

• 해제	이 글은 물권법의 개념과 종류를 제시하고 그중 전세권과 유사한 효력을 가지는 임대차 계약에 대해 설명하고 있다. 물권은 특정한 물건을 직접 지배하여 이익을 얻을 수 있는 배타적인 권리로, 민법이 정한 물권에는 소유권, 점유권, 지상권, 지역권, 전세권, 유치권, 질권, 저당권이 있다. 이 중 소유권과 점유권을 제외한 물권은 일정한 목적의 범위 안에서만 물건을 지배할 수 있는 제한 물권이다. 물권이 발생하고 변경되고 소멸하는 과정을 물권 변동이라고 하는데, 그 권리관계를 부동산은 등기를 통해 공시하는 반면 동산은 점유나 인도를 공시 방법으로 취하고 있다. 일반적으로 전세권을 설정하지 않은 전세 계약은 채권법의 적용을 받는 임차권이므로 누구에게나 그 권리를 주장할 수 없다. 그러나 최근 제정된 '주택 임대차 보호법'에 의하면 전세권을 등기하지 않아도 임차권자가 전입 신고를 하고 임대차 계약서에 확정 일자를 받으면 전세권을 설정한 것과 유사한 법적 효력인 대항력을 지니게 되는데, 이를 우선 변제라 한다.
• 주제	물권의 특징 및 전세권 등기와 우선 변제
• 구성	

1문단	물권과 물권 법정주의의 개념
2문단	물권 및 제한 물권의 종류와 특징
3문단	부동산과 동산의 공시 방법
4문단	부동산 물권을 확인할 수 있는 등기부 등본의 구성
5문단	전세권과 임차권의 차이와 우선 변제

032 세부 정보 파악 답②

3문단에서 동산의 경우 공시 방법이 점유나 인도라고 하였다. 따라서 동산 물권을 점유한 상태는 권리관계가 공시된 것이라고 볼 수 있다. 그리고 3문단에서 동산 물권에는 공시된 권리관계를 믿고 거래한 사람의 권리를 보호하는 공신의 원칙이 적용되는데, 공시된 권리관계가 실제 권리관계와 일치하지 않은 경우, 동산의 점유자를 소유자로 믿고 해당 동산을 취득했다면 비록 양도인이 소유자가 아니라고 해도 민법에서는 그 동산에 대한 소유권을 인정한다고 하였다. 따라서 동산 물권의 소유자와 점유자가 달라도 점유자와의 거래는 인정된다고 할 수 있다.

오답 피하기
① 5문단에서 전세 계약은 주택 임대차 계약상의 임차권으로, 임차권자가 전세권을 설정하지 않았다면 이는 물권법이 아닌 채권법의 적용을 받는다고 하였다. 반면 전세권이 설정되어 있으면, 전세권은 물권이므로 부동

산 소유권자가 바뀌어도 전세권을 주장할 수 있어 전세권을 등기하는 것이 중요하다고 하였다. 또한 4문단에서 부동산의 물권은 등기부 등본을 통해 확인할 수 있다고 하였다. 따라서 등기부 등본에 전세권이 설정되어 있는 전세 계약은 물권법의 적용을 받는다고 할 수 있다.
③ 5문단에서 최근 임차인을 보호하기 위해 '주택 임대차 보호법'이 제정되었는데, 주택 임대차 보호법은 민법에 우선하여 적용된다는 특징이 있다고 하였다.
④ 3문단에서 공시된 권리관계를 믿고 거래한 사람의 권리를 보호하는 것을 공신의 원칙이라 하는데, 공신의 원칙은 동산 물권에만 적용되고 부동산 물권에 대해서는 적용되지 않는다고 하였다. 따라서 공신의 원칙은 토지나 가옥, 임야와 같은 부동산 물권에 대해서는 적용되지 않는다고 할 수 있다.
⑤ 2문단에서 지상권, 지역권, 전세권과 같이 다른 사람의 부동산을 사용하여 이익을 얻을 수 있는 용익 물권과 유치권, 질권, 저당권과 같이 일정한 물건을 채권의 담보로 제공하는 담보 물권은 제한 물권이며, 제한 물권은 일정한 목적의 범위 안에서만 물건을 지배할 수 있는 물권이라고 하였다. 따라서 지상권이나 저당권은 일정한 목적의 범위 안에서만 물건을 지배할 수 있는 물권이라고 할 수 있다.

033 이유의 추론 답④

3문단의 '재산에는 토지나 가옥, 임야처럼 이동이 불가능한 부동산과 돈이나 증권, 각종 세간처럼 이동이 가능한 동산이 있는데, 동산은 부동산에 비해 종류도 무궁무진하고 거래도 활발하다.'를 통해 세상에는 셀 수 없을 만큼 많은 동산이 존재하고 끊임없이 거래가 이루어지기 때문에 동산의 물권 변동을 일일이 외부에 알리는 것이 사실상 불가능하다는 것을 알 수 있다. 이 때문에 동산에 대해서는 공적인 장부에 기록하는 식의 공시 제도를 적용할 수 없고 점유나 인도를 공시 방법으로 취하는 것이다.

오답 피하기
① 동산은 이동이 가능한 재산으로, 동산의 소유권자와 점유권자의 경계가 모호한 것은 아니다. 예를 들어 가방의 소유자인 A가 B에게 가방을 빌려주었을 때, 소유권자는 A, 점유권자는 B이다.
② 동산은 점유권자가 점유 상태에서 벗어날 경우 점유권이 소멸되는 것은 맞지만, 이것으로 인해 점유나 인도를 동산의 공시 방법으로 취하는 것은 아니다.
③ 물권 법정주의란 물권은 법률 또는 관습법에 의해서만 인정되며 당사자가 임의로 물권을 창설할 수 없다는 것이다. 동산에 강력한 공시 제도를 적용한다고 해서 물권 법정주의를 위배하는 것은 아니다.
⑤ 동산은 물권 변동을 일일이 확인할 수 없을 뿐, 물권이 발생하고 변경, 소멸되는 과정이 불분명한 것은 아니다.

034 구체적 사례에의 적용 답④

5문단에서 주택 임대차 보호법에 의하면 전세권을 등기하지 않아도 임차권자가 전입 신고를 하고 임대차 계약서에 확정 일자를 받으면 대항력을 갖춘 임대차 계약이 된다고 하였다. 그리고 대항력이란 제3자가 권리관계를 인정하지 않을 때 이를 물리칠 수 있는 권한이며, 이는 전입 신고를 한 다음 날 0시부터 법적 효력이 발생한다고 하였다. 〈보기〉에서 B는 2024년 2월 10일에 전입 신고를 하고

그날로 확정 일자를 받았으므로 주택 임대차 보호법에 의해 대항력이 2월 11일 0시부터 발생하게 된다. 하지만 M 은행은 2024년 2월 9일에 근저당을 설정하였으므로 M 은행이 선순위 권리자가 된다. 따라서 B가 M 은행보다 우선하여 보증금을 받을 수 있는 대항력을 갖는다는 설명은 적절하지 않다.

오답 피하기
① 5문단에서 임차권자가 전세권을 설정하지 않았다면 물권법이 아닌 채권법의 적용을 받는다고 하였으므로, 등기부 등본에 전세권이 설정된 경우는 물권법의 적용을 받는다는 것을 알 수 있다. 그런데 4문단에서 부동산의 물권을 확인할 수 있는 등기부 등본에서 등기한 순서를 표시한 순위번호에 의해 권리 간의 우선순위가 결정된다고 하였다. 〈보기〉에서 순위번호를 보면 A는 1, C 은행은 2로 A가 전세권을 설정한 날짜(2020년 5월 2일)가 C 은행의 근저당 설정 날짜(2021년 1월 10일)보다 앞서므로 A는 물권법에 의해 선순위 권리자가 되었다고 할 수 있다.
② A가 전세로 살던 집은 2024년 5월 20일에 경매로 낙찰되었는데, A는 2024년 2월 5일에 전세권을 소멸했으므로 이 경매에 낙찰된 부동산에 대해 권리를 갖지 못한다고 할 수 있다.
③ M 은행의 채권 최고액이 2억 원이고 M 은행이 근저당 설정을 한 날짜는 2024년 2월 10일이다. B의 전세 보증금은 2억 원이고 B가 전입 신고를 한 날짜가 2024년 2월 10일이므로 B의 전세 계약이 대항력을 갖추게 되는 것은 2024년 2월 11일부터이다. 또한 B가 전세권을 등기하지 못했는데 M 은행은 근저당 설정을 하였으므로, M 은행이 선순위 권리자이고 B가 후순위 권리자이다. 그런데 경매 낙찰 금액이 5억 원이므로 M 은행의 채권 최고액 2억 원을 제외하더라도 B는 주택 임대차 보호법에 의해 경매 낙찰금 중 2억 원을 자신의 전세 보증금으로 반환받을 수 있다.
⑤ B는 임대인이 동의하지 않아 전세권 설정을 등기하지 못한 대신 전입 신고를 하고 임대차 계약서에 확정 일자를 받아 대항력을 갖추었다. 따라서 B는 주택 임대차 보호법에 의해 전세 보증금 반환을 주장할 수 있다. 그런데 전세권은 물권이므로 부동산 소유권자가 바뀌어도 전세권을 주장할 수 있지만, 임차권은 채권이므로 누구에게나 그 권리를 주장할 수 없다. 따라서 전세권이 없는 B는 물권법에 의해서는 저당권자인 M 은행을 대상으로 전세 보증금을 주장할 권리를 갖지 못한다.

035 어휘의 의미 파악　　　　　　답 ⑤

ⓔ의 '이행하다'는 '채무자가 채무의 내용을 실행하다.'라는 의미이다. '돌이키다'는 '원래 향하고 있던 방향에서 반대쪽으로 돌리다.', '원래의 상태로 돌아가게 하다.' 등을 의미하므로, ⓔ와 바꿔 쓰기에 적절하지 않다.

오답 피하기
① ⓐ의 '획득하다'는 '얻어 내거나 얻어 가지다.'의 의미이다.
② ⓑ의 '소멸하다'는 '사라져 없어지다.'의 의미이다.
③ ⓒ의 '일치하다'는 '비교되는 대상들이 서로 어긋나지 아니하고 같거나 들어맞다.'의 의미이다.
④ ⓓ의 '구성되다'는 '몇 가지 부분이나 요소들이 모여 일정한 전체가 짜여 이루어지다.'의 의미이다.

수능연계 포인트

연계 교재에서는 특허권과 특허권자의 개념 및 특허권 침해와 관련하여 손해액을 추정하는 방법을 설명한 글을 지문으로 제시하였다. 우리 교재에서는 특허권을 2인 이상이 공동으로 소유하는 특허권 공유에 대해 다룬 글을 지문으로 구성하였다. 특히 우리나라와 일본, 미국에서 공동 발명자 여부를 결정하는 기준을 비교하여 살펴보도록 함으로써 특허권의 실제에 대한 이해를 넓힐 수 있도록 하였다.

• 해제　이 글은 현대 산업 사회에서 중요성이 점점 증가하고 있는 특허권을 다루고 있는데 특히 특허권의 공유, 특허권 공유를 위한 공동 발명자의 결정 기준 등을 서술하고 있다. 특허권이란 새로운 기술이나 아이디어에 대해 국가가 부여한 독점적 권리이다. 이 글에서는 먼저 특허권 공유의 개념을 밝힌 후, 특허권 공유 시 지분의 처분이나 전용 실시권의 설정, 통상 실시권의 허락 제한 및 자기 실시의 허용 등의 규정에 대해 설명하고 있다. 공동 발명을 한 경우 특허권을 공유하게 되는데, 우리나라에서는 공동 발명자 결정 기준을 관리자와 비관리자로 나누어 규정하며, 발명에서 착상한 자를 기준으로 삼고 있다. 한편 일본의 경우 발명의 성립 과정을 2단계로 나누고 각 단계별 실질적 협력자 여부를 기준으로 삼으며, 미국의 경우 최종 결과물이나 발명의 착상에 대한 기여도를 기준으로 삼는다. 우리나라에서는 발명을 완성하는 아이디어의 형성 여부를 중시하는데, 이때 착상뿐만 아니라 실질적 기여도를 기준으로 삼는 것이 타당하다.

• 주제　특허권 공유의 특징과 공동 발명자 결정의 기준

• 구성

1문단	특허권 공유 및 공동 발명의 개념
2문단	특허권의 성격 및 특허권 공유와 관련한 규정
3문단	우리나라의 공동 발명자 결정 기준
4문단	일본과 미국의 공동 발명자 결정 기준
5문단	공동 발명 여부를 판단하는 타당한 기준

036 글의 전개 방식 파악　　　　　　답 ②

이 글에서 공동 발명자나 공동 발명의 범주는 확인할 수 있으나 특허법의 적용 범위나 그 사례는 제시되지 않았다.

오답 피하기
① 1문단에서 특허권의 공유의 뜻을 풀이하며 이에 대한 논의를 시작하고 있다.
③ 3문단에서, 우리나라에서 공동 발명자를 판단하는 기준을 관리자와 비관리자로 나누고 각각의 경우를 열거하여 서술하고 있다.
④ 3문단에서 공동 발명자 여부를 결정하는 기준이 무엇인지 묻고, 뒤이어 이에 대해 답하면서 구체적으로 설명하고 있다.
⑤ 3~4문단에서 우리나라와 일본, 미국에서 공동 발명자를 결정하는 기준을 비교하여 제시하고 있다.

037 내용의 추론　　　　　　답 ②

2문단에서 특허권은 재산권으로, 특허권자가 사망한 경우 상속인

에게 자동으로 상속되는데 공유 특허권도 마찬가지라고 하였다. 따라서 공유 특허권을 상속받을 때 다른 공유자의 동의를 받을 필요는 없음을 알 수 있다.

오답 피하기
① 2문단에서 특허권의 공유는 하나의 발명품을 2인 이상이 공동 발명한 후 공동으로 출원하여 권리를 부여받은 후에 발생한다고 하였으므로, 공동 발명은 특허권 공유의 전제 조건이라고 할 수 있다.
③ 3문단에 따르면 우리나라에서는 발명에서 착상한 자를 기준으로 발명자의 여부를 규정한다고 하였다. 4문단에 따르면 일본에서도 새로운 착상을 제공한 자를 발명자로 보며, 미국 역시 공동 발명자가 되기 위한 조건으로 발명의 착상에 기여했는지를 살펴본다.
④ 2문단에서 각 공유자는 계약으로 특별히 약정한 경우를 제외하고는 다른 공유자의 동의를 얻지 아니하고 그 특허 발명을 자기 실시할 수 있으며, 지분의 비율이 특허권의 실시에 영향을 미치지 않는다고 했으므로, 일부 지분만 있어도 특허권을 자기 실시할 수 있다.
⑤ 2문단에서 공유 특허권의 지분 처분이나 전용 실시권 설정, 통상 실시권 허락에는 다른 공동 소유의 동의라는 제한이 있지만, 자기 실시는 자유롭다고 했으므로 적절하다.

038 구체적 상황에의 적용 답 ②

[A]에 따르면 특허권을 공유한 각 공유자는 특약이 있는 경우가 아니라면 다른 공유자의 동의를 얻지 않고 그 특허 발명을 자기 실시하여 얻은 특허 실시의 이익을 공유자에게 배분할 의무가 없다. 〈보기〉의 (가)에서 A사와 B사는 지분 외에 특별한 약정을 하지 않았으므로, B사는 자기 실시를 통해 얻은 수익을 공유자인 A사에 배분해 줄 필요가 없다.

오답 피하기
① [A]에서 특허권은 무체 재산권이라는 특성이 있다고 하였다. 따라서 (가)와 (나)에서 각 회사 및 기관이 받은 특허권은 모두 지배에 점유를 필요로 하지 않는 무체 재산권에 해당한다.
③ [A]에서 지분 처분, 전용 실시권 설정, 통상 실시권 허락은 다른 공동 소유자의 동의를 얻어야 함을 알 수 있다. (나)의 ㉮에서 공유 특허권자 C, D사, E는 P사에 통상 실시권을 허락할 것을 합의하였으므로 적법한 절차를 따랐다고 할 수 있다.
④ [A]에 따르면 다른 공유자의 동의를 얻지 아니하고 그 특허 발명을 자기 실시할 수 있는 것은 계약으로 특별히 약정한 경우가 아닐 때이다. (나)의 ㉯에서 D사가 교통 시스템을 경찰청에 납품한 것은 특허 발명을 자기 실시한 것으로, 만약 특약이 있었다면 다른 공유자인 C, E의 동의를 얻어야 한다.
⑤ [A]에 따르면 특허권을 공유하는 경우 다른 공동 소유자의 동의를 얻지 않으면 지분의 처분이나 통상 실시권의 허락이 제한된다. (나)의 ㉰에서 C는 다른 공유자인 D사의 동의를 받지 못하였으므로 지분 양도나 통상 실시권 설정을 할 수 없다.

039 정보 간 관계 파악 답 ④

㉠: 5문단에 따르면 우리나라의 경우 완전한 형태의 발명을 완성할 수 있도록 아이디어를 형성했느냐 하는 점이 중요하다고 하였다. 기술 개발 과정에서 당면한 어려움을 타개할 만한 새 아이디어는 발명 완성에 기여하는 아이디어로 볼 수 있다.

㉢: 4문단에 따르면 미국은 최종 결과물이나 발명의 착상에 기여한 자를 공동 발명자로 본다. 기술 개발 과정에서 당면한 어려움을 타개하는 새 아이디어 제공은 최종 결과물에 기여한다고 볼 수 있다.

오답 피하기
① 우리나라가 착상한 사람을 발명자의 기준으로 보는 것은 맞지만, 완전한 형태의 발명을 완성할 수 있도록 했는지가 중요하다고 했으므로 결과물을 만들지 못해도 발명자로 본다는 것은 적절하지 않다.
② 4문단에 따르면 일본은 발명의 성립 과정을 착상 제공과 구체화의 2단계로 나누고 각 단계에서 실질적 협력자 여부를 판단한다. 따라서 착상과 구체화를 모두 하여야 발명자로 본다는 것은 적절하지 않다.
③ 4문단에 따르면 미국의 경우 발명자가 다른 발명자만큼 중요한 기여를 하지 않고 최종적 문제 해결을 위해 부분적으로만 기여를 해도 공동 발명자가 된다고 하였다.
⑤ 우리나라의 경우, 발명에서 착상했는지 여부, 발명의 완성에 대한 실질적 기여 여부가 발명자의 기준이 되므로 일상적 관리만 한 경우 발명자로 보지 않는다. 일본의 경우, 새로운 착상의 제공, 착상의 구체화 여부가 발명자의 기준인데 일상적 관리는 둘 다 해당하지 않는다. 미국의 경우, 동일한 발명을 위해 함께 작업한 결과물을 내야 하는데 일상적 관리는 이를 위한 작업에 해당하지 않는다.

수능 연계 포인트

연계 교재에서는 조선의 세목 중 공납의 폐단을 시정하기 위해 시행되었던 대동법을 다룬 글과, 현대의 조세 원칙을 다룬 글을 엮어 주제 통합 지문으로 제시하였다. 우리 교재에서는 현대의 조세 원칙 중 하나인 조세 공평주의에 대해 설명한 글을 지문으로 구성하여, 조세 원칙에 대해 보다 폭넓은 이해가 가능하도록 하였다.

- **해제**　이 글은 조세 공평주의를 실현하기 위한 방법들을 살펴보고 있다. 먼저 조세 공평주의에 대한 개념을 소개하고, 공평이라는 가치를 실현하기 위한 여러 원칙들에 대해 설명하고 있다. 먼저 응능 원칙은 능력에 따라 세금을 부담해야 한다는 것이고, 응익 원칙은 정부 지출로부터 받은 편익만큼 세금을 부담해야 한다는 것이다. 한편 수평적 공평은 동일한 조건 아래에서는 조세상 취급 역시 동일해야 한다는 것이고, 수직적 공평은 동일하지 않은 조건 아래에서는 조세상 차별적으로 취급되어야 한다는 것이다. 소득이나 부의 창출 과정에서 개별적 능력이나 노력, 기여도 등이 모두 다르기 때문에 과세에서도 이러한 요소들이 반영되어야 공평성이 확보될 수 있는데, 이를 위한 현실적 방법으로는 일정액 이하의 소득에 대한 세금 면제, 소득 종류와 금액에 따른 초과 누진세율 적용, 가족 수 등을 고려한 차별 과세 등이 있다.
- **주제**　조세 공평주의의 개념과 실현 방법
- **구성**

1문단	조세 공평주의의 개념 및 의의
2문단	공평이라는 가치를 실현하기 위한 여러 원칙
3문단	응능 원칙과 응익 원칙에 따른 조세
4문단	수평적 공평과 수직적 공평에 따른 조세
5문단	조세 공평주의의 실현을 위한 노력들

040 글의 전개 방식 파악　　답 ⑤

1문단에서 조세 공평주의의 개념을 밝히고 2~4문단에서 조세 공평주의를 실현하기 위한 응능 원칙과 응익 원칙, 수평적 공평과 수직적 공평 등의 다양한 기준들을 소개하고 있다. 그리고 5문단에서 조세 공평주의를 실현하기 위해 현실적으로 적용되는 방법들을 제시하고 있다.

오답 피하기

① 조세 공평주의가 실현된 실제 사례를 제시하고 있지 않다.
② 조세 공평주의가 어떻게 해서 출현하게 되었는지 제시하고 있지 않다.
③ 시대의 흐름에 따라 조세 공평주의에 대한 관점이 변화하는 과정을 서술하고 있지 않다.
④ 조세 공평주의에 대한 인식의 오류를 제시한 부분은 없으며, 전문가의 견해를 근거로 제시하고 있지도 않다.

041 구체적 사례에의 적용　　답 ③

3문단에 따르면 응익 원칙은 정부 지출로부터 받은 편익, 즉 국가에서 받는 이익에 비례하여 세금을 부과, 징수하는 것을 말한다.

〈보기〉에서 정부가 밝힌 담뱃세와 자동차세 인상의 근거는 무상 보육, 무상 급식, 무상 교육과 같은 복지 제도의 확대이며, 이는 국가가 제공하는 이익이라고 할 수 있다. 또한 5문단에 따르면 가족 수를 고려하여 차별 과세를 하는 것은 수직적 공평에 해당하는데, 담뱃세나 자동차세는 가족 수와 무관하다. 〈보기〉의 서민들은 부자 감세로 인한 재정 적자를 서민들에 대한 증세로 만회하려 한다고 보고 반발하는 것이지, 국가로부터 받는 이익을 고려한 정책이 아니라는 점이나 가족 수를 고려한 차별 과세 정책이 아니기 때문에 반발하고 있는 것이 아니다. 부자 감세로 인한 재정 적자를 서민 증세로 만회하는 것은 고소득자가 저소득자보다 더 큰 조세 부담을 지는 응능 원칙이나 소득 종류나 금액에 따라 차별 과세를 하는 수직적 공평과 위배되는 방향으로 볼 수 있다.

오답 피하기

① 담뱃세, 자동차세는 수직적 공평에 따른 과세, 즉 소득의 종류나 금액에 따라 차별적으로 부과되는 세금이 아니므로 부자 감세와 서민 증세에 반발하는 입장에서는 수직적 공평에 따른 과세가 이루어져야 한다고 볼 수 있다.
② 5문단에서 소득이나 부의 창출 과정에서의 개인의 능력은 다르며 과세에서 이러한 요소들이 충분히 반영될 때 공평성이 확보될 수 있다고 하였다. 부자 감세는 고소득자의 세금 부담이 낮아지는 것이고, 서민 증세는 상대적으로 저소득자의 세금 부담이 늘어나는 것이다. 따라서 이에 반발하는 입장에서는 능력이 있는 고소득 계층이 세금을 더 많이 부담하는 것이 공평하다고 볼 수 있다.
④ 담뱃세나 자동차세는 대중적으로 소비되는 물품인 담배와 자동차에 일괄적으로 부과되는 세금으로, 이는 수직적 공평을 실현하기 위한 차별 과세에 해당하지 않는다. 따라서 〈보기〉의 조세 정책에 반발하는 입장에서는 차별 과세가 가능한 물품의 세금 인상을 원할 수 있다.
⑤ 2문단에서 공평은 조세 부담의 분배와 관련한 바람직한 가치를 표현하는 용어로서, 물질적 격차를 보완하여 공평이라는 가치를 실현하기 위한 원칙으로 응능 원칙과 응익 원칙, 수평적 공평과 수직적 공평 등이 있다고 하였다. 서민 증세는 저소득 계층의 세금 부담을 높이는 것이므로, 〈보기〉의 조세 정책에 반발하는 입장에서는 이것이 조세 공평의 가치 실현에 도움이 되지 않는다고 볼 수 있다.

042 핵심 정보 파악　　답 ⑤

노동자의 임금을 낮추어 기업의 임금 비용을 줄이고 노동자에게 소득 공제를 통해 조세를 감면해 주는 것은 기업에게 유리할 뿐, 노동자들에게는 혜택이 돌아가지 않는다. 1문단에 따르면 조세 공평주의는 자본주의의 구조적 모순으로 초래된 빈부의 차이를 시정하기 위하여 조세 부담에 대한 배분적 정의를 실현하는 데 의의가 있는 것으로, 노동자의 임금 축소 및 축소된 임금에 대한 소득 공제 혜택은 조세 부담을 통한 빈부 차이 시정과 거리가 멀다.

오답 피하기

① 차별 과세를 통해 소득이나 재산 등을 많이 가진 사람에게 세금을 많이 내게 함으로써 조세 공평주의를 실현하는 방법이다.
② 많은 부를 창출하는 대기업에게서 거두는 세금을 늘림으로써 조세 공평주의를 실현하는 방법이다.
③ 부동산 다수 보유자, 즉 경제적으로 여유가 있는 사람들이 세금을 더 많

이 내도록 함으로써 조세 공평주의를 실현하는 방법이다.
④ 최상위 소득자들이 세금을 더 많이 내도록 하는 초과 누진세율을 적용하여 조세 공평주의를 실현하는 방법이다.

043 어휘의 의미 파악
답 ③

ⓒ의 '시정(是正)'은 '잘못된 것을 바로잡음.'의 의미이다. '이미 정하였던 것을 고쳐 다시 정함.'을 의미하는 단어는 '개정(改定)'이다.

오답 피하기
① ⓐ의 '배분(配分)'은 '몫몫이 별러 나눔.'의 의미이다.
② ⓑ의 '초래(招來)'는 '일의 결과로서 어떤 현상을 생겨나게 함.'의 의미이다.
④ ⓓ의 '부과(賦課)'는 '세금이나 부담금 따위를 매기어 부담하게 함.'의 의미이다.
⑤ ⓔ의 '귀속(歸屬)'은 '재산이나 영토, 권리 따위가 특정 주체에 붙거나 딸림.'의 의미이다.

수능 연계 포인트

연계 교재에서는 독점적 경쟁 시장 모형을 다룬 사회 지문, 과점 시장에서의 내시 균형과 쿠르노 모형의 균형을 다룬 주제 통합 지문을 제시하였다. 우리 교재에서는 완전 경쟁 시장, 독점 시장, 과점 시장, 독점적 경쟁 시장의 특징과 각 시장에서 기업이 이윤을 극대화하는 원리를 설명하는 글을 지문으로 구성하여, 시장의 구조에 대한 통합적 이해가 가능하도록 하였다.

• 해제	이 글은 완전 경쟁 시장과 비교하여 불완전 경쟁 시장의 세 가지 유형인 독점 시장, 과점 시장, 독점적 경쟁 시장의 특징과 이윤 극대화 원리에 대해 설명하고 있다. 완전 경쟁 시장은 많은 공급자와 수요자가 존재하고 자원의 완전한 이동성이 보장되며 자원이 가장 효율적으로 배분되는 시장이다. 반면 불완전 경쟁 시장은 완전 경쟁 시장에 비해 자원이 비효율적으로 배분된다. 독점 시장은 하나의 공급자가 대체재가 없는 상품을 다수의 수요자에게 공급하는 시장으로, 독점 기업이 시장 가격에 절대적 영향력을 가진다. 과점 시장은 소수 기업만이 상품을 생산, 공급하는 시장으로, 기업 간의 가격 인하 경쟁으로 서로에게 위협이 되는 상황을 피하기 위해 담합이 일어나기도 한다. 독점적 경쟁 시장은 다수의 공급자가 존재하지만, 기업마다 차별화된 상품을 생산하고 있어 해당 상품에 대해 어느 정도 독점력을 가진 시장이다. 시장의 형태에 따라 기업이 이윤을 극대화하는 원리는 차이를 보이는데, 시장의 수요 곡선과 한계 수입 곡선, 한계 비용 곡선 등의 관계를 통해 이를 확인할 수 있다.

• 주제 　불완전 경쟁 시장의 유형과 이윤 극대화 원리

• 구성	1문단	불완전 경쟁 시장 ① – 독점 시장의 특성
	2문단	불완전 경쟁 시장 ② – 과점 시장의 특성
	3문단	불완전 경쟁 시장 ③ – 독점적 경쟁 시장의 특성
	4문단	완전 경쟁 시장에서의 이윤 극대화 원리
	5문단	독점 시장에서의 이윤 극대화 원리
	6문단	과점 시장 및 독점적 경쟁 시장에서의 이윤 극대화 원리

---

044 글의 전개 방식 파악
답 ④

2문단에서 상품의 동질성이나 유사성 때문에 과점 시장에서 비가격 경쟁이 일어난다고 하며 비가격 경쟁의 발생 원인을 설명하고는 있으나 이에 대한 구체적인 사례를 제시하고 있지는 않다.

오답 피하기
① 1문단에서 불완전 경쟁 시장의 유형을 독점 시장, 과점 시장, 독점적 경쟁 시장으로 구분하고 있으며 1~3문단에 걸쳐 각각의 특성을 설명하고 있다.
② 4문단에서 기업이 이윤을 극대화하는 원리를 제시하고, 4~6문단에서 시장 형태별로 기업의 이윤 극대화 원리를 구체적으로 설명하고 있다.
③ 1문단에서 독점 시장의 독점 기업은 시장 가격에 절대적 영향력을 끼칠 수 있기 때문에 유리한 위치에서 상품의 가격을 올린다는 것, 2문단에서 과점 시장의 개별 기업은 완전 경쟁 시장에서처럼 가격을 주어진 것으로 받아들이지도 않고 독점 시장에서처럼 가격을 완전히 통제할 수도 없기

때문에 소수의 경쟁 상대의 행동을 고려하여 자신의 행동을 결정한다는 것, 3문단에서 독점적 경쟁 시장의 개별 기업은 상품 가격이 많이 올랐을 때 대체성을 지닌 다른 상품의 소비가 가능하기 때문에 자신의 상품의 우수성을 알릴 비가격 경쟁에 몰두한다는 것을 인과적으로 제시하고 있다.
⑤ 4문단에서 모든 기업이 0의 이윤을 얻는 완전 경쟁 시장의 장기 균형 상태에 대해 정상적인 수익률이 5%인 상황을 가정하여 설명하고 있다.

045 정보 간 관계 파악   답 ①

1문단에서 완전 경쟁 시장(㉠)에서는 기업이 자유롭게 진입하고 이탈할 수 있어 자원의 완전한 이동성이 보장된다고 하였다. 그리고 3문단의 '독점적 경쟁 시장은 다수의 공급자가 존재하며 진입과 이탈의 자유가 있다는 점에서 완전 경쟁 시장과 유사하다.'를 통해 독점적 경쟁 시장(㉣)에서도 자원의 이동성이 보장됨을 알 수 있다. 이에 반해 1~2문단에 따르면 독점 시장(㉡)과 과점 시장(㉢)의 경우, 다른 기업의 시장 진입을 막는 진입 장벽이 높아 독점 기업 또는 소수 기업만이 시장에 존재하므로 자원의 이동성이 보장되는 정도가 작음을 알 수 있다.

오답 피하기

② 독점 시장과 과점 시장은 시장 진입 장벽이 높아 공급자가 시장 가격에 영향을 미칠 수 있다. 6문단에 따르면 독점적 경쟁 시장은 단기적으로 독점 시장과 유사한 형태로 이윤이 극대화되는 균형이 나타나는데, 독점 시장의 균형에서는 하나의 공급자가 독점 가격을 결정하므로 독점적 경쟁 시장에서도 개별 공급자가 시장 가격에 영향을 미칠 수 있음을 알 수 있다.

③ 1, 3문단에 따르면 독점 시장은 하나의 공급자가 유사한 대체재가 존재하지 않는 상품을 공급하며, 독점적 경쟁 시장은 상품 가격이 많이 올랐을 때 대체성을 지닌 다른 상품을 소비할 수 있다. 따라서 대체성을 지닌 상품이 존재하지 않는 것은 ㉡이다.

④ 1문단으로 보아 경제 주체들이 시장에 대해 완전한 정보를 보유하는 것은 완전 경쟁 시장이다. 반면 독점 시장은 완전 경쟁 시장과 정반대 형태의 시장이고 하나의 공급자만 존재하므로 경제 주체들이 시장에 대해 완전한 정보를 보유하지 않을 것임을 알 수 있다.

⑤ 2문단에서 과점 시장과 독점 시장은 생산 규모가 커지면서 평균 비용이 낮아지는 규모의 경제가 현저하게 나타날 경우 형성될 수 있다고 하였다. 또한 독점 시장은 하나의 공급자, 과점 시장은 소수의 공급자가 존재하고 진입 장벽이 높으므로 개별 기업의 시장 영향력이 크다고 할 수 있다. 그러나 완전 경쟁 시장은 많은 공급자가 존재하므로 이에 해당하지 않는다.

046 시각 자료에의 적용   답 ③

5문단에 따르면 독점 시장에서는 독점 기업의 한계 수입 곡선과 한계 비용 곡선이 교차하는 지점(B)에서 이윤이 극대화되는 생산량(Q_1)이 정해지고, 해당 생산량(Q_1)이 수요 곡선과 대응되는 지점(E)에서 시장이 균형을 이룬다. 따라서 그래프상에서 독점 시장의 균형은 E에 해당한다. 그런데 4문단의 '완전 경쟁 시장에서 기업은 수요 곡선과 공급 곡선이 교차하는 지점에서 결정된 가격을 그대로 받아들인다.'로 보아 완전 경쟁 시장에서의 균형은 공급 곡선과 수요 곡선이 교차하는 지점(F)에서 이루어진다. 이때 소비자 잉여는 수요 곡선 아래에서 시장 가격 P_2 선을 웃도는 삼각형 부분(P_2FP_4)의 면적으로, ㉮의 면적이 포함된다. 그런데 개별 기업의 이윤은

'총수입(가격×생산량=㉮+㉯+㉰+㉱의 면적)−총비용(평균 비용×생산량=㉰+㉱의 면적)'의 값이라고 하였으므로 독점 기업의 이윤은 ㉮+㉯의 면적이 된다. 따라서 완전 경쟁 시장에서 소비자 잉여에 포함되었던 ㉮의 면적은 독점 시장에서는 독점 기업의 이윤에 포함된다.

오답 피하기

① 완전 경쟁 시장에서는 F에서 균형이 이루어지므로 소비자 잉여는 가격선과 수요 곡선이 이루는 삼각형 부분(P_2FP_4)이 되고, 생산자 잉여는 가격선과 공급 곡선이 이루는 삼각형 부분(P_2FO)이 되며 이들을 모두 합한 부분(P_4FO)이 사회적 잉여가 된다. 그런데 독점 시장에서는 B에서 생산량(Q_1)과 가격(P_3)이 정해지므로 완전 경쟁 시장에서 사회적 잉여에 포함되었던 EBF의 면적은 독점 시장에서는 포함되지 않는다. 따라서 완전 경쟁 시장에 비해 독점 시장은 EBF의 면적만큼의 손실이 발생한다고 볼 수 있다.

② 4문단에서 기업의 이윤은 총수입(가격×생산량)에서 총비용(평균 비용×생산량)을 뺀 값이라고 하였다. 따라서 독점 기업이 시장에서 얻는 이윤은 총수입인 ㉮+㉯+㉰+㉱의 면적에서 해당 Q_1만큼을 생산하기 위해 소요된 총비용인 ㉰+㉱의 면적을 뺀 ㉮+㉯의 면적에 해당한다.

④ 4문단에 따르면 완전 경쟁 시장에서 개별 기업의 수요 곡선은 주어진 가격의 수준에서 그은 수평선이 된다. 즉 P_2의 수준에서 그은 수평선이다. 그런데 이것이 장기 균형과 단기 균형에 따라 달라진다는 설명은 제시되지 않았으며 장기 균형과 단기 균형 사이에서 달라지는 것은 기업의 이윤 정도이다.

⑤ 4문단에서 '완전 경쟁 시장에서 개별 기업이 단기적으로 추가적 이윤을 얻으면 신규 기업이 진입할 유인이 생긴다.'라고 하였다. 따라서 완전 경쟁 시장이 단기적으로 F 상태일 때 신규 기업이 진입할 유인이 있다는 것은 개별 기업이 추가적인 이윤을 얻고 있는 상태인데, 이윤은 균형 생산량을 생산할 때 드는 평균 비용과 시장 가격과의 차이에 해당한다. 따라서 추가적인 이윤은 평균 비용이 시장 가격(P_2)보다 더 낮아야 생길 수 있다.

047 내용의 추론   답 ⑤

6문단에 따르면 가격 선도 모형에서 시장의 지배적 기업은 군소 기업들의 공급에 의해 충당되고도 남는 잔여 수요에 대해 독점 기업과 같은 방식으로 가격을 설정한다. 그런데 5문단에 따르면 독점 기업은 한계 수입 곡선과 한계 비용 곡선이 교차하는 지점에서 생산량을 결정하고 그 생산량이 수요 곡선과 대응되는 지점에서 가격을 결정한다. 따라서 잔여 수요의 가격은 한계 수입 곡선과 한계 비용 곡선이 교차하는 지점보다 높은 위치에서 결정된다.

오답 피하기

① 6문단에서 알 수 있듯이, 과점 시장에서 완전한 담합이 이루어졌다는 것은 기업들이 카르텔을 형성했음을 의미한다. 그런데 카르텔에 속한 개별 기업은 가격을 낮춰 판매량을 늘림으로써 자신의 이윤을 늘릴 유인이 언제나 존재한다. 이 때문에 카르텔이 와해될 수 있는 취약성이 발생한다.

② 2문단에서 알 수 있듯이, 과점 시장에서 개별 기업은 소수의 경쟁 상대의 행동을 고려하여 자신의 행동을 결정해야 하는 상황에 놓인다. 과점 기업은 완전 경쟁 시장의 개별 기업처럼 가격을 주어진 대로 수용하지는 않지만 독점 기업처럼 가격을 완벽히 통제할 수는 없기 때문에 경쟁 기업들의 가격, 거래량 등을 고려하여 이윤을 극대화할 수 있는 전략을 세워야 한다.

③ 6문단에서 알 수 있듯이, 과점 시장에서 기업들이 카르텔을 형성하면 하나의 독점 기업처럼 움직인다. 5문단에 따르면 독점 시장의 균형에서는 사회 전체적으로는 완전 경쟁 시장의 균형에 비해 거래량이 적고 가격은 더 높다.

④ 과점 시장에서 담합이 암묵적으로 이루어지는 경우에 해당하는 것이 가격 선도 모형인데, 이때 군소 기업들은 지배적 기업에 의해 설정된 가격을 수용하는 가격 수용자의 모습을 보인다. 이는 완전 경쟁 시장의 기업들과 같은 모습으로, 4문단에서 알 수 있듯이 완전 경쟁 시장에서 기업은 가격이 한계 비용과 일치하는 수준에서 상품을 생산하고 공급한다.

048 구체적 사례에의 적용   답 ⑤

〈보기〉에서 설명한 미용 서비스 시장은 공급자가 많으면서도 차별적 서비스를 제공한다는 점에서 독점적 경쟁 시장에 해당한다. 또한 미용 서비스를 제공하는 미용실들이 우리 주변에 매우 많다는 것은 독점적 경쟁 시장의 경우 진입 장벽이 낮다는 것을 보여 준다. 그러나 6문단에서 알 수 있듯이, 독점적 경쟁 시장에서는 장기적으로 각 기업의 이윤이 0이 될 때까지 조정이 이루어지므로 지속적·장기적으로 양(+)의 경제적 이윤이 발생한다는 것은 적절하지 않다.

오답 피하기

① 2문단에서 알 수 있듯이, 기업이 다른 경쟁사의 상품보다 자신의 상품이 우수하다는 점을 강조함으로써 더 많은 판매를 이루기 위해 광고 등을 하는 것이 비가격 경쟁이다. 3문단에서 독점적 경쟁 기업에서는 대체성을 지닌 타사의 상품에 맞서 자신의 상품의 우수성을 알릴 비가격 경쟁에 몰두한다고 하였으므로 미용실들이 자신만의 서비스를 다양한 방법을 통해 적극적으로 홍보하는 것은 비가격 경쟁에 해당한다.

② 특정 미용실에서 천연 재료를 사용한다는 것은 차별화된 상품을 생산하는 것을 의미한다. 그리고 단골손님은 해당 미용실의 미용 서비스를 주로 이용하는 소비자로, 미용실의 입장에서 보았을 때 어느 정도의 독점력을 가진 것으로 이해할 수 있다.

③ 단골손님을 많이 유치한 미용실은 독점적 성격이 강하다는 것을 의미하며 1문단에서 알 수 있듯이 독점적 성격을 가진 기업은 유리한 위치에서 상품의 가격을 올림으로써 소비자의 실질 구매력을 떨어뜨릴 수 있다.

④ 미용실이 없어지고 새로 생겨나는 것은 장기 조정 과정으로, 4문단과 6문단에서 알 수 있듯이, 이러한 장기 조정 과정은 시장 안의 모든 기업이 0의 이윤을 얻게 되는 장기 균형 상태에 이를 때까지 계속된다. 기업의 이윤은 균형 생산량을 생산할 때의 평균 비용과 시장 가격과의 차이이므로 기업의 이윤이 0이 된다는 것은 이러한 평균 비용과 시장 가격이 같다는 것을 의미한다.

수능 연계 포인트

연계 교재에서는 사회적 상호 작용을 연극적 관점에서 분석한 고프먼과 리프킨의 이론을 다룬 글을 지문으로 제시하였다. 우리 교재에서는 일상적 대면 상호 작용에서 일어나는 인간의 행태를 연극학적 접근으로 분석한 고프먼의 이론을 지문으로 구성함으로써 인간의 자기표현에 대한 새로운 관점을 제시한 고프먼의 이론을 보다 깊이 있게 이해할 수 있도록 하였다.

- 해제   이 글은 일상적인 대면 상호 작용에서 일어나는 인간의 행태를 '연극학적' 접근으로 분석한 고프먼의 관점을 설명하고 있다. 고프먼은 사람은 사회라는 무대에서 연극을 하며 살아간다는 연극적 분석을 제시했다. 그에 따르면, 다양한 사회적 상황에서 사람과 사람 사이에 일어나는 대면적 상호 작용은 연극 공연의 일부이며, 행위자인 개인은 연기자이고, 그런 개인과 상호 작용을 하는 상대방은 관객이다. 개인은 상호 작용을 할 때 상대방에게 자신의 의도대로 자신이 비추어지도록 노력한다. 대면적 상호 작용으로서의 공연의 요소에는 전면과 후면이 있는데, '전면'은 개인이 자신의 행위를 펼칠 수 있는 무대에 해당하는 '무대 장치'와 연기자 자신을 표현하는 '외모'로 구분된다. '후면'은 전면과 시간적·공간적으로 분리되어 있는 곳으로, 여기서는 공연 준비를 하거나 휴식을 취한다. 개인은 전면에 드러나는 자신의 인상을 관리하기 위해 특정 행태를 은폐하거나 표정을 조정하고, 의례적 표현을 하며, 의도적 거리감을 조성하는 등의 행태를 보인다. 이처럼 사회라는 무대 위에서 연기를 하면서 사람은 비로소 사람 자격을 확인받게 된다.

- 주제   인간의 대면 상호 작용에 나타나는 연극적 특성
- 구성

1문단	대면 상호 작용에 대한 고프먼의 연극적 관점
2문단	성공적인 공연을 위한 상황 정의
3문단	대면적 상호 작용으로서의 공연과 관련된 '전면'과 '후면'
4문단	대면적 상호 작용 시 개인이 공연에서 취하는 행태들
5문단	연기를 통해 사람의 자격을 확인받을 수 있다는 고프먼의 관점

049 글의 전개 방식 파악   답 ⑤

이 글에서는 다른 사람과의 대면 상호 작용에 대한 고프먼의 연극적 분석을 소개하면서, 자신의 의도대로 상대방에게 자신이 비추어지도록 노력하는 과정인 '연극 공연'에서 '연기자'로서의 개인이 자신에 대한 정보들을 통제하고 관리하는 과정과 관련된 요소들, 곧 '연기자', '관객', '공연', '무대', '전면', '후면' 등에 대해 설명하고 있다.

오답 피하기

① 대면적 상호 작용이라는 인간 행위를 분석하고 있으나, 인간 행위에 대한 분석이 쉽지 않은 요인을 설명하고 있지 않다.

② 대면적 상호 작용을 연극 공연과 결부하여 분석한 고프먼의 이론을 소개하고 있을 뿐, 이론이 정립되는 과정을 서술하고 있지 않다.

③ 인간 행위에 담긴 의도에 대한 고프먼의 관점만을 소개하고 있을 뿐, 서로 다른 관점들을 비교하고 있지 않으며 상호 간 행위에 대한 기준을 제시하지도 않았다.

④ 고프먼의 이론에서 제시한 개념들을 설명하고는 있지만, 그 개념들이 인간 행위에 적용될 수 있는 가능성을 탐색하고 있지는 않다.

050 핵심 정보 파악   답 ④

4문단에 따르면 '의례적 표현'은 인사를 하거나 겸손을 내세우는 등 사회에서 인정하는 보편적 가치를 드러내는 표현이다. 의례적 표현을 하는 것과 표정 조정을 하는 것은 개인이 공연 과정에서 취하는 각각의 연출 행태이지, 인사를 하거나 겸손을 내세우는 등의 의례적 표현과 표정 조정의 용이성 간 관련성이 있다고 보기 어렵다.

오답 피하기

① 3문단의 "공연이 이루어지는 무대에 해당하는 '무대 장치'와 ~ '무대 장치'는 개인이 자신의 행위를 펼칠 수 있는 무대 장면을 공급하는 요소"를 통해, 다른 사람과 상호 작용을 하는 공간은 '무대 장치'에 해당함을 알 수 있다.

② 5문단의 '사람이란 사회라는 무대 위에서 연기를 하면서 비로소 사람 자격을 확인받게 된다.'를 통해 확인할 수 있다.

③ 1문단의 '다양한 사회적 상황에서 사람과 사람 사이에 일어나는 대면 상호 작용은 연극 공연의 일부이며, 이때 서로가 상대방에게 연기자가 되면서 동시에 관객이 된다'를 통해, 개인은 대면적 상호 작용에서 공연의 '연기자'이자 상대방 공연의 '관객'이라는 것을 알 수 있다.

⑤ 3문단에서 대면적 상호 과정을 할 때 개인은 자신이 상대방에게 보이고자 하는 모습은 '전면'에 배치하고, 그에 부합하지 않는 모습은 '후면'에 남긴다고 하였다. 또한 4문단에서 개인은 후면에 있어야 할 비밀이 전면에 드러나면 수치심을 느끼게 되며, 상호 작용 중에 있는 사람들은 각자의 공연이 유지될 수 있도록 협력하며 상대방의 후면에 감추어진 비밀을 굳이 알고 싶어 하지 않는다고 하였다. 따라서 대면적 상호 작용을 할 때 상대방의 후면에 있는 모습을 굳이 알려고 하지 않는 것은 상대방을 배려하는 것으로 이해할 수 있다.

051 구체적 사례에의 적용   답 ⑤

4문단에서 개인의 연출 행태들이 실패하게 되면 후면에 있어야 할 비밀이 전면에 드러나게 되어 공연은 실패하고 연기자는 수치심을 느끼게 된다고 하였다. A 씨가 공연에 실패하여 후면에 있어야 할 비밀이 전면에 드러난 경우에 수치심을 느끼게 되는 것은 연기자 A 씨이지 회사 동료가 아니다. 또한 공연이 이루어지는 무대는 '전면'이므로, "'후면'에서의 연기"라는 표현은 적절하지 않다.

오답 피하기

① A 씨가 회사 동료들과 첫 대면을 하는 자리에서 그들에게 자신에 대한 좋은 인상을 주고자 한 것은 '지금 무슨 일이 일어나고 있는가?'라는 물음에 대해 '지금 첫 대면을 하고 있으므로 동료들에게 좋은 인상을 주어야 한다.'라는 '상황 정의'를 했기 때문이다.

② '전면' 중 '무대 장치'는 '공연이 이루어지는 무대', '개인이 자신의 행위를 펼칠 수 있는 무대 장면을 공급하는 요소'이므로, A 씨가 동료들에게 자신을 드러내고 있는(공연을 하고 있는) 사무실은 '무대 장치'에 해당한다.

③ '전면' 중 '외모'는 '연기자 자신을 표현하는' 것으로, '관객인 상대방이 연기자인 개인에 대해 판단할 수 있는 용모, 말투, 표정, 몸짓' 등을 이르므로, A 씨가 단정한 복장을 하고 외향적인 행동을 하는 것은 '외모'에 해당한다.

④ '후면'은 전면과는 시간적, 공간적으로 분리되며, 전면이 아닌 어떤 장소든 후면에 해당할 수 있고, 개인은 이곳에서 휴식을 취한다. 따라서 A 씨가 '전면'으로 볼 수 있는 사무실에서 나와 혼자서 시간을 보내며 편안함을 느끼고 있는 카페는 회사 동료들에게 의도된 모습을 보이지 않아도 되는 '후면'에 해당한다.

052 구체적 사례에의 적용   답 ④

[A]에 언급된 ㉠ '이러한 연출된 행태들'은 개인이 공연 과정에서 인상을 관리하기 위해 취하는 '특정 행태의 은폐', '표정 조정', '의례적 표현', '의도적 거리감 조성' 등이다. ④에서 토론회 참석자가 상대 측의 비판을 듣고 얼굴을 붉히며 반박하는 상황은 제시된 행태 중 어느 것에도 해당하지 않으며, 인상 관리로 보기 어렵다.

오답 피하기

① 연설자가 청중에게 바쁘신데도 불구하고 와 주셔서 고맙다고 사례한 것은 사회에서 인정하는 가치를 표현하기 위한 인사에 해당하므로 '의례적 표현'을 한 것으로 볼 수 있다.

② 한 정치인이 자신을 비난하던 다른 정치인을 웃는 얼굴로 대한 것은 '표정 조정'을 한 것으로 볼 수 있다.

③ 광고 모델은 팬들 앞에서 자신이 그 제품을 사용해 본 적이 없음을 은폐함으로써 자신이 진실된 사람이라는 인상을 주려고 한 것이므로 '특정 행태의 은폐'를 한 것으로 볼 수 있다.

⑤ 승객이 택시를 타고 기사에게 목적지를 말한 다음 더 이상의 대화를 피하기 위해 자는 척한 것은 상대방과 일정 기준 이상 가까워지는 것을 막기 위해 '의도적 거리감을 조성'한 것으로 볼 수 있다.

가정한 기체라고 하였다.

③ 3문단에서 실제 기체는 분자 사이의 인력에 의한 상호 작용으로 분자들이 서로 끌어당기므로 이상 기체보다 압력이 낮아진다고 하였다. 따라서 실제 기체에서 분자 간 상호 작용은 기체 압력에 영향을 준다고 할 수 있다.

④ 2문단에서 온도를 높이면 기체 분자의 운동 에너지가 증가하여 인력의 영향은 줄어든다고 하였다.

053~055 | 반데르발스 상태 방정식

수능 연계 포인트   ✦ 연계 기출 2013학년도 수능

연계 교재에서는 생체 내의 화학 결합을 원자 간 결합과 분자 간 결합으로 나누어 살펴보고 그 외의 생명 현상을 설명하기 위한 창발성 개념을 소개한 글을 지문으로 제시하였다. 우리 교재에서는 분자 간 결합에 작용하는 반데르발스 힘과 관련하여 반데르발스 상태 방정식을 제재로 하는 기출 지문을 제시함으로써 분자 간 상호 작용에 대한 이해를 넓힐 수 있도록 하였다.

- **해제**   이 글은 기체의 상태에 영향을 미치는 압력, 온도, 부피의 상관관계를 나타내는 이상 기체 상태 방정식이 반데르발스 상태 방정식으로 보정되는 과정을 설명하고 있다. 이상 기체 상태 방정식은 분자 자체의 부피와 분자 간 상호 작용이 없는 상태를 가정한 것이기 때문에 실제 기체에 이를 적용하면 잘 맞지 않는다. 이에 따라 실제 기체의 분자 자체의 부피와 분자 사이의 인력에 의한 압력 변화, 기체의 종류까지 고려하여 반데르발스 상태 방정식이 탄생하게 되었다.

- **주제**   이상 기체 상태 방정식이 반데르발스 상태 방정식으로 보정되는 과정

- **구성**

1문단	이상 기체 상태 방정식의 정의
2문단	실제 기체에서의 인력과 반발력의 작용
3문단	실제 기체의 분자 부피와 분자 사이의 인력에 의한 압력 변화
4문단	반데르발스에 의한 이상 기체 상태 방정식의 발전

053   세부 정보의 파악   답 ⑤

2문단에서 분자 간 상호 작용은 인력과 반발력에 의해 발생하는데, 인력은 분자 사이의 거리가 멀어지면 감소하고 어느 정도 이상 멀어지면 매우 약해지며, 분자들이 거의 맞닿을 정도가 되면 반발력이 급격하게 증가한다고 하였다. 따라서 실제 기체의 분자 간 상호 작용이 거리에 상관없이 일정하다는 진술은 적절하지 않다.

오답 피하기

① 1문단에서 압력을 일정하게 유지할 때 온도를 높이면 부피는 증가한다고 하였다.

② 1문단에서 이상 기체란 분자 자체의 부피와 분자 간 상호 작용이 없다고

054   핵심 개념의 이해   답 ⑤

3문단에서 부피가 V인 용기 안에 있는 실제 기체의 분자 자체의 부피를 b라 하면 기체 분자가 운동할 수 있는 자유 이동 부피는 이상 기체에 비해 b만큼 줄어든 V-b가 된다'고 설명하고 있다. 그러므로 ㉠ '이상 기체 상태 방정식'에서 기체 분자가 운동할 수 있는 자유 이동 부피는 ㉡ '반데르발스 상태 방정식'에서보다 크다고 할 수 있다.

오답 피하기

① 1문단에서 '기체의 상태에 영향을 미치는 압력, 온도, 부피의 상관관계'를 표현한 것이 ㉠이라고 하였고, 4문단에서 실제 기체의 압력, 온도, 부피의 상관관계를 ㉠보다 잘 표현한 것이 ㉡이라고 하였다. 따라서 ㉠과 ㉡ 모두 기체의 압력, 온도, 부피의 상관관계를 나타냄을 알 수 있다.

② 4문단에서 실제 기체의 분자 자체의 부피와 분자 사이의 인력에 의한 압력의 변화를 고려하여 ㉠을 보정해 ㉡을 만들었다고 하였다.

③ 4문단에서 이상 기체 상태 방정식(㉠)을 실제 기체의 상황에 맞게 보정하여 반데르발스 상태 방정식(㉡)을 만들었다고 하였다. 또한 4문단을 통해 반데르발스 상태 방정식(㉡)은 이상 기체 상태 방정식(㉠)이라는 단순한 모형을 정교한 모형으로 수정한 것임을 알 수 있다.

④ 3문단에서 실제 기체에서 분자 자체의 부피를 b라고 설명했고, 4문단에서 b는 기체의 종류마다 다른 값을 가진다고 하였으므로 ㉠을 ㉡으로 보정할 때 실제 기체의 자체 부피를 고려하여 b가 추가된 것임을 알 수 있다.

055   구체적 사례에의 적용   답 ②

2문단을 통해 일반적인 기체 상태에서 분자 간 상호 작용은 대부분 분자 간 인력에 의해 일어난다는 점과 분자들이 거의 맞닿을 정도가 되면 반발력이 급격하게 증가하여 반발력이 인력을 압도하고 이러한 반발력 때문에 실제 기체의 부피는 아무리 압력을 높이더라도 이상 기체에서 기대했던 것만큼 줄지 않는다는 점을, 3문단을 통해 기체의 부피가 줄면 분자 간 거리가 줄어 인력이 커진다는 점을 알 수 있다. 이것은 부피가 작으면 반발력보다 인력이 크게 작용하고 있음을, 부피가 크면 인력보다 반발력이 더 큰 힘을 발휘하고 있음을 의미한다. 〈보기〉의 그래프를 보면 압력이 P₁과 P₂ 사이일 때, A가 B보다 부피가 작다. 그러므로 부피가 작은 A에는 인력이, A보다 부피가 큰 B에는 반발력이 더 크게 작용하고 있는 것이다. 따라서 압력이 P₁과 P₂ 사이일 때, A가 B에 비해 반발력보다 인력의 영향을 더 크게 받는다고 볼 수 있다.

오답 피하기

① P₁에서 0에 가까워진다는 말은 부피가 증가한다는 의미이다. 2문단의 '일반적인 기체 상태에서 분자 간 상호 작용은 대부분 분자 간 인력에 의해 일어난다.'와 3문단의 '기체의 부피가 줄면 분자 간 거리도 줄어 인력이

커'진다는 말을 참고해 보면, 부피가 커짐에 따라 분자 간의 거리가 멀어져 인력이 작아지고 분자 간의 인력이 줄어들면 분자 간의 상호 작용은 감소함을 알 수 있다. 따라서 ①은 적절하지 않은 진술이다.

③ P_2와 P_3 구간에서 A는 이상 기체(C)보다 부피가 작고 B는 이상 기체(C)보다 부피가 크므로 A는 반발력보다 인력이 크고 B는 인력보다 반발력이 크다는 것을 알 수 있다. 따라서 ③은 적절하지 않은 진술이다.

④ P_3 이상의 압력에서는 A와 B 모두 이상 기체(C)보다 부피가 큰데, 이는 반발력 때문에 더 이상 부피가 줄지 않는 상황이다. A의 경우, B에 비해 상대적으로 부피가 작아 P_3보다 높은 압력 속에서 B보다 인력의 영향을 더 받는 상황이므로 A가 B에 비해 인력보다 반발력의 영향을 더 크게 받는다고 말하기 어렵다. 또, B가 P_2부터 이상 기체(C)보다 부피가 컸음을 고려하면 A가 B보다 반발력의 영향을 더 크게 받는다고 할 수 없다. 따라서 ④는 적절하지 않은 진술이다.

⑤ 2문단의 '반발력 때문에 실제 기체의 부피는 압력을 아무리 높이더라도 이상 기체에서 기대했던 것만큼 줄지 않는다.'로 미루어 보아, P_3 이상에서 압력을 계속 높이면 이상 기체(C)의 부피는 0이 될 수 있어도 실제 기체 A, B의 부피는 0이 되지 않는다. 따라서 ⑤는 적절하지 않은 진술이다.

056~059 | p53 단백질과 암의 발생

수능 연계 포인트

연계 교재에서는 세포 주기를 중심으로 암세포의 발생과 증식에 대해 설명한 글을 지문으로 제시하였다. 우리 교재에서는 세포의 항상성을 유지하는 효소의 기능 및 DNA 돌연변이와 관련하여 암세포의 발현을 억제하는 p53 단백질에 초점을 맞추어 지문을 구성함으로써 세포의 대사 과정을 포함한 생리 작용에 대한 지식을 기반으로 암세포의 발생 기제에 대한 이해를 높일 수 있도록 하였다.

• 해제	이 글은 세포의 생리학적 특성 및 암의 발생 원인과 관련하여, 암세포의 발현을 억제하기도 하지만 암을 유발하기도 하는 p53 단백질에 대해 설명하고 있다. 정상 상태에서 세포는 끊임없이 대사 과정을 거치며 필요한 만큼 물질을 합성하거나 분해하여 항상성을 유지하는데, 이러한 항상성 유지는 효소의 활성을 통해 이루어진다. 이러한 조절을 담당하는 효소는 번역의 과정 또는 '번역-후-변형(PTM)'의 방식으로 생성되며, 이 과정에서 촉매 역할을 하는 화학 물질이나 작은 단백질의 영향을 많이 받는다. 그러나 세포가 다양한 스트레스 상황에 놓이게 되면 DNA 변형, 즉 돌연변이가 발생하게 되며, 세포의 항상성이 깨지고 불완전하게 성숙한 세포가 과다하게 증식하는 암세포가 발현된다. 세포 DNA에 이상이 발생하면 p53 효소 단백질의 양이 증가하게 되고, 이는 손상된 DNA를 바로잡는 효소를 발현시켜 세포를 교정하거나, p21 단백질 발현을 유도하여 세포가 스스로 사멸하게 만듦으로써 세포 증식을 억제한다. 즉 p53 단백질은 DNA 이상으로 인해 세포가 암세포로 변하지 않도록 만드는 역할을 하는 것이다. 그러나 p53 단백질의 DNA에 돌연변이가 발생하거나, p53 단백질의 양을 조절하는 데 영향을 주는 효소인 MDM2의 DNA에 돌연변이가 발생하게 되면 p53이 활성화되지 못해 암이 유발될 수 있다.
• 주제	암세포 발현 과정에서 이중적인 역할을 하는 p53 단백질

• 구성		
	1문단	세포의 항상성 유지를 위한 합성 반응과 분해 반응 및 효소 활성 조절
	2문단	효소 활성에 대한 조절이 이루어지는 두 가지 방법
	3문단	PTM에 의한 효소 활성 조절에 영향을 주는 두 가지 요소
	4문단	세포의 스트레스와 발암
	5문단	암세포 발생을 억제하는 p53 단백질의 작용 기제
	6문단	암을 유발하기도 하는 p53 단백질

056 세부 정보 파악   답 ④

유비퀴틴과 유비퀴틴-유사 단백질은 PTM의 변형 과정에 작용하는 단백질이지, PTM의 변형 과정을 거친 결과로 생성되는 것이 아니다. 3문단을 통해 볼 때, 유비퀴틴과 유비퀴틴-유사 단백질은 모두 PTM의 변형 과정에서 생성된 단백질(전사와 번역 과정을 통해 생성된 단백질)과 결합한다는 것을 알 수 있다. 즉 번역 과정을 거쳐 생성된 단백질에 유비퀴틴 또는 유비퀴틴-유사 단백질이 결합함으로써 PTM의 마지막 과정인 변형 과정이 이루어지는 것이다. 이러한 변형의 결과 생성된 효소 단백질이 세포 내 조절의 대상이 되는 단백질과 결합하여 분해를 유도하는 것이다. 그리고 이 분해의 과정을 통해 세포 내 조절의 대상이 되는 단백질의 양을 조절하게 된다.

오답피하기
① 1문단에서 세포는 특정 물질을 필요한 양만큼만 합성하고 그 이상으로 합성되었거나 더 이상 필요가 없는 물질은 분해해 버림으로써 항상성을 유지한다고 하였다.
② 1문단을 통해 단백질인 효소가 세포의 합성 반응과 분해 반응에서 촉매 역할을 한다는 것을 알 수 있다. 그리고 4문단에서 PTM의 결과 생성된 효소 단백질이 세포의 생리 작용을 조절한다고 했으므로, 이 효소 단백질이 합성이나 분해의 촉매 역할을 할 것임을 알 수 있다.
③ 2문단을 통해 효소 활성에 대한 조절은 세포 DNA가 필요한 효소를 직접 생성하거나, PTM을 통해 효소를 생성하여 이루어진다는 것을 알 수 있다. 그리고 두 가지 방법 모두 DNA의 전사 및 번역 과정을 거치는 것을 알 수 있다. 다만 PTM을 통해 효소를 생성할 경우에는 변형의 과정을 추가적으로 더 거친다는 점에서 차이가 있다.
⑤ 4문단을 통해 세포 DNA의 변형은 발암의 원인이 된다는 것과, 방사선과 같은 외적 스트레스나 활성 산소와 같은 내적 스트레스가 세포 DNA의 변형을 일으킨다는 것을 알 수 있다.

057 내용의 추론　　　　　　　　답 ③

세포 내 특정 물질이 과도하게 생성될 경우, 그 물질에 대한 분해 반응이 일어나 세포의 항상성을 유지하게 된다. 1문단을 통해, 분해 반응에서 세포 내 효소가 인산화되면 분해 반응이 활성화된다는 것을 알 수 있으므로, ㉰에는 '활성화'가 적절하다. 이를 PTM 과정과 연관 지어 보면, 3문단을 통해 '번역-후-변형'이 일어날 때 인산화-효소가 작용하여 생성된 단백질에 인산을 공유 결합시켜 인산화가 일어난다는 것을 알 수 있다. 따라서 ㉮에는 '인산화-효소'가, ㉯에는 '변형'이, ㉱에는 '결합'이 각각 들어가야 한다.

058 핵심 정보 파악　　　　　　　답 ④

5문단에서 p53은 세포의 DNA에 이상이 있을 경우, 세포 주기를 중단시켜 결과적으로 세포 스스로가 사멸하도록 유도하여 세포의 증식을 억제하는 단백질인 p21을 발현시킨다고 설명했다. 4문단에 따르면 암세포는 세포가 불완전하게 성숙하고 과다하게 증식하는 특징이 있는데, p53은 정상 세포가 암세포로 변하여 과다하게 증식하기 전에 p21을 발현시킨다고 판단할 수 있다.

오답피하기
① 5문단에서 정상 세포의 경우 p53은 낮은 수준으로 유지되지만, 세포 DNA에 이상이 생기면 세포 내에 축적된다고 설명했다. 따라서 세포의 DNA에 이상이 발생하면 세포 내 p53의 양이 증가한다는 것을 알 수 있다.
② 5문단에서 p53은 PTM의 과정을 거치며, 변형 과정에서 유비퀴틴과 결합한다고 설명했다. 여기서 유비퀴틴은 3문단에 따르면 효소 활성 조절이 가능하게 하는 비교적 작은 단백질로 PTM의 과정에서 생성되는 단백질과 공유 결합한다.
③ 5문단에서 DNA의 손상이 비교적 적을 경우 p53은 손상된 DNA를 수정하는 효소를 발현시키지만, 복구가 불가능할 정도로 손상이 큰 경우에는

세포의 사멸을 유도하는 효소를 발현시킨다고 설명했다. 이러한 작용을 통해 p53은 암세포가 발현되는 것을 막는다.
⑤ 4문단에서 세포 DNA가 비정상적으로 변형되면 암이 발생함을 알 수 있다. 5문단에 따르면 p53은 손상된 세포를 정상 상태로 교정하거나 비정상 세포를 소멸시키는 데 작용하여 암 발생을 억제한다. 그러나 6문단에서 p53 자체 DNA에 돌연변이가 발생하면 암을 일으키기도 한다고 설명했다.

059 구체적 사례에의 적용　　　　답 ②

〈보기〉를 통해 볼 때, 아드벡신은 p53 단백질의 DNA에 돌연변이가 발생한 경우에 사용되는 치료제로, 불활성화된 p53을 대체하기 위해 체내에 주입되는 것을 알 수 있다. 그리고 6문단에서 p53 DNA의 전사가 일어나지 않으면 그 결과 p53이 효소 활성 작용을 하지 못하게 된다고 설명했다. 그런데 전사의 과정이 일어나지 않으면 PTM의 과정이 일어나지 않게 되므로, p53의 양은 부족한 상태, 즉 수치가 낮은 상태가 지속된다고 판단할 수 있다(5문단). 따라서 제 기능을 하지 못하는 체내 p53을 대신하여 아드벡신이 p53의 수를 늘리고 활성화함으로써 비정상적 세포의 사멸을 유도한다고 판단할 수 있다.

오답피하기
① 아드벡신은 세포의 DNA가 아니라 p53 단백질의 DNA 돌연변이, 즉 p53 유전자 돌연변이로 인한 p53 단백질 부족 문제를 해결하기 위해 만든 치료제이다.
③ 누트린은 p53 단백질에 결합하는 것이 아니라, MDM2와 결합한다. 정상 세포에서 p53은 MDM2에 의해 유비퀴틴과 결합하며 프로테아좀에 의해 분해되어 세포 내 p53의 양은 낮은 수준에서 유지된다(5문단). 따라서 MDM2는 p53 단백질이 비활성화되게 만드는 효소에 해당하며, 누트린은 이 MDM2의 양을 조절하는 역할을 한다.
④ 누트린은 MDM2와 결합하여 세포 내 MDM2의 수치를 낮추게 된다. 그런데 5문단에서 p53이 변형 과정에서 MDM2에 의해 유비퀴틴과 결합하고, 그 결과 프로테아좀에 의해 분해된다고 설명했다. 따라서 누트린은 MDM2를 선점함으로써 결과적으로 프로테아좀에 의한 p53 단백질 분해 작용을 감소시키는 역할을 하는 것으로 판단할 수 있다.
⑤ 아드벡신은 정상적인 p53을 투입하여 DNA에 문제가 생긴 p53을 대신하는 것이지, 손상된 p53의 DNA를 정상 상태로 복원하는 것이 아니다. 또한 누트린은 p53의 양이 감소하도록 만드는 효소인 MDM2가 기능하지 못하게 만듦으로써 결과적으로 세포 내에 p53의 양을 증가하게 만드는 치료제이다.

수능 연계 포인트

연계 교재에서는 무한 개념의 발전 과정을 설명하면서 칸토어의 무한 연구가 지니는 의의를 제시한 글을 지문으로 제시하였다. 우리 교재에서는 칸토어의 집합론을 소개하며 무한 집합의 크기를 비교하려고 했던 칸토어의 시도와 그 영향력을 설명한 글을 지문으로 구성함으로써 칸토어의 무한 개념에 대한 이해를 넓힐 수 있도록 하였다.

- 해제   이 글은 무한의 개념을 바탕으로 무한 집합의 크기를 표시하려고 시도한 칸토어의 집합론을 소개하고 있다. 칸토어에 따르면 두 집합이 무한 집합이면서 일대일 대응 관계를 이루더라도 한 집합이 다른 집합의 부분 집합이면 두 무한 집합의 크기는 다르다. 특히 그는 초한수라는 개념을 통해 무한 집합의 크기를 표시하려고 하였는데, 이러한 그의 업적은 20세기 모든 수학의 기초를 집합론 위에서 새롭게 다지도록 할 만큼 큰 영향을 미쳤다.
- 주제   칸토어의 집합론의 기본 원칙 및 무한 집합
- 구성

1문단	무한수에 대한 문제 제기
2문단	칸토어의 집합의 정의 및 그의 집합론이 수학에 미친 영향
3문단	집합의 기본 원칙
4문단	무한 집합의 크기를 표시하기 위해 노력한 칸토어
5문단	칸토어 수학의 의의

060 글의 전개 방식 파악   답 ③

이 글은 칸토어의 집합론을 소개하는 내용으로, 무한의 개념을 바탕으로 무한 집합의 크기를 표시하기 위한 그의 노력과 학문적 의의를 서술하고 있다. 갈릴레오는 무한한 대상을 비교하는 것은 불가능하다고 보았으나, 칸토어는 무한 집합도 크기를 비교할 수 있다고 주장하였다. 그런데 갈릴레오나 칸토어가 사용한 무한 개념에는 변화가 없으므로, 무한의 개념이 변천하는 과정을 역사적으로 고찰하고 있다고 할 수 없다.

오답 피하기

① 2문단에서 칸토어의 집합론의 학문적 의의를, 5문단에서 무한 개념의 도입이 수학사에서 지니는 의의를 서술하고 있다.

② 2문단에서 '명확하게 구분되는 생각이나 인식들을 모아 놓은 것'으로 집합의 개념을 명확하게 정의하고 있다.

④ 1문단에서 '그러면 아무리 시간이 많아도 셀 수 없는 무한의 경우에는 어떻게 할까?'와 같이 무한과 관련된 질문을 통해 독자의 호기심을 불러일으키고 있다.

⑤ 3문단의 '예를 들어 모든 자동차의 집합이 있다고 하면 부분 집합인 '빨간 자동차' 집합은 모든 자동차의 집합보다 작거나 같다.' 등 구체적인 예시를 통해 집합의 특징을 설명하여 독자의 이해를 돕고 있다.

061 내용의 추론   답 ③

집합의 크기란 집합을 구성하는 원소의 개수를 의미한다. {1, 3, 5,

7, 9}와 {2, 4, 6, 8, 10}은 둘 다 원소의 개수가 5개이므로 두 집합의 크기는 같다.

오답 피하기

① 집합을 구성하는 원소의 순서는 중요하지 않기 때문에 {x, y, z}와 {z, y, x}는 같은 집합이다.

② 집합을 구성하는 원소의 개수가 유한 개일 경우 유한 집합, 무한 개일 경우 무한 집합이라고 하므로, 집합은 유한 집합과 무한 집합으로 나뉜다.

④ 집합 A의 어떤 원소가 집합 B의 원소일 경우 두 집합이 어떤 원소를 공통으로 포함하고 있는 것이므로 두 집합의 교집합의 기수는 1보다 크거나 같다.

⑤ 두 집합을 더해 탄생한 새로운 집합 안에는 두 집합의 모든 원소가 포함되지만 공통된 원소는 하나만 취한다고 하였다. $n(A)=2$, $n(B)=3$, 집합 A와 집합 B의 공통된 원소의 개수가 1개이므로 집합 A와 집합 B를 더한 집합의 기수는 $2+3-1=4$이다.

062 구체적 사례에의 적용   답 ⑤

4문단을 보면 칸토어는 자연수의 집합과 자연수 제곱의 집합의 크기를 비교하면서, 두 집합이 무한 집합이면서 일대일로 대응 관계를 이루지만, 자연수 제곱의 집합은 자연수의 집합의 부분 집합이 되므로 두 집합은 동치가 아니라고 하였다. 이를 바탕으로 자연수의 집합과 짝수의 집합을 비교하면, 두 집합 모두 무한 집합이고 일대일 대응 관계를 이루지만 짝수의 집합은 자연수의 집합의 부분 집합이므로 이 두 집단의 크기 또한 다르다는 것을 알 수 있다.

오답 피하기

① 4문단을 보면 '동치인', '~보다 큰', '~보다 작은'과 같은 개념을 무한에 적용하는 것이 불가능하다고 한 사람은 칸토어가 아니라 갈릴레오이다.

② 칸토어는 두 집합이 무한 집합이고 일대일 대응 관계에 있다고 하더라도 한 집합이 다른 집합의 부분 집합이라면 두 집합은 동치가 아니게 된다고 하였다.

③ 칸토어는 무한 집합이라 해도 한 집합이 다른 집합의 부분 집합이 될 수 있으므로 크기에 차이가 있을 수 있다고 하였다.

④ 칸토어는 초한수라는 개념을 통해 무한 집합의 크기를 표시함으로써 무한 집합의 크기를 비교하였으므로 칸토어의 입장과 다르다.

063 어휘의 의미 파악   답 ②

ⓑ의 '조명하다'는 '어떤 대상을 일정한 관점으로 바라보다.'라는 의미이므로, '노력이나 기술 따위를 들여 목적한 사물을 이루다.' 등의 의미를 지닌 '만들다'와 바꾸어 쓰기에 적절하지 않다.

오답 피하기

① ⓐ의 '충분하다'는 '모자람이 없이 넉넉하다.'라는 의미이다.

③ ⓒ의 '적용되다'는 '알맞게 이용되거나 맞추어져 쓰이다.'라는 의미이다.

④ ⓓ의 '형성하다'는 '어떤 형상을 이루다.'라는 의미이다.

⑤ ⓔ의 '탄생하다'는 '조직, 제도, 사업체 따위가 새로 생기다.'라는 의미이다.

연계 교재에서는 블록체인의 원리와 이를 바탕으로 하는 암호 화폐 비트코인의 작동 방식에 대해 설명한 글을 지문으로 제시하였다. 우리 교재에서는 블록체인의 암호화 방식, 연쇄적인 데이터 연결 구조 등에 대해 상세히 소개하여 신뢰성과 무결성을 확보하는 블록체인의 기술적 원리를 보다 깊이 있게 이해할 수 있도록 하였다.

- 해제 이 글은 암호 화폐의 근간이 되는 블록체인 기술이 높은 수준의 보안성을 가질 수 있는 이유를 설명하고 있다. 블록체인은 데이터에 오류가 없어야 한다는 무결성과, 위조나 변조가 불가능해야 한다는 신뢰성을 갖추기 위해, 일방 함수이자 충돌 회피성을 가진 해시 함수를 사용하여 데이터를 암호화하며 이렇게 암호화된 데이터들을 연쇄적으로 연결한다. 각 블록은 연쇄적인 계층을 이룬 머클 트리의 구조로 데이터를 저장하고, 각 블록에 이전 데이터의 정보를 담은 데이터를 포함시킴으로써 여러 블록들은 마치 사슬처럼 연결된다. 이러한 데이터 구조로 인해 어느 하나의 데이터가 변경되면 연결된 모든 데이터가 영향을 받아 전체 데이터 구조가 무효화된다. 이처럼 데이터 변경이 어려운 블록체인은 신뢰성과 무결성을 확보하며 강력한 보안성을 갖는다.
- 주제 높은 보안성을 지니는 블록체인의 원리
- 구성

1문단	P2P 시스템에 기반한 블록체인
2문단	블록체인에서 사용되는 해시 함수와 해싱
3문단	한 블록 내 데이터 구조인 머클 트리 구조
4문단	블록 헤더를 통한 블록 간의 연결
5문단	데이터 변경이 어려운 블록체인

064 세부 정보 파악　　　　　　답 ④

2문단에 따르면, 블록체인에서는 데이터의 무결성과 신뢰성 확보를 위해 모든 데이터를 해시 함수를 활용하여 암호화하고 있다. 그리고 3문단에 따르면, 블록체인은 이미 생성된 데이터의 변경이 거의 불가능하도록 데이터 구조가 만들어져 있다. 즉 블록체인의 데이터 구조는 하나의 블록 내에서 머클 트리 방식을 사용하고, 블록과 블록은 '이전 블록의 해시'가 포함되어 연쇄적으로 연결되어 데이터 변경이 거의 불가능하게 되어 있다. 따라서 블록체인은 해시 함수와 연쇄적 연결 구조를 통해 데이터의 무결성과 신뢰성을 확보하고 있음을 알 수 있다.

오답 피하기

① 1문단에 따르면, 블록체인을 구성하는 모든 노드들은 모두 동등한 권리를 가지고 동등한 역할을 수행하므로, 특정 노드의 통제를 받는 것은 아니다.
② 2문단에 따르면, 블록체인의 블록을 구성하는 데이터들은 모두 해시 함수를 사용하여 암호화한 해시값으로 되어 있다.
③ P2P 시스템에 기반한 블록체인에서 각 노드들이 계산 능력을 공유하는 것은 맞지만, 노드 각각이 하나의 블록 역할을 수행하는 것은 아니다. 1문단에 따르면 블록은 일정량의 데이터를 담고 있는 정보의 단위이며, 노드는 개별 서버를 가리킨다. 즉 불특정 다수의 노드에 블록들이 분산되어

저장되어 있는 것이다.
⑤ 1문단에서 블록체인의 블록들은 생성된 순서대로 연결된다고 하였으므로, 블록과 블록은 순차적으로 연결됨을 알 수 있다. 그리고 3문단에서 하나의 블록에는 내용 참조값이 암호화되어 저장되는데, 이때 머클 트리 구조를 취한다고 하였다. 이를 통해 하나의 블록 내에서 데이터들은 계층적인 방식으로 연결됨을 알 수 있다.

065 구체적 사례에의 적용　　　　　　답 ⑤

〈보기〉에서 '갑'은 해시값의 길이를 8자리로 설정하고 있다. 따라서 'G, H, I, J'의 네 문자를 더 추가하여 프로그램을 수정한다면 해시값의 길이가 늘어나는 것이 아니라 20개의 숫자와 문자를 사용한, 즉 20진수를 사용한 8자리 해시값을 얻게 된다. 20진수를 사용하므로 해시 함수의 보안성은 더 높아질 수 있지만, 해시값의 길이가 늘어나는 것은 아니다.

오답 피하기

① '가'는 입력값에 해당하고, 이를 해시 함수로 암호화한 출력값(해시값)이 '8C1A40D5'이다. 이렇게 출력값 '8C1A40D5'로 입력값 '가'를 알 수는 없으므로, 이를 통해 해시 함수가 지닌 일방향성을 확인할 수 있다(2문단).
② '가'와 '나'를 묶어 '가나'를 입력하여 'C215EA39'라는 해시값을 얻는 것은 둘 이상의 데이터에 해싱을 한 번만 적용하는 것으로 볼 수 있다. 따라서 이는 결합 해싱에 해당한다(2문단).
③ 〈보기〉의 프로그램에 'F32E00B7'를 입력한다고 했을 때, 이는 해시값을 입력값으로 하여 다시 해시 함수를 적용하여 새로운 해시값인 '1A4200CF'를 얻은 것에 해당한다. 이는 한 번 얻은 값을 다시 해싱하는 반복 해싱에 해당한다(2문단).
④ 2문단에 따르면, 해시 함수는 충돌 회피성을 가지고 있고, 해시값의 길이를 늘리면 해시 함수의 암호화 수준을 높일 수 있다. 따라서 〈보기〉의 해시 함수 프로그램에서 해시값은 곧 출력값이므로, 출력값의 길이를 10자리로 늘리면 8자리일 때보다 암호화 수준이 더 높아짐을 알 수 있다.

066 시각 자료에의 적용　　　　　　답 ③

블록 헤더 2에서 '이전 블록의 해시'는 B1로, 이는 [블록 1]의 해시 참조 RA를 입력값으로 해서 해시값을 얻는 반복 해싱을 사용한 결과이다. 블록 헤더 2에서 '머클 트리의 루트'는 RB로, 이는 하위 해시 참조 'R56'과 'R78'을 결합 해싱을 이용하여 생성한 해시값에 해당한다.

오답 피하기

① 3문단을 참고하면 R1~R4는 '내용 참조값'이 아니라, '내용 참조값'을 해시 함수로 암호화한 '해시 참조'이다.
② B2는 '이전 블록의 해시'에 해당하는 것으로, '블록 헤더'가 아니다. 또한 새롭게 [블록 3]이 생성된다면 B2는 [블록 3]의 블록 헤더의 구성 요소로서 '이전 블록의 해시'일 뿐, 머클 트리의 루트가 되는 것은 아니다.
④ RA와 RB는 모두 각각의 머클 트리의 최상위 해시 참조로, 각 블록이 가지고 있는 트랜잭션들의 위치 정보가 직접 기록된 것이 아니라 간접적이고 연쇄적인 방식으로 기록된 결과에 해당한다.
⑤ 4문단에서 최초로 만들어진 블록을 제외한 나머지 블록에 '이전 블록의 해시'가 포함된다고 하였으므로, 만일 새로운 블록이 3개가 더 추가된다면 마지막 블록의 블록 헤더에서 '이전 블록의 해시'는 B5가 아니라 B4가

생성되며, '머클 트리의 루트'는 RE가 생성될 것이다.

067 내용의 추론   답 ③

어떤 블록의 머클 트리 내에 있는 '해시 참조' 중 하나를 새로운 값으로 대체하면, 결과적으로 가장 상위에 있는 '머클 트리의 루트' 값이 달라지게 된다. 그런데 해당 블록의 '블록 헤더'는 '머클 트리의 루트'와 '이전 블록의 해시'로 구성되어 있다. 여기서 '이전 블록의 해시'는 이전 블록의 정보를 바탕으로 생성된 데이터이므로, 해당 블록의 '해시 참조'가 변경되더라도 바뀌지 않는다. 즉 '머클 트리의 루트'의 값은 바뀌지만, '이전 블록의 해시'의 값은 바뀌지 않는다. 따라서 다른 노드들이 해당 블록의 '블록 헤더'를 구성하는 두 가지 값 중 하나가 달라진 것을 감지하게 된다.

오답피하기
① 누군가 '트랜잭션 데이터'를 변경하면 그 내용 참조값을 해시 함수로 변환한 값인 '해시 참조' 값이 달라지게 되며, 이 '해시 참조'는 머클 트리의 구조 속에 있으므로, 관련된 '해시 참조' 값들이 달라지게 된다. 또한 머클 트리의 구조는 연쇄적 관계에 있으므로 결국 가장 상위에 있는 '머클 트리의 루트' 값도 달라지게 되고, 다른 노드들은 이러한 데이터 변화를 감지하게 된다.
② 누군가 어떤 블록의 '해시 참조' 중 하나를 변경하면, 머클 트리 구조 내에 있는 '해시 참조' 값들 중, 변경된 '해시 참조'를 입력값으로 해서 생성된 다른 '해시 참조' 값들이 달라지게 된다. 이로 인해 결국 '머클 트리의 루트' 값까지 달라지게 된다. 따라서 다른 노드들은 해당 블록의 '머클 트리의 루트' 값이 기존의 값과 달라진 것을 감지하게 된다.
④ 누군가 어떤 블록의 '머클 트리의 루트'를 새로운 값으로 대체하면, 해당 블록의 '블록 헤더'를 구성하는 값 중 일부가 달라지게 되고, 이로 인해 해당 블록과 연결된 다음 블록의 '블록 헤더'에 저장된 '이전 블록의 해시' 값이 달라지게 된다. 따라서 다른 노드들은 이러한 변화를 감지하게 된다.
⑤ 누군가 연결된 두 블록에 있는 각기 다른 두 '해시 참조'를 동시에 변경한다면, 두 블록의 머클 트리는 각각 변경되고, 이로 인해 '머클 트리의 루트' 값도 변하게 되므로, 노드들은 이를 감지하게 된다. 또한 두 블록이 연결되어 있으므로, 연결된 두 번째 블록의 '이전 블록의 해시' 값 역시 달라지며 다른 노드들은 이 역시 감지하게 된다.

068~071 | 미세 조류로 만든 바이오디젤

수능 연계 포인트

연계 교재에서는 바이오 연료 중 미세 조류를 이용한 바이오디젤의 생산 과정을 제시한 글을 지문으로 구성하였다. 우리 교재에서는 곡물 바이오디젤의 현황과 문제점, 그 대안으로 부상한 미세 조류 바이오디젤의 특징과 제작 과정, 앞으로의 해결 과제 등을 두루 다룬 글을 지문으로 구성함으로써 미세 조류 바이오디젤에 대한 전반적인 이해가 가능하도록 하였다.

- 해제   이 글은 연료 문제의 대안으로 떠오른 곡물 바이오디젤의 특징과 곡물 바이오디젤로 인한 문제점, 그리고 그것의 극복 방안으로 대두된 미세 조류 바이오디젤에 대해 다루고 있다. 곡물 바이오디젤은 식물성 기름으로 만들어 석유의 대체재로 떠오른 연료이다. 그러나 곡물을 주로 활용하다 보니 새로운 식량 문제를 야기하게 되었고, 현재는 이에 대한 대안으로 미세 조류를 활용한 바이오디젤이 연구되고 있다. 미세 조류를 이용한 바이오디젤은 곡물 바이오디젤에 비해 생산성이 높고, 환경에 영향을 적게 주며, 식량 가격에도 영향을 주지 않는 등 다양한 장점을 지니고 있다. 그러나 석유를 완전히 대체하기 위해서는 과제가 남아 있으므로 지속적인 연구가 필요하다.
- 주제   미세 조류 바이오디젤을 만드는 과정, 장점, 향후 과제
- 구성

1문단	현재 사용되고 있는 곡물 바이오디젤의 문제점
2문단	곡물 바이오디젤의 대안으로 떠오르고 있는 미세 조류 바이오디젤
3문단	미세 조류 바이오디젤을 만드는 과정
4문단	환경 오염을 줄이는 미세 조류 바이오디젤
5문단	미세 조류 바이오디젤 연구의 향후 과제

068 세부 정보 파악   답 ④

3문단에 따르면, 바이오디젤은 경유와 물성이 달라 차량에 문제를 일으킬 수 있어 대부분 2~5% 정도를 경유에 섞어 사용한다. 경유에 20%의 바이오디젤을 섞으면 배기가스 배출이 줄어든다는 내용은 4문단에 있으나, 주유소에서 20%를 섞어 사용하는 것은 아니다.

오답피하기
① 1문단에 따르면, 식용 작물 등을 이용해 바이오디젤을 만들면서 식용 작물의 가격이 오르고 식량의 가격도 오르며, 사람들이 이들 작물을 심기 위해 환경을 파괴하는 등 식량 문제와 환경 문제 등이 야기되었다.
② 2문단에서 미세 조류는 지질이 많아 바이오디젤의 원료로 사용되지만, 거대 조류는 탄수화물 성분이 많아 에탄올의 원료로 사용된다고 하였다.
③ 4문단에서 석탄 발전소처럼 고농도의 이산화 탄소가 배출되는 곳에서 미세 조류를 키우면 배출되는 이산화 탄소의 양을 줄일 수 있다고 하였다.
⑤ 5문단에서 미세 조류 바이오디젤이 현재는 연료로만 사용되고 있어, 연료 외에 화학 제품의 재료가 되는 석유를 완벽하게 대체하기 위해서는 관련 기술에 대한 개발이 필요하다고 하였다.

069 구체적 사례에의 적용   답 ⑤

4문단에서 미세 조류 바이오매스에서 지질을 추출할 때, 단백질이

나 탄수화물 같은 부산물을 얻을 수 있으며, 이를 동물의 사료로 활용할 수 있다는 내용을 확인할 수 있다. 따라서 남은 부산물을 동물의 사료로 활용하는 과정은 [C]에 해당한다. 또한 5문단에서 확인할 수 있듯이 부산물로 바이오 신소재를 생산하는 경우는 미세 조류 바이오매스로 화학 제품을 만들 수 있을 때이다.

오답 피하기
① 2문단에서 미세 조류인 클로렐라가 광합성을 통해 이산화 탄소를 에너지원으로 전환하여 사용하고 남는 에너지는 중성 지방 형태의 지질로 저장함을 알 수 있다. 따라서 [A]에서 미세 조류는 광합성을 통해 이산화 탄소로부터 얻은 에너지원을 사용하고 남은 에너지를 생체 내에 지질로 저장할 것임을 알 수 있다.
② 2문단에서 미세 조류는 배양 조건에 따라 생체 내에 많은 양의 지질이 축적될 수 있다고 하였다. 그런데 [A]에서 배양 조건은 이산화 탄소, 물, 미네랄, 태양광이므로, 어떤 비율로 배양 조건을 만드냐에 따라 미세 조류의 생체 내에 축적되는 지질의 양이 달라질 것임을 알 수 있다. 이렇게 미세 조류가 가지고 있는 지질은 [C]에서 추출되기 때문에, 배양 조건에 따라 [C]에서 추출되는 지질의 양 또한 달라질 것임을 알 수 있다.
③ 3문단에서 '미세 조류는 건조했을 때 전체 질량에서 지질이 차지하는 비율이 높아'진다고 하였다. 따라서 [B]에서 미세 조류의 수분을 최대한 제거하고 건조시킬수록 지질이 차지하는 비율이 높은 미세 조류 바이오매스를 생산할 수 있다.
④ 3문단에서 지질을 추출할 때는 유기 용매를 사용하고, 추출한 지질을 바이오디젤로 전환하는 과정에서는 메탄올과 산성 촉매를 사용한다는 것을 알 수 있다.

070 정보 간 관계 파악
답 ④

㉠의 재료는 석유로, 실제 매장되어 있는 양이 한정되어 있기 때문에 고갈될 위험이 높다. 하지만 ㉡의 재료는 육상 식물이고, ㉢의 재료는 미세 조류로 끊임없이 재배하고 배양할 수 있는 대상이기 때문에 ㉠과 달리 고갈될 위험이 적다. 1문단의 '곡물 바이오디젤은 대부분 콩기름이나 유채유와 같은 식물성 기름으로 만들어, 고갈 위험이 없고 환경 오염도 적다.'와 5문단의 '먼 훗날 석유가 고갈된다면 그 자리를 미세 조류 바이오디젤이 채우고 있을지도 모른다.'를 통해 ㉠은 고갈될 가능성이 높지만, ㉡과 ㉢은 고갈될 위험이 적음을 확인할 수 있다.

오답 피하기
① 1문단의 내용으로 보아 휘발유와 경유(㉠)는 고갈 위험이 있고 환경 오염을 일으키기 때문에 이에 대한 대체 연료로 바이오디젤(㉡과 ㉢)이 주목받고 있음을 알 수 있다.
② 미세 조류가 단위 면적당 생산성이 다른 식용 작물보다 월등히 뛰어나다는 2문단의 내용으로 보아 ㉡보다 ㉢의 생산성이 더 높을 것으로 추정할 수 있다.
③ ㉢뿐만 아니라 ㉡도 환경 오염이 적은 친환경 연료에 해당한다. 다만 ㉡을 만드는 원료가 되는 식물들을 심기 위해 인간들이 무분별하게 환경을 파괴하는 것이 문제가 될 뿐 ㉡ 자체가 환경 오염을 일으키는 것은 아니며, 또한 친환경 연료가 아닌 것은 아니다.
⑤ ㉠의 원재료는 석유인데, 석유도 땅속에서 천연으로 나오는 것이다. 이를 정제한 기름이 휘발유와 경유이다. 따라서 ㉠, ㉡, ㉢ 모두 자연에서 원료를 얻을 수 있다.

071 어휘의 의미 파악
답 ③

ⓒ의 '유발(誘發)'은 '어떤 것이 다른 일을 일어나게 함.'이라는 의미이다. '일이 어떤 방향으로 전개됨.'을 의미하는 단어는 '발전(發展)'이다.

오답 피하기
① ⓐ의 '주목(注目)'은 '관심을 가지고 주의 깊게 살핌. 또는 그 시선.'이라는 의미이다.
② ⓑ의 '전환(轉換)'은 '다른 방향이나 상태로 바뀌거나 바꿈.'이라는 의미이다.
④ ⓓ의 '대체(代替)'는 '다른 것으로 대신함.'이라는 의미이다.
⑤ ⓔ의 '고갈(枯渴)'은 '어떤 일의 바탕이 되는 돈이나 물자, 소재, 인력 따위가 다하여 없어짐.'이라는 의미이다.

수능 연계 포인트

연계 교재에서는 인공 지능에 이용되는 기계 학습의 개념과 그 방법인 지도 학습, 비지도 학습, 강화 학습에 대해 설명한 글을 지문으로 제시하였다. 우리 교재에서는 지도 학습과 비지도 학습의 구체적인 알고리즘들을 제시하면서 알고리즘 편향 문제까지 함께 다루어 기계 학습에 대한 이해를 넓히고, 문제를 통해 기계 학습 알고리즘을 사례에 적용하는 능력을 키울 수 있도록 하였다.

- **해제** 이 글은 기계 학습의 개념과 종류, 기계 학습 중 지도 학습의 대표적 유형인 의사 결정 트리 알고리즘과 비지도 학습의 대표적 유형인 병합적 군집 모델 알고리즘의 원리, 그리고 알고리즘 편향에 대해 설명하고 있다. 프로그래밍이 가능한 컴퓨터를 활용해 막대한 양의 데이터를 통계 처리하여 새로운 패턴을 찾아내는 기술을 기계 학습이라고 하는데, 기계 학습은 레이블의 유무에 따라 크게 지도 학습과 비지도 학습으로 구분된다. 지도 학습에 해당하는 의사 결정 트리 알고리즘은 나무를 거꾸로 세운 것과 같은 구조를 활용하여 입력된 데이터가 소속될 그룹을 알아내는 것을 목적으로 하며, 비지도 학습에 해당하는 병합적 군집 모델은 유사한 특성을 지닌 데이터를 묶어 트리 형태로 만들어 전체 데이터 세트가 가지고 있는 특징을 발견하는 것을 목적으로 한다. 그런데 기계 학습은 학습에 사용되는 데이터를 선택, 수집, 분류, 사용할 때, 그리고 알고리즘을 구성할 때 불공평한 기준이 개입되는 알고리즘 편향이 발생할 수 있다.
- **주제** 기계 학습의 개념 및 원리와 알고리즘 편향
- **구성**

1문단	기계 학습의 개념과 분류 기준
2문단	레이블의 개념 및 지도 학습과 비지도 학습의 명칭 유래
3문단	의사 결정 트리 알고리즘의 원리
4문단	병합적 군집 모델 알고리즘의 원리
5문단	병합적 군집 모델 알고리즘의 특징 및 기준점 설정 방법
6문단	알고리즘 편향의 개념과 발생 원인

072 내용의 추론 답 ④

4문단을 통해 비지도 학습의 대표적인 유형인 병합적 군집 모델의 목적은 유사한 특성을 지닌 데이터를 묶어 전체 데이터 세트가 가지고 있는 특징을 발견하는 것을 목적으로 한다는 점을 알 수 있다. 따라서 비지도 학습의 목적은 데이터 간의 유사성을 파악하여 군집된 데이터 세트의 특징을 발견하는 것임을 알 수 있다.

오답 피하기

① 3문단을 통해 지도 학습의 대표적 유형인 의사 결정 트리 알고리즘에서는 의사 결정 노드 수를 가능한 최소화해야 학습이 빨리 종료된다는 점을 알 수 있다. 데이터의 특성에 따라 거쳐야 하는 의사 결정 노드 수가 다를 수 있으므로, 입력된 데이터의 특성에 따라 학습의 종료 시간이 달라진다고 볼 수 있다.

② 1문단을 통해 레이블이 있으면 지도 학습에 해당한다는 점을, 2문단을 통

해 레이블은 학습 데이터의 속성을 분석하고자 하는 관점에서 정의한 것임을 알 수 있다. 3문단에서 의사 결정 트리 알고리즘의 이파리 노드의 속성값이 그룹을 대표하는 레이블이라고 하였으므로, 지도 학습을 성공적으로 수행하면 미리 설정된 레이블 중의 하나가 결과물로 출력된다는 점을 알 수 있다.

③ 1문단을 통해 컴퓨터가 기계 학습을 수행하기 위해서는 학습을 위한 데이터 세트와 데이터 세트를 통계 처리하기 위한 알고리즘이 필요하다는 점을, 3문단을 통해 지도 학습과 비지도 학습 모두 어떤 알고리즘을 입력하여 사용하느냐에 따라 여러 모델로 분류될 수 있다는 점을 알 수 있다. 따라서 기계 학습에 활용되는 컴퓨터는 사전에 입력된 알고리즘을 사용하여 데이터 세트를 처리한다고 볼 수 있다.

⑤ 5문단을 통해 병합적 군집 모델 알고리즘에서 단일 연결법으로 기준점을 선정하면 두 군집이 몇 개의 개체들로 연결된 고리 현상이 있을 경우 오류가 발생할 수 있지만, 완전 연결법으로 기준점을 선정하면 이러한 오류를 방지할 수 있다는 점을 알 수 있다. 따라서 비지도 학습에서 서로 다른 알고리즘을 활용하여 기계 학습을 수행하면 데이터 통계 처리의 오류를 확인할 수 있다고 볼 수 있다.

073 구체적 사례에의 적용 답 ②

3문단에 따르면, 의사 결정 트리 알고리즘에서 상황을 분류하는 부분을 의사 결정 노드라 하는데, 노드는 또 다른 줄기를 만드는 분기점이 된다. 〈보기〉에서 ⓛ과 ⓒ은 각각 그 아래의 줄기 및 이파리와 연결된다는 점에서 노드에 해당한다. 따라서 ⓛ과 ⓒ은 모두 다른 줄기를 만드는 분기점의 역할을 하고 있다.

오답 피하기

① ㉠은 트리의 맨 위에 위치하고 있으므로 '뿌리 노드', ⓛ은 그 아래에 또 다른 의사 결정 노드가 온다는 점에서 '줄기 노드'에 해당한다.

③ ㉣, ㉤은 모두 트리의 맨 아래에 위치하고 있는 이파리 노드로, 이파리 노드는 동그라미 모양으로 표시한다고 하였다.

④ 3문단을 통해 의사 결정 트리 알고리즘에서는 이파리 노드의 속성값이 바로 그룹을 대표하는 레이블이 됨을 알 수 있으므로, 〈보기〉의 알고리즘에서는 0~9까지, 모두 10개의 레이블을 속성값으로 사용하고 있다.

⑤ '5'를 인식하는 상황에서 필요한 의사 결정 노드는 '(ㄴ), (ㄱ), (ㄷ)'이며, '2'와 '7'을 인식하는 상황에서 필요한 의사 결정 노드는 '(ㄴ), (ㄱ), (ㄷ)'이다. 따라서 '5'를 인식하는 상황에서 필요한 의사 결정 노드의 수와 '2'와 '7'을 인식하는 상황에서 필요한 의사 결정 노드의 수는 3개로 서로 같다.

074 구체적 사례에의 적용 답 ③

병합적 군집 모델 알고리즘의 1단계에서 각 클러스터는 다른 모든 학습 데이터를 검색해 자신에게 가장 근접한, 즉 특성이 유사한 하나의 데이터를 찾고 두 개의 데이터는 하나의 클러스터로 묶이게 된다. 따라서 데이터 간 거리가 가까운 순서대로 데이터 간 거리가 2인 〈호영, 지선〉, 데이터 간 거리가 3인 〈철수, 영희〉가 각각 하나의 클러스터로 묶이고 '미진'은 자신만 존재하는 클러스터로 남아 있게 된다. 알고리즘 2단계에서는 기준점을 설정하여 클러스터를 묶게 되는데, 〈보기〉의 표를 통해 〈미진〉은 〈철수, 영희〉와 각각 9와 8의 거리 차이가 있는 반면 〈호영, 지선〉과는 각각 7과 6의 거리 차이가 있음을 알 수 있다. 또한 '호영'은 〈철수, 영희〉와 각각 7, 9

의 거리 차이가, '지선'은 〈철수, 영희〉와 각각 7과 8의 거리 차이가 있음을 알 수 있다. 알고리즘 2단계에서는 각 클러스터 간의 거리를 바탕으로 자신에게 가장 근접한 클러스터끼리 새로운 클러스터를 구성한다. 따라서 〈호영, 지선〉과 〈미진〉이 클러스터의 거리가 가장 가깝기 때문에 〈호영, 지선, 미진〉이 하나의 클러스터로 분류된다. 이때 단일 연결법은 두 클러스터의 데이터 간 거리 중 최솟값을 기준점으로 선정하므로 데이터 거리가 6인 '지선'과 '미진'의 거리가 기준점이 된다. '호영'과 '미진'의 거리는 완전 연결법을 사용할 때의 기준점이다.

오답 피하기
① 병합적 군집 모델 알고리즘의 1단계에서는 다른 모든 학습 데이터를 검색해 가장 자신에게 근접한 데이터를 찾고 그 두 개의 데이터는 하나의 클러스터로 묶이며 이때 클러스터 구성은 클러스터 간의 거리가 가까운 순서대로 진행된다. 〈보기〉의 표에서 클러스터 간 거리가 가장 가까운 고객은 데이터 간의 거리가 2인 '지선'과 '호영'이다. 따라서 1단계에서 맨 처음으로 하나의 클러스터로 묶이는 고객은 '호영'과 '지선'이다.
② 1단계에서 고객들의 클러스터 간 거리는 '호영'과 '지선'이 2, '철수'와 '영희'가 30이다. 따라서 1단계가 완료되면 〈호영, 지선〉, 〈철수, 영희〉가 각각의 클러스터로 분류되고, '미진'은 처음과 마찬가지로 자신만 존재하는 클러스터 상태로 남아 있게 된다. 따라서 1단계가 완료되면 '미진'이 속한 클러스터에는 '미진'을 제외한 다른 고객이 존재하지 않게 된다.
④ 1단계가 완료되면 〈호영, 지선〉, 〈철수, 영희〉, 〈미진〉의 3개의 클러스터가 존재하며, 2단계가 완료되면 〈호영, 지선, 미진〉, 〈철수, 영희〉의 2개의 클러스터가 존재한다. 따라서 2단계가 완료될 때 존재하는 클러스터의 수는 1단계가 완료될 때의 클러스터의 수보다 1개가 적다.
⑤ 3단계가 완료되면 〈철수, 영희, 호영, 지선, 미진〉이 모두 같은 클러스터로 분류되어 클러스터의 수는 한 개만 남는다. 병합적 군집 모델 알고리즘에서는 클러스터의 개수가 하나가 되면 알고리즘이 종료되므로, 3단계가 완료될 때 알고리즘이 종료된다.

075 세부 정보 파악 답 ①

6문단을 통해 알고리즘 편향은 학습에 사용되는 데이터를 선택, 수집, 분류, 사용하거나 알고리즘을 구성할 때 불공평한 기준이 개입되어 발생하는 것임을 알 수 있다. 알고리즘을 수행하기 위해 컴퓨터에 자료를 입력하는 과정은 알고리즘 편향과 관련이 없다.

오답 피하기
② 6문단을 통해 알고리즘 결과를 가나다 순서나 알파벳 순서로 출력되도록 설정함으로써 특정 호텔들이 소비자에게 더 우선적으로 노출되는 의도하지 않은 상황이 발생할 수 있다는 점을 알 수 있다. 따라서 인간의 의도와 상관없이 특정 집단에게 유리한 결과가 출력될 수 있다.
③ 6문단을 통해 알고리즘의 설계 단계에서 특정 인종이나 거주지에 대한 가중치를 의도적으로 높게 설정한 결과 백인이나 부자보다는 흑인이나 빈민촌에 거주하는 이들의 재범률이 더 높게 평가되었음을 알 수 있다. 따라서 알고리즘 설계 과정에서 특정 집단에 대한 편견이 반영될 때 알고리즘 편향이 발생한다는 점을 알 수 있다.
④ 6문단을 통해 재범 가능성을 계산하기 위해 분석 자료로 활용한 판결 내용 자체에 이미 판사의 편향적 생각이 반영된 것으로 확인되었음을 알 수 있다. 따라서 인간의 의도적 편향이 담긴 자료를 학습 데이터로 활용할 때 알고리즘 편향이 발생한다는 것을 알 수 있다.

⑤ 6문단을 통해 사람의 얼굴 인식을 위한 기계 학습을 위해 선택된 대표적 샘플이 특정 집단, 특히 알고리즘 개발자가 속한 집단에 치중될 가능성이 높다는 점을 알 수 있다. 따라서 특정 집단의 특성이 반영된 데이터를 학습 데이터로 활용할 때 알고리즘 편향이 발생할 수 있음을 알 수 있다.

076 어휘의 의미 파악 답 ④

ⓓ와 '우리는 열무 열 개씩을 한 단으로 묶어서 팔았다.'의 '묶다'는 모두 '여럿을 한군데로 모으거나 합하다.'의 의미로 사용되었다.

오답 피하기
① '그는 동굴에서 숨겨진 보물을 찾아냈다.'의 '찾아내다'는 '찾기 어려운 사람이나 사물을 찾아서 드러내다.'라는 의미로, '모르는 것을 알아서 드러내다.'의 의미로 사용된 ⓐ와 문맥적 의미가 다르다.
② '바둑에서 상대방의 다음 수를 읽기는 쉽지 않다.'의 '읽다'는 '바둑이나 장기에서, 수를 생각하거나 상대편의 수를 헤아려 짐작하다.'라는 의미로, '컴퓨터의 프로그램이 디스크 따위에 든 정보를 가져와 그 내용을 파악하다.'의 의미로 사용된 ⓑ와 문맥적 의미가 다르다.
③ '그는 처음에는 기자로 사회생활을 시작하였다.'의 '시작하다'는 '어떤 일이나 행동이 어떤 사건이나 장소에서 처음으로 발생하다. 또는 그렇게 되게 하다.'라는 의미로, '어떤 일이나 행동의 처음 단계를 이루거나 그렇게 하게 하다.'의 의미로 사용된 ⓒ와 문맥적 의미가 다르다.
⑤ '그는 간단한 옷차림을 하고 약속 장소로 나왔다.'의 '간단하다'는 '간편하고 단출하다.'라는 의미로, '단순하고 손쉽다.'의 의미로 사용된 ⓔ와 문맥적 의미가 다르다.

memo

정답 체크 본문 p. 58-75

077 ④	078 ①	079 ①	080 ②	081 ③	082 ③
083 ⑤	084 ⑤	085 ②	086 ①	087 ①	088 ④
089 ⑤	090 ④	091 ④	092 ③	093 ②	094 ④
095 ④	096 ①	097 ③	098 ①	099 ⑤	100 ②
101 ②	102 ③	103 ⑤	104 ③	105 ④	106 ⑤
107 ②	108 ③	109 ④	110 ④	111 ④	112 ③

077~082 (가) 예술의 정의에 대한 미학 이론
(나) 예술 작품에 대한 주요 비평 방법

수능 연계 포인트 ✦ 연계 기출 2021학년도 9월 평가원

연계 교재에서는 사회적 맥락을 고려하여 예술 개념을 새롭게 정의한 '예술 제도론'에 대해 설명한 글을 지문으로 제시하였다. 우리 교재에서는 '예술 제도론'을 포함하여 예술의 정의에 대한 미학 이론들을 시대순으로 제시한 글과 예술 작품에 대한 주요 비평 방법을 설명한 글을 엮은 기출 지문을 통해 예술의 개념에 대한 이해를 확장할 수 있도록 하였다.

(가) 예술의 정의에 대한 미학 이론

- 해제   이 글은 예술의 정의에 대한 미학 이론들을 시대순으로 설명하고 있다. 예술의 정의에 대한 최초의 이론은 아리스토텔레스의 말에서 비롯된 모방론이다. 재현의 투명성 이론을 전제하는 모방론은, 18세기 말 모방을 필수 조건으로 삼지 않는 낭만주의 사조가 나타나면서 쇠퇴하였다. 이후 20세기 초에 낭만주의 예술가의 작품을 예술로 인정해 줄 수 있는 새로운 예술 이론으로, 예술가의 마음을 예술의 조건으로 규정하는 콜링우드의 표현론과, 작품 자체의 고유 형식을 중시하는 벨의 형식론이 나타났다. 그런데 20세기 중반 뒤샹의 「샘」이 발표되면서 기존 이론으로는 이를 설명할 수 없게 되자, 예술의 정의에 대한 논의 자체가 불필요하다는 웨이츠의 예술 정의 불가론과, 일정한 절차와 관례를 거치면 모두 예술 작품으로 볼 수 있다는 디키의 제도론이 등장하였다. 예술의 정의와 관련된 이러한 논의들은 모두 예술 작품의 공통된 본질을 찾으려는 시도이자 예술의 필요충분조건을 찾으려는 시도로 볼 수 있다.
- 주제   예술의 정의에 대한 다양한 미학 이론의 전개 과정
- 구성

1문단	예술의 정의에 대한 미학 이론 ① – 18세기 말 이전의 모방론
2문단	예술의 정의에 대한 미학 이론 ② – 20세기 초의 표현론과 형식론
3문단	예술의 정의에 대한 미학 이론 ③ – 20세기 중반의 예술 정의 불가론
4문단	예술의 정의에 대한 미학 이론 ④ – 20세기 중반의 제도론

(나) 예술 작품에 대한 주요 비평 방법

- 해제   이 글은 예술 작품을 감상하고 비평하는 세 가지 주요 방법에 대해 설명하고 있다. 우선 맥락주의 비평은 작품이 창작된 사회적·역사적 배경에 초점을 두고 가급적 많은 자료를 활용하여 작품을 분석하고 해석한다. 하지만 이러한 맥락주의 비평은 작품 외적인 면에 치중하여 작품의 본질을 훼손할 우려가 있다는 비판을 받는데, 이 문제점을 극복할 수 있는 방법으로는 형식주의 비평과 인상주의 비평이 있다. 형식주의 비평은 작품의 형식적 요소와 그 요소들 간 구조적 유기성의 분석에 초점을 두는 방법이다. 이와 달리 인상주의 비평은 비평가가 자신의 자유 의지에 따라 자율적이고 창의적으로 작품을 분석해야 한다고 본다.
- 주제   예술 작품의 의미와 가치에 대한 다양한 해석과 판단 방법
- 구성

1문단	예술 작품에 대한 주요 비평 방법
2문단	맥락주의 비평
3문단	형식주의 비평
4문단	인상주의 비평

077 글의 전개 방식 파악 답 ④

(가)는 1문단에서 화제인 예술의 정의와 관련된 관점으로 모방론을 먼저 제시한 다음에 낭만주의 사조의 작품을 예술로 인정할 수 없다는 모방론의 문제점을 지적하고, 이어 2문단에서 그것을 극복할 수 있는 새로운 이론인 표현론과 형식론을 소개하고 있다. 그리고 3문단과 4문단에서, 표현론과 형식론으로는 정의하기 어려운 뒤샹의 「샘」이 발표되자 이에 대응할 수 있는 새로운 예술 이론인 예술 정의 불가론과 제도론을 소개하고 있다. 한편 (나)는 1문단에서 예술 작품의 주요 비평 방법이라는 화제를 제시하고, 2문단에서 맥락주의 비평을 먼저 제시한 뒤, 3문단에서 맥락주의 비평이 지닌 문제점을 지적하고 그것을 극복할 수 있는 새로운 비평 방법인 형식주의 비평과 인상주의 비평을 3, 4문단에 걸쳐 소개하고 있다. 따라서 (가)와 (나)는 모두 화제와 관련된 관점의 문제점을 제시한 다음, 그 문제점을 해결하기 위한 대안적 관점을 소개하고 있다.

오답피하기

① (가)에서 예술의 정의에 대한 기존의 이론과 그에 대한 대안으로 제시되는 이론, 또 (나)에서 맥락주의 비평과 맥락주의 비평의 문제점을 극복하기 위한 방법으로 제시된 형식주의·인상주의 비평을 대립되는 관점으로 볼 수도 있지만, 이러한 관점들이 수렴(의견이나 사상 따위가 여럿으로 나뉘어 있는 것을 하나로 모아 정리함.)되는 과정을 밝히고 있지는 않다.

② (가)와 (나) 모두 예술과 관련된 다양한 이론이나 비평 방법들을 소개하고 있다. 그런데 (가)에서는 마지막 문단에서 여러 이론들을 평가하여 종합적 결론을 도출하고 있지만, (나)에서는 각각의 이론을 소개하고 있을 뿐 그것을 평가하거나 종합적 결론을 도출하고 있지는 않다.

③ (가)와 (나)는 모두 예술과 관련된 다양한 이론이나 비평 방법들을 서로 간의 차이점을 중심으로 소개하고 있다. 그러나 (가)와 (나) 모두 예술과 관련된 이론이나 비평 방법들이 사회에 미치는 영향을 분석하고 있지는 않다.

⑤ (가)에서는 예술의 정의와 관련된 다양한 이론을 시대순으로 설명하면서 일부 이론과 관련하여 뒤샹의 사례를 활용하고 있다. 그러나 하나의 사례를 중심으로 하여 다양한 이론을 나열하고 있지는 않다. (나) 또한 예술 비평과 관련된 다양한 이론을 나열하고 있지만, 하나의 사례를 중심으로 이를 설명하거나 시대순으로 나열하고 있지는 않다.

078 세부 정보 파악　　　　답 ①

(가)의 2문단에 따르면, 벨의 형식론은 예술 감각이 있는 비평가들만이 직관적으로 식별할 수 있고 정의는 불가능한 어떤 성질을 일컫는 '의미 있는 형식'을 통해 그 비평가들에게 미적 정서를 유발하는 작품을 예술 작품이라고 본다. 따라서 형식론은 미적 정서를 유발할 수 있는 어떤 성질, 즉 의미 있는 형식을 근거로 예술 작품의 여부를 판단한다고 할 수 있다.

오답 피하기
② (가)의 2문단에 따르면, 형식론은 '예술 감각이 있는 비평가들만'이 직관적으로 식별할 수 있는 '의미 있는 형식'을 통해 예술 작품의 여부를 판단한다. 따라서 '모든 관람객'이 직관적으로 식별할 수 있는 형식을 통해 예술 작품의 여부를 판단한다는 이해는 적절하지 않다.

③ (가)의 2문단에 따르면, 콜링우드는 진지한 관념이나 감정과 같은 예술가의 마음을 예술의 조건으로 규정하는 표현론을 제시하면서 진정한 예술 작품은 물리적 소재를 통해 구성될 필요가 없는 정신적 대상이라고 하였다. 따라서 감정을 표현하는 모든 작품을 예술로 보는 것은 형식론이 아니라 표현론의 관점에 해당한다.

④ (가)의 2문단에 따르면, 콜링우드는 진지한 관념이나 감정과 같은 예술가의 마음을 예술의 조건으로 규정하는 표현론을 제시하였다. 따라서 외부 세계의 어떤 대상을 작가 내면의 관념으로 표현하는 것을 예술의 조건으로 주장하는 것은 형식론이 아니라 표현론의 관점에 해당한다.

⑤ (가)의 4문단에 따르면, 디키의 제도론은 예술계라는 어떤 사회 제도에 속하는 한 사람 또는 여러 사람에 의해 감상의 후보 자격을 수여받은 인공물을 예술 작품으로 규정한다. 따라서 특정한 사회 제도에 속하는 모든 예술가와 비평가가 자격을 부여한 작품을 예술 작품으로 판단한다는 이해는 형식론이 아닌 제도론의 관점과 유사하다. 그러나 제도론은 예술계에 속하는 한 사람만이 자격을 부여한 작품도 예술 작품으로 판단한다.

079 관점의 비교　　　　답 ①

(가)의 1문단에 따르면, 모방론은 대상의 재현을 예술의 전제로 본다. 즉 예술 작품의 대상과 그 대상의 재현인 예술 작품이 서로 닮은꼴이어야 한다. 그런데 3문단에 따르면, 뒤샹은 대상인 변기를 재현한 것이 아니라 변기를 그대로 가져다가 「샘」이라는 제목을 붙여서 전시한 것일 뿐이다. 따라서 모방론의 입장에서 볼 때 뒤샹의 작품 「샘」은 대상을 사실적으로 재현, 즉 모방한 것이 아니므로 예술 작품이 되기 위한 필요충분조건을 갖추고 있다고 평가하지 않을 것이다.

오답 피하기
② (가)의 1문단에 따르면, 낭만주의는 예술가의 독창적인 감정 표현을 중시하면서 외부 세계에 대한 왜곡된 표현을 허용한다. 이와 달리 모방론은 외부의 대상과 그 대상의 재현이 닮은꼴이어야 한다(대상의 사실적 재현)

는 재현의 투명성 이론을 예술의 전제로 삼는다. 따라서 낭만주의 예술가는 모방론자에게 대상을 재현하기만 하면 예술가의 감정을 표현하지 않은 작품도 예술 작품으로 인정하는 모방론자의 견해는 받아들일 수 없다고 말할 수 있다.

③ (가)의 2문단에 따르면, 표현론은 진지한 관념이나 감정과 같은 예술가의 마음을 예술의 조건으로 규정하며, 진정한 예술 작품은 물리적 소재와 무관한 정신적 대상이라고 본다. 그리고 1문단에 따르면, 낭만주의는 예술가의 독창적인 감정 표현을 중시하며 외부 세계에 대한 왜곡된 표현을 허용한다. 따라서 표현론자는 낭만주의 예술가의 작품에 대해 예술가의 마음을 표현한 것이므로 대상을 사실적으로 재현하지 않아도 예술 작품이라고 평가할 수 있다.

④ 뒤샹은 외부의 대상인 변기를 그대로 가져다가 제목을 붙여서 예술 작품으로 전시하였다. 그리고 (가)의 4문단에 따르면, 제도론은 예술계에 속하는 한 사람 또는 여러 사람에 의해 감상의 후보 자격을 수여받는 절차와 관례를 거치기만 하면 모두 예술 작품으로 본다. 이는 뒤샹이 「샘」이라는 제목을 붙여 전시한 변기 외에 다른 일반적인 변기들도 예술계에게 감상의 후보 자격을 승인받는 일정한 절차와 관례만 거치면 예술 작품이 될 수 있음을 의미한다.

⑤ (가)의 2문단에 따르면, 표현론은 진지한 관념이나 감정과 같은 예술가의 마음을 예술의 조건으로 규정한다. 그런데 3문단에 따르면, 예술 정의 불가론은 모든 예술이 서로 이질적이므로 그것들을 아우르는 정의는 참과 거짓을 판정할 수 없는 사이비 명제로 본다. 따라서 예술 정의 불가론자는 표현론자의 견해에 대해 예술가의 관념을 예술 작품의 조건으로 규정할 때 사용하는 명제는 참과 거짓을 판단할 수 없기 때문에 받아들일 수 없다고 말할 수 있다.

080 구체적 사례에의 적용　　　　답 ②

(가)의 4문단에 따르면, 디키는 예술계라는 어떤 사회 제도에 속하는 한 사람 또는 여러 사람에 의해 감상의 후보 자격을 수여받은 인공물을 예술 작품으로 규정하는 제도론을 주장하였다. 이 관점을 적용하면, 아버지가 신던 신발을 그린 화가 A의 작품 「그리움」은 예술계에 속하는 누군가에 의해 감상의 후보 자격을 수여받았기 때문에 예술 작품으로 평가된다고 보아야 하지, 그림의 대상인 신발의 원래 주인이 화가였다는 사실 때문에 예술 작품으로 평가된다고 보는 것은 적절하지 않다.

오답 피하기
① (가)의 2문단에 따르면, 콜링우드는 진지한 관념이나 감정과 같은 예술가의 마음을 예술의 조건으로 규정하는 표현론을 주장하였다. 이 관점을 화가 A의 그림에 적용하면, 화가 A가 아버지가 신던 낡은 신발을 그려서 「그리움」이라는 제목을 붙인 것은 아버지에 대한 그리움을 갖고 있었기 때문이라고 할 수 있다.

③ (나)의 2문단에 따르면, 텐은 예술 작품이 창작된 당시 예술가가 살던 시대의 환경, 정치·경제·문화적 상황, 작품이 사회에 미치는 효과 등을 예술 작품 비평의 중요한 근거로 삼아야 한다고 보며, 작품이 창작된 시대적 상황 외에도 작가의 심리적 상태와 이념을 포함하여 가급적 많은 자료를 바탕으로 작품을 분석하고 해석해야 한다고 주장하였다. 이 관점을 적용하면, 팸플릿에 소개된 화가 A의 예술가 정신에 대한 정보(자료)를 바탕으로 아버지의 낡은 신발은 화가 A가 추구하는 예술가 정신(이념)의 상징이라고 해석할 수 있다.

④ (나)의 3문단에 따르면, 프리드는 형식주의 비평가로, 선, 색, 형태 등의

조형 요소와 비례, 율동, 강조 등과 같은 조형 원리를 예술 작품의 우수성을 판단하는 기준이라고 주장하였다. 이 관점을 적용하면, 따뜻한 계열의 색들을 유기적으로 구성했다는 것에 초점을 두고 그림의 우수성을 언급할 수 있다.

⑤ (나)의 4문단에 따르면, 프랑스는 예술 작품을 보는 자신의 생각과 느낌에 대하여 자율성과 창의성을 가지고 비평해야 한다고 주장하였다. 이 관점을 적용하면, 그림 속의 낡고 색이 바랜 신발을 보고, 지친 자신의 삶에서 편안함과 여유를 느꼈다며 자신의 생각과 느낌을 중심으로 서술할 수 있다.

081 관점의 적용   답 ③

(나)의 4문단에 따르면, 인상주의 비평(ⓒ)은 작가의 의도 등을 고려할 필요 없이 비평가가 자신의 생각과 느낌에 대하여 자율성과 창의성을 가지고 작품을 비평한다. 이러한 인상주의 비평의 관점에서 본다면 B에서 '슬퍼 보이고'와 '고통을 호소하고'라는 표현은 「게르니카」를 그린 작가의 심리적 상태가 아니라 「게르니카」를 본 비평가의 느낌을 서술한 것으로 이해해야 한다.

오답 피하기

① (나)의 2문단에 따르면, 맥락주의 비평(㉠)은 주로 예술 작품이 창작된 사회적·역사적 배경에 관심을 갖고 이를 예술 작품 비평의 중요한 근거로 삼는다. 이를 고려할 때, A에서 '1937년'에 '게르니카'에서 발생한 사건을 언급한 것은 「게르니카」와 관련된 역사적 정보를 바탕으로 작품을 해석하기 위한 것이라고 이해할 수 있다.

② (나)의 2문단에 따르면, 맥락주의 비평(㉠)은 예술 작품이 사회에 미치는 효과 등을 예술 작품 비평의 중요한 근거로 삼는다. 이를 고려할 때, A에서 비극적 참상을 '전 세계에 고발'하였다고 서술한 것은 「게르니카」가 사회에 미치는 효과를 드러내고자 한 것이라고 이해할 수 있다.

④ (나)의 4문단에 따르면, 인상주의 비평(ⓒ)은 비평가가 다른 저명한 비평가의 관점과 상관없이 자신의 생각과 느낌에 대하여 자율성과 창의성을 가지고 비평한다. 이를 고려할 때, B에서 '우울한 색과 기괴한 형태'를 언급한 것은 「게르니카」에 대한 비평가의 주관적 인상을 드러낸 것이라고 이해할 수 있다.

⑤ (나)의 4문단에 따르면, 인상주의 비평(ⓒ)은 작가의 의도나 그 밖의 외적인 요인들을 고려할 필요 없이 비평가의 자유 의지로 무한대의 상상력을 가지고 작품을 해석하고 판단한다. 이를 고려할 때, B에서 '희망을 갈구하는'이라고 서술한 것은 「게르니카」에 대한 비평가의 자유로운 상상력이 반영된 것이라고 이해할 수 있다.

082 어휘의 의미 파악   답 ③

ⓒ는 '사물의 이치나 지식 따위를 해명하기 위하여 논리적으로 정연하게 일반화한 명제의 체계.'라는 뜻의 '이론(理論)'이며, ③에서의 '이론'은 '달리 논함. 또는 다른 이론(理論)이나 의견.'이라는 뜻의 '이론(異論)'이다. 따라서 ⓒ와 ③의 '이론'은 한자 표기가 다른 동음이의어이다.

오답 피하기

① ⓐ와 ①에서의 '전제(前提)'는 모두 '어떠한 사물이나 현상을 이루기 위하여 먼저 내세우는 것.'이라는 뜻으로 사용되었다.

② ⓑ와 ②에서의 '시기(時期)'는 모두 '어떤 일이나 현상이 진행되는 시점.'이라는 뜻으로 사용되었다.

④ ⓓ와 ④에서의 '근거(根據)'는 모두 '어떤 일이나 의논, 의견에 그 근본이 됨. 또는 그런 까닭.'이라는 뜻으로 사용되었다.

⑤ ⓔ와 ⑤에서의 '시각(視角)'은 모두 '사물을 관찰하고 파악하는 기본적인 자세.'라는 뜻으로 사용되었다.

수능 연계 포인트

연계 교재에서는 성리학의 중심 이론인 이기론에서 '이'와 '기'의 개념 및 율곡 이이의 이기론과 기정진의 이기론을 설명한 글을 지문으로 제시하였다. 우리 교재에서는 성리학의 창시자인 주희, 퇴계 이황, 율곡 이이의 이기론을 설명한 글과 서양 중세 철학의 보편 논쟁에 대해 설명한 글을 엮어 주제 통합 지문으로 구성함으로써, 동양과 서양에서 유사하게 나타나는 철학적 사유를 아울러 이해할 수 있도록 하였다.

(가) 보편 논쟁

- **해제** 이 글은 서양의 중세 철학에서 중요한 흐름을 형성한 보편 논쟁에 대해 소개하고 있다. 보편 논쟁은 플라톤 이래로 서양 철학사에서 줄곧 이어져 온 대표적인 논쟁 중 하나로, 보편자가 먼저 존재함으로써 개별자가 존재할 수 있다고 본 실재론과 보편자는 개별자가 존재한 이후에 구성된 이름일 뿐이라는 유명론이 팽팽하게 맞선 논쟁이었다. 이 논쟁은 신의 존재 및 절대성과 결부되어 기독교 신학에 바탕을 둔 스콜라 철학을 뜨겁게 달구었다. 이런 가운데 등장한 개념론은 실재론과 유명론의 이분법적 논리에서 벗어나 보편 논쟁의 한계를 변증법적으로 뛰어넘고자 하였다. 보편 논쟁은 중세 스콜라 철학에서 활발하게 전개되다가 신의 영향에서 벗어나 경험과 합리성을 중심으로 전개된 근세 철학의 발전과 더불어 관심 대상에서 멀어지게 되었다.

- **주제** 중세 서양에서 전개된 보편 논쟁

- **구성**

1문단	플라톤이 주장한 이데아론
2문단	중세에 전개된 실재론과 유명론 간 보편 논쟁
3문단	보편 논쟁의 중심 과제였던 신의 증명 문제
4문단	보편 논쟁의 한계를 뛰어넘은 개념론
5문단	근세 철학의 발전으로 관심 대상에서 멀어진 보편 논쟁

(나) 이기론

- **해제** 이 글은 중세 서양 철학의 보편 논쟁과 유사한 철학적 사유를 보여 준 동양의 이기론에 대해 설명하고 있다. 성리학을 창시한 주희는 '이'를 개별 사물의 생성에 앞서 존재하는 것으로 받아들였다. 이런 점에서 주희의 이기론은 서양의 실재론과 통하는 철학적 사유를 전개했다고 볼 수 있다. 주희의 사상을 이어받은 퇴계 역시 '이'를 능히 발동하는 존재로 보면서 보편자의 존재성을 분명히 했다는 점에서 실재론에 가까운 사유를 전개했다고 볼 수 있다. 반면 율곡은 '이'가 현실 세계에서 항상 '기'와 더불어 존재한다는 입장에서 이기론을 받아들였는데, 이것은 '보편은 개체 안에 있다.'라는 명제로 표현된 아벨라르의 개념론과 통하는 것이었다.

- **주제** 이기론의 개념과 수용 양상

- **구성**

1문단	서양의 보편 논쟁에 비견되는 동양의 이기론
2문단	'이'와 '기'의 개념과 특성
3문단	'이'에 대한 주희와 퇴계의 주장
4문단	'이'와 '기'에 대한 율곡의 주장

083 글의 전개 방식 파악 답 ⑤

(가)는 '보편자'와 '개별자'라는 특정 개념을 둘러싸고 서양에서 전개된 보편 논쟁에 대해 설명하고 있다. 그리고 (나)는 서양의 '보편자' 및 '개별자'와 유사한 성격을 지닌 동양의 '이'와 '기' 개념이 '주희', '퇴계', '율곡' 등의 학자에게 어떻게 수용되었는지를 설명하고 있다. 즉 (가)는 특정한 개념을 둘러싼 논쟁의 전개 과정을, (나)는 특정한 개념과 유사성을 지닌 개념의 수용 양상을 설명하고 있다.

오답 피하기

① (가)는 2문단에서 이론적으로 보편 논쟁을 뒷받침하는 실재론, 유명론 등과 같은 사상들을 언급하고 있으나, 이들의 장단점을 분석하고 있지는 않다. 그리고 (나)는 이기론의 '이'와 '기'가 학자들에게 수용된 양상을 설명하고 있을 뿐, 특정한 논쟁이나 이를 뒷받침하는 사상들의 장단점을 분석하고 있지 않다.

② (가)와 (나)는 각각 '보편자'와 '개별자', '이'와 '기'라는 개념에 대해 다루고 있으나, 이것이 철학 사상의 발전에 미친 영향에 대해서는 서술하고 있지 않다.

③ (가)는 2, 3문단에서 보편 논쟁의 핵심 쟁점인 보편자의 실재성에 대해 언급하고 이에 대한 중세 교회의 입장을 제시하고 있을 뿐, 이것이 사회 변화에 미친 영향에 대한 다각적 평가는 나타나 있지 않다.

④ (나)는 2~4문단에서 '이'와 '기'의 개념과 이에 대한 여러 학자들의 주장을 제시하고 있을 뿐, 특정한 논쟁의 진행 과정에서 도출된 문제점과 그에 대한 해결책을 제시하고 있지 않다.

084 세부 정보 파악 답 ⑤

(나)의 1문단에서 중세 서양 철학에서 주된 논쟁의 대상이 되었던 '보편자'와 '개별자'는 비슷한 시기 중국에서 전개된 '이기론'의 '이'와 '기'와 비슷한 점이 많이 있었다고 하였다. 그런데 (가)의 5문단에서 서양의 보편 논쟁은 근세 철학의 발전과 더불어 관심 대상에서 멀어졌다고 하였다. 따라서 이기론이 중세 철학 이후에 전개된 서양의 근세 철학과 비슷한 사유 체계를 보여 주었다는 설명은 적절하지 않다.

오답 피하기

① (가)의 1문단에 따르면, 플라톤은 현실 세계에 존재하는 개별적인 원들은 이데아에 존재하는 원의 본성을 나누어 가진 것으로, 그 본성을 불완전하게 구현한 것들이라고 보았다. 따라서 플라톤에 따르면 현실 세계에 존재하는 원은 이데아에 존재하는 원의 본성을 불완전하게 구현한 것에 불과하다고 할 수 있다.

② (가)의 3문단에 따르면, 중세의 보편 논쟁은 신의 존재를 증명해야 하는 과제를 안고 있었으며, 실재론을 대표하는 안셀무스와 유명론을 대표하는 로스켈리누스에 의해 구체적인 논의로 전개되었다. 따라서 중세의 보편 논쟁은 신의 존재를 증명하는 구체적인 논의로 전개되었다고 할 수 있다.

③ (가)의 3문단에 따르면, 보편자가 그 어딘가에 따로 존재하는 것은 아니라는 로스켈리누스의 주장은, 보편적 권능의 존재를 통해 신의 존재를 설파해야 했던 중세 교회의 입장에서는 받아들이기 어려웠다. 이에 따라 중세 교회는 실재론만을 정통으로 인정하고 로스켈리누스의 주장과 같은 유명론은 배척했다. 따라서 로스켈리누스의 주장은 중세 교회의 배척을 받았다고 할 수 있다.

④ (나)의 2문단에 따르면, '기'는 세상 만물을 구성하는 질료이자 세상 만물을 생성하는 도구이다. 또한 '기'는 시간적인 선후 그리고 공간적인 시작과 끝을 가지면서 작동하는 물질적 요소이다. 따라서 '기'는 '이'와 달리 세상 만물의 구성 요소로서, 시간과 공간의 제약을 받으며 작동한다고 할 수 있다.

085 구체적 사례에의 적용　　　　답 ②

〈보기〉에서 '철학자'는 일반 명사로 보편자에, '소크라테스'와 '영수'는 고유 명사로 개별자에 해당한다. 그런데 (가)의 3문단에 따르면, 실재론을 대표하는 안셀무스는 보편자가 시간과 공간을 초월하여 개별자와 무관하게 존재한다고 보았다. 즉 ㉠에서는 개별자의 존재 여부와 상관없이 보편자가 실재한다고 본 것이다. 따라서 '소크라테스'와 '영수'와 같은 개별자가 존재함으로써 보편자인 '철학자'가 실재성을 가지게 된다는 이해는 ㉠의 관점에 부합하지 않는다.

오답 피하기
① (가)의 2문단에 따르면, 실재론에서는 보편자가 먼저 존재함으로써 개별자가 존재할 수 있다고 보았으며, 보편자에 실재성을 부여하였다. 즉 ㉠에서는 보편자가 개별자에 선행하여 실재한다고 본 것이다. 따라서 보편자인 '철학자'가 '소크라테스'나 '영수'에 선행하여 실재한다는 이해는 ㉠의 관점에 부합한다.
③ (가)의 2문단에 따르면, 유명론에서는 보편자는 개별자가 존재한 이후에 구성된 이름일 뿐이며, 보편자를 인간의 지적 능력 속에만 존재하는 것으로 보았다. 또한 3문단에 따르면, 유명론을 대표하는 로스켈리누스는 실제로 존재하는 것은 오로지 구체적이고 감각 가능한 개별자일 뿐이라고 주장했다. 즉 ㉡에서는 보편자가 아니라 개별자가 실재한다고 본 것이다. 따라서 실재하는 것은 보편자인 '철학자'가 아니라 '소크라테스'나 '영수'와 같은 개별자라는 이해는 ㉡의 관점에 부합한다.
④ (가)의 4문단에 따르면, 개념론을 제시한 아벨라르는 보편자의 실재성은 개별자들 속에 내재된 보편적 성질을 인간이 추상해 낸 결과라고 하였다. 즉 ㉢에서는 보편자가 개별자들에서 추상한 정신 작용의 결과물이라고 본 것이다. 따라서 '철학자'는 '소크라테스'나 '영수'와 같은 개별자들에서 추상한 정신 작용의 결과물이라는 이해는 ㉢의 관점에 부합한다.
⑤ (가)의 4문단에 따르면, 개념론을 제시한 아벨라르는 개별자들 속에 내재된 보편적 성질을 인간이 추상해 낸 결과가 보편자이며, 그래서 보편자가 보편적인 속성을 지니는 것이라고 보았다. 즉 ㉢에서는 보편자의 속성이 개별자 속에 내재되어 있다고 본 것이다. 따라서 '철학자다움'이라는 속성은 '소크라테스'와 '영수'라는 개별자 속에 보편적 속성으로 내재한다는 이해는 ㉢의 관점에 부합한다.

086 핵심 정보 파악　　　　답 ①

(나)의 2문단에서 세상 만물을 구성하는 질료이자 세상 만물을 생성하는 도구는 '이'가 아니라 '기'라고 하였다. 그리고 3문단에서 주희는 '이'를 개별 사물의 생성에 앞서 존재하는 것으로 받아들였다고 하였다. 따라서 주희가 '이'를 세상 만물을 생성하는 도구라고 보았다는 이해는 적절하지 않다.

오답 피하기
② (나)의 3문단에서 주희는 '이'를 개별 사물의 생성에 앞서 존재하는 것으로 받아들였다고 하였다. 따라서 주희는 '이'가 개별 사물의 생성 여부와 무관하게 존재하는 것이라고 보았음을 알 수 있다.
③ (나)의 3문단에서 퇴계는 '이'와 '기'가 능히 발동하는 존재로서 지묘한 작용을 하는데, 사단은 '이'가 발한 것이며, 칠정은 '기'가 발한 것이라고 보았다고 하였다. 따라서 퇴계는 '이'의 작용으로 사단이, '기'의 작용으로 칠정이 드러난다고 보았다고 할 수 있다.
④ (나)의 3문단에서 퇴계는 '이'와 '기'를 모두 발동하는 존재로 보았으며, '기'와는 확연히 구별되는 보편자 '이'의 존재성을 분명히 했다고 하였다. 따라서 '퇴계'는 '이'가 '기'와 더불어 존재하지만 '기'와는 구별되는 속성을 지닌다고 보았음을 알 수 있다.
⑤ (나)의 3문단에서 주희와 퇴계의 주장은 모두 '기'와는 확연히 구별되는 '이', 즉 보편자의 존재성을 분명히 했다는 점에서 서양의 실재론에 가깝다고 하였다. 따라서 '주희'와 '퇴계'는 모두 보편자의 특성을 지닌 '이'가 실제로 존재한다는 것을 전제로 자신의 논리를 전개하였다고 할 수 있다.

087 관점의 비교　　　　답 ①

(나)의 2문단에 따르면, '이'는 보편적 존재로서의 성격을, '기'는 개별적 존재로서의 성격을 지니고 있음을 알 수 있다. 그런데 〈보기〉를 통해 율곡은 만물이 하나의 동일한 '이'를 공유하지만, 다양한 '기'의 성질로 인해 서로 다른 모습으로 나타날 수 있다고 생각했음을 알 수 있다. 그래서 일반인이라도 기질상의 병폐를 제거하고 탁한 기질을 정화하면 '이'의 선한 본성이 회복되어 성인의 경지에 이를 수 있다고 보았다. 따라서 율곡이 수양을 통한 정화의 대상으로 본 것은 '이'가 아니라 '기', 즉 보편자가 아니라 개별자임을 알 수 있다.

오답 피하기
② 율곡도 '주희'나 '퇴계'와 마찬가지로 '기'를 보편적 존재인 '이'와는 다른 속성을 지닌 것으로 보았다.
③ 율곡이 '성인'을 부단한 수양을 통해 도달할 수 있는 경지로 보았다는 설명은 적절하지만, 율곡이 말한 '성인'은 플라톤이 제시한 '철학자 왕'과는 다른 특징을 지닌다. 플라톤은 철학자 왕을 개체 속에 숨겨진 원형, 즉 이데아를 볼 수 있는 능력을 타고난 자로 보았지만, 율곡은 후천적 수양을 통해서 성인의 경지에 이를 수 있다고 보았다.
④ 율곡은 '이'의 선한 본성이 회복되면 성인의 경지에 이를 수 있다고 보았다. 하지만 '이'의 선한 본성 회복은 개별인인 일반인이 수양을 통해 얻을 수 있는 것으로, 보편자의 질적 변화를 의미하는 것이 아니다. 또한 플라톤의 '이상 국가'는 이데아를 볼 수 있는 능력을 타고난 철학자 왕이 통치하는 나라인 반면, 율곡의 '이상 사회'는 사회의 폐단을 제거하고 천도를 실현함으로써 새롭게 세울 수 있는 곳이다. 한편 플라톤은 보편자인 이데아를 영원한 것으로 보았으므로 플라톤이 보편자의 질적 변화를 통해 이상 국가가 구현된다고 보았다는 설명은 적절하지 않다.
⑤ 중세 교회는 신의 존재를 설파해야 했으므로 중세 교회가 신의 존재를 입증하려고 한 것은 맞지만, 율곡은 수양론을 통해 천도를 실현하고자 했을 뿐, 개별자에 선행하는 보편적 권능을 입증하려 한 것은 아니다.

088 어휘의 의미 파악　　　　답 ④

ⓓ의 '적용(適用)되다'는 문맥상 '알맞게 이용되거나 맞추어져 쓰이다.'의 의미로 사용되었으므로, '적용되는'을 '드러나는'으로 바꿔 쓰는 것은 적절하지 않다.

① ⓐ의 '통치(統治)하다'는 문맥상 '나라나 지역을 도맡아 다스리다.'의 의미로 사용되었으므로, '통치하는'을 '다스리는'으로 바꿔 쓰는 것은 적절하다.

② ⓑ의 '초월(超越)하다'는 문맥상 '어떠한 한계나 표준을 뛰어넘다.'의 의미로 사용되었으므로, '초월하여'를 '뛰어넘어'로 바꿔 쓰는 것은 적절하다.

③ ⓒ의 '연유(緣由)하다'는 문맥상 '어떤 일이 거기에서 비롯되다.'의 의미로 사용되었으므로, '연유할'을 '비롯될'로 바꿔 쓰는 것은 적절하다.

⑤ ⓔ의 '전개(展開)하다'는 문맥상 '내용을 전진시켜 펴 나가다.'의 의미로 사용되었으므로, '전개했다고'를 '펼쳤다고'로 바꿔 쓰는 것은 적절하다.

089~094 (가) 최고 가격제 도입의 이유 및 효과
(나) 가격 차별의 성립 조건 및 종류

수능 연계 포인트

연계 교재에서는 정부가 가격을 통제, 조정하기 위해 사용하는 방법인 최고 가격제와 최저 가격제에 대해 설명한 글을 지문으로 제시하였다. 우리 교재에서는 가격 통제 정책의 일환인 최고 가격제에 대한 글과, 인위적인 가격 설정이라는 측면에서 관련성이 있는 가격 차별에 대한 글을 엮어 주제 통합 지문으로 구성하였다. 이를 통해 가격의 형성에 영향을 미치는 여러 경제 주체들의 입장과 작용에 대한 이해를 넓힐 수 있도록 하였다.

(가) 최고 가격제 도입의 이유 및 효과

• 해제 이 글은 가격 통제 정책 중 하나인 최고 가격제에 대해 그 도입의 이유 및 사회에 미치는 영향 등을 설명하고 있다. 최고 가격제는 시장 가격보다 낮은 수준에서 가격의 상한선을 정해 놓고 시장 가격이 이를 넘어서지 못하도록 규제하는 것으로, 이에 따라 초과 수요의 상황이 발생하여 암시장이 생겨날 수 있다. 최고 가격제가 실시되면 소비자 잉여는 늘어나는 반면 생산자 잉여는 줄어든다. 그런데 늘어나는 소비자 잉여보다 줄어드는 생산자 잉여가 더 크면 사회 전체적으로 자원이 비효율적으로 배분되는 것이므로 주의할 필요가 있다.

• 주제 최고 가격제의 도입 이유 및 효과와 부작용

• 구성

1문단	시장 균형 가격과 가격 통제 정책의 개념
2문단	최고 가격제의 개념
3문단	최고 가격제 도입의 이유
4문단	최고 가격제 도입이 사회에 미치는 영향

(나) 가격 차별의 성립 조건 및 종류

• 해제 이 글은 가격 차별의 개념과 조건 및 종류, 가격 차별이 사회적 잉여에 미치는 영향 등을 설명하고 있다. 가격 차별은 다수의 공급자가 치열하게 경쟁하는 시장이 아닌 소수의 공급자만 존재하는 시장에서 공급자가 이윤을 극대화하기 위해 동일한 재화에 대해 다른 가격을 책정하는 것으로, 가격 차별이 성립하기 위해서는 생산자가 시장 지배력을 갖추고 있어야 하고, 소비자나 시장 분리 비용이 이윤 증가분보다 작아야 하며, 암시장이 존재하지 않고, 각 시장에 대한 수요의 가격 탄력성이 서로 달라야 한다는 등의 조건이 선행되어야 한다. 가격 차별은 1도, 2도, 3도 가격 차별로 나눌 수 있는데, 1도 가격 차별에서는 소비자 잉여의 전부가, 2도와 3도 가격 차별에서는 소비자 잉여의 일부가 생산자에게 흡수된다. 가격 차별은 소비자 잉여가 생산자 잉여로 귀속되기 때문에 소득 분배를 악화시키는 측면이 있다.

• 주제 가격 차별의 종류와 가격 차별이 사회적 잉여에 미치는 영향

• 구성

1문단	가격 차별의 개념과 목적
2문단	가격 차별이 성립하기 위한 조건
3문단	1도 가격 차별
4문단	2도 가격 차별
5문단	3도 가격 차별
6문단	가격 차별의 이점과 부작용

089 글의 전개 방식 파악 답 ⑤

(가)의 4문단을 통해, 최고 가격제를 실시하면 생산자 잉여가 감소하고 소비자 잉여가 증가한다는 것을 알 수 있다. 그런데 최고 가격제를 실시할 때 생산자 잉여가 감소하는 정도가 소비자 잉여가 증가하는 정도보다 더 크면 사회 전체적으로 자원 배분이 효율적으로 되지 않는다는 것이므로 신중할 필요가 있다고 하였다. 또한 (나)의 3, 5문단을 통해 가격 차별은 소비자 잉여의 전부 또는 일부를 생산자에게 흡수시킨다는 것을 알 수 있다. 그리고 이는 사회적 후생의 손실과 소득 분배 악화를 불러온다고 하였다. 따라서 (가)와 (나)는 모두 가격을 인위적으로 설정하는 것이 사회에 미치는 영향을 분석하고 있다고 볼 수 있다.

오답 피하기
① (가)에서 최고 가격제에 대한 학자들의 다양한 견해를 소개하고 있지는 않다.
② (가)는 최고 가격제를 실시함으로써 얻을 수 있는 효과를 정부의 측면에서 살펴보고 있다고 할 수 있지만, 기업의 측면에서 설명했다고 볼 수 있는 내용은 제시하고 있지 않다.
③ (나)는 가격 차별이 성립하기 위한 조건 네 가지를 언급한 후 가격 차별의 종류를 제시하고 있을 뿐, 가격 차별 성립을 위한 각 조건에 따라 구분되는 가격 차별의 종류를 제시하고 있지는 않다.
④ (나)는 가격 차별이 소득 분배를 악화시킨다는 문제점을 제시하고 있으나 그러한 부작용을 방지할 수 있는 제도적 장치를 소개하고 있지는 않다.

090 세부 정보 파악 답 ④

(나)의 2문단에서 가격 차별이 성립하기 위한 조건으로 암시장이 존재하지 않아야 한다는 것과 각 시장에 대한 수요의 가격 탄력성이 서로 달라야 한다는 것을 언급하고 있다. 만약 암시장이 존재한다면, 가격이 저렴한 시장에서 제품을 사서 가격이 비싼 시장에서 재판매함으로써 이익을 내려고 할 것이고, 결과적으로 제품 가격이 균등해져 가격 차별이 성립하지 않게 될 것이다. 그러나 암시장이 존재한다고 해서 소비자가 가격에 민감하게 반응하는 정도인 수요의 가격 탄력성이 유사해지는 것은 아니다. (나)의 1문단에 제시된 비행기표의 사례를 통해 생각해 보면, 암시장이 있다고 해서 출장을 가는 사람과 여행을 가려는 사람의 비행기표에 대한 수요의 가격 탄력성이 유사해지지는 않을 것이다.

오답 피하기
① (가)의 2, 3문단에서 단기간에 공급을 증가시키기 어려운 재화에 대해 최고 가격제를 실시하면 공급에 비해 수요가 압도적으로 많게 되고, 이로 인해 암시장이 형성될 수 있음을 알 수 있다.
② (가)의 1문단에서 시장 균형 가격은 소비자나 생산자에게 합리적 경제 활동을 위한 신호 역할을 충실히 하여 시장의 자원이 효율적으로 배분되도록 유도한다는 설명을 확인할 수 있다. 따라서 공급량과 수요량이 시장 균형 가격에 따라 결정되지 않으면 시장의 자원이 비효율적으로 배분될 수 있다.
③ (나)의 3문단에 따르면 1도 가격 차별에서는 소비자 잉여의 일부가 아닌 전부가 생산자에게 흡수된다는 것을 알 수 있다.
⑤ (나)의 6문단으로 보아 완전 경쟁 시장과 비교한다면 종류를 막론하고 가

격 차별에 따라 재화의 생산량이 감소하고 가격은 상승한다. 따라서 3도 가격 차별과 달리 2도 가격 차별의 경우만 재화의 생산량은 감소시키고 가격은 상승시킨다는 것은 글의 내용과 일치하지 않는다.

091 핵심 정보 파악 답 ④

㉠은 재화의 가격이 시장 가격보다 낮은 수준에서 일정한 한도를 넘어서지 못하도록 하기 때문에 생산자 잉여는 감소하는 반면 소비자 잉여는 증가한다. 반대로 ㉡은 소비자 잉여의 전부 혹은 일부를 생산자에게 흡수시키기 때문에 생산자 잉여가 증가한다.

오답 피하기
① ㉠을 실시하는 주체는 생산자가 아닌 정부이다. 한편 ㉡을 실시하는 주체는 제품의 생산자이다.
② 암시장이 존재하면 가격이 저렴한 시장에서 제품을 사서 가격이 비싼 시장으로 재판매가 이루어지면서 가격이 균등해지므로 ㉡의 가격 차별 효과가 상쇄된다.
③ ㉡이 가능하기 위한 조건은 수요의 가격 탄력성이 분할하려는 소비자나 시장에 따라 다르게 나타나야 한다는 것이다. 수요의 가격 탄력성이 높은 제품의 경우 소비자가 가격의 변화에 민감하게 반응하기 때문에 기업이 가격을 인위적으로 설정하면 수요량의 변화가 매우 크게 나타날 수 있다. 만약 수요의 가격 탄력성이 높은 제품의 가격을 인위적으로 높게 설정하면 수요량은 급격하게 줄어들기 때문에 기업 입장에서는 가격 차별을 하기에 부담이 된다.
⑤ ㉠은 정부에 의해 인위적으로 설정된 가격을 넘어설 수 없기 때문에 생산자가 상품의 가격을 올릴 수 없다. 반면 ㉡은 생산자가 동일한 상품의 가격을 다르게 책정하는 것이기 때문에 생산자가 상품의 가격을 올리기 어렵게 된다고 이해하는 것은 적절하지 않다.

092 구체적 사례에의 적용 답 ③

B 지역 지방 자치 단체가 지역 주민과 타 지역 관광객을 나누어 가격을 따로 설정한 것은 3도 가격 차별에 해당한다. 이는 수요의 가격 탄력성에 기반하여 가격을 설정한 것이지 지역 주민과 관광객의 지불 용의 가격을 정확히 파악한 후 가격을 설정한 것이 아니다. 생산자가 수요자의 지불 용의 가격을 정확히 파악한 후 수요자별 지불 용의 가격에 따라 가격을 설정하는 것은 1도 가격 차별에 해당하는데, 이는 비현실적 상황을 가정한 것이라고 하였다.

오답 피하기
① (가)를 통해 최고 가격제가 실시되면 수요와 공급의 불일치로 인해 암시장이 나타날 수 있다는 것을 확인할 수 있다. 따라서 A 지역 축제 입장권에 대해 암표 시장이 발생한 것은 최고 가격제 실시로 인해 수요가 공급을 초과하는 상황, 즉 초과 수요가 발생했기 때문이라고 할 수 있다.
② A 지역 지방 자치 단체에서 입장권의 가격을 만 원으로 정한 것은 최고 가격제를 실시한 것이다. 최고 가격제에서 암표 시장이 나타난 것을 고려할 때, 만 원이라는 가격은 완전 경쟁 시장일 경우 형성되는 시장 균형 가격보다 낮은 가격이라고 볼 수 있다.
④ B 지역 온천에서는 10명 이상 단체의 경우 입장권 1매당 가격이 천 원씩 할인되고 있다. 이는 가격 차별의 종류 중 2도 가격 차별에 해당하는 것으로 수량 의존적 가격 설정의 형태에 해당한다.
⑤ 3도 가격 차별에서는 수요의 가격 탄력성이 높은 수요자층에는 상대적으

로 낮은 가격을, 수요의 가격 탄력성이 낮은 수요자층에는 상대적으로 높은 가격을 설정하게 된다. B 지역 지방 자치 단체는 온천 입장권에 대한 지역 주민들의 수요의 가격 탄력성이 관광객들의 수요의 가격 탄력성보다 높다고 보았기 때문에 지역 주민들의 입장권 가격을 상대적으로 낮게 설정했다고 볼 수 있다.

093 시각 자료에의 적용   답 ②

(나)의 3문단에 제시된 그래프에서, 완전 경쟁 시장인 경우 소비자 잉여를 나타내는 부분이 TBA임을 알 수 있다. 즉 그래프의 수요 곡선 아래에서 가격선을 웃도는 면적이 소비자 잉여이다. 따라서 가격이 내려가면 소비자 잉여의 면적이 커지고 가격이 올라가면 소비자 잉여의 면적이 작아짐을 알 수 있다. 같은 원리로 〈보기〉의 정육점에서 돼지고기를 1kg 산다면 가격은 만 원이므로 그래프에서 소비자 잉여는 a가 된다. 반면 돼지고기를 2kg 산다면 가격은 kg당 8천 원에 형성되므로 소비자 잉여는 a+b+d가 된다. 따라서 1kg을 살 때와 비교하면 2kg을 살 때 소비자 잉여는 b+d만큼 늘어나게 된다. 한편 (나)의 그래프에서 생산자 잉여는 가격선과 수량선이 만나 이루는 면적임을 알 수 있다. 따라서 〈보기〉의 정육점의 생산자 잉여는 b+c+e가 되고, 이는 kg당 8천 원에 2kg을 판매할 때의 생산자 잉여인 c+e보다 b만큼 이익이 늘어난 것이다. 즉 가격 차별에 의해 kg당 8천 원에 2kg을 구매할 때의 소비자 잉여 a+b+d에서 b만큼이 생산자 잉여로 흡수되었음을 알 수 있다.

094 어휘의 의미 파악   답 ④

ⓐ의 '넘어서다'는 '일정한 기준이나 한계 따위를 넘어서 벗어나다.'의 의미로 쓰였다. ④의 '넘어서다' 역시 동일한 의미로 쓰였다.

오답피하기

① '높은 부분의 위를 넘어서 지나다.'의 의미로 쓰였다.
② '어려운 상황을 넘어서 지나다.'의 의미로 쓰였다.
③ '마음이나 주장 따위가 다른 쪽으로 기울어지다.'의 의미로 쓰였다.
⑤ '경계가 되는 일정한 장소를 넘어서 지나다.'의 의미로 쓰였다.

095~100   (가) 법에 대한 롤스의 신조
               (나) 죄형 법정주의와 법에 대한 존 롤스의 신조

수능 연계 포인트

연계 교재에서는 법의 이념인 정의, 합목적성, 법적 안정성에 대해 설명한 글과 민사 법률관계에 적용되는 법의 유형에 대해 설명한 글을 엮어 주제 통합 지문으로 제시하였다. 또한 죄형 법정주의의 원칙을 바탕으로 예금 계좌 대여가 형법상 처벌의 대상이 될 수 있는지 여부를 살펴본 글을 지문으로 제시하였다. 우리 교재에서는 법의 정의와 관련하여 존 롤스의 법에 대한 네 가지 신조를 다룬 글과 우리나라 형법의 기본 원칙인 죄형 법정주의를 존 롤스의 신조와 비교한 글을 엮어 지문으로 구성하였다. 이를 통해 존 롤스의 사상 및 법의 원칙에 대한 이해를 넓힐 수 있도록 하였다.

(가) 법에 대한 롤스의 신조

- 해제   이 글은 정의의 문제를 다룬 대표적인 철학자인 존 롤스가 제시한 법에 적용해야 할 신조를 설명하고 있다. 롤스는 법질서가 인간의 행위를 규제하거나 사회적 협동체의 틀을 제공할 수 있다고 보고 법에 대한 몇 가지 신조들을 제시하였다. 첫 번째는 '해야 한다는 할 수 있다를 함축한다'는 신조로, 이는 법에서 의무를 부여하거나 금지한 행위는 사람들이 합당하게 행하거나 피할 수 있는 행위여야 한다는 것이다. 두 번째는 '유사한 경우에 유사하게 취급되어야 한다'는 신조로, 어떤 사건에 대한 법 규정이 없다면 이와 가장 유사한 법을 적용해야 하며 이때 법 규정의 의미나 취지가 재판관의 해석에 따라 달라지지 않도록 최대한 유사하게 취급되어야 한다는 것이다. 세 번째는 '법이 없다면 벌도 없다'는 신조로, 처벌의 근거가 법으로 명확히 규정되지 않으면 처벌할 수 없다는 것이다. 네 번째는 '자연적 정의의 개념을 규정한다'는 신조로, 행위의 위법성 여부를 제대로 가려 위법한 경우에만 형벌이 부과될 수 있어야 한다는 것이다.
- 주제   법에 대한 롤스의 신조
- 구성

1문단	규칙성으로서의 정의와 법의 지배
2문단	신조 ① – 해야 한다는 할 수 있다를 함축한다
3문단	신조 ② – 유사한 경우에 유사하게 취급되어야 한다
4문단	신조 ③ – 법이 없다면 벌도 없다
5문단	신조 ④ – 자연적 정의의 개념을 규정한다

(나) 죄형 법정주의와 법에 대한 존 롤스의 신조

- 해제   이 글은 우리나라 현행 형법의 가장 기본 원칙인 죄형 법정주의의 개념을 제시하고, 죄형 법정주의와 법에 대한 롤스의 네 가지 신조의 관련성을 검토하고 있다. 롤스의 법에 대한 신조 중 '유사한 경우에 유사하게 취급되어야 한다'는 죄형 법정주의의 유추 해석 금지 원칙과 반대되는 입장에 해당한다. 죄형 법정주의에서는 어떤 범죄에 적용할 법 규범이 없는 상황을 '입법의 흠결'로 보고 입법부에서 새로운 법규를 제정하여 이를 해결해야 하며, 삼권 분립의 정신에 위배되는 유추 해석을 해서는 안 된다고 본다. 한편 '법이 없다면 벌도 없다'는 죄형 법정주의의 법률주의와 유사한 관점을 지닌다. 그리고 '법이 없다면 벌도 없다'는 신조에 대한 의미 해석 중 하나인 '피고인에게 불

리한 소급 효력을 가져서는 안 된다'는 죄형 법정주의의 소급효 금지의 원칙과 유사하다.

• 주제	죄형 법정주의와 존 롤스의 법에 대한 신조의 비교 검토	
• 구성	1문단	죄형 법정주의의 개념과 성격
	2문단	죄형 법정주의와 '유사한 경우에 유사하게 취급되어야 한다'는 신조의 대비
	3문단	죄형 법정주의와 '법이 없다면 벌도 없다'는 신조의 유사성
	4문단	죄형 법정주의와 '피고인에게 불리한 소급 효력을 가져서는 안 된다'는 의미 해석의 유사성

095 글의 전개 방식 파악   답 ④

(가)는 법질서에 대한 롤스의 생각을 밝힌 뒤, 법에 대한 롤스의 네 가지 신조를 나열하여 소개하고 있다. 이러한 법에 대한 롤스의 신조는 법에 대한 특정한 철학적 사유의 결과로 볼 수 있다. (나)는 특정한 철학적 사유를 바탕으로 한, 법에 대한 롤스의 신조를 현행 형법의 죄형 법정주의의 원칙에 대응시키고 그 둘의 공통점과 차이점을 분석하고 있다.

오답 피하기
① (가)는 법에 대한 롤스의 네 가지 신조를 나열하고 있을 뿐, 이를 일정한 기준에 따라 유형화하고 있지 않다. (나)도 죄형 법정주의와 롤스의 신조를 비교하여 살펴보고 있을 뿐 철학적 사유의 결과를 일정한 기준에 따라 유형화하고 있지 않다.
② (가)와 (나)는 모두 특정한 법철학적 사유인 법에 대한 롤스의 신조에 대한 비판적 견해를 소개하고 있지 않다.
③ (가)는 법에 대한 롤스의 신조를 나열하고 각각의 사유의 의미와 특징을 소개하고 있으나, 각각의 사유가 지닌 의미와 특징을 예를 들어 가며 소개하고 있지는 않다.
⑤ (나)는 죄형 법정주의의 세부 원칙들을 제시하고 있을 뿐, 현행법에 내포된 다양한 형법 이론을 분석하고 있지는 않다.

096 세부 정보 파악   답 ①

(가)의 2문단에서 '해야 한다는 할 수 있다를 함축한다'라는 법에 대한 롤스의 신조는 법의 지배가 요구하거나 금지하는 행위가 우리의 능력 안에 있어야 한다는 의미를 지닌다고 하였고, 우리 능력 밖의 일을 수행하지 못했다고 해서 위법이 되는 것은 아니라고 하였다. 따라서 롤스의 관점에서 법의 지배가 이루어지는 상황은 행위의 실현 가능 여부를 고려한 것이라고 판단할 수 있다.

오답 피하기
② (가)의 1문단 '그는 법질서를 공공 규칙의 체계로 보았으며, 이를 통해 인간의 행위를 규제하거나 사회적 협동체의 틀을 제공할 수 있다고 보았다.'를 통해 알 수 있는 내용이다.
③ (가)의 3문단 '법은 모든 경우의 수를 내포할 수 없는 반면 사건은 다양하게 발생한다.'를 통해 알 수 있는 내용이다.
④ (가)의 1문단 '존 롤스는 법이 일관되고 공평하게 운용되고 있는 것을 규칙성으로서의 정의라고 하였고, 이러한 정의가 법체계에 적용되는 것을 법의 지배라고 보았다.'를 통해 알 수 있는 내용이다.

⑤ (가)의 5문단 '혐의자에 대한 심문의 과정은 공정해야 하고 공개적이어야 하며 증거에 입각해야 할 뿐만 아니라, 재판은 여론에 영향을 받지 않아야 한다.'를 통해 알 수 있는 내용이다.

097 정보 간 관계 파악   답 ③

(가)의 4문단에서 ⓒ('법이 없다면 벌도 없다')은 처벌 근거를 명확히 규정해야 한다는 의미로 해석할 수 있다고 하였다. 이는 ⓒ이 법을 제정할 때 적용되는 신조라는 것을 의미한다. 그리고 ⓒ은 법으로 규정되지 않으면 처벌할 수 없다는 원칙이라고 하였는데 이는 ⓒ이 사건을 판결할 때에도 적용되는 신조라는 것을 의미한다. 따라서 ⓒ은 법을 제정할 때와 사건을 판결할 때 모두 적용되는 신조라 할 수 있다.

오답 피하기
① ㉠('해야 한다는 할 수 있다를 함축한다')은 법에서 규정하는 행위에 대한 신조로, 행위의 실현 가능성, 법 적용의 대상 및 법의 준수에 대한 믿음을 표현한 것이다. 따라서 ㉠은 법 자체의 성격이 어떠해야 하는지를 규정하는 신조라 할 수 있다.
② ㉡('유사한 경우에 유사하게 취급되어야 한다')은 어떤 사건에 대한 명확한 법 규정이 없는 문제 상황에서 대안적으로 해결할 수 있는 방안을 알려 주는 신조이므로, 법을 적용할 때 발생할 수 있는 문제의 해결 방안과 관련되는 신조라 할 수 있다.
④ ㉣('자연적 정의의 개념을 규정한다')은 재판 과정의 성실성을 유지하기 위한 신조로, 재판관의 독립성, 혐의자 심문 과정의 공정성 등을 지켜 행위의 위법성 여부를 제대로 가려야 한다는 것이다. 따라서 ㉣은 재판을 진행하고 행위의 위법성 여부를 판단할 때 적용되는 신조라 할 수 있다.
⑤ (가)의 1문단에 따르면 롤스는 법의 지배를 유지하기 위해 사람들이 지녀야 할 법에 대한 몇 가지 신조로 ㉠~㉣을 제시하였다.

098 내용의 추론   답 ①

(나)의 1문단에서 죄형 법정주의는 법조문을 적용할 때 법관의 판단에 엄격성을 강조하는 원칙이라고 하였고, 2문단에서 죄형 법정주의에서는 일정한 사항을 직접 규정하고 있는 법규가 없는 경우, 그와 가장 유사한 사항을 규정하고 있는 법규를 적용하는 것(유추 해석)을 금지한다고 하였다. 죄형 법정주의에서 유추 해석을 금지하는 이유 중 하나는 유추 해석이 사법부가 다루는 형벌권의 범위를 확장하기 때문이다. 또한 죄형 법정주의에서는 입법의 흠결이 발생하면 입법부에서 새로운 법규를 제정하여 해결해야 한다고 보고 있으므로, 이를 종합할 때 ㉮의 이유는 유추 해석이 사법부의 형벌권 범위를 확장함으로써 새로운 법규를 제정하는 입법권을 침해하기 때문이라 할 수 있다. 즉 유추 해석은 사법부에 의해 사실상 입법이 이루어지는 것이므로 사법부가 입법부의 권한을 침해한다고 보아 삼권 분립의 정신에 위배되는 것으로 간주하는 것이다.

오답 피하기
② 죄형 법정주의에서는 유추 해석을 하는 것을 사법부가 자신의 권한을 제대로 행사하는 것이 아니라 자신의 권한을 남용하는 것으로 판단한다.
③ 죄형 법정주의에서는 입법의 흠결이 발생한 경우 유추 해석을 금지하고

입법부가 새로운 법규를 제정해야 한다고 본다. 따라서 유추 해석을 하지 않는 것을, 입법부가 자신의 의무를 저버리는 것으로 볼 수 없다.

④ 죄형 법정주의는 유추 해석을 해서라도 사회적 혼란을 방지하는 것에 대해 입법부가 아니라 사법부가 지닌 형벌권의 확장이라고 보는 것이다.

⑤ 죄형 법정주의에서 유추 해석으로 인해 법적 안정성과 형법의 보장적 기능이 침해된다고 보는 것은 맞다. 그러나 유추 해석이 형벌권의 범위를 확장한다고 보는 것이므로 사법부의 권위가 실추된 상황에 해당한다는 설명은 적절하지 않다.

099 이유의 추론　　　　　　　　　　답 ⑤

〈보기〉의 형법 제1조 제2항은 범죄 후에 법률의 변경에 의해 그 행위가 범죄가 되지 않거나 형이 가벼울 경우, 예전에 제정한 법이 아니라 새로 제정한 법에 의해 처벌한다는 내용이다. 그리고 제3항은 재판이 확정된 다음 법률의 변경에 의해 그 행위가 범죄가 되지 않을 때에는 형의 집행을 하지 않는다는 내용이다. (나)의 4문단에서는 '범죄와 그 처벌은 행위 당시의 법률에 의해야 하고 행위 후 제정된 사후 법률에 의해 이전의 행위를 처벌해서는 안' 되는 것을 소급효 금지의 원칙이라고 하였다. 그런데 제2항과 제3항은 모두 범죄 후에 제정된 사후 법률로 행위를 처벌하는 경우이므로 소급효 금지의 원칙의 예외를 인정하는 규정이라 할 수 있다. 그리고 4문단의 '소급하는 것이 오히려 (국민들에게) 이익이 되는 경우 소급효를 인정하는 것이 타당하다고 판단하여 예외를 인정하는 경우도 있다.'로 보아, 소급효 금지의 원칙에 예외를 두는 이유는 소급효를 인정하는 것이 피고인의 형량을 감하거나 형 집행을 면제해 주어 피고인에게 더 이익이 되기 때문임을 알 수 있다.

오답 피하기
① 제2항은 피고인의 이익을 보장하기 위한 규정이지만, 소급효 금지의 원칙을 지킨 규정이 아니라, 소급효 금지의 원칙을 어긴 규정이다.
② 제2항은 피고인의 이익을 보장하기 위한 규정이며, 유추 해석 금지의 원칙과 관련이 없다.
③ 제2항은 소급효 금지의 원칙을 어긴 예외 규정이지만, 피고인에 대한 처벌을 강화하기 위한 규정이 아니라, 피고인의 이익을 보장하기 위한 규정이다.
④ 제3항은 피고인의 이익을 증진하기 위한 규정이지만, 법률주의의 원칙을 어긴 예외 규정은 아니다.

100 어휘의 의미 파악　　　　　　　답 ②

ⓑ의 '달라지다(달라지지)'는 '변하여 전과는 다르게 되다.'라는 뜻이다. 그런데 '변이(變異)되다'는 '같은 종에서 성별, 나이와 관계없이 모양과 성질이 다른 개체가 존재하게 되다.'라는 뜻이므로 ⓑ를 '변이되지'로 바꿔 쓰는 것은 적절하지 않다. ⓑ는 '변경(變更)되지'나 '왜곡(歪曲)되지' 정도로 바꿔 쓸 수 있다.

오답 피하기
① ⓐ의 '보다(보았다)'는 '대상을 평가하다.'라는 뜻이다. 따라서 ⓐ는 '상태, 모양, 성질 따위가 그와 같다고 보거나 그렇다고 여기다.'라는 뜻의 '간주(看做)하다(간주하였다)'로 바꿔 쓸 수 있다.

③ ⓒ의 '알려지다(알려져야)'는 '어떤 사실을 다른 사람들이 전해 듣고 알게 되다.'라는 뜻이다. 따라서 ⓒ는 '이미 확정된 법률, 조약, 명령 따위가 일반 국민에게 널리 알려지다.'라는 뜻의 '공포(公布)되다(공포되어야)'로 바꿔 쓸 수 있다.

④ ⓓ의 '막다(막고)'는 '어떤 현상이 일어나지 못하게 하다.'라는 뜻이다. 따라서 ⓓ는 '어떤 일이나 현상이 일어나지 못하게 막다.'라는 뜻의 '방지(防止)하다(방지하고)'로 바꿔 쓸 수 있다.

⑤ ⓔ의 '무너지다(무너질)'는 '질서, 제도, 체제 따위가 파괴되다.'라는 뜻이다. 따라서 ⓔ는 '무너지고 깨어지게 되다.'라는 뜻의 '붕괴(崩壞)되다(붕괴될)'로 바꿔 쓸 수 있다.

(가) 웬트의 구성주의 정치학
(나) 웬트의 구성주의에 대한 비판

수능 연계 포인트

연계 교재에서는 국제 정치에 대한 이론적 논의의 세 관점인 현실주의, 자유주의, 구성주의를 바탕으로 지구 환경 정치를 설명한 글을 지문으로 제시하였다. 우리 교재에서는 구성주의 관점과 관련하여 웬트의 견해를 제시한 글과 이를 비판하는 견해를 제시한 글을 엮어 주제 통합 지문으로 구성하였다. 이를 통해 국제 정치에 대한 이론적 배경을 넓힐 수 있도록 하였다.

(가) 웬트의 구성주의 정치학

- **해제** 이 글은 웬트의 구성주의 이론에 대해 설명하고 있다. 웬트는 국제 정치를 협력적인 관계의 증진 및 관념적 변인들을 중심으로 분석하였다. 그는 국제 정치에서 개체인 국가와 국제 관계의 구조인 국제 체제가 서로 영향력을 주고받으며 발전한다고 보았으며, 국제 체제의 무정부 상태가 변화되어 가는 과정을 특정 사상가들과 연관 지어 설명하였다. 또한 국제 정치에서 국가들이 서로에 대해 가지고 있는 믿음과 기대를 고려하여 대외 정책을 결정하며 국가 간의 의사소통은 '간주관성'을 바탕으로 이루어진다고 분석함으로써 기존의 국제 정치 이론들과 달리 국제 관계를 바라보는 시각을 협력적 차원으로 전환하였다.
- **주제** 웬트의 구성주의 이론의 개념과 특징
- **구성**

1문단	구성주의 이론의 개념과 웬트의 연구
2문단	국가와 국제 체제 사이의 상호 구성적 특성
3문단	국제 체제의 무정부 상태에 대한 웬트의 유형 구분
4문단	대외 정책 결정의 핵심 요인
5문단	간주관성의 개념과 웬트의 구성주의 이론이 갖는 의의

(나) 웬트의 구성주의에 대한 비판

- **해제** 이 글은 웬트의 구성주의 이론이 지닌 문제점을 크게 두 가지로 나누어 지적하고 있다. 하나는 웬트가 헤겔의 인정 이론을 자신의 이론에 도입하는 과정에서 발생한 문제점이다. 웬트는 헤겔이 국내 정치적 맥락에서 논한 인정 개념을 국제 정치 체제를 구성하는 유일한 근본 원리로 규정하였고, 헤겔이 주장한 인정 이론을 본래 취지나 맥락을 고려하지 않고 자의적으로 활용하였다. 다른 하나는 냉전 이후 급변하는 국제 정세의 일부분만을 설명할 수 있다는 문제점이다. 웬트의 이론은 권력 요소에 대한 고려가 결여되어 있어 미국의 영향력 확대, 종교 및 민족 갈등으로 인한 분쟁의 심화, 미국과 중국의 신냉전 체제 형성 등과 같은 갈등 상황을 설명하기가 어렵다. 이러한 한계로 인해 웬트의 이론은 신현실주의적 관점에서 비판받을 수 있다.
- **주제** 웬트의 구성주의 이론에 대한 비판
- **구성**

1문단	헤겔이 인정 이론을 도입한 웬트의 목적론적 관점
2문단	웬트의 목적론적 관점에 대한 비판
3문단	국제 정세 변화와 구성주의 이론의 한계점
4문단	신현실주의적 관점에서 분석한 웬트 이론의 문제점

101 글의 전개 방식 파악   답 ②

(나)에서는 '헤겔'이나 '월츠'와 같은 구체적인 학자들의 견해를 언급하며 웬트의 구성주의 이론이 지닌 문제점을 분석하고 있다. 이와 달리 (가)에서는 웬트의 구성주의를 이루고 있는 핵심 개념과 웬트가 주장하는 국제 체제의 무정부 상태의 유형, 대외 정책의 결정 요인 등을 설명하고 있을 뿐, 웬트의 이론이 지닌 문제점을 분석하고 있지 않다.

오답 피하기

① (가)에서는 구성주의 이론의 개념과 특징, 의의를 제시하고 있을 뿐, 구성주의 이론의 한계를 지적하거나 이를 보완하는 새로운 이론을 제시하고 있지 않다. 한편 (나)에서는 신현실주의적 관점에서 웬트의 구성주의 이론이 지닌 한계를 지적하고 있다.

③ (가)에서는 '홉스', '로크', '칸트'와 같은 학자의 이론을 바탕으로 국제 정치의 구조를 유형화한 웬트의 이론이 제시되고 있으나, (나)에서는 특정 학자의 이론을 바탕으로 국제 정치의 구조를 유형화하여 설명한 내용은 제시되지 않았다.

④ (나)에서는 국제 관계에 대한 상반된 입장을 지닌 웬트와 월츠의 이론을 비교하여 설명하고 있지만, (가)에서는 웬트의 구성주의 이론만 설명하고 있을 뿐, 이와 상반된 입장을 지닌 학자의 이론을 설명하고 있지 않다.

⑤ (가)에서는 구성주의 이론이 등장하게 된 배경을 밝히고 있지 않다. 한편 (나)에서는 웬트의 구성주의 이론의 배경이 된 헤겔의 견해에 대해 밝히고 유럽연합, OECD의 등장과 같은 역사적 사실을 제시하고 있다.

102 세부 정보 파악   답 ③

(가)의 5문단에서 '국제 정치의 공론장에 참여하는 구성원들이 각자의 주관성을 주체적으로 실현하는 가운데 상대의 주관성을 인정하고, 그 기반 위에서 의사소통이 이루어지는 것이다.'라고 하여, 간주관성에 기반한 국가 간의 의사소통은 특정 사안이나 쟁점에 대한 국가 간 합의의 전제 조건이 된다고 설명하고 있다. 즉 국제 정치의 공론장은 특정 사안이나 쟁점에 대한 국가 간의 합의를 이끌어 내기 위한 의사소통의 장으로, 상대의 주관성을 인정하는 것이 선행 조건이라 볼 수 있으며, 국가 간 합의는 의사소통의 결과라고 볼 수 있다. 따라서 웬트가 국제 정치의 공론장에 참여하기 위해 특정한 쟁점에 대해 상대국과의 합의가 선행되어야 한다고 보았다는 진술은 적절하지 않다.

오답 피하기

① (가)의 5문단에서 '반드시 강대국만이 국제 관계의 중요한 주체가 되는 것이 아니라 약소국 역시 외교 현장에서 중요한 행위자로 기능할 수 있는 것이다.'라고 하였다. 이를 통해 국가가 지닌 군사력, 경제력, 자원, 기술 등의 물리적인 요소만으로 국제 정치의 주도권을 잡을 수 있는 것은 아님을 알 수 있다.

② (가)의 4문단에서 '웬트는 국가들이 서로에 대해 가지고 있는 믿음과 기대를 고려하여 대외 정책을 결정한다고 보았다.'라고 하였다. 이를 통해 웬트는 대외 정책이 상대국과의 관계에서 형성된 믿음과 기대의 정도에 따라 결정되는 것으로 보았음을 알 수 있다.

④ (가)의 3문단에서 국가들이 각자의 이익과 정체성을 공유하지 않고 물질적 요소가 국제 관계를 지배하게 되면 홉스적 무정부 상태가 되고, 국가들이 상호 경쟁적 관계를 유지하면서도 서로의 이익과 정체성을 인정하

게 되면 로크적 무정부 상태가 된다고 하였다. 그리고 서로를 공동 운명체로 인식하고 우호적 관계를 유지하게 되면 칸트적 무정부 상태가 된다고 하였다. 따라서 국제 정치에서 국가들이 타국의 이익 및 정체성에 대해 어떤 태도를 갖느냐가 국제 체제의 무정부 상태를 구분하는 기준이 됨을 알 수 있다.

⑤ (가)의 2문단에서 '국가와 국제 체제가 서로 영향력을 주고받고 서로를 구성해 가며 발전적으로 변화한다고 주장했다.'라고 하였다. 그리고 국제 체제는 정치 문화, 이데올로기, 신념 체계 등과 같은 국가의 정체성을 구성하고 변화시킨다고 하였다. 따라서 국제 체제는 각국의 정치 문화를 형성할 수도, 각국의 정치 문화에 의해 결정될 수도 있음을 알 수 있다.

103 구체적 사례에의 적용 답 ⑤

(가)의 1문단에서 구성주의 이론은 국제 관계를 분석할 때 군사력, 경제력, 자원, 기술 등과 같은 물질적 요소보다 국가의 정체성, 즉 국가의 구성원들이 공유하는 정치 문화, 이데올로기, 신념 체계 등과 같은 관념적인 요소를 중시한다고 설명하고 있다. 중국이 자국의 이익을 높이고 미국에 대항하기 위해 새로운 실크로드 경제 권역을 만들어 자국의 경제력을 강화했다는 것은 경제력이라는 물질적 요소를 바탕으로 한 분석이므로, 관념적 요소를 중시하여 국제 관계를 분석하는 웬트의 구성주의 이론에 따른 분석 사례라고 볼 수 없다.

오답피하기
① 러시아에 대한 리투아니아의 단절 외교 정책을 분석할 때, 자국을 서유럽 국가라고 규정한 리투아니아의 국가 정체성을 바탕으로 하고 있다. 이는 정체성을 중심으로 국제 관계를 분석한 것이므로 웬트의 구성주의를 적용한 사례로 적절하다.
② 미국이 중남미 국가들과의 상호 협력적 관계를 형성하기 위해 '진보를 위한 동맹'이라는 원조 프로그램을 제안한 것이라는 분석은 협력적 차원에서 국제 관계를 파악한 것이므로 웬트의 구성주의를 적용한 사례로 적절하다.
③ 한국과 일본 사이의 갈등 원인을 일본인들의 혐한 의식과, 한국인들의 반일 감정으로 분석한 것은, 각국 구성원이 지닌 사고방식을 중심으로 분석한 것이므로 웬트의 구성주의를 적용한 사례로 적절하다.
④ 중동 전쟁이 일어난 원인이 주변국들의 종교 및 문화를 인정하지 않았던 이스라엘의 태도에 있다고 보는 것은, 국제 정치에서 각 국가가 지닌 문화 또는 사고방식을 중심으로 분석한 것이므로 웬트의 구성주의를 적용한 사례로 적절하다.

104 내용의 추론 답 ③

(나)의 2문단에서 웬트는 '헤겔이 국내 정치적 맥락에서 논한 인정 개념을 국제 정치 체제를 구성하는 유일한 근본 원리로 규정해 버렸다.'라고 하였다. 그런데 (나)의 2문단에서 헤겔은 '인정 개념이 정치 체제를 구성하는 유일한 원리라고 규정하지 않았으며, 국제 정치 체제의 구성 원리 역시 제시하지 않았다.'라고 하였다. 따라서 헤겔이 인정 개념을 '국제 정치 체제를 구성하는 여러 원리 중 일부'로 보았다는 진술은 적절하지 않다. (나)를 바탕으로 할 때, ㉠에는 인정 투쟁이 필연적으로 발생한다는 헤겔의 이론을 자의적으로 해석하여 인정 투쟁의 결과인 지구 정부가 필연적으로 나타난다고 주장했다는 내용이 들어가는 것이 적절하다.

오답피하기
① (나)의 2문단의 '헤겔이 국내 정치적 맥락에서 논한 인정 개념을 국제 정치 체제를 구성하는 유일한 근본 원리로 규정해 버렸다.'와 '웬트의 목적론적 관점은 헤겔이 주장한 인정 이론을 본래 취지나 맥락을 고려하지 않고 자의적으로 활용했다는 점에서 비판받을 수 있다.'를 통해 이끌어 낼 수 있는 내용이다.
② (나)의 2문단에서 헤겔 역시 국제 정치에서 인정 투쟁이 벌어진다고 보았지만, 그 결과 국제법이 형성되고 불안정한 평화 체제가 구축된다고 지적했다고 하였다. 그런데 웬트는 이와는 반대로 인정 투쟁의 최종적 결과로 지구 국가라는 집합 정체성이 형성되는 단계까지 나아가 지구 정부가 출현할 것이라고 주장하였다. 따라서 웬트는 헤겔의 이론과 반대되는 주장을 펼쳤다고 비판할 수 있다.
④ (나)의 3문단의 '유일한 초강대국인 미국의 영향력 확대, 종교 및 민족 갈등으로 인한 분쟁의 심화, 미국과 중국의 신냉전 체제 형성 등과 같은 갈등 상황'은 협력적 관계만으로는 설명할 수 없는 국제 정치 현상에 해당한다. 3문단에서는 이러한 국제 정치 현상을 분석하는 도구로는 웬트가 비판하던 신현실주의 이론이 더 적합했다고 하였다. 따라서 협력적 관계만으로는 설명할 수 없는 다양한 국제 정치 상황이 현실에서 발생하고 있다고 비판할 수 있다.
⑤ (나)의 4문단의 '로크적 무정부 상태로의 이행이나 ~ 이들 과정은 불평등한 권력의 제도화 과정이지, 국가 간 실질적 평등에 기반한 협력의 심화 과정이라고 보기 어렵다.'를 통해 이끌어 낼 수 있는 내용이다.

105 관점의 적용 답 ④

〈보기〉에서 웬트의 말은 냉전 시기의 소련과 동독의 관계에 대한 분석에 해당한다. 소련과 동독은 형식적으로는 평등했으나 실질적으로는 강대국인 소련이 상대적으로 약한 동독에 강한 영향력을 발휘하는 불평등한 관계에 놓여 있었다. 〈보기〉에서 웬트는 두 국가가 전 세계의 공산화라는 공통 목적하에 우호적 관계를 맺고, 이를 바탕으로 집합 정체성을 형성한 것으로 분석했다. 따라서 두 국가의 관계는 집합 정체성이 형성된 칸트적 무정부 상태로 이행했다고 판단할 수 있다. 그러나 두 국가가 불평등한 관계를 인정한 상태였다는 것은 '칸트적 무정부 상태가 되고, 수평적인 관계의 국가들이 자신들의 안전 보장을 위해 협력하는 집단 안보가 실현된다.'라는 (가)의 3문단의 내용과 모순된다. (나)의 4문단에 따르면 신현실주의적 관점에서는 웬트가 제시한 칸트적 무정부 상태로의 이행은 불평등한 권력의 제도화 과정일 뿐 실질적 평등성에 기반한 협력의 심화 과정으로 보기 어렵다고 비판하였다. 따라서 〈보기〉의 웬트의 말에 대해, 냉전 시기에 소련과 동독은 표면상 칸트적 무정부 상태로 이행된 것처럼 보였을 뿐, 실제는 힘의 차이와 억압을 제도화한 과정에 불과했다고 지적할 수 있다. 또한 (나)의 3문단으로 보아 소련과 동독의 관계는 힘의 우위에 따라 변화된 것으로, 구성주의 이론의 핵심적 변인, 즉 각 국가가 지닌 문화와 사고방식 또는 정체성과 같은 변인들에 따른 변화 과정으로 보기 어렵다는 문제가 생긴다고 비판할 수 있다.

오답 피하기

① 〈보기〉에서 웬트는 소련과 동독의 관계가 전쟁 상태라는 홉스적 무정부 상태에서 집합 정체성을 형성한 칸트적 무정부 상태로 변했다고 주장하고 있다. 따라서 두 나라의 관계가 로크적 무정부 상태로 변했다고 보는 것은 적절하지 않다.

② 〈보기〉에서 웬트는 소련과 동독 간 형식적 평등은 지켜졌으나 실질적으로는 두 국가가 불평등한 주권 관계였음을 인정하였다. 이는 무정부 상태에서는 실질적인 불평등에도 불구하고 형식적 주권 평등이 존재하므로 약소국이 형식적으로나마 평등을 누릴 수 있다는 월츠의 신현실주의적 관점에 해당한다. 즉 〈보기〉의 웬트의 말은 신현실주의 이론을 수용한 것이므로 신현실주의 이론을 인정한 것이다.

③ 〈보기〉에서 웬트는 소련과 동독이 전 세계의 공산화라는 공통 목적을 바탕으로 우호적 관계를 맺으며 집합 정체성을 형성했다고 분석하고 있다. 이는 국제 체제가 칸트적 무정부 상태로 이행되었다는 것을 의미하는 것으로, 무정부 상태에서 벗어났다는 것은 아니다. 웬트는 국가 간 이익과 정체성의 공유 정도가 점차 강해지는 방향으로 국제 정치의 구조가 변화한다고 보았고, 궁극적으로 지구 정부가 출현할 것이라고 주장했다. 이때 지구 정부의 출현이 무정부 상태에서 벗어난 것에 해당한다.

⑤ 〈보기〉에서 웬트는 소련이 힘의 우위에 입각하여 동독에 패권적 이데올로기를 관철시키고, 대신 안보를 제공했다고 분석하고 있다. 이는 웬트가 자신의 담론에 권력 요소에 대한 고려를 추가한 것으로 볼 수 있다.

106 어휘의 의미 파악   답 ⑤

ⓔ의 '떨치다(떨치는)'는 '위세나 명성 따위가 널리 알려지다. 또는 널리 드날리다.'라는 뜻으로, '이름이나 영향력을 널리 미치거나 알리다.'라는 의미로 사용된다. '발휘(發揮)하다'는 '재능, 능력 따위를 떨치어 나타내다.'라는 의미로, '영향력을 발휘하다.'와 같이 쓰일 수 있으므로 ⓔ와 바꿔 쓰기에 적절하다.

오답 피하기

① ⓐ의 '커지다(커지고)'는 '일의 규모, 범위, 정도, 힘 따위가 대단하거나 강해지다.'라는 뜻이다. 그런데 '고양(高揚)되다'는 '정신이나 기분 따위가 북돋워져 높아지다.'라는 뜻이므로 ⓐ를 '고양되고'로 바꿔 쓰는 것은 적절하지 않다. ⓐ는 '확대(廓大)되고' 정도로 바꿔 쓸 수 있다.

② ⓑ의 '주어지다(주어지며)'는 '일, 환경, 조건 따위가 갖추어지거나 제시되다.'라는 뜻이다. 그런데 '배정(配定)되다'는 '몫이 나누어 정해지다.'라는 뜻이므로 ⓑ를 '배정되며'로 바꿔 쓰는 것은 적절하지 않다. ⓑ는 '결정(決定)되며' 정도로 바꿔 쓸 수 있다.

③ ⓒ의 '만들다(만들고)'는 '규칙이나 법, 제도 따위를 정하다.'라는 뜻이다. 그런데 '발명(發明)하다'는 '아직까지 없던 기술이나 물건을 새로 생각하여 만들어 내다.'라는 뜻이므로 ⓒ를 '발명하고'로 바꿔 쓰는 것은 적절하지 않다. ⓒ는 '형성(形成)하고' 정도로 바꿔 쓸 수 있다.

④ ⓓ의 '없어지다(없어질)'는 '사람이나 사물 또는 어떤 사실이나 현상 따위가 어떤 곳에 자리나 공간을 차지하고 존재하지 않게 되다.'라는 뜻이다. 그런데 '파손(破損)되다'는 '깨어져 못 쓰게 되다.'라는 뜻이므로 ⓓ를 '파손될'로 바꿔 쓰는 것은 적절하지 않다. ⓓ는 '파기(破棄)될' 정도로 바꿔 쓸 수 있다.

수능 연계 포인트

연계 교재에서는 코펜하겐 학파의 해석을 반박하기 위한 아인슈타인, 포돌스키, 로젠의 EPR 역설을 다룬 글과, 하이젠베르크의 불확정성 원리를 반박하기 위한 아인슈타인의 사고 실험과 이에 대한 보어의 반박을 다룬 글을 엮어 주제 통합 지문으로 제시하였다. 우리 교재에서는 보어의 원자 모형을 보완하여 전자의 파동성을 설명한 드브로이의 이론을 다룬 글과 미시 세계에서의 입자의 속성에 관한 이론인 불확정성의 원리와 상보성 원리를 소개한 지문을 엮어 주제 통합 지문으로 구성하였다. 이를 통해 사고 실험과 불확정성의 원리에 대해 심화하여 이해할 수 있도록 하였다.

(가) 드브로이의 물질파 가설

- 해제   이 글은 빛과 전자가 갖는 입자성과 파동성에 대한 과학자들의 주장과 이를 증명하는 실험에 대해 설명하고 있다. 빛의 본질에 대한 논쟁은 17세기부터 시작되었으나 19세기 초 토머스 영의 실험을 통해 빛이 파동임이 증명되었고, 20세기 초 아인슈타인이 빛이 입자라는 것을 증명함으로써 당시 과학자들은 빛은 파동이면서 입자의 성질도 가진다는 것을 사실로 받아들이게 되었다. 한편 보어는 그가 제시한 원자 모형에서 전자가 원자핵으로 끌려 들어가지 않는 것과 양자 도약이 나타나는 이유를 설명하지 못했는데, 드브로이가 입자로만 알려져 있던 전자가 파동의 성질도 가진다는 가설을 세워 이를 설명하였다. 드브로이는 전자 궤도의 길이와 전자의 물질파 파장의 정수배가 일치한다는 것을 바탕으로 양자 도약을 설명하였고, 전자의 파동이 중첩되면서 보강 간섭이 일어나 전자가 정상 궤도를 유지할 수 있다고 설명하였다. 그는 모든 물질이 입자와 파동으로서의 속성을 모두 가지고 있다는 점을 바탕으로 물질파 공식을 제시하였는데, 그의 이론은 실험으로 증명되어 이후 양자 역학의 발전에 기여했다.

- 주제   빛의 입자설과 파동설 및 드브로이의 물질파 이론 이해

- 구성

1문단	빛의 본질에 대한 논쟁과 빛의 속성
2문단	보어의 원자 모형에 나타난 전자의 운동
3문단	드브로이가 도입한 물질파의 개념
4문단	물질파 공식과 물질파 이론의 의의

(나) 불확정성의 원리와 상보성 원리

- 해제   이 글은 미시 세계에서의 입자의 속성을 설명하는 이론인 불확정성의 원리와 상보성 원리를 설명하고 있다. 고전 역학적 관점에서 어떤 대상을 측정한다는 것은 그 대상의 위치와 운동량을 파악한다는 것을 의미한다. 미시 세계의 전자의 위치와 운동량을 파악하기 위해서는 전자에 광자를 쏘아야 한다. 그런데 어떠한 광자를 쏘든 입자의 위치와 운동량을 동시에 정확하게 알아낼 수 없고 두 측정값의 불확정성을 어떤 특정된 최소 수준 이하로 낮출 수 없는데, 이것이 불확정성의 원리이다. 양자 역학에서는 이러한 현상을 상보성 원리로 설명하였는데, 상보성 원리란 물질이 파동으로서의 특성과 입자로서의 특성이라는 상호 배타적인 속성을 모두 가지고 있으면서 서로를 보완한다는 원리이다. 양자 역학의 불확정성의 원리와 상보성 원리는 직접

- **주제** 불확정성의 원리와 상보성 원리의 개념
- **구성**

1문단	양자 역학의 대표적 이론
2문단	불확정성의 원리의 개념과 내용
3문단	상보성 원리의 개념과 내용
4문단	양자 역학의 이론에 대한 논쟁

107 글의 전개 방식 파악   답 ②

(가)는 1문단에서 빛의 본질이 실험과 이론을 통해 입증되는 과정을 설명한 뒤, 2~4문단에서 보어가 제시한 원자 모형의 특징과 보어의 원자 모형에서 나타나는 전자의 운동을 설명한 드브로이의 이론을 소개하고 있다. 보어의 원자 모형은 전자가 원자핵으로 끌려 들어가지 않고 동일한 궤도를 유지하는 이유와 전자가 양자 도약을 하는 이유를 설명할 수 없는 한계가 있었는데, 드브로이가 '물질파'라는 개념을 도입하여 빛과 마찬가지로 전자도 파동의 성질을 지닌다는 가설을 세움으로써 보어의 원자 모형을 완성할 수 있게 되었다. 따라서 (가)는 물질파라는 새로운 개념을 도입하여 보어의 이론(이전 이론)을 보완한 드브로이의 이론(특정 이론)을 소개하고 있다고 할 수 있다. 한편 (나)는 양자 역학의 대표 이론인 불확정성의 원리와 상보성 원리를 설명하고 있을 뿐, 이 두 이론이 이전의 이론이 지닌 한계를 보완하기 위해 새로운 개념을 도입하였다는 내용은 제시하고 있지 않다.

오답 피하기

① (가)는 보어가 제시한 원자 모형과 그의 모형에서 나타나는 전자의 운동을 설명한 드브로이의 물질파 이론에 대해 설명하고 있을 뿐, 보어의 원자 모형과 드브로이의 물질파 이론에 대한 비판과 그 근거들을 시대순으로 제시하고 있지는 않다.

③ (나)는 미시 세계에서의 입자의 속성을 설명하는 양자 역학의 대표적 두 이론, 즉 불확정성의 원리와 상보성 원리의 주요 내용을 소개하고 있을 뿐, 두 이론의 탄생 배경을 제시하고 있지는 않다.

④ (가)는 2문단에서 드브로이가 빛에 대한 당대의 과학적 연구 성과에 영감을 얻어 전자가 입자뿐 아니라 파동의 성질도 가진다는 가설을 세우고 물질파 공식을 제시한 사례를 제시하고 있으며, 드브로이의 이론이 이후 물리학에 미친 영향을 제시하고 있을 뿐, 다른 분야에 확장된 사례를 제시하고 있지는 않다. 그리고 (나)에서도 불확정성의 원리나 상보성 원리가 다른 분야에 확장된 사례를 제시하고 있지 않다.

⑤ (가)는 빛의 입자설과 파동설이라는 대립되는 두 이론을 제시하고 있으나, 이들의 학문적 가치와 한계를 비교하고 있지 않다. 또한, (나)는 4문단에서 양자 역학의 불확정성의 원리와 상보성 원리에 대한 논쟁을 제시하고 있을 뿐, 대립되는 두 이론의 학문적 가치와 한계를 서로 비교하고 있지는 않다.

108 세부 내용 파악   답 ③

(나)의 3문단에 따르면 양자 역학에서는 불확정성의 원리가 측정의 문제 때문이 아니라 자연에 내재되어 있는 한계로 인해 발생한다고

보고 그 이유를 상보성 원리로 설명하였다. 즉 입자는 상호 배타적인 파동으로서의 특성과 입자로서의 특성을 모두 가지고 있으면서 동시에 서로를 보완하는데 이에 따르면 전자는 관측하지 않을 때에는 파동으로 존재하다가 관측할 때에는 입자처럼 행동하고 그와 반대되는 경우도 생길 수 있다. 4문단에 따르면 아인슈타인은 자연 자체에 한계가 있지 않고 모든 입자들이 임의의 순간에 명확한 위치와 속도를 갖고 있으며 그것을 정확히 파악하지 못하는 연구에 문제가 있다고 주장하면서 이를 반박하였다. 따라서 아인슈타인이 전자의 상보성을 받아들였다는 내용은 적절하지 않다.

오답 피하기

① (나)의 4문단에서 아인슈타인은 EPR 논문을 통해 모든 입자들이 임의의 순간에 명확한 위치와 속도를 가지고 있으며, 그것을 정확하게 파악하지 못하는 연구에 문제가 있다고 주장했다고 하였다. 따라서 아인슈타인은 입자의 위치와 속도를 동시에 정확하게 측정할 수 없는 이유, 즉 불확정성의 원리가 생기는 이유를 관측의 한계로 보았다고 할 수 있다.

② (가)의 2문단에서 보어의 원자 모형에서 전자는 원자핵의 인력에 끌려 들어가지 않고 동일한 궤도를 유지하며, 에너지를 방출 또는 흡수하면서 다른 궤도로 불연속적으로 이동한다고 하였다. 그리고 (가)의 3문단에서 드브로이는 보어의 이론을 바탕으로 전자의 궤도 이동이 불연속적일 수밖에 없음을 설명하였다고 하였다. 따라서 보어와 드브로이는 모두 전자의 궤도 이동이 불연속적으로 존재한다고 보았음을 알 수 있다.

④ (가)의 4문단에서 드브로이의 이론이 데이비슨과 거머의 이중 슬릿 실험으로 증명되면서 이후 불확정성의 원리의 토대가 되었다고 하였다. 그리고 (나)의 2문단에서 하이젠베르크가 불확정성의 원리를 이론적으로 정립했다고 하였다. 따라서 드브로이의 이론은 실험으로 증명되면서 하이젠베르크의 불확정성의 원리에 영향을 주었다고 할 수 있다.

⑤ (가)의 1문단에서 20세기 초에 과학자들은 빛이 파동이면서 입자의 성질도 가진다는 것을 사실로 받아들였다고 하였고, 2문단에서 드브로이는 빛에 대한 당대의 과학적 연구 성과에서 영감을 얻어, 입자로만 알려져 있던 전자가 파동의 성질도 가진다는 가설을 세웠다고 하였다. 따라서 드브로이는 빛의 본질에 대한 과학적 성과를 이용하여 전자에 대한 새로운 관점을 제시했다고 할 수 있다.

109 시각 자료에의 적용   답 ④

[A]에 따르면, 드브로이는 전자의 운동량(p)은 물질파의 파장(λ)에 반비례한다고 가정했다. 즉 전자의 운동량이 커지면 물질파의 파장은 짧아지는 것이다. 따라서 ㉮, ㉯, ㉰를 각각 유지하며 움직이는 전자의 운동량이 증가할수록 전자의 파장은 길어지는 것이 아니라 짧아진다.

오답 피하기

① [A]에 따르면, 드브로이는 양자 도약이 전자가 가진 에너지의 변화에 따라 일어난다고 보았다. 그리고 〈보기〉에서 원자핵에서 먼 쪽에 있는 궤도의 전자가 가까이에 있는 궤도의 전자보다 높은 에너지를 갖는다고 하였다. 따라서 전자가 ㉮에서 ㉯로 양자 도약을 했다면 전자가 에너지를 흡수하여 전자가 가진 에너지가 증가했을 것이다.

② [A]에 따르면, 드브로이는 전자가 가지는 에너지는 물질파의 진동수에 비례하며, 전자의 궤도 이동은 전자가 가진 에너지의 변화에 따른 것으로 보았다. 그리고 〈보기〉에서 원자핵에서 먼 쪽에 있는 궤도의 전자가 가까이에 있는 궤도의 전자보다 높은 에너지를 갖는다고 하였다. 따라서 ㉯를

유지하며 진동하는 전자는 ㉰를 유지하며 움직이는 전자보다 작은 에너지를 가지며, 진동수도 작을 것이다.

③ [A]에 따르면, 드브로이는 전자도 물질파로서 원형의 정상파를 이룬다고 규정했다. 정상파는 진동이 현 내부에서만 일어나는 묶여 있는 파동이므로, ㉮, ㉯, ㉰를 각각 유지하며 진동하는 전자의 파동은 각 궤도의 외부로 전달되지 않는다고 할 수 있다.

⑤ [A]에 따르면, 전자 궤도의 길이와 전자의 물질파 파장의 정수배가 일치하며, 이는 파장의 정수배가 아닌 전자 궤도는 존재할 수 없다는 것을 의미하므로 전자의 궤도 이동이 불연속일 수밖에 없다. 따라서 ㉮와 ㉯, ㉯와 ㉰ 사이에 전자 궤도가 존재하지 않는 것, 즉 전자 궤도가 불연속적으로 존재하는 것은 전자 궤도가 파장의 정수배로 결정되기 때문이라고 할 수 있다.

110 시각 자료에의 적용 답 ④

ㄱ. (가)의 1문단을 통해, 토머스 영이 이중 슬릿 실험으로 빛이 회절한다는 것을 증명하기 전까지, 빛이 파동이라는 학설은 과학적 진리로 인정받지 못했음을 알 수 있다. 즉 토머스 영 이전 시대의 빛의 본질에 대한 과학적 패러다임은 빛이 광자로 이루어져 있다는 입자설이다. 따라서 빛이 회절한다는 것, 즉 빛이 파동임을 증명한 토머스 영은 〈보기 1〉의 실험 결과를 바탕으로 빛의 본질에 대한 이전의 과학적 패러다임을 반박했을 것이다.

ㄷ. (가)의 1문단을 통해, 19세기 초 토머스 영이 이중 슬릿 실험으로 빛이 회절한다는 것을 증명함으로써 빛이 파동이라는 학설이 과학적 진리로 인정받게 되었음을 알 수 있다. 즉 이중 슬릿 실험은 빛이 통과하여 만들어 낸 스크린의 간섭무늬를 통해 빛이 파동임을 증명하는 실험이다. 그런데 (가)의 1문단에서 뉴턴은 빛이 아주 작은 알갱이인 입자, 즉 광자로 이루어져 있다는 입자설을 주장했다고 하였으므로, 뉴턴의 이론으로는 빛이 파동임을 증명한 〈보기 1〉의 실험 결과를 설명할 수 없다.

ㄹ. (가)의 2문단과 4문단에서 드브로이가 빛에 대한 당대의 과학적 연구 성과에서 영감을 얻어, 입자로만 알려져 있던 전자가 파동의 성질도 가진다는 가설을 세우고, 이에 입각하여 물질파 이론을 만들었다고 하였다. 그리고 전자가 파동이라는 그의 이론이 데이비슨과 저머의 이중 슬릿 실험으로 증명되었다고 설명했다. 따라서 데이비슨과 저머의 이중 슬릿 실험은 빛을 대상으로 한 〈보기 1〉의 실험과 달리, 전자를 이중 슬릿에 통과시켜 얻은 간섭무늬를 통해 드브로이의 가설, 즉 전자가 파동임이 옳았음을 확인했을 것이다.

오답 피하기

ㄴ. (가)의 1문단에 따르면, 빛이 파동이면서 입자의 성질도 가진다는 것을 사실로 받아들이게 된 것은 토머스 영이 빛이 회절한다는 것을 증명하고 오랜 시간이 지난 후의 일이다. 또한 (나)의 3문단에 따르면, 양자 역학에서는 물질이 파동으로서의 특성과 입자로서의 특성이라는 상호 배타적인 속성을 모두 가지고 있으면서 동시에 서로를 보완한다는 상보성 원리를 주장하였다. 그런데 〈보기 1〉의 이중 슬릿 실험에서 간섭무늬가 나타난 것은 빛이 파동이라는 것을 입증할 뿐, 입자임을 입증할 수 있는 것은 아니다. 따라서 양자 역학을 지지하는 과학자들은 〈보기 1〉의 실험 결과를, 입자의 파동성이 발현된 것으로 볼 뿐, 파동성과 입자성의 상호 보완적 속성이 발현되었다고 보지는 않을 것이다.

111 내용의 추론 답 ④

(나)의 2문단에서 입자의 위치와 운동량을 동시에 정확하게 알아낼 수 없고, 이러한 불확정성은 어떤 특정된 최소 수준 이하로 낮출 수 없다는 것이 하이젠베르크가 이론적으로 정립한 불확정성의 원리(㉠)라고 하였다. 따라서 ㉠은 입자의 위치와 운동량을 측정할 때 각 측정값의 정확도를 동시에 일정 수준 이상으로 높일 수 없다는 원리라고 할 수 있다.

오답 피하기

① ㉠은 입자의 위치와 운동량을 동시에 정확하게 알아낼 수 없다는 원리이다. 그런데 전자의 위치 정보의 정확도를 높이기 위해서는 파장이 짧은 빛을 사용해야 한다고 했으므로, 전자에 긴 파장의 광자를 쓰는 것이 전자의 위치 정보의 정확도를 높인다는 이해는 적절하지 않다.

② ㉠은 고전 역학에서 사용하는 물리량 측정 방법을 미시 세계의 입자 관측에 적용하여 도출한 결론일 뿐, 고전 역학에서 사용하는 물리량 측정 방법 자체의 근본적인 문제점을 제시한 원리는 아니다.

③ ㉠은 측정 대상인 입자의 두 가지 물리량, 즉 운동량과 입자의 위치를 동시에 측정할 수 없다는 원리이지, 대상을 측정하는 과정에서 빛의 물리량이 변하는 현상을 설명하는 원리가 아니다.

⑤ ㉠은 미시 세계의 입자인 전자의 위치와 운동량을 모두 정확하게 알 수 없음을 밝힌 이론이지, 미시 세계의 입자들이 상호 배타적인 속성을 모두 가지고 있는 이유, 즉 상보성 원리의 이유를 설명하는 원리가 아니다.

112 어휘의 의미 파악 답 ③

ⓒ의 '바꾸다(바꾼다)'는 문맥상 '어떤 곳에서 다른 곳으로 자리를 바꾸게 하다.'라는 의미이다. 그런데 '변형(變形)하다'는 '모양이나 형태가 달라지거나 달라지게 하다.'라는 사전적 의미를 지닌 말이므로, ⓒ와 바꾸어 쓰기에 적절하지 않다. 문맥상 ⓒ는 '변경(變更)한다' 등으로 바꾸어 쓸 수 있다.

오답 피하기

① '구성(構成)되다'는 '몇 가지 부분이나 요소들이 모여 일정한 전체가 짜여 이루어지다.'라는 사전적 의미를 지닌 단어이므로, ⓐ의 '이루어져'를 '구성되어'로 바꿔 쓰는 것은 적절하다.

② '수용(受容)하다'는 '어떠한 것을 받아들이다.'라는 사전적 의미를 지닌 말이므로, ⓑ의 '받아들이게'를 '수용하게'로 바꿔 쓰는 것은 적절하다.

④ '반사(反射)되다'는 '일정한 방향으로 나아가던 파동이 다른 물체의 표면에 부딪혀서 나아가던 방향이 반대로 바뀌다.'라는 사전적 의미를 지닌 말이므로, ⓓ의 '튕겨져'를 '반사되어'로 바꿔 쓰는 것은 적절하다. 참고로 '튕기다'는 '다른 물체에 부딪치거나 힘을 받아서 튀어 나오다.'의 의미를 지닌다.

⑤ '규명(糾明)되다'는 '어떤 사실이 자세히 따져져 바로 밝혀지다.'라는 사전적 의미를 지닌 말이므로, ⓔ의 '밝혀지면서'를 '규명되면서'로 바꾸어 쓰는 것은 적절하다.

memo

memo

2025
수능 연계
국어 독서

112제 정답 및 해설

메가스터디BOOKS

내용 문의 02-6984-6897 | 구입 문의 02-6984-6868,9 | www.megastudybooks.com

수능 고득점을 위한 강력한 한 방!

NEW 메가스터디 N제

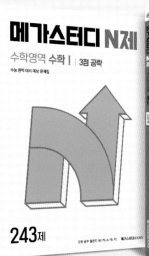

국어
문학, 독서

수학
수학 I 3점 공략 / 4점 공략
수학 II 3점 공략 / 4점 공략
확률과 통계 3점·4점 공략
미적분 3점·4점 공략

영어
독해, 고난도·3점, 어법·어휘

과탐
지구과학 I

실전 감각은 끌어올리고, 기본기는 탄탄하게!

국어영역	수학영역	영어영역
핵심 기출 분석	핵심 기출 분석	핵심 기출 분석
+	+	+
EBS 빈출 및 교과서 수록 지문 집중 학습	3점 공략, 4점 공략 수준별 맞춤 학습	최신 경향의 지문과 유사·변형 문제 집중 훈련

레전드 수능 문제집

수능이 바뀔 때마다 가장 먼저 방향을 제시해온 메가스터디 N제,
다시 한번 빠르고 정확하게, 수험생 여러분의 든든한 가이드가 되어 드리겠습니다.